SIMONE DORRA – INGRID ZELLNER

Mordshass

W0387471

Simone Dorra erblickte 1963 in Wuppertal das Licht der Welt und ist seit 1983 in Baden-Württemberg zu Hause. Die gelernte Buchhändlerin arbeitete zunächst in einem Stuttgarter Verlag und gestaltete dann als Sprecherin und Journalistin Radioprogramme für den Privatrundfunk. Mit ihrem Mann und ihren drei Kindern lebt sie in Welzheim, wo sie heute als Lokaljournalistin für die örtliche Tageszeitung arbeitet.
www.simonedorra.de

Ingrid Zellner wurde 1962 in Dachau geboren. Nach ihrem Theaterwissenschafts-, Literatur- und Geschichtsstudium in München war sie am Stadttheater Hildesheim und zwölf Jahre an der Bayerischen Staatsoper München Dramaturgin. Heute lebt sie als Übersetzerin (Schwedisch) und Schriftstellerin, Regisseurin und Theaterschauspielerin wieder in Dachau. Sie hat bereits Romane, ein Kinderbuch, Kurzgeschichten und Theaterstücke veröffentlicht.
www.ingrid-zellner.de

SIMONE DORRA – INGRID ZELLNER

Mordshass

Remstal-Krimi

SILBERBURG

1. Auflage 2019

© 2019 by Silberburg-Verlag GmbH,
Schweickhardtstraße 5a, D-72072 Tübingen.
Alle Rechte vorbehalten.

Umschlaggestaltung und Satz:
César Satz & Grafik GmbH, Köln.
Coverfoto: © Sayan Puangkham – Shutterstock.
Lektorat: Michael Raffel, Tübingen.
Druck: CPI Books, Leck.
Printed in Germany.

ISBN 978-3-8425-2190-2

Ihre Meinung ist wichtig für unsere Verlagsarbeit. Senden Sie uns Ihre Kritik und Anregungen unter **meinung@silberburg.de**

Besuchen Sie uns im Internet und entdecken Sie die Vielfalt unseres Verlagsprogramms: **www.silberburg.de**

Es war nach der dritten durchwachten Nacht in Folge, als er sich schließlich zähneknirschend eingestand, dass er sich zu früh gefreut hatte.

Die Adresse stimmte, da gab es keinen Zweifel. In der Reihe der Klingelschilder neben der Haustür war ihm das, nach dem er gesucht hatte, sofort ins Auge gestochen. Aber der Mann, der zu diesem Nachnamen gehörte, hatte seitdem das Haus weder verlassen noch betreten, und hinter den Fenstern im zweiten Stock rechts war es die ganze Zeit über dunkel geblieben. Offensichtlich war der Bastard ausgeflogen.

Und damit seiner Rache entgangen. *Merde.*

Er lehnte sich in dem durchgesessenen Fahrersitz des alten rostigen VW Polo zurück, den er gegenüber von dem Mietblock geparkt hatte, und starrte durch die verdreckte Windschutzscheibe nach draußen, wo in dem ersten fahlen Morgenlicht Menschen mit müden Gesichtern die Straße entlangschlurften. Hatte Jimmy sich womöglich im Stockwerk geirrt? Wohnte der *salaud* in einer der anderen Wohnungen, in denen abends überall zuverlässig die Lichter hinter den Fenstern angingen? Doch warum tauchte er dann niemals außerhalb seiner vier Wände auf? War er vielleicht krank? Aber dann würde doch nachts wenigstens *eine* Lampe ab und zu aufflammen. Nur wer tot war, brauchte kein Licht mehr.

Und tot war der *salaud* mit Sicherheit nicht. Sonst hätten seine Kollegen ihn längst vermisst und nach ihm gesucht. Und das hätte er mitgekriegt.

Nein, er konnte es drehen und wenden, wie er wollte: Diese Aktion war ein Schuss in den Ofen.

Seine Hände krallten sich um den rauen, verfilzten Fellbezug, der irgendwann in grauer Vorzeit über das Lenkrad gespannt worden war. Acht Jahre lang hatte er diesen Moment herbeigesehnt. Acht beschissene Jahre in dieser verfickten Justizvollzugsanstalt in Freiburg. *Frei*burg. Er schnaubte sarkastisch. *Was für ein Hohn.* Wenn er etwas in all dieser Zeit nicht gewesen war, dann *frei*. Und das hatte einzig und allein dieser verfluchte *salaud* ihm eingebrockt. Aber er würde es ihm heimzahlen, das hatte er sich geschworen, an jedem verdammten Tag, den sie ihn hinter Schloss und Riegel hatten versauern lassen. Ideen, wie er dem *salaud* das Leben zur Hölle machen und ihn am Ende über die Klinge springen lassen konnte, hatte er *en masse*; schließlich hatte er lange genug Zeit gehabt, sich darüber Gedanken zu machen.

Und jetzt war der Mann nicht da. *Zut alors!*

Frustriert knüllte er die leere Bäckertüte auf dem Beifahrersitz zusammen und feuerte sie über die Schulter nach hinten. Seine Vorräte waren ebenso aufgezehrt wie seine Geduld. Zeit, die *Aktion salaud* fürs Erste abzubrechen und die Rostlaube zurückzubringen; Jimmy hatte sowieso schwer darauf gepocht, dass er sie heute wiederhaben wollte, wofür auch immer. *Und außerdem brauchte er einen Eimer Kaffee. Dringend.*

Gerade wollte er den Zündschlüssel herumdrehen, als eine junge Frau vor dem Mietblock stehen blieb und in ihrer Tasche zu kramen begann. Plötzliche Erregung jagte wie ein Stromstoß durch seinen Körper. *Hübsche kleine Puppe. Schwarzhaarig, dunkle Augen, slawischer Typ, irgendwo aus Osteuropa vermutlich.* Er spürte, wie es in seiner Hose anschwoll. *Verdammt, er hatte wirklich viel zu lange nicht mehr ordentlich gebumst.*

Er atmete tief ein und wieder aus. *Nein. Nicht jetzt und nicht hier. Aber vielleicht …*

Ohne den Satz zu Ende zu denken, sprang er aus dem Wagen, überquerte zielstrebig die Straße und blieb neben der Schwarzhaarigen vor der Haustür stehen. Er ließ den Blick über die Klingelschilder gleiten, als suchte er etwas, und als die Frau endlich einen Schlüsselbund aus der Handtasche zog, klingelte er demonstrativ bei seinem Zielobjekt Sturm.

»Hat sich wänig Sinn. Ist nicht da.«

Die Stimme klang überraschend dunkel und rau für so ein zierliches Persönchen. Er wandte sich der jungen Frau zu, die mit müden, glanzlosen Augen zu ihm aufsah. Wahrscheinlich, dachte er, kam sie von einer anstrengenden Nachtschicht nach Hause und sehnte sich nach ihrem Bett. Er zwang sich, nicht weiter darüber nachzudenken.

»Nicht da?«, erwiderte er, bemüht, erstaunt zu klingen. »Sind Sie sicher?«

»Ja, bin ich sicher«, antwortete sie sehr bestimmt. »Hat Urlaub, seit eine Woche. Besucht Eltern seinige. Ich weiß, weil ich hole Zeitung und Briefe aus seine Kasten und bewahre auf für ihn.«

Bei der Art, wie sie beim Sprechen das R rollte, wurde er erneut steif. Die Gier ließ seinen Körper summen wie eine Hochspannungsleitung, und er musste seine gesamte Selbstbeherrschung mobilisieren, um die Kleine nicht auf der Stelle gegen die Hauswand zu drängen und ihr den Rock hochzuschieben. *Diese Ostweiber hatten ihn schon immer besonders scharf gemacht.*

Er riss sich zusammen.

»Ach, das ist aber dumm«, sagte er und legte dabei all die Enttäuschung in die Stimme, die er tatsächlich empfand. »Wissen Sie, er ist ein alter Freund von mir; ich bin auf der Durchreise und wollte ihn überraschen … Sie wissen nicht zufällig, wo seine Eltern wohnen?«

Er garnierte diese Frage mit seinem charmantesten Lächeln, aber das schien bei der jungen Frau nicht wirklich anzukommen.

»Nein, weiß ich nicht«, entgegnete sie und steckte ihren Schlüssel in das Schloss.

»Haben Sie dann vielleicht seine Telefonnummer?«

Sie hielt mitten in der ersten Umdrehung des Schlüssels inne und musterte ihn mit offensichtlicher Verwunderung.

»Was – er ist alter Freind, und Sie haben nicht Telefonnummer seinige?«

Nur mit Mühe unterdrückte er ein ironisches Schnauben. *Oh, er kannte durchaus eine Nummer, unter der man den salaud normalerweise erreichen konnte … aber bevor er* die *wählte, badete der Teufel im Weihwasserbecken.*

»Er muss sich eine neue zugelegt haben; die, die ich in meinem Handy abgespeichert habe, funktioniert nicht mehr«, log er und fabrizierte einen resignierenden Seufzer. »Na ja, da kann man nichts machen. Danke für die Auskunft.«

»Gerne.« Sie schloss die Haustür auf. »Wollen Sie ihm schreiben eine Nachricht? Ich läge zu seine Briefe, dann er sie findet, wenn er kommt heim.«

»Wann kommt er denn?«, fragte er mit einem neu entfachten Funken Hoffnung. »Ich meine, wie lange will er wegbleiben?«

»Weiß ich nicht.« Sie schüttelte den schwarzgelockten Kopf. »Hat nicht gesagt. Hat nur gemeint, bleibt wohl weg ein paar Wochen. Wollen Sie nun schreiben Nachricht?«

Er zögerte kurz. Die Vorstellung, dem *salaud* einen kleinen »Liebesbrief« dazulassen, war nicht ohne Reiz. *Mit freundlichen Grüßen, le vengeur.*

Aber dann war der Mann vorgewarnt und die ganze Überraschung beim Teufel. *Nicht gut.*

»Nein«, antwortete er entschlossen. »Ich probier auf der Rückreise noch einmal mein Glück, und wenn er dann wieder nicht da ist, dann kann ich ihm immer noch eine Nachricht in den Kasten stecken.« Er bedachte die junge Frau erneut mit einem gewinnenden Lächeln. »So gut möchten wir's auch mal haben, was? Einfach wochenlang Urlaub machen!«

Sie lächelte blass zurück. »No, muss er ja auch immer schwär arbeiten. Mussen wir alle. Wiedersähen!«

Mit diesen Worten ging sie ins Haus und schob von innen die Tür zu. Er trat ein paar Schritte zurück und verkrampfte hastig die Hände hinter dem Rücken, um sich nicht in letzter Sekunde noch dagegenzustemmen und die Kleine aufzuhalten. Er atmete auf, als die Tür vor seinen Augen schließlich schwerfällig ins Schloss fiel. *Ein andermal. Jetzt hatte er Wichtigeres zu tun, als kleine Ostschnecken ranzunehmen.*

Er ging zurück zu Jimmys Wagen, ließ den Motor an und fuhr los. Bei einem Bäcker zwei Straßen weiter hielt er kurz an, kaufte einen großen Coffee to go und zwei Croissants und setzte seinen Weg in Richtung Uferpromenade fort. Wenig später schlenderte er die Uferstraße entlang und ließ sich mit seinem Frühstück auf einer Bank nieder. Der Himmel war mit deprimierend dunklen Wolken überzogen, vermutlich würde demnächst ein Regenguss über dem Schwäbischen Meer niedergehen. Alles um ihn herum war grau. *Merde.* Zwar hatte der Wetterdienst im Autoradio Besserung versprochen und dass es durchaus ein schöner September werden könnte, aber davon konnte er sich in diesem Moment nichts kaufen. Seine Welt war lange genug grau gewesen. Er sehnte sich nach Licht und Sonne. *Und nach Rache.*

Er hob den Pappbecher mit dem Kaffee an die Lippen und schlürfte. *Jimmy.* Er würde Jimmy fragen, wenn er ihm nachher die Schrottmühle zurückbrachte. Immerhin hatte der auch schon seine Erfahrungen mit dem *salaud* gemacht. Vielleicht wusste der ja, wo die Eltern zu finden waren – oder bei wem man sich möglichst unauffällig danach erkundigen konnte. In jedem Fall würde er nicht ruhen, bis er ihn gefunden hatte.

Und dann war der Kerl fällig.

Die Tote unter der Brücke

Das Gepäck war aufgegeben, der Flug ging in ziemlich genau einer Dreiviertelstunde. Malte Jacobsen versetzte dem Jungen, der neben ihm vor lauter Nervosität sichtlich Mühe hatte, still zu sitzen, einen sanften Klaps auf die Schulter.

»Jetzt musst du aber wirklich los, Lukas. Es sei denn, du hast dir das Ganze noch mal überlegt und willst doch lieber hierbleiben.«

Der Junge grinste schwach.

»Nee, natürlich nicht. Außerdem wüsste ich nicht, wie ich Oma erklären soll, dass ich im letzten Moment gekniffen habe.«

Jacobsen zog amüsiert die Augenbrauen hoch. »Als ob du jemals vor irgendwas kneifen würdest.«

Die Aufregung des Jungen war wenig verwunderlich. Der unmittelbar bevorstehende Flug nach London war der Beginn von Lukas' bislang längstem Aufenthalt weg von daheim; er würde im internationalen Pfadfinderzentrum auf dem Landsitz des legendären Gründers Robert Baden-Powell ein sechsmonatiges Praktikum absolvieren. Genauso lang hatte die Planung für dieses Abenteuer gedauert; Mails waren zwischen Gilwell Park und der Villa in Backnang hin und her gegangen, Unterlagen waren gewälzt und Prospekte studiert worden.

Lukas' Großmutter Klara von Weyen, bei der der Junge seit dem Mord an seinem Vater vor drei Jahren allein lebte, hatte – ganz wie von Jacobsen erwartet – hocherfreut auf die Pläne ihres Enkels reagiert. Als Witwe eines Mannes, der in seiner Jugend einen eigenen Pfadfinderbund gegründet hatte, begeisterte sie die Aussicht, dass der Junge sozusagen an die Wurzel der Bewegung zurückkehrte. Anstatt sich vor der langen Trennung zu fürchten, ermutigte sie Lukas, so gut sie nur konnte, und machte ihm damit den Sprung aus dem sicheren Nest so leicht wie möglich.

Lukas hatte sich auf eigenen Wunsch heute bereits in Backnang von seiner Großmutter verabschiedet, und Malte

Jacobsen fungierte – nicht zum ersten Mal – als hilfsbereiter Chauffeur. Weswegen er jetzt auch mit dem Jungen in der Halle des Stuttgarter Flughafens saß; das umfangreiche Gepäck war eingecheckt, und Lukas hielt einen nagelneuen, vollgestopften Rucksack auf dem Schoß, der gerade noch klein genug war, um als Handgepäck durchzugehen.

Er stand auf. »Ich sollte wohl besser los, was?«

»Solltest du.« Jacobsen erhob sich ebenfalls. »Sonst bleibst du, wenn du Pech hast, zu lange im Sicherheitscheck hängen, und der Flieger geht ohne dich.« Er streckte Lukas die Hand entgegen. »Mach's gut. Und meld dich ab und zu bei mir, ja?«

»Mach ich.«

Lukas zögerte, dann holte er tief Luft und hob die Rechte zum traditionellen Pfadfindergruß.

»Gut Pfad«, sagte er. Plötzlich wirkte er deutlich jünger als seine siebzehn Jahre, und seine Stimme klang, als würde ihm irgendetwas in der Kehle stecken.

Jacobsen lächelte und erwiderte die Geste. »Gut Pfad. Und jetzt schwing die Hufe!«

Lukas nickte, schulterte entschlossen den Rucksack und marschierte in Richtung des Durchgangs, der zu den Gates führte, ohne sich noch einmal umzudrehen. Jacobsen blieb stehen und sah ihm nach, bis er verschwunden war. Dann schüttelte er den Kopf und grinste leicht verlegen in sich hinein. *Offenbar steckte doch mehr von einer Glucke in ihm, als er gedacht hatte.*

Er wandte sich ab und machte sich auf den Weg zu seinem Wagen.

***

Dass Lukas schon früh um halb neun abgeflogen war, bewahrte Jacobsen nicht davor, auf der B14 in den obligatorischen Stau zu geraten. Er saß in der Blechlawine vor dem Kappelbergtunnel fest, ärgerte sich darüber, dass seine Zigarettenschachtel leer war und dass er obendrein vergessen hatte, sich im Flughafen wenigstens einen ordentlichen Espresso zu gönnen. Außerdem machte einer seiner linken Backenzähne ihm zu schaffen. In den letzten Tagen hatte er immer dann wehgetan, wenn er darauf kaute; jetzt war aus dem dumpfen, unbestimmten Schmerz ein scharfes Stechen geworden, das mit alarmierender Häufigkeit wiederkam.

Das Handy auf dem Beifahrersitz begann zu vibrieren und rutschte dabei auf die Sitzkante zu. Er bekam es gerade noch rechtzeitig zu fassen und hob es ans Ohr. *Solange er im Stau stand, nahm er sich einfach das Recht dazu.* »Ja?«

»Ich bin's«, ertönte die Stimme seiner Kollegin Melanie Brendel. »Na – hast du Lukas sicher abgeliefert?«

»Heil und ganz«, antwortete Jacobsen. »Aber bis ich wieder in Waiblingen und im Präsidium bin, kann es noch dauern. Der Verkehr ist mal wieder zum Abgewöhnen.«

»Ins Präsidium musst du gar nicht erst kommen«, meinte Melanie. »Vor ein paar Minuten hat jemand in der Nähe der alten Stadtmauer eine Leiche gefunden und uns alarmiert. Unten am Flussufer, in Sichtweite vom Beinsteiner Tor. Weißt du, wo das ist?«

»Weiß ich«, versetzte Jacobsen milde. »In Waiblingen finde ich mich inzwischen zurecht, ohne mich zu verlaufen. Mann oder Frau?«

»Frau«, sagte Melanie. »Ein Rentner, der am Wasser mit seinem Hund spazieren gegangen ist, hat sie entdeckt. Dem Kollegen am Telefon ist es schwergefallen, ihn zu beruhigen und die Sache einigermaßen geordnet zu Protokoll zu nehmen; er meint, der alte Herr hat fast geweint.«

»Kein Wunder.« Jacobsen seufzte. »So was ist ja auch ein übler Schreck in der Morgenstunde. Gar nicht gut für die Pumpe. Vielleicht solltest du zusätzlich einen Rettungswagen dazuholen – nicht, dass er vor seiner Zeugenaussage zusammenklappt.«

»Hab ich schon organisiert. Kommst du direkt dorthin?«

»So schnell ich kann.«

***

Es dauerte noch eine gute halbe Stunde, bis Jacobsen den Ort des Geschehens endlich erreicht hatte. Hinter ihm ragte der Fachwerkturm des Beinsteiner Tores in den blassblauen, wolkenlosen Septemberhimmel, vor ihm strömte die Rems friedlich an der malerischen Kulisse der Waiblinger Altstadt vorbei. Er erspähte Melanies betagten Golf ebenso wie das Auto des Notarztes und den Leichenwagen, der das Opfer nachher in die Rechtsmedizin bringen würde.

Auf den Stufen, die zu der Wiese am Wasser hinunterführten, saß zusammengesunken ein alter Mann, einen schwarzen Cockerspaniel neben sich, dem er ununterbrochen über den Kopf streichelte. An seiner Seite hockte ein Arzt, der gerade die Blutdruckmanschette von seinem Arm löste. Er bückte sich und holte eine Injektionsspritze aus seinem Koffer.

»Nur ein kleiner Piks«, sagte er freundlich, »und dann geht es Ihnen gleich besser, Herr Wegener. Sehen Sie – war doch gar nicht so arg, oder?«

Jacobsen nickte dem Arzt zu und ging an ihm vorbei auf die Wiese. Rechts von ihm befand sich eine mit reichlich Ranken bewachsene Betonbrücke. Er duckte sich unter dem breiten Schirm einer Weide hindurch, die mitten auf der Wiese wuchs, wurde aber von einem Kollegen im weißen Schutzanzug aufgehalten.

»Wartet Se bitte?« Der Mann – Jacobsen war ihm ein paarmal in der Präsidiumskantine begegnet und erinnerte sich undeutlich daran, dass er Hägele oder so ähnlich hieß – hob warnend die Hand. »Mir hen no net älles markiert, ond Fotos macha müsset mir auch no. Koi Sorg – die Leich kennet Sie begutachta, wenn mir fertig sen. Okay?«

Jacobsen wich anweisungsgemäß zurück und entdeckte Melanie, die sich zu dem alten Mann auf die Stufen gesetzt hatte. Er warf einen Blick unter die Brücke, wo drei weitere Männer von der Spurensicherung sich in Schutzanzügen über mögliche Spuren beugten und sie dokumentierten. Von der toten Frau sah er nur die Schuhsohlen … offenbar lag sie auf dem Rücken. *Ziemlich kleine Füße,* dachte er.

Melanie sah ihn und schenkte ihm ein knappes Lächeln. Er ließ sich neben ihr und dem Mann, der die Tote gefunden hatte, auf den Steinstufen nieder.

»Herr Wegener, richtig?« Er erhielt einen unsicheren, fast panischen Blick als Antwort. Noch immer streichelte der alte Herr den Hund, der mit seiner grauen Schnauze mindestens so alt wirkte wie sein Besitzer. »Ich bin Kommissar Malte Jacobsen von der Kripo hier in Waiblingen; meine Kollegin kennen Sie ja schon. Vielleicht erzählen Sie mir jetzt einfach der Reihe nach, was heute Morgen passiert ist.«

»I han bloß den Waschtl ausführa wella«, sagte Herr Wegener. Er sprach stockend und mühsam, als hätte seine unvermutete grausige Entdeckung dazu geführt, dass er erst nach jedem Wort suchen musste. »Des mach i jeda Morga, no vor dem Frühschtück. Uff'm Heimwäg, da gang i dann beim Bäcker vorbei ond hol mir'n Weckla, bevor ich mir dahoim en Kaffee koch.«

Seine Mundwinkel zuckten schwach.

»Mei Frau hot emmer g'sagt, i derf ohne äbbes em Maga net aus'm Haus ganga, aber i han mir des so a'gwöhnt, seit i alloi ben – letschtes Jahr isch se g'schtorba. Med fünfasiebzig.« Wieder ein Seitenblick, diesmal ein wenig schuldbewusst … als bereitete es ihm Gewissensbisse, dass er gegen die Hausordnung seiner dahingeschiedenen besseren Hälfte verstieß.

»Mein Beileid«, meinte Jacobsen. »Gehen Sie immer dieselbe Strecke? Immer am Fluss entlang und hier an der Brücke vorbei?«

»Emmer.« Der alte Mann nickte. »I treff hier Leute, die i scho lang kenn … die hen au Hunde. Ond dann kann i bissle med äbbem schwätza.«

Jacobsen registrierte das Mitgefühl in Melanies Augen. Vermutlich malte sie sich gerade eine kleine, spartanisch eingerichtete Wohnung aus, in der ihr Zeuge ganz allein hauste, nur mit dem Hund als Gesellschaft. *Und falls er Kinder hatte, kamen sie wahrscheinlich nur ganz selten zu Besuch. Wenn überhaupt.*

»Ist Ihnen vorhin etwas aufgefallen, als Sie hier vorbeigelaufen sind?«, erkundigte sich Jacobsen. »War noch jemand da – außer der toten Frau? Ist vielleicht jemand geflüchtet, als er Sie bemerkt hat?«

»Noi.« Herr Wegener schüttelte den Kopf. »Da war koiner. Der Waschtl hat halt müssa, ond i han ihn von d'r Leine g'lassa. Er isch die Schtufa hier nonderg'schpronga – der isch no ganz schee fit für sei Aldr – ond hot an dem Baum da drüba sei Bein g'hoba.«

Er deutete mit dem Kinn zu der Weide hinüber.

»Plötzlich isch er ganz uffg'regt g'wäse ond hat g'winselt ond kläfft. Ond dann isch er onder die Brück da g'saut. Ond oifach net wiederkomma, obwohl ich ihn g'rufa han.«

Also war er ebenfalls die Stufen hinuntergestiegen (wesentlich mühsamer als sein Hund) und hatte unter die Brücke geschaut, um herauszufinden, was es dort Interessantes gab.

Jetzt trat eine Pause ein, und der alte Mann starrte eine ganze Weile auf seine Hände hinunter, bevor er endlich weitersprach.

»Ond … ond da isch se g'läga. Ganz still. Der Waschtl hat näba ihr g'hockt ond g'heult. I han glei g'wisst, dass sie nemmer … dass sie tot isch. Ond I han nix ag'fasst. Jädafalls … fascht nix.«

»Fast nichts? Wie meinen Sie das?«, wollte Melanie wissen. Ihr Ton war sehr sanft, als wollte sie den Zeugen nicht unnötig erschrecken.

»Ihr Hos … der Reißverschluss war offa«, sagte Herr Wegener. »Ond sie hat so a buntes Fähnle ag'het, e buntes Blüsle, obarom. Ganz zerfetzt isch des g'wäse. Ond die Haut da dronder … die war zerkratzt. Ond da han i …«

Er zögerte, nahm dann sichtlich seinen Mut zusammen und fuhr fort.

»Ond da han i mei Jack aus'zoga ond sie zu'deckt.« Er schluckte. »I moin … i konnt des arme Mädle doch net so halber nacket da liegalassa.«

***

Gegen Mittag waren Jacobsen und Melanie wieder in ihrem Büro im Präsidium. Auf Melanies Schreibtisch lagen die Tatortfotos ausgebreitet. Eine offene Handtasche ... Schleifspuren im trockenen Lehm unter der Brücke ... die Abdrücke von Sneakern, Größe 44 und schon ziemlich abgelaufen. Und Fotos der Toten, erbarmungslos in ihrer kühlen Sachlichkeit. Das Gesicht mit Augen, die weit geöffnet und blicklos ins Leere starrten. Eine zerfetzte, bunte Tunika, darunter die Überreste eines BHs und überall Kratzspuren auf der Haut. Langes, dunkles Haar, zu einem halb aufgelösten, zerzausten Zopf geflochten. Die Jeans, die sie getragen hatte, halb heruntergezogen, und der Slip, der zerrissen und zerknüllt einen halben Meter vom Opfer entfernt auf dem Boden gelegen hatte.

Melanie seufzte.

»Eine hübsche Frau«, sagte sie leise. »Jedenfalls ... vorher.«

»Und jung«, erwiderte Jacobsen. Er hielt den Reisepass in der Hand, den man in der Handtasche der Toten gefunden hatte; die Fingerabdrücke waren bereits abgenommen und gesichert worden. »Vierundzwanzig. Vidya Kapoor, eingereist mit einem Studentenvisum, vor drei Wochen. Vorher war sie – wenn man den Stempeln in diesem Pass glauben will – fast zwei Jahre in England. Hat dort wahrscheinlich auch studiert und sich anschließend irgendwo hier eingeschrieben. In Stuttgart vielleicht ... dummerweise waren in der Handtasche keine Papiere, die uns etwas darüber verraten würden.«

»Die trägt man normalerweise auch nicht ständig mit sich herum«, meinte Melanie. »Vielleicht hatte sie in Stuttgart ein Zimmer in einem Wohnheim. Es wird uns kaum etwas anderes übrig bleiben, als jede einzelne Hochschule im Großraum Stuttgart abzuklappern.«

»Und einen Rundruf in sämtlichen Hotels und Pensionen in und um Stuttgart und Waiblingen zu starten«, fügte Jacobsen seufzend hinzu. »Falls sie reicher Leute Kind war und die ihr eine noblere Unterkunft finanziert haben als ein simples Studentenwohnheimzimmer. Vielleicht haben sie ihr sogar irgendwo ein Appartement gemietet.« Er warf erneut einen Blick in den Pass. »Sie stammt aus einer Stadt namens Jalandhar; hier ist eine Heimatadresse angegeben. Wir müssen die Familie verständigen. Wenn wir Pech haben, versteht da keiner ein Wort Englisch … wir werden einen Dolmetscher brauchen.«

»Der sollte dann aber sicherheitshalber Punjabi können«, sagte Melanie. »Jalandhar liegt nämlich im Punjab. Hindi und Englisch sind zwar in Indien offizielle Amtssprachen, aber es gibt jede Menge Dialekte, und Punjabi ist nur einer davon.«

»Was du alles weißt!« Jacobsen lächelte sie an.

Sie errötete leicht. »Ach was … ich interessiere mich bloß für Indien, jedenfalls ein bisschen. Übrigens, da fällt mir ein: Wenn Vidya Kapoor ein Studentenvisum beantragt hat, dann hat sie dabei vermutlich auch angeben müssen, wo sie hier wohnen wird. Da können wir uns notfalls auch noch erkundigen, falls wir in Indien keine Angehörigen von ihr auftreiben. Aber zuallererst sollten wir schauen, ob irgendwo eine Vermisstenmeldung vorliegt. Vielleicht ist sie ja hier bei Bekannten oder bei Freunden ihrer Familie untergekommen, die schon nach ihr suchen. Wenn wir Glück haben, spart uns das eine ganze Menge Arbeit.«

»Aber auch nur, wenn es wirklich schon eine Vermisstenmeldung gibt.« Jacobsen schüttelte zweifelnd den Kopf. »So wie die Tote aussah, kann sie nicht früher gestorben sein als irgendwann letzte Nacht. Und normalerweise macht doch niemand gleich eine Riesenwelle, wenn eine Frau in ihrem Alter mal nicht nach Hause kommt. Selbst wenn man weiß, dass das mit den viel zitierten vierundzwanzig Stunden Wartezeit bei einem Vermisstenfall Blödsinn ist – üblicherweise versucht man doch erst mal, sie auf dem Handy zu erreichen, oder ruft ein paar Freunde an, meinst du nicht?«

»Ihr Handy war zwar auch in der Handtasche, aber das Passwort haben die Kollegen noch nicht geknackt«, erwiderte Melanie. »Außerdem … vergiss nicht, Vidya Kapoor kommt aus Indien. Wenn sie hier tatsächlich bei Bekannten oder sogar bei Angehörigen gewohnt hat, und wenn die feststellen, dass sie nach irgendeiner Verabredung nicht wieder auftaucht, dann werden die schneller Alarm schlagen, als du glaubst, verlass dich drauf.«

»Einen Versuch ist es wert – *aua!*« Jacobsen zuckte zusammen und tastete instinktiv mit der Zungenspitze nach dem vermaledeiten Backenzahn. *Das hatte jetzt wirklich verflucht wehgetan.*

Melanie warf ihm einen scharfen Blick zu. »Warst du immer noch nicht beim Zahnarzt?«

»Bis jetzt war es nicht so schlimm«, grummelte Jacobsen. »Ich dachte, ich komme drum herum.«

»Offenbar nicht.« Melanie nahm den Hörer des Telefons ab und hielt ihn ihm entgegen. »Ruf an, jetzt gleich. Bei Zahnweh wird man normalerweise sofort drangenommen. Wenn du heute noch einen Termin bekommst, hast du's hinter dir.«

»Musst du so *bossy* sein?« Jacobsen lehnte sich in seinem Stuhl zurück und verschränkte die Arme vor der Brust. »Es ist schon wieder vorbei – ich bin sicher, morgen reicht es auch noch.«

»Bloß wenn du Lust hast auf eine unruhige Nacht und jede Menge Ibuprofen.« Melanies Ton war unerbittlich. »Na komm schon, Malte – fass dir ein Herz! Das wird dich schon nicht umbringen.«

Jacobsen stellte sich vor, wie er in dem Behandlungsstuhl lag, den Mund weit aufgerissen und das bösartige Sirren des Bohrers in den Ohren. Er schauderte unwillkürlich.

Melanie grinste. »Und wenn du schön ›bitte, bitte‹ sagst, gibt dir der Onkel Doktor vorher bestimmt eine Spritze.«

Jacobsen schluckte heldenhaft die giftige Retourkutsche hinunter, die ihm bereits auf der Zunge lag, und nahm den Hörer entgegen.

***

Es wurde fast fünf Uhr nachmittags, bis er die Zahnarztpraxis wieder verlassen konnte, den Kiefer noch betäubt und statt des quälenden Übeltäters ein Stück blutstillender Watte im Mund.

Er war kurz in Versuchung, direkt nach Hause zu fahren, aber Pflichtbewusstsein und die Neugier auf etwaige neue Entwicklungen in dem Fall der Toten unter der Brücke trugen den Sieg davon. Also kehrte er ins Büro zurück, wo Melanie hoffentlich mit Informationen (und zumindest mit einem Espresso) auf ihn wartete.

Sie enttäuschte ihn nicht.

»Erstens: Es gibt tatsächlich eine Vermisstenanzeige. Aufgegeben von einem Ingenieur aus Waiblingen-Neustadt. Laut seinen Angaben hat Vidya Kapoor seit ihrer Einreise nach Deutschland bei ihm und seiner Frau gewohnt; sie ist die Tochter eines Freundes der Familie.«

Melanie sah hochzufrieden aus; sie war sichtlich froh darüber, dass sie mit ihrer Vermutung richtig gelegen hatte.

»Sie hat zwei Jahre an der London School of Economics Betriebswirtschaft studiert und war an der Stuttgarter Uni im laufenden Semester für mehrere Kurse eingeschrieben. Gestern Abend wollte sie sich laut Auskunft ihres Gastgebers im *Teneria* in der Waiblinger Altstadt mit Freundinnen auf ein paar Tapas treffen.«

»Kenn ich.« Jacobsen nickte. »Tolle spanische Küche, aber nicht ganz billig.«

»Richtig.« Melanie nickte. »Der Mann ist gegen elf zum S-Bahnhof in Neustadt gefahren, um seinen Gast dort abzuholen. Vidya hat ihm eine WhatsApp-Nachricht geschickt, dass sie um kurz nach elf ankommt. Aber sie war nicht da.« Ihr fröhliches Gesicht wurde ernst. »Er hat sich sofort Sorgen gemacht. Ich hab mit ihm telefoniert; er meinte, sie sei sonst immer sehr zuverlässig gewesen und habe alle Absprachen gewissenhaft eingehalten. Er war heute früh hier im Präsidium, um sie als vermisst zu melden … ziemlich zu derselben Zeit, als der alte Herr Wegener ihre Leiche unter der Brücke gefunden hat.«

»Ach je.« Jacobsen schüttelte den Kopf. »Haben wir die Familie von Vidya Kapoor in Indien schon erreicht?«

»Das wird Vidyas Gastgeber uns abnehmen«, erwiderte Melanie. »Er war vorhin in der Pathologie bei Lothar im *Robert*

Bosch in Stuttgart und hat die Leiche zweifelsfrei identifiziert. Er setzt sich morgen mit Vidyas Eltern in Verbindung; in Indien sind sie uns ein paar Stunden voraus, und er hat mir gegenüber gemeint, er will sie ›nicht mitten in der Nacht in Verzweiflung stürzen‹. Hat er wörtlich so gesagt.«

Jacobsen nippte vorsichtig an seinem Espresso. »Guter Mann. Auf diese Weise haben sie noch ein paar Stunden Schonfrist. Und sie erfahren es wenigstens durch jemanden, den sie kennen.«

Seine und Melanies Augen trafen sich; ihm war klar, dass sie genau das Gleiche dachte wie er. Die Nachricht, dass ein geliebter Mensch ums Leben gekommen war – noch dazu auf diese Weise –, blieb immer ein entsetzlicher Schock. Egal von wem und wann man so etwas beigebracht bekam.

Er wandte seine Gedanken entschlossen von der noch ahnungslosen Familie ab und wieder den Ermittlungen zu. »Wo wir gerade von deinem Onkel reden – hat er schon irgendwelche Erkenntnisse für uns?«

»Aber ja.« Melanies Miene hellte sich wieder auf. »Er hat Spermaspuren gesichert, und es gab fremde DNA in den Kratzern auf ihrer Brust. Außerdem hatte Vidya sowohl Hautzellen als auch Blut unter den Fingernägeln, die eindeutig von ihrem Angreifer stammen. Sie muss sich heftig gegen den Mann gewehrt haben, der sie vergewaltigt und danach erstochen hat.«

Sie hielt inne; er konnte sehen, dass die eigentliche Sensation unmittelbar bevorstand.

»Und jetzt halt dich fest, Malte: Dank dieser Spuren können wir mit ziemlicher Sicherheit sagen, dass wir ihren Mörder bereits gefunden haben.« Ihre Augen blitzten triumphierend. »Jedenfalls haben wir einen Namen.«

»*Was?*« Jacobsen hätte um ein Haar seine Tasse umgekippt. »Wer ist es?«

»Der Kerl heißt Pierre Meyer. Er stammt aus Konstanz am Bodensee und wurde dort wegen zweifacher schwerer Vergewaltigung zu acht Jahren Haft verurteilt. Die hat er in Freiburg abgesessen, und er wurde vor ziemlich genau einem Monat entlassen. Sein derzeitiger Aufenthaltsort ist zwar nicht bekannt – aber seine DNA ist natürlich in der Datei der Sexualstraftäter abgespeichert. Da hat er wohl Pech gehabt, was?«

»Stimmt.« Jacobsen nickte grimmig. »Aber Vidya Kapoor leider auch.«

Der Mann mit der Katze

Eine Stunde später war Pierre Meyer bundesweit zur Fahndung ausgeschrieben; der Mann würde mit Sicherheit versuchen, erneut spurlos von der Bildfläche zu verschwinden, und man musste ihn unbedingt erwischen, bevor er über die nächste Frau herfiel.

Die badischen Kollegen in Friedrichshafen waren ausgesprochen kooperativ. Schon kurz, nachdem Jacobsen dort angerufen und die Lage geschildert hatte, konnte er sich eine Online-Version von Pierre Meyers Akte auf seinem eigenen Bildschirm ansehen. Er überflog die ersten paar Seiten und pfiff leise durch die Zähne.

»Eine Straftatenliste, so lang wie mein Arm«, sagte er. »Körperverletzung, Kneipenschlägereien und immer wieder Gewalt gegen Frauen. Zieht sich durch sein Leben wie ein roter Faden. Mit sechzehn hat er eine Klassenkameradin angebaggert, und als die nicht so wollte wie er, hat er sie krankenhausreif geprügelt. Danach ist er von der Schule geflogen. Wenn ich das hier richtig lese, sind die zwei Vergewaltigungen, für die man ihn letztendlich verknackt hat, nur die Spitze des Eisbergs. Es gab noch sehr viel mehr Opfer, bei denen alles auf ihn als Täter hindeutet, aber man hat ihm nur diese beiden Taten wirklich nachweisen können. – Unser Mord hier ist eigentlich ziemlich komisch.«

»Wieso komisch?« Melanies Mund wurde schmal. »Ich finde ihn eher traurig.«

Jacobsen sah sie an. »Komisch deswegen, weil Meyer sich – jedenfalls nach diesem ersten Ausraster mit sechzehn – immer ziemlich vorgesehen hat. Bei seinen sexuellen Übergriffen hat er üblicherweise Handschuhe getragen und Kondome benutzt; er wusste offensichtlich ganz genau, dass DNA-Spuren der schnellste Weg in den Knast sind. Zudem hat er sich mit Sturmhauben und Strickmasken getarnt; deswegen konnte er in den meisten Verdachtsfällen nicht zweifelsfrei identifiziert und überführt werden.«

»Das heißt, er war normalerweise gründlich vorbereitet und besaß eine gut funktionierende Impulskontrolle.« Melanie zog die Augenbrauen zusammen. »Ich verstehe, was du meinst. Die Vergewaltigung und der Mord an Vidya Kapoor passen nicht ins Profil, oder?«

»Kein Stück.«

Jacobsen rieb sich die Wange; die Betäubung war abgeklungen, und das Loch, wo der Backenzahn gesessen hatte, tat ziemlich weh. Er beschloss, den Schmerz zu ignorieren. *Eine Tablette nehmen konnte er später immer noch.*

»Der Körper unseres Opfers war förmlich mit Meyers DNA übersät«, sagte er. »Kondom Fehlanzeige, sonst hätte dein Onkel wohl kaum das Sperma gefunden. Und obendrein hat Meyer das Mädchen nach der Vergewaltigung umgebracht. Sieht so aus, als hätte er komplett die Beherrschung verloren.«

Melanie überlegte.

»Er hat acht Jahre gesessen«, meinte sie. »Vielleicht war er ja einfach … ausgehungert?«

»Möglich.« Jacobsen wiegte zweifelnd den Kopf. »Aber wieso hat er sich dann nicht schon kurz nach Haftende eine Frau gesucht, um Dampf abzulassen? Falls wir nicht demnächst von einer früheren Tat innerhalb der vier Wochen hören, die er wieder draußen ist, dann hat er sich die ganze Zeit am Riemen gerissen. Und obendrein hat er seinen ersten Überfall in Freiheit hier in Waiblingen verübt. Wieso ausgerechnet bei uns? Ist er hierhergezogen, oder was wollte er hier?«

»Registriert ist er immer noch in Konstanz«, erwiderte Melanie. »Aber vielleicht ist ihm da der Boden zu heiß geworden. Immerhin hat man ihn dort verhaftet und ihm den Prozess gemacht. Möglicherweise hat er sich einfach ein neues Betätigungsfeld gesucht, weit weg von seinem früheren Revier. Und es könnte hier einen Kumpel geben, bei dem er untergekrochen ist … vielleicht jemand, den er aus dem Knast kennt. Wir müssen in seinem persönlichen Umfeld auf die Suche gehen.«

»Da hast du recht.« Wieder tastete Jacobsen nach seiner Wange. »Aber nicht mehr heute.«

Melanie lächelte leicht und legte ihm eine Hand auf die Schulter.

»Würd ich auch sagen. Und du, mein Lieber, schaust jetzt bitte, dass du nach Hause kommst. Dort wirfst du eine von den Pillen ein, die dein Zahnarzt dir unter Garantie mitgegeben hat, und legst dich hin. Du bist ganz schön blass um die Nase – soll ich dich fahren?«

Jacobsen erwiderte das Lächeln und hätte beinahe seine Hand über ihre gelegt. Die Versuchung war riesengroß; er flüchtete sich hastig in Ironie, um ihr nicht nachzugeben.

»Und dann deckst du mich zu, singst mir ein Wiegenlied und machst mir einen Baldriantee?« *Eigentlich eine Vorstellung, die ihm sehr gefiel ... aber er würde den Teufel tun und ihr das verraten.* »Keine Sorge, Florence Nightingale. Ich komm auch ohne dich in einem Stück nach Hause.«

»Zweifellos.« Sie zog die Hand zurück. »Hau schon ab, du Held. Wir sehen uns morgen früh.«

***

Glücklich zu Hause angekommen, tat Jacobsen genau das, was Melanie ihm geraten hatte. Er nahm das Medikament, ließ sein Abendessen ausfallen – kauen konnte er sowieso noch nicht – und duselte unter einer Decke auf dem Sofa ein, während im Fernsehen eine Dokumentation über seltene Wildtiere in den Anden lief. Wider Erwarten schlief er wie ein Stein.

Als das Telefon klingelte, brauchte er eine ganze Weile, um aus einem verwirrenden Traum aufzutauchen, in dem es um Krankenschwestern in viktorianischen Gewändern ging, die dahinsiechende Lamas mit Flaschen fütterten. Er schreckte hoch, blinzelte verwirrt und angelte das vibrierende Handy von der Tischkante. Der Fernseher hatte sich irgendwann in der Nacht automatisch abgeschaltet, der Himmel jenseits des Wohnzimmerfensters war wieder hell, und die Uhr zeigte kurz vor sieben.

»Hallo ...?«

»Morgen, Malte!« Es war Melanie, und ihre Stimme klang geradezu aufreizend munter. »Geht's dir gut? Was macht der Backenzahn?«

»Ich würde ihn ja fragen, wenn er noch da wäre.« Er gähnte ausgiebig. »Was mich angeht – das weiß ich erst nach meinem ersten Kaffee. Und ich brauch dringend eine Zigarette.«

»Brauchst du nicht.« Jetzt klang sie strafend. »Spring unter die Dusche und komm nach Waiblingen.«

»Langsam!« Er schüttelte den Kopf, um die Spinnweben in seinem Gehirn zu vertreiben. »Darf ich wenigstens vorher frühstücken?«

»Ich spendier dir eine Laugenbrezel und einen Espresso, wenn wir hier fertig sind«, sagte sie. »Aber erst musst du zum Hochwachtturm. Der Fundort ist am Stadtgraben, Ecke Schmidener Straße. Die Spurensicherung ist schon da.«

»Die SpuSi?« Plötzlich war er hellwach. »Der Fundort? Das heißt ...«

»Das heißt, wir haben schon wieder eine Leiche.« Melanie schnaufte hörbar durch die Nase. »Und einen Zeugen, der sie entdeckt und uns angerufen hat, gibt es auch wieder. Allerdings ist er dieses Mal bei Weitem nicht so alt und hinfällig wie Herr Wegener, sondern ausgesprochen gut aussehend. Und er hat keinen Hund bei sich, sondern eine Katze.«

»Echt jetzt?«

»Echt jetzt. Außerdem ist das Opfer diesmal keine Frau, sondern ein Mann. Und unser Zeuge kennt ihn. Laut seiner Aussage ist es – Pierre Meyer.«

Jacobsen warf die Decke beiseite und schwang die Beine vom Sofa.

»Ich komme sofort.«

***

Auf der Fahrt von Backnang nach Waiblingen geriet er wunderbarerweise nicht in einen Stau und hatte eine knappe halbe Stunde später die angegebene Adresse erreicht. Er schob das

Flatterband beiseite, das den Fundort absperrte, und nickte zwei uniformierten Beamten zu. Diesmal stellte sich ihm niemand in den Weg; die Kollegen von der SpuSi waren mit der Sammlung und den Fotos der Beweise schon fertig. Ein schlichter Metallsarg stand an der Wehrmauer, wo sich mehrere Bänke aufreihten. Auf einer davon lag schief und mit schlaff gespreizten Beinen in ausgebleichten Jeans die Leiche.

Jacobsen blieb stehen und musterte den Toten. An den Füßen trug er abgelaufene Turnschuhe, der Oberkörper steckte in einem grauen Hoodie mit aufgekrempelten Ärmeln. Auf dem rechten Unterarm befand sich ein Tattoo – ein Totenschädel, dem aus einer leeren Augenhöhle eine Schlange kroch. *Reizender Zeitgenosse.*

Der Mann auf dem Fahndungsfoto, das er gestern in der Akte von Pierre Meyer gesehen hatte, war deutlich weniger korpulent gewesen und um einiges jünger; wahrscheinlich hatten die acht Jahre Haft seiner Figur nicht gerade gutgetan. Eine offensichtliche Verletzung konnte Jacobsen auf den ersten Blick nicht erkennen. Das rundliche Gesicht unter den kurz geschorenen graubraunen Haaren war bleich, und der Mund stand offen, als wäre er über seinen Exitus immer noch verblüfft.

Ein paar Meter weiter entdeckte Jacobsen Melanie, die an der gegenüberliegenden Mauer stand. Die Stadt hatte dort einen kleinen Brunnen errichtet, der von kniehohen, zylinderförmigen Steinblöcken mit den Wappen der vier Waiblinger Partnerstädte umringt war. Auf einem dieser Blöcke saß ein Mann. *Vermutlich der, von dem Melanie am Telefon gesprochen hatte. Der Pierre Meyer kannte.*

Jacobsen trat näher und musterte ihn. *Etwa Mitte dreißig,* schätzte er spontan, *und vermutlich kein Landsmann. Schwarzbraunes kurz geschnittenes Haar, dunkelbraune Augen unter dichten, schön geschwungenen Augenbrauen, die Haut mit einem warmen Bronzeton. Hochgewachsen und sehr schlank. Araber vielleicht, oder Inder.* Und der Mann hatte tatsächlich eine kleine Katze bei sich; sie lag auf seinem Schoß zusammengerollt, die

Nase unter der Schwanzspitze verborgen, und schien friedlich zu schlummern.

»Hallo«, sagte Jacobsen.

Melanie und der Mann wandten sich ihm gleichzeitig zu; Melanie lächelte.

»Hallo, Malte. Das hier ist der Zeuge, der die Leiche gefunden hat.«

Der Mann neben ihr erhob sich – sehr vorsichtig, um die schlafende Katze auf seinem Arm nicht zu wecken – und grüßte Jacobsen mit einem blassen Lächeln. Sein Mund war voll und weich; er sah aus, als besäße er unter weniger dramatischen Umständen eine Menge Humor. Jetzt aber wirkte er eher übernächtigt und düster.

»Guten Morgen«, sagte Jacobsen. »Kriminalkommissar Malte Jacobsen, Kripo Waiblingen.«

»Surendra Sinha«, erwiderte der Mann und neigte grüßend den Kopf. »Auch Kriminalkommissar, K1 Friedrichshafen. Normalerweise jedenfalls. Wir sind also gewissermaßen Kollegen.«

»Das stimmt«, warf Melanie ein. »Ich hab vorhin seinen Ausweis überprüft.«

Jacobsen nickte. »In Ordnung. Und was heißt, Sie arbeiten ›normalerweise‹ bei der Kripo Friedrichshafen? Sind Sie im Urlaub?«

»Sozusagen.« Surendra Sinha sprach vollkommen ruhig, allerdings war da ein ganz leicht bitterer Unterton – kaum spürbar, aber Jacobsen registrierte ihn trotzdem. »Ich besuche für ein paar Wochen meine Eltern. Sie leben hier ganz in der Nähe.«

»Einen Moment.« Melanie stutzte, dann blickte sie schlagartig alarmiert drein. »Etwa in Neustadt? Ich meine, es kann ja auch nur eine zufällige Namensgleichheit sein, aber – ist Ihnen der Ingenieur Praveer Sinha bekannt?«

Die kleine Katze hob den Kopf, gab ein nervöses Miauen von sich und versuchte, von Sinhas Armen herunterzuspringen; er hielt sie jedoch fest und kraulte beruhigend ihr hellgraues Fell.

»Ja, sicher. Das ist mein Vater. Wieso?«

Jacobsen brauchte einen Moment, bis auch bei ihm der Groschen fiel. *Das war ja nicht zu fassen.* Der Mann sprach trotz seines exotischen Aussehens ein fehler- und akzentfreies Deutsch, weswegen er ihn spontan niemals mit dem indischen Gastgeber von Vidya Kapoor in Verbindung gebracht hätte. Er musterte den Kollegen aus Friedrichshafen mit scharfäugigem Interesse.

»Seltsamer Zufall«, sagte er langsam. »Ihr Vater hat gestern Morgen eine junge Frau bei uns als vermisst gemeldet. Sie wurde kurz darauf hier in Waiblingen ermordet aufgefunden, unter einer Brücke an der Rems. Sie ist bei Ihren Eltern zu Gast gewesen, oder?«

»Ja.« Sinhas Gesicht war sehr blass geworden. »Seit ziemlich genau drei Wochen. Sie kam aus London hierher, um zu studieren, und ihre Familie meinte, sie wäre bei Freunden besser aufgehoben als in einem Zimmer im Studentenwohnheim.«

»Das war dann ja wohl ein Irrtum«, bemerkte Jacobsen trocken. Sinha erstarrte, als hätte man ihm eine Ohrfeige verpasst, und Melanie warf Jacobsen einen scharfen, vorwurfsvollen Blick zu. *Na so was. Offenbar weckte der Mann mit seiner Katze ihren Beschützerinstinkt.*

»Meine Eltern sind am Boden zerstört«, sagte Sinha leise. »Sie machen sich große Vorwürfe – dabei kann man sie wohl kaum für das verantwortlich machen, was Vidya zugestoßen ist.«

Er hob den Kopf und betrachtete Jacobsen aufmerksam.

»Haben Sie schon eine Spur? Irgendeinen Verdacht?«

Jacobsen antwortete nicht sofort. An sich sprach nichts dagegen, einen auswärtigen Kollegen über ausgewählte Ermittlungsdetails zu informieren, aber sein Instinkt sagte ihm, dass mit dem Kerl etwas nicht stimmte. Der bittere Unterton von vorhin hatte ihn stutzig gemacht. War der Mann tatsächlich einfach nur ›im Urlaub‹ – oder war er womöglich beurlaubt worden? *Und wenn ja, warum?*

»Ich würde gern erst einmal wissen, was Sie um diese Uhrzeit hier gemacht haben, Herr Sinha«, sagte er kühl. »Für einen Spaziergang ist es reichlich früh, finden Sie nicht?«

»Ich habe bei einem Freund übernachtet«, erklärte Sinha, der sich über Jacobsens Verhörton nicht im Mindesten zu wundern schien. »Gestern Abend ist es ein bisschen spät geworden, und dann war die letzte S-Bahn weg. Er wohnt hier ganz in der Nähe; ich gebe Ihnen seinen Namen und die Adresse, damit Sie das überprüfen können. Leider hab ich die ganze Nacht kein Auge zugemacht ... Seit das mit Vidya passiert ist, kann ich kaum noch schlafen. Irgendwann hab ich es dann nicht mehr ausgehalten; ich wollte raus, an die frische Luft.« Er warf einen Blick auf seine Armbanduhr. »Das war vor etwa zwei Stunden.«

»Sprich: etwa gegen sechs.« Jacobsen nickte. »Und dann?«

»Ich bin zum Beinsteiner Tor gelaufen und runter zum Fluss – zu der Stelle, wo man Vidya gestern gefunden hat. Dort hab ich lange auf den Stufen gesessen. Ich hab mir den Kopf darüber zerbrochen, wer ihr das angetan hat, und bin im Geist ein halbes Dutzend Tatszenarien durchgegangen.«

Er lächelte ein wenig schief.

»Berufskrankheit, fürchte ich. Ich weiß, ich bin hier nicht zuständig, und ich will mich auch bestimmt nicht in Ihre Arbeit einmischen. Für gesicherte Erkenntnisse ist es vermutlich sowieso noch zu früh. Aber vielleicht können Sie mir wenigstens sagen, ob man Spuren gefunden hat, die uns weiterhelfen. DNA oder was auch immer.«

Er sah Melanie an, als hoffte er von ihrer Seite auf mehr Auskunftsbereitschaft.

»Ich habe Vidya gekannt, wissen Sie, und ich ... mochte sie. Falls – und wirklich nur falls – Sie schon etwas in Erfahrung gebracht haben und es nicht ermittlungstechnischer Geheimhaltung unterliegt, dann ... verstehen Sie, auch für meine Eltern wäre es ein großer Trost, wenn ich ihnen erzählen könnte, dass Sie dem Mörder schon auf der Spur sind.«

»Kann ich mir lebhaft vorstellen«, versetzte Jacobsen. »Aber erst möchte ich von Ihnen hören, wie Sie schließlich auf den Toten gestoßen sind. Sie haben also am Fluss gesessen, haben an Vidya Kapoor gedacht – und dann?«

»Dann hab ich mich irgendwann doch aufgerafft und bin zurückgegangen«, sagte Sinha. »Und als ich hier vorbeikam, hab ich plötzlich ein jämmerliches Maunzen gehört. Ich hab mich umgeschaut und schließlich da drüben in dem alten Brunnen die Mieze gefunden; zum Glück ist kein Wasser drin, aber sie saß fest und kam nicht mehr raus. Ich hab sie herausgeangelt, unter meine Jacke gesteckt und erst mal gewärmt. Dann ist mir da vorne auf der Bank die leblose Gestalt aufgefallen. Ich dachte schon, lieber Himmel, da braucht gleich noch jemand Hilfe ... aber als ich hinkam, hab ich sehr schnell gemerkt, dass er nicht mehr lebt. Und da hab ich natürlich sofort die Polizei verständigt.«

Er ließ den Blick hoffnungsvoll zwischen Jacobsen und Melanie hin und her schweifen.

»So, das war der Rest der Geschichte, wie gewünscht – verraten Sie mir dafür jetzt, ob Sie im Fall von Vidya schon eine Spur haben?«

Während Jacobsen noch zögerte, kam Melanie ihm kurz entschlossen zuvor.

»Nach Abgleich der DNA auf Vidyas Leiche müssen wir davon ausgehen, dass der Täter der Mann war, den Sie hier tot aufgefunden haben, Herr Sinha«, sagte sie. »Es gab Blutspuren und Sperma, und beides stimmt hundertprozentig mit Pierre Meyers DNA in der Sexualstraftäter-Datei überein.«

Sinhas Gesicht verlor schlagartig auch noch den letzten Rest Farbe. Er starrte Melanie an, als hätte sie sich vor seinen Augen in einen Geist verwandelt; dann drehte er sich ruckartig um, ging mit schnellen Schritten in die Richtung des Toten auf der Bank und stieß dabei Worte in einer Sprache aus, die Jacobsen nicht verstand. Ein paar Polizisten kamen herbeigelaufen, um ihn aufzuhalten, während die Katze bei einem hektischen Versuch, sich aus Sinhas Griff herauszuwinden, mit den Krallen in seinem T-Shirt hängen blieb.

»Beruhigen Sie sich, Herr Sinha!«, kommandierte Jacobsen scharf. »Seien Sie vernünftig – um sich den Mann vorzuknöpfen, ist es doch sowieso zu spät!«

Sinha wandte sich ihm zu; seine dunklen Augen funkelten zornig, und er atmete schwer. Erst als das Kätzchen in seinen Armen kläglich quiekte, schien er wieder zur Besinnung zu kommen; er riss sich sichtlich zusammen und murmelte eine Entschuldigung in die Richtung der Polizisten. Jacobsen nickte ihnen wortlos zu; sie ließen Sinha los und entfernten sich. Sinha richtete den Blick auf die Katze, die verzweifelt versuchte, sich loszumachen, und seine Gesichtszüge entspannten sich ein wenig.

»Sorry, Saleti«, sagte er leise; behutsam löste er die Krallen aus dem Stoff seines T-Shirts, legte sich die Katze im Arm zurecht und strich ihr besänftigend über den Rücken. Dann hob er den Kopf und suchte Jacobsens Blick.

»Es tut mir leid«, sagte er. »Aber der Gedanke, dass dieser Mistkerl Vidya ...«

Er brach ab, als würde ihm plötzlich etwas einfallen. Seine Augen wurden noch dunkler, fast schwarz.

»*Hay Baghwan!*«, stieß er hervor. »Wenn der Kerl sich ausgerechnet *sie* als Opfer ausgesucht hat, dann ... dann war das womöglich gar kein Zufall! Ich hab zwar keine Ahnung, wie er das herausgefunden haben kann, aber wenn er *gewusst* hat, dass sie Gast unseres Hauses war ... dann ist es ihm in dem Moment wahrscheinlich weniger um sie gegangen als vielmehr um *mich!* Dann war das Ganze ein Racheakt!«

Er schnaubte heftig.

»Natürlich! Das würde auch erklären, warum Sie so eindeutige DNA-Spuren sichern konnten. Vor seiner Haft ist er da wesentlich vorsichtiger gewesen; wir haben damals große Mühe gehabt, ihm wenigstens zwei seiner Vergehen eindeutig nachzuweisen. Wenn er jetzt plötzlich seine altbewährten Prinzipien über den Haufen wirft, dann entweder, weil er diesmal ungewohnt spontan und unüberlegt vorgegangen ist – oder weil er *wollte*, dass man herausfindet, dass *er* es war, der Vidya umgebracht hat. Um mir zu zeigen: Er ist wieder da.«

»Sie meinen, er hatte es auf Sie abgesehen?«, wollte Jacobsen wissen.

»Da bin ich sogar verdammt sicher«, sagte Sinha finster. »Wir haben monatelang gegen Pierre Meyer ermittelt, und ich war derjenige, der schließlich die notwendigen Beweise zusammengetragen hat, damit er verhaftet und angeklagt werden konnte. Ich kenne den Mann besser, als mir lieb ist ... deshalb hab ich vorhin ja auch sofort gewusst, wer das ist, als ich ihn da auf der Bank hab liegen sehen, auch wenn er sich seit damals ziemlich verändert hat. Allein schon das verdammte Tattoo auf seinem Unterarm würde ich jederzeit wiedererkennen; ich hab es bei mehreren Verhören und während der gesamten Gerichtsverhandlung fast ständig vor Augen gehabt. Das vergesse ich nie.«

Er sah Jacobsen an; plötzlich wirkte er wieder sehr müde.

»Ich war einer der Zeugen bei dem Prozess gegen Meyer. Er hat im Gerichtssaal mehrfach die Beherrschung verloren und den Frauen, die ebenfalls gegen ihn ausgesagt haben, angedroht, er würde sie sich irgendwann noch ›vorknöpfen‹. Und vor allem *ich* sollte mich warm anziehen – sobald er wieder draußen ist, wäre ich erledigt.«

»Aber Ihnen ist nichts passiert«, sagte Jacobsen. »Und auch niemandem aus Ihrer Familie.«

Sinha zog hörbar die Luft ein; Jacobsen konnte sehen, dass er sich beherrschen musste.

»Vidya Kapoor *war* Familie«, sagte Sinha leise. »Und egal, ob sie ein Zufallsopfer geworden ist oder Meyer sie sich gezielt ausgesucht hat – wenn er mir persönlich einen Schlag versetzen wollte, dann ist ihm das verdammt noch mal gelungen.«

Die kleine Katze fiepte unglücklich; Sinha hauchte ihr einen weichen Kuss zwischen die Ohren.

»Und Sie hatten bis zu diesem Zeitpunkt wirklich noch keine Ahnung?«, bohrte Jacobsen hartnäckig nach. »Sie haben nicht gewusst, dass der Mörder von Vidya Kapoor Ihr alter Feind Pierre Meyer war?«

Ruckartig schaute Sinha auf. Seine Lippen wurden schmal.

»Was soll das heißen?«, gab er zurück. »Wollen Sie vielleicht behaupten, dass *ich* Meyer um die Ecke gebracht habe? Und als Nächstes den Leichenfund melde, um mich selbst aus der Schusslinie zu nehmen?«

»Finden Sie die Idee denn so abwegig?«, konterte Jacobsen.

Sinha musterte ihn mit einem durchbohrenden Blick aus seinen dunklen Augen.

»Nein, natürlich nicht«, erwiderte er plötzlich überraschend sachlich. »Gut mitgedacht, Herr Kollege. Klar, ich könnte es irgendwie herausgefunden und mich daraufhin an Meyer gerächt haben. Und ich kann auch nicht leugnen, dass ich – falls jemand hier wirklich nachgeholfen hat – demjenigen gern die Hand schütteln würde. Was immer Sie deswegen jetzt von mir halten. Aber Fakt ist: Ich war es nicht. Ich weiß weder, *wie* der Mann gestorben ist, noch durch *wen*. Sie können gerne gegen mich ermitteln, solange ich nicht der einzige Verdächtige auf Ihrer Agenda bleibe – denn wenn Sie sich ausschließlich auf mich einschießen, dann finden Sie den wahren Täter nie.«

Ein sarkastisches Lächeln kräuselte seinen Mundwinkel.

»Natürlich stehe ich Ihnen auch jederzeit zur Verfügung, falls ich Ihnen mit meinen Kenntnissen über Pierre Meyer irgendwie behilflich sein kann. Vor allem mit denen, die *nicht* in seiner Akte stehen. Die haben Sie ja bestimmt schon in Friedrichshafen angefordert, oder?«

Jacobsen nickte, ein wenig überrumpelt.

»Gut.« Sinha straffte sich und drückte die Katze sanft gegen seine Schulter. »Falls ich mich jetzt sofort zur weiteren Vernehmung im Präsidium einfinden soll, würde ich allerdings bitten, dass ich erst dieses kleine Findelkind nach Hause zu meinen Eltern bringen darf. Das würde sonst alles sicher zu viel für sie, abgesehen davon, dass ich nicht weiß, ob Katzen bei Ihnen überhaupt willkommen sind.«

»Ich würde mich schon um sie kümmern«, meldete Melanie sich lächelnd zu Wort. »Aber Sie haben recht, zu Hause ist sie sicher besser aufgehoben. Soll ich Sie nach Neustadt fahren? Dann müssen Sie nicht die S-Bahn nehmen.«

»Das wäre außerordentlich freundlich von Ihnen.« Sinha lächelte zurück. »Saleti und ich, wir danken Ihnen sehr.«

Sein müdes Gesicht strahlte plötzlich einen warmherzigen und ausgesprochen unwiderstehlichen Charme aus, sehr zu Jacobsens Ärger. *Der Teufel soll ihn holen.*

»Keine Ursache«, erwiderte Melanie. »*Saleti* heißt die Kleine? Was für ein Name ist das?«

»Das ist Hindi«, erklärte Sinha. »Es bedeutet *grau*. Passt zu ihrem Fell, finde ich.«

»Hindi?« Melanie musterte Sinha sichtlich fasziniert, und Jacobsen spürte, wie sein Ärger sich noch verstärkte. »Ach ja, Sie sind ja aus Indien.«

»Indischer Abstammung«, korrigierte Sinha. »Aber in Deutschland geboren und auch deutscher Staatsangehöriger. Sonst würden sie mich wohl kaum bei der Kripo mitspielen lassen.«

»Apropos Kripo«, ging Jacobsen dazwischen. »Warum genau sind Sie derzeit doch gleich *beurlaubt?*«

Es war ein Schuss ins Blaue, und er rechnete eigentlich erneut mit einer bissigen Gegenattacke. Sinha blieb jedoch ruhig.

»Darüber möchte ich nicht reden«, sagte er knapp. »In Friedrichshafen hilft man Ihnen bei Bedarf sicher gern weiter.« Er schnitt eine ironische Grimasse. »Aber keine Sorge – ich bin immer noch einer von den *good guys*. Ihrer Kollegin passiert bei mir ebenso wenig etwas wie der kleinen Saleti.«

Er zwinkerte Melanie zu, die sein Lächeln prompt erwiderte. Jacobsen sah zu, wie sie und Surendra Sinha sich einträchtig auf den Weg zu Melanies Wagen machten, und kämpfte gegen das irritierende Gefühl an, auf irgendeine Weise den Kürzeren gezogen zu haben … gegen diesen Fremden mit dem exotischen Charme und der kleinen grauen Katze.

Er wandte sich ab und ging mit langen Schritten davon. *Zeit, ins Büro zu kommen.* Er musste Professor Brendel bitten, so rasch und so eindeutig wie möglich festzustellen, wann und woran Pierre Meyer gestorben war. Denn auch wenn Sinha Jacobsens Verdacht energisch zurückgewiesen hatte – ein erstklassiges Motiv hatte er in jedem Fall. Zwei sogar, wenn man es genau nahm; schließlich hatte Meyer nicht nur Vidya Kapoor ermordet, sondern auch Sinha unverhohlen Rache angedroht. Und es war absolut denkbar, dass Sinha auf seinem frühmorgendlichen Spaziergang seinem alten Kontrahenten begegnet war – egal ob zufällig oder nicht – und die Gelegenheit genutzt hatte, Richter und Henker in einer Person zu spielen.

Vor allem aber musste er dringend in Friedrichshafen anrufen, um zu erfahren, wieso der Mann außer Dienst war.

Ein rätselhafter Kollege

Surendra Sinha atmete auf, als Melanie Brendel ihren alten roten Golf vor dem Haus seiner Eltern in der Ringstraße anhielt. Sein kleiner maunzender Findling war unterwegs spürbar nervös geworden und hatte sich schließlich kurz vor Waiblingen-Neustadt auf Sinhas Jeans erleichtert. Danach hatte Sinha den Rest des Weges über gebetet, dass die Samtpfote nicht auch noch ihr großes Geschäft im Wagen der netten Kollegin verrichtete.

»Hier wohnen Sie?« Melanie Brendels Blicke glitten über das hübsche, hell gestrichene Haus hinter dem bronzefarbenen, schmiedeeisernen Gartenzaun. »Wunderschön.«

»Ja, meine Eltern lieben es sehr«, erwiderte Sinha. »So ein Haus ist immer ihr Traum gewesen, seit sie kurz vor meiner Geburt nach Deutschland gekommen sind. Vor allem mein Vater hat immer gesagt: Ohne einen Garten, und sei er auch noch so klein, ist selbst die größte Luxuswohnung kein richtiges Zuhause. Aber sie mussten lange eisern dafür sparen; erst nachdem ich das Abitur gemacht und mit der Polizeiausbildung begonnen hatte, konnten sie es sich leisten.«

Er kraulte die Katze, die sich inzwischen wieder ruhig in seinen Armen zusammengerollt hatte, zwischen den Ohren; dann löste er den Sicherheitsgurt.

»Also vielen Dank noch mal, Frau Brendel«, sagte er. »Und ich soll wirklich nicht gleich wieder mit Ihnen zur Vernehmung zurückfahren?«

»Nicht nötig«, winkte die Kommissarin ab. »Die wichtigsten Informationen haben Sie uns ja schon gegeben; wenn wir mehr brauchen, dann melden wir uns bei Ihnen. Kümmern Sie sich jetzt erst mal um die süße Mieze.« Sie lächelte. »Und wenn sie Ihnen zu viel wird, dann sagen Sie mir Bescheid – die Kleine ist so goldig, die könnte ich Ihnen glatt klauen.«

»Die nächste Katze, die ich finde, liefere ich bei Ihnen ab«, versprach Sinha schmunzelnd.

»Gerne – solange Sie dann nicht gleich wieder eine Leiche im Schlepptau haben.« Melanie Brendel schnitt eine Grimasse. »Von denen habe ich erst mal genug.«

»Da sind wir schon zu zweit.«

Er öffnete die Tür, stieg aus und musterte prüfend den Beifahrersitz.

»Glück gehabt; offenbar ist die ganze Bescherung wirklich nur auf meiner Hose gelandet. Also dann – auf Wiedersehen, Frau Brendel, und grüßen Sie meinen Kollegen.«

»Wird gemacht.«

Er schob die Tür zu, und wenig später war der Golf hinter der nächsten Kurve verschwunden. Behutsam drückte er das Kätzchen an sich.

»Na, dann komm, Saleti«, sagte er. »Und denk dran: Wenn meine Mutter dir etwas zu fressen vorsetzt, dann immer erst kosten, ob es nicht zu scharf ist.«

Er lächelte in sich hinein, löste vorsichtig eine Hand von seinem Schützling und kramte in der Hosentasche nach seinem Hausschlüssel.

»Grüß Gott, Herr Sinha!«

Er blickte zur Seite und sah eine schwer mit Einkaufstüten beladene Mittfünfzigerin auf sich zukommen. Es war Babette Mauser, die im Haus neben dem seiner Eltern wohnte; eine resolute, nette Frau, mit der er sich vom ersten Moment an blendend verstanden hatte.

»Guten Morgen, Frau Mauser«, antwortete er. »Ich würd Ihnen ja gerne tragen helfen, aber …« Er warf einen vielsagenden Blick auf das kleine graue Fellbündel in seinen Armen.

»Ja, heilig's Blechle, was isch denn *des?*« Frau Mauser stellte ihre Einkäufe ab und kam näher, um Sinhas Findelkind zu begutachten. »So a niedlich's Kätzle – fascht wie a Kartäuser! Isch des Ihrs?«

»Sagen wir's so, sie ist vorerst mein Gast«, erklärte Sinha. »Ich hab sie heute früh allein und verlassen in einem Brunnen in der Nähe des Hochwachtturms gefunden, und da konnte ich sie ja unmöglich drinlassen. Ich werd nachher ein Foto von ihr online stellen und an die Zeitungen schicken; vielleicht ist sie einfach nur ausgebüxt und wird bereits vermisst. Aber wenn sich niemand meldet oder sie womöglich tatsächlich ausgesetzt worden ist, dann bleibt sie bei mir.«

»Schee!« Frau Mauser tätschelte dem Kätzchen in Sinhas Armen mütterlich den Kopf. »Katza send oifach wonderbar. Mir hen sogar glei *drei* g'het, aber onser Peterle hot ergendäbber vor oim Jahr totg'fahra, ond onser Minnie isch au scho über d' Regenbogenbrück ganga. Jetzed hemmir nur no dr Rico. Mir bräuchtet obedengt wieder bissle Zuwachs.«

»Aber nicht die hier.« Sinha lächelte leise und drückte die Mieze sanft an sich. »Die behalte ich, sofern sich nicht ein Vorbesitzer findet, der sie wiederhaben will.«

»Des isch scho ganz rächd so«, sagte Frau Mauser. »Die Kloine isch bei Ihna sicher gut aufg'hoba. Vielleicht isch sie Ihna ja sogar en Troscht … i moin … des mit der Vidya isch so furchtbar arg. Kammer denn scho saga, wer des g'wäsa isch? Wer des arme Mädle ombracht hat?«

Allerdings, dachte Sinha. Aber er war jetzt absolut nicht in der Stimmung, über Pierre Meyer zu reden. *Geschweige denn davon, dass auch der nun nicht mehr unter den Lebenden weilte.*

»Die Polizei tut mit Sicherheit alles, was in ihrer Macht steht«, antwortete er ausweichend.

»Könntet Sie dene denn net bissle helfa?«, schlug Frau Mauser vor. »Sie sen doch au Kommissar, oder?«

»Ja, aber nicht in diesem Revier«, betonte Sinha. »Und erfahrungsgemäß sind Kripo-Kollegen nicht gerade hochbeglückt, wenn ein Auswärtiger sich in ihre Ermittlungen einmischt. Abgesehen davon, dass ich von der Sache persönlich betroffen bin; selbst wenn ich hier zuständig wäre, würden meine Vorgesetzten mich sehr schnell von dem Fall abziehen, fürchte ich.«

»Dann kann i bloß hoffa, dass die den Erzlomp bald hen«, sagte Frau Mauser energisch. »So äbber kann mer omeeglich frei romlaufa lassa. Sonscht hot mer ja schtändig Angscht om sei Läba!«

»Da haben Sie recht«, murmelte Sinha finster. »So jemand sollte niemals frei herumlaufen dürfen.«

Die kleine Katze in seinen Armen begann unruhig zu zappeln; er hatte Mühe, sie festzuhalten.

»Ich bring sie jetzt rein«, beschloss er. »Sagen Sie mal – haben Sie eine Idee, woraus ich ein provisorisches Katzenklo basteln kann, bis ich es schaffe, zur nächsten Zoohandlung zu fahren? Wer weiß, wann die Süße ihre nächste Duftmarke setzt.« Er schielte seufzend auf seine Jeans hinunter.

»Des isch doch koi Kataschtroph«, meinte Frau Mauser gelassen. »Onser Rico hot seinerzeit ganz schee lang braucht, bis er med seim Katzaklo klarkomma isch, ond Sie hen ja koi Ahnung, wo i dauernd seire Schtinkbomba han ei'sammla dürfa. – Aber wisset Sie was? I denk, I kann Ihna helfa. Kommet Sie mal mit!«

***

Eine Stunde später saß Sinha auf dem Sofa in dem Gästezimmer seiner Eltern, das er seit nunmehr fünf Wochen bewohnte. *Viel zu lange eigentlich schon.* Was ihn bis vor zwei Tagen allerdings noch nicht sonderlich gestört hatte – nicht bei dem unverhofften Glücksfall, der nach dem Unheil, das am Bodensee so plötzlich über ihn hereingebrochen war, neues Licht in sein Dasein gebracht hatte. Doch jetzt war dieses Licht wieder erloschen. Und der Scherbenhaufen, auf dem er saß, war noch größer als zuvor.

Gedankenverloren streichelte er über das weiche graue Fell von Saleti, die nach einer ausgiebigen Mahlzeit satt und zufrieden auf einer zusammengefalteten Fleecedecke am Fußende des Sofas eingeschlafen war. Babette Mauser hatte ihn aus ihrem reichen Fundus großzügig mit einer Grundausrüstung für seine neue Zimmergenossin ausgestattet – ein altes Katzenklo, ein Paket Katzenstreu, eine quietschende Plastikmaus, zwei Fressnäpfe und ein halbes Dutzend Futterdosen. Mit dem erfahrenen Kennerblick einer mehrfachen

Katzenmama hatte sie Saleti auf etwa drei Monate geschätzt (»da kann sie beschtemmt scho a leichts Ragout vertraga!«); sie hatte ihm die Adresse ihres Tierarztes zugesteckt (»der muss des Schätzle obedengt bald emol ondersucha; ned dass sie womeglich ergendäbbes med sich romschleppt, gell?«) und ihn umfassend darüber informiert, was er alles tun und lassen sollte, damit die Mieze sich bei ihm wohlfühlte. Was er nach diesem Vortrag über Katzenbedürfnisse und -eigenheiten, ramponierte Möbel und Gardinen, Spielzeug, Verstecke und Kratzbäume noch nicht wusste, brauchte man vermutlich auch nicht zu wissen.

Saleti gab einen zarten Schnarchton von sich. Unwillkürlich lächelte Sinha und erinnerte sich zugleich an Billi – die getigerte Katze, die ihn vor einem Jahr in seiner Ferienwohnung in Hinterzarten regelmäßig besucht hatte. Damals hatte er gelernt, wie beruhigend so ein warmes kleines Tierchen wirken konnte und wie viel Trost ein behagliches Schnurren schenkte, wenn man mal wieder an einem Tiefpunkt angelangt war und mit sich und der Welt haderte. *Was ihm bei den Ereignissen rund um die Nachwuchs-Skispringer auf der Adlerschanze mehr als einmal passiert war.*

Es war ihm sehr schwergefallen, Billi bei seiner Abreise aus dem Schwarzwald zurückzulassen, aber mit Sicherheit hatte sie dort ein festes Zuhause, aus dem er sie auf keinen Fall herausreißen wollte. Seitdem hatte er oft darüber nachgedacht, sich eine eigene kleine Samtpfote zuzulegen, war jedoch in den Mühlen seines Berufsalltags nie dazu gekommen, sich ernsthaft nach einem pelzigen Hausgenossen umzusehen.

Und nun hatten die Götter ihn zu Saleti geführt.

Er stand auf und ging zu der Kommode, auf der er die kleine goldene Ganesha-Skulptur, die jahrelang auf seinem Schreibtisch bei der Kripo gestanden hatte, zusammen mit einem Rosenquarz und paar Öllämpchen und Blüten zu einer Gebetsstelle arrangiert hatte. Er entzündete ein Bündel Räucherstäbchen in einem bronzefarbenen Halter, faltete die Hände, schloss die Augen und neigte den Kopf.

Danyavaad – danke, ihr Götter. Ich werde gut für die Kleine sorgen. Gebt ihr mir dafür, dass Vidya und ich uns irgendwann in einem nächsten Leben wiedersehen dürfen.

Ein starker, leicht süßlicher Duft nach Sandelholz durchzog den Raum, als er den Kopf wieder hob und in das lachende Gesicht des elefantenköpfigen Gottes schaute.

So fröhlich hatte sie auch gelacht.

Er wandte sich ab. Im Haus war es völlig still; sein Vater war vermutlich bei der Arbeit, und seine Mutter war laut Auskunft von Babette Mauser, der sie vorhin auf dem Heimweg begegnet war, zum Supermarkt gegangen. Er war allein. Allein mit seinem friedlich schlummernden Schützling – und mit den Erinnerungen an die Frau, die schutzlos eines grausamen Todes gestorben war.

Vidya.

Seine Hände ballten sich unwillkürlich zu Fäusten.

»Warum?«, flüsterte er.

Er biss sich auf die Lippen. Das Bild von Pierre Meyers Leiche, schräg und fast malerisch über die Bank an der Mauer drapiert, tauchte plötzlich vor seinem inneren Auge auf. Ein paar Sekunden lang ließ er es wortlos auf sich wirken. Dann verzogen sich seine Mundwinkel zu einem schmalen, bitteren Lächeln.

Wenigstens war sie jetzt gerächt.

***

Malte Jacobsen legte den Hörer auf, erfüllt von einer Zufriedenheit, die fast an Triumph grenzte. Das Gespräch mit dem Vorgesetzten des Kommissars aus Friedrichshafen war mehr als aufschlussreich gewesen. Und es hatte nicht gerade dazu beigetragen, Surendra Sinha in seinen Augen von jedem Verdacht zu entlasten. *Ganz im Gegenteil.*

Jetzt wartete er darauf, Melanie davon zu erzählen; aber die ließ sich mit der Rückkehr von ihrer Fahrt nach Neustadt reichlich Zeit. Eigentlich hätte sie längst wieder da sein müssen. Er gab sich alle Mühe, seine wachsende Ungeduld zu bezähmen, und beschäftigte sich damit, nach dem Gespräch mit Sinha auch das mit dem Kriminalhauptkommissar vom Bodensee möglichst wortgenau in den Computer zu tippen.

Irgendwann stellte er fest, dass sein Magen sich merkwürdig hohl anfühlte. Ihm wurde schlagartig klar, dass er seit gestern Mittag nichts mehr gegessen hatte, und obendrein war sein Koffeinspiegel auf ein geradezu unterirdisches Niveau gesunken. Also wanderte er in den Aufenthaltsraum hinüber und stürzte den ersten Espresso, der aus der Maschine kam, sofort hinunter. Mit der nachgefüllten Tasse kehrte er ins Büro zurück – und entdeckte Melanie, die gerade ihre Handtasche im Schreibtisch verstaute. Sie sah ein wenig erschöpft aus.

»Hallo, Malte!«, sagte sie. »Tut mir leid, dass es so lange gedauert hat.«

Er ließ sich auf seinem Stuhl nieder. »Du warst fast zwei Stunden weg – haben die Sinhas dich gleich zum Essen dabehalten?«

Sie schüttelte müde den Kopf.

»Nein. Ich war schon auf dem Rückweg, da hat meine Mutter angerufen. Mein Vater wollte ihr unbedingt beim Kartoffelschälen helfen und hat sich dabei fürchterlich in den Daumen geschnitten. Er ist beim Anblick von dem vielen Blut in Panik geraten, und sie hat mich gebeten, in die Klinik zu kommen – weil ich ihn üblicherweise beruhigen kann, fast besser als sie. Sie hatte Angst, die Ärzte versetzen ihn wegen des ganzen Theaters noch in Vollnarkose.«

Bei Melanies Vater war vor etwas mehr als einem Jahr Alzheimer festgestellt worden. Bis dato hatten die Symptome sich noch halbwegs in Grenzen gehalten – aber das hier klang, als würde sein Zustand sich jetzt deutlich verschlimmern.

»Das tut mir leid«, sagte Jacobsen leise. »Kann ich irgendwas für dich tun?«

»Ein Heilmittel finden und dafür sorgen, dass er wieder so wird wie früher?« Melanie schnaubte unterdrückt. »In fast fünfzig Jahren Ehe hat er immer das Gemüse geschnitten und die Kartoffeln für sie geschält – das war so was wie eine liebevolle Tradition bei meinen Eltern. Ein alter Familienwitz. Und jetzt weiß er plötzlich nicht mehr, wie man mit einem scharfen Messer umgeht. Meine Mutter ist ganz verzweifelt.«

Er hätte gern tröstend ihre Hand genommen und war wütend auf sich selbst, dass er nicht den Mumm dazu aufbrachte. *Sie tat sich wesentlich leichter mit so was.* »Soll ich dir einen Latte macchiato holen?«

Melanie nahm sich entschlossen zusammen und lächelte ihn an.

»Lieb von dir, Malte. Und anschließend wechseln wir das Thema, ja? Dann kannst du mir beispielsweise verraten, was die Kollegen in Friedrichshafen dir über Surendra Sinhas Beurlaubung mitgeteilt haben ... falls du es überhaupt noch so lange aushältst. Ich seh dir doch an der Nasenspitze an, dass du am liebsten sofort damit herausplatzen würdest.«

Jacobsen verzichtete auf die Nachfrage, woher sie wusste, dass dieser Anruf das Allererste gewesen war, was er hier – nach einer knappen Berichterstattung bei seinem Vorgesetzten Stefan Finkbeiner – in Angriff genommen hatte. *Manchmal kannte sie ihn fast ein bisschen zu gut.* Stattdessen trollte er sich zum zweiten Mal in den Aufenthaltsraum. Als er das volle Glas auf einem Tablett vorsichtig ins Büro balancierte, hatte Melanie gerade ihren Dienstcomputer hochgefahren.

»Danke schön!«, sagte sie und nahm einen genussvollen Schluck. »Also – was haben sie gesagt?«

»Zuerst wollten sie nicht so recht mit der Sprache heraus – genauer gesagt *er.* Kriminalhauptkommissar Veit Armbruster. Das ist der direkte Vorgesetzte von Surendra Sinha in Friedrichshafen. Er hat Sinhas Loblied gesungen, in gleich mehreren Strophen; dabei sind Worte gefallen wie *integer* und *scharfsinnig* und *erfahren*, und immer wieder *empathisch.* Sollte Sinha jemals eine Festansprache brauchen, ich würde ihm empfehlen, sie von Armbruster schreiben zu lassen.«

»Das war aber nicht alles?«

»Nein, natürlich nicht. Ich hab ihm erklärt, dass wir seinen Mustermittler keine drei Meter von einer Leiche entfernt vorgefunden haben und wer die Leiche war. Ich hab ihm auch gesagt, dass wir von Sinhas Beurlaubung wissen. Da wurde er etwas gesprächiger, obwohl ich ihm die meisten Fakten immer noch aus der Nase ziehen musste.«

Melanie nippte wieder an ihrem Glas. »Und was *sind* die Fakten?«

»Vor vier Jahren starb in Friedrichshafen ein Mann namens Paul Berner. Er litt an Lymphdrüsenkrebs und hätte sowieso nur noch eine Lebenserwartung von höchstens einem Jahr gehabt, eher sogar noch weniger. Aber dann hat er so plötzlich das Zeitliche gesegnet, dass sein Hausarzt misstrauisch wurde und sich weigerte, ohne Autopsie einen Totenschein auszustellen. Die wurde durchgeführt, und dabei stellte der Pathologe fest, dass Berner kurz vor seinem Tod einen ganzen Cocktail aus Medikamenten zu sich genommen hatte, allesamt verschreibungspflichtig. Dummerweise hatte sein Arzt ihm nicht ein einziges davon jemals verordnet. Berners Frau Nina hatte gerade eine Tochter bekommen; Berner war erst seit drei Jahren mit ihr verheiratet gewesen. Außerdem hatte er eine eigene Firma gehabt, gemeinsam mit einem Kompagnon. Den hatte er kurz vor der Diagnose aus dem Unternehmen geworfen, weil er sich ein bisschen zu großzügig an den Firmenkonten bedient hatte. Aber Sinha, der in diesem Fall ermittelte, fand heraus, dass der Mann schon seit Monaten keinen Kontakt mehr zu Berner gehabt hatte, und die Medikamente hatte er auch nicht besorgt. Das war Nina Berner gewesen. Sie hatte das ganze tödliche Zeugs im Internet zusammengekauft.«

Melanie sah ihn an, eine steile Falte zwischen den Augenbrauen. »Aber warum sollte diese Frau ihren Mann umbringen, wenn er sowieso nicht mehr lange zu leben hatte?«, gab sie zu bedenken. »Es sei denn … es war kein Mord, sondern Sterbehilfe. Krebs ist eine sehr hässliche Art zu sterben. Vielleicht wollte sie ihm helfen, sein Leiden zu beenden. Womöglich hat er sie sogar selbst darum gebeten, weil er es nicht mehr ausgehalten hat.«

»Genau das hat sie Sinha erzählt, als er zu ihr in die Wohnung kam, um sie mit seinen Ermittlungsergebnissen zu konfrontieren«, erwiderte Jacobsen und nickte. »Sie saß mit ihrem Baby praktisch auf gepackten Koffern; sie wollte sich zu ihren Eltern nach Romanshorn absetzen, in die Schweiz. Eine halbe Stunde später, und er hätte sie verpasst. Er hat sich ihre tränenreiche Erklärung angehört und ihr geglaubt. Und dann … dann hat er sie laufen lassen.«

»Tatsächlich?« Melanie schüttelte den Kopf. »Aber wenn ein Mordverdacht gegen die Frau bestand, hätte das doch wohl kaum was genutzt. Die Schweiz liefert schließlich aus. Man hätte sich nur an die dortigen Behörden wenden müssen.«

»Man wusste ja erst mal gar nicht, dass sie sich in die Schweiz abgesetzt hatte«, versetzte Jacobsen. »Sinha ist damals ins Büro zurückgegangen und hat seelenruhig verkündet, er habe die Frau nicht angetroffen. Als man es danach ein zweites Mal bei ihr versuchte, war die Wohnung natürlich leer und verlassen und Nina Berner sozusagen spurlos verschwunden. Sie wurde zur Fahndung ausgeschrieben, und irgendwann hat man sie in der Schweiz dann auch aufgespürt. Allerdings hatte sie trotz ihrer Ehe mit einem Deutschen immer noch die Schweizer Staatsbürgerschaft – und Schweizer Staatsbürger dürfen laut Bundesverfassung nur mit ihrem eigenen Einverständnis an andere Staaten ausgeliefert werden. Was Sinha mit Sicherheit klar gewesen ist. Er hat also ganz bewusst verhindert, dass Nina Berner wegen Mordes angeklagt und verurteilt wurde.«

Melanie drehte ihr Glas zwischen den Händen. »Beziehungsweise wegen Sterbehilfe oder Tötung auf Verlangen. Was zwar auch strafbar ist, aber nicht ganz so heftig wie Mord.«

»Das ist doch gar nicht der Punkt!« Jacobsen schlug mit der flachen Hand auf den Tisch. »Der Mann hat sehenden Auges gegen eine ganze Latte von Vorschriften verstoßen. Er hat die Ermittlungen aktiv behindert und Strafvereitelung betrieben. So was geht einfach nicht!«

»Nein. Da hast du recht.« Melanie trank ihr Glas leer. »Obwohl ich hier durchaus eine Reihe mildernder Umstände sehe. Er wird sich gedacht haben, der Verlust ihres Mannes wäre schlimm genug, und er wollte ihr ersparen, durch die Mühlen der Justiz gedreht zu werden. Noch dazu als Mutter eines kleinen Babys ... und vor allem, wenn er davon überzeugt war, dass ihre Geschichte stimmte. Ganz ehrlich – ich kann's verstehen.«

»Soso.« Jacobsen verzog den Mund. »Kannst du das. Ich muss sagen, ich bin verblüfft. Also dürfen wir in Zukunft das Recht in die eigenen Hände nehmen und alle Grundsätze in den Wind schießen, sobald uns jemand nur überzeugend genug etwas vorheult? Oder machst du nur für diesen charmanten Wunderknaben eine Ausnahme?«

»Natürlich *nicht!*« Sie funkelte ihn an. »Ich hab gesagt, ich kann's verstehen – von Gutheißen war überhaupt nicht die Rede! Seit wann bist du so unsachlich, Malte? Und wo wir gerade schon bei *unsachlich* sind – du hast dir Sinha vorhin ganz schön hart zur Brust genommen, finde ich. Der Mann ist ein Kollege, er hat uns ordnungsgemäß verständigt, und die Art, wie er auf die Information reagiert hat, dass Pierre Meyer höchstwahrscheinlich der Mörder von Vidya Kapoor war, spricht dafür, dass er es wirklich nicht gewusst hat. Der Mann war genauso überrascht wie wir.«

»Oder er ist ein verdammt guter Schauspieler.« Jacobsen verschränkte die Arme vor der Brust. »Und dass er eine ausgesprochen ... eigenwillige Rechtsauffassung hat, wissen wir ja jetzt. Beides kombiniert – und dazu noch die Tatsache, dass Pierre Meyer ihm damals im Gerichtssaal gedroht hat – macht ihn zu einem erstklassigen Tatverdächtigen.«

»Vorhin hast du von der Geschichte in Friedrichshafen aber noch nichts gewusst«, konterte Melanie. »Und du hast dich trotzdem auf ihn gestürzt wie der Habicht auf die sichere Beute. Normalerweise bin ich von dir ein bisschen mehr Vorsicht gewohnt ... oder nenn es Zurückhaltung, wenn du willst.«

»Ganz wie du möchtest.« Jacobsen spürte, dass er anfing, sich zu ärgern ... ob über sie oder den zwielichtigen Kollegen, wusste er nicht so genau. *Und er wollte es auch gar nicht wissen.* »Wir werden ihn jedenfalls gründlich abklopfen, und sein Alibi ist nicht gerade solide. Es wird schwer sein, Zeugen für seinen ausgedehnten Spaziergang zu finden; um die Zeit, zu der er in

Waiblingen herumgelaufen ist, liegen die meisten Leute noch im Bett.«

»Nicht alle.« Melanie blickte so kämpferisch drein, als wollte sie sich sofort auf die Suche nach Zeugen machen. »Gegen sechs werden in jedem Fall Zeitungen ausgetragen und manchmal auch schon Waren ausgeliefert. Außerdem steht der Zeitpunkt des Todes von Pierre Meyer noch gar nicht fest. Wenn der Kerl schon gestern Abend oder mitten in der Nacht gestorben ist und wenn dieser Freund, bei dem Sinha seiner Aussage nach war, sein Alibi bestätigt, dann ist er aus dem Schneider.«

»Gesetzt den Fall, es handelt sich nicht um ein Alibi aus Gefälligkeit«, versetzte Jacobsen. »Wobei das nicht einmal nötig wäre. Wenn dieser Freund nämlich ins Bett gegangen ist und Sinha im Wohnzimmer geparkt hat, dann hätte der während der gesamten Nacht jederzeit aufstehen und heimlich verschwinden können, ohne dass sein Gastgeber es merkt. Dafür, dass Sinha das Haus erst gegen sechs verlassen hat, haben wir nur sein Wort.«

»Das dir ganz offensichtlich nicht reicht.« Die steile Falte zwischen ihren Augenbrauen war wieder da. »Weswegen wir Sinhas Aussage umso genauer überprüfen müssen.«

Plötzlich richtete sie sich kerzengerade auf.

»Eins hast du mir noch nicht erzählt. Wie sind die Kollegen in Friedrichshafen eigentlich dahintergekommen, dass Sinha damals Nina Berner zur Flucht verholfen hat? Selbst ist er damit doch bestimmt nicht herausgerückt.«

»Nina Berner hatte vor drei Monaten einen Autounfall«, meinte Jacobsen. »Ganz in der Nähe ihrer Eltern, auf einer abschüssigen Straße zwei Kilometer vor Romanshorn. Ihre Tochter – Chiara heißt sie – hat mit im Wagen gesessen und wurde zum Glück nur leicht verletzt, aber Nina war auf der Stelle tot. Als ihre Mutter von den Beamten benachrichtigt wurde, ist sie zusammengebrochen und hat sich dabei gewissermaßen verplappert – Nina hatte ihr nach ihrer Flucht alles erzählt und ihr dabei auch unter dem Siegel der Verschwiegenheit anvertraut, dass sie ihre Freiheit diesem verständnisvollen Kommissar

Surendra Sinha zu verdanken hatte. Damit war die Katze aus dem Sack.«

»Lieber Gott, die arme Frau.« Melanie wurde blass. »So viel Pech auf einmal wünscht man wirklich niemandem.«

»Sinhas Pech war es auch.« Jacobsen faltete die Hände auf dem Schreibtisch. »Jetzt ermittelt nämlich die Innere gegen ihn, wegen Strafvereitelung und so … weswegen er sich auf unbestimmte Zeit hat beurlauben lassen. Andernfalls hätte man ihn wahrscheinlich an irgendeine öde Außenstelle in der Walachei versetzt, bis die Sache geklärt ist.«

»Stattdessen ist er hierhergekommen, zu seinen Eltern.« Melanie seufzte. »Hätte ich an seiner Stelle auch getan. Genau der richtige Ort, um sich erst mal zu verkriechen.«

Jacobsen dachte an ihren Vater und hätte wieder am liebsten ihre Hand genommen. Aber bevor er sich endlich dazu aufraffen konnte, öffnete sich die Tür, und Kriminalhauptkommissar Stefan Finkbeiner kam herein.

»Hallo, Herrschaften!«, sagte er munter. »Ich hatte gerade Professor Brendel an der Strippe. Er hat vorhin eine ganze Weile versucht, Sie zu erreichen, aber es war dauernd besetzt.«

»Kein Wunder«, erwiderte Jacobsen. »Da hatte ich es mit einem nicht allzu auskunftsfreudigen Kollegen in Friedrichshafen zu tun. Was hat Professor Brendel denn von uns gewollt?«

»Er wollte Ihnen mitteilen, dass Pierre Meyer vermutlich irgendwann zwischen elf Uhr gestern Abend und zwei Uhr nachts gestorben ist. Bislang hat er allerdings nur feststellen können, dass es ein Herzstillstand war. Es könnte durchaus sein, dass es sich gar nicht um einen Mord handelt; offenbar hatte Meyer eine Art Herzfehler.«

»Vielleicht hat Sinha ihn ja zu Tode erschreckt«, bemerkte Jacobsen trocken. Melanie schoss einen bitterbösen Blick in seine Richtung ab.

»Wie gesagt, er ist mit den Untersuchungen noch lange nicht durch«, meinte sein Vorgesetzter gelassen. »Es ergeben sich bestimmt noch weitere Erkenntnisse, und es kann gewiss nicht schaden, sich noch einmal ausführlich mit Kollege Sinha zu unterhalten. Dass ausgerechnet er Meyer gefunden hat, ist schon ein merkwürdiger Zufall … noch dazu in der Stadt, wo er seinerzeit seinen Dienst bei der Kriminalpolizei angetreten hat.«

»Wie bitte?« Jacobsen schnappte unwillkürlich nach Luft. »Er hat *hier* bei der Kripo gearbeitet?«

»Na klar.« Finkbeiner musterte ihn milde belustigt. »Er ist in Stuttgart aufgewachsen und hat dort auch seine Polizeiausbildung absolviert. Dann hat er hier in Waiblingen seinen Dienst begonnen … warten Sie mal, das muss etwa 2008 gewesen sein. Zwei Jahre lang ist er hiergeblieben, bis kurz nach seiner Verbeamtung. Danach hat er sich auf eigenen Wunsch an den Bodensee versetzen lassen.«

Jacobsens innerer Spürhund begann leise zu knurren. *Noch ein weiteres Rätsel.*

»Wieso wollte er weg?«, erkundigte sich Melanie.

»Das«, meinte Finkbeiner, »sollten Sie wohl besser *ihn* fragen.«

Ein Kommissar unter Verdacht

»Surendra! Kommst du bitte mal runter, beta?«

»Einen Moment, *maaji!*«

Mit einem prüfenden Blick musterte Surendra Sinha die improvisierte Katzenangel, die er soeben fertig gebastelt hatte – ein langer, dünner Ast, an dem ein Bindfaden befestigt war. Das andere Ende des Fadens hatte er mehrfach um ein Papierknäuel gewickelt und sorgfältig verknotet. Er stand auf, hob die Angel probeweise hoch und ließ das Papierknäuel sachte hin und her schwingen. *Gar nicht schlecht für einen ersten Versuch.*

»Saleti! Guck mal!«

Keine Reaktion. Saleti hatte sich vor gut einer Stunde in ihre Höhle zurückgezogen, die Sinha aus weichen Decken und Kissen für sie unter einem alten Beistelltisch gebaut hatte, und war offenbar fürs Erste nicht gewillt, ihren Schlupfwinkel zu verlassen.

Er hob die Plastikmaus auf, die seine Nachbarin ihm geschenkt hatte, und entlockte ihr durch mehrmaliges Zusammendrücken ein paar Quietschtöne. Aus der Beistelltischhöhle kam nicht einmal der Ansatz eines Miauens zurück.

»Na komm, Süße – es ist so ein schöner Tag, raus mit dir an die Sonne!«

Behutsam hob Sinha einen Zipfel der Decke hoch, die er über den kleinen Tisch gelegt hatte, und ließ das Papierknäuel lockend vor dem Höhleneingang baumeln. Es dauerte nicht lange, bis Saleti neugierig den Kopf hervorstreckte und den Köder ins Visier nahm. Sinha riss die Angel hoch, trat zwei Schritte zurück und senkte sie wieder. Prompt schoss Saleti, vom Jagdfieber erfasst, aus ihrer Höhle hervor und stürzte sich auf das Knäuel; im letzten Moment gelang es Sinha, es ihrem Zugriff zu entziehen. Er grinste breit, während die Katze wieder und wieder versuchte, die Beute zu erwischen.

»BETA! Wo bleibst du denn??«

Sinha verdrehte die Augen zum Himmel.

»Bin schon unterwegs!«

Er brachte die Angel vor Saleti in Sicherheit, hob das Kätzchen hoch und legte es auf seinem Arm zurecht.

»Komm, *pyaari* – bevor die Maharani ungeduldig wird und mit uns schimpft.«

Er verließ sein Zimmer und ging die Treppe nach unten ins Erdgeschoss, die Katze sanft an sich gedrückt; er ließ sie ungern aus den Augen, solange das Haus für sie noch neu und ungewohnt war. Saleti hatte gegen diese Behandlung offensichtlich nichts einzuwenden; sie blieb ruhig auf seinem Arm sitzen, kuschelte sich gegen das weiche Fleeceshirt, das er extra für sie angezogen hatte, und schnurrte zufrieden.

»Hallo, *maaji!*«, sagte Sinha, als er die Küche betrat. »Was gibt's denn?«

Zenobia Sinha stand am Herd und rührte in einem großen Karahi, aus dem es verheißungsvoll nach geschmorten Zwiebeln, Hühnerfleisch und Gewürzen duftete. Als sie die Stimme ihres Sohnes hörte, wandte sie sich um; ihr Gesicht war hochrot vor Anstrengung, aber ihre Augen leuchteten freudig auf.

»Ich brauche Hilfe beim Teig für die Chapatis«, sagte sie und hielt mit vielsagendem Blick ihre mit einer Bandage umwickelte linke Hand hoch. »Mit der knetet sich's im Moment nicht so gut.«

»Klar. Stört es dich, wenn ich Saleti hier absetze?«

»Überhaupt nicht.«

Sinha ließ Saleti vorsichtig von seinem Arm auf den Boden hinunter. Die kleine Mieze sah sich neugierig um und hob schnuppernd ihr Näschen.

»Nein, Saleti, du hast erst vorhin deine Mahlzeit bekommen, jetzt gibt's nichts«, erklärte Sinha energisch und griff nach einer leeren Küchenpapierrolle. »Hier, amüsier dich damit, bis ich fertig bin.«

Er warf die Papprolle auf den Boden, und begeistert stürzte sich Saleti auf das neue Spielzeug. Sinha lächelte leise, wusch sich über dem Spülbecken die Hände und begann, Mehl, Ghee, Wasser und etwas Salz ausgiebig zu einem glatten Teig zu verkneten. Es war eine Arbeit, die viel Kraft erforderte und die er seiner Mutter, die seit einiger Zeit an einer schmerzhaften Sehnenscheidenentzündung litt, gerne abnahm.

»Danke, *beta*«, sagte Zenobia Sinha, als er die Brotteigkugel schließlich in ein feuchtes Tuch einwickelte. »Soll ich uns einen Chai machen, hast du Lust?«

»Immer«, antwortete er. Im gleichen Moment klingelte das Smartphone in seiner Hosentasche; hastig säuberte er seine Hände, holte das Telefon hervor und meldete sich.

»Sinha? – Ja, natürlich. – Nein, überhaupt kein Problem, ich bin da. – In Ordnung.«

Er beendete das Gespräch und seufzte leise.

»*Maaji* – mach am besten gleich die doppelte Menge. Wir bekommen Besuch.«

***

Vom Präsidium bis in den Stadtteil Neustadt, wo die Eltern von Surendra Sinha wohnten, waren es kaum zehn Minuten Fahrt. Jacobsen stieg aus dem Wagen und überquerte die Straße, gefolgt von Melanie.

»Da ist es«, sagte sie. »Da hab ich ihn gestern abgesetzt.«

Jacobsen spähte über den schmiedeeisernen Gartenzaun. Die Bewohner legten offensichtlich viel Wert auf ein gepflegtes Zuhause; der – ziemlich überschaubare – Rasen vor dem weiß verputzten Haus war sauber gemäht, und gleich drei große Blumenkübel waren mit üppig blühenden Pflanzen bestückt. Er entdeckte einen Gartentisch, vier Stühle und einen Sonnenschirm. Am Zaun zog sich eine breite Rabatte mit Rhododendronbüschen entlang, der Boden darunter war dick mit Rindenmulch bestreut. Sein Blick fiel auf etwas, das aussah wie ein kleiner Springbrunnen. Oben über der grauen Wasserschale thronte eine Figur, die er nicht einordnen konnte; eine grazile, vielarmige Gestalt mit einem exotischen Kopfputz, von einem Kranz stilisierter Bronzeflammen umgeben. Die Arme hielt sie ausgebreitet und ein Bein erhoben.

»Was ist das denn?«

»Shiva Nataraja«, erklärte Melanie. »Der tanzende Shiva. Die Hindus glauben, dass der Gott die Welt durch den Tanz erschafft. Und sein Fuß steht auf einem Dämon, der ein Symbol für die Unwissenheit der Menschen sein soll.«

»Aha.« Jacobsen empfand ein leichtes Mitgefühl für den Dämon; nach drei Jahren Zusammenarbeit mit Melanie hatte er selbst häufig den Eindruck, ziemlich unwissend zu sein.

Das Gartentor war nicht verschlossen. Ein mit hellen Steinplatten belegter Weg führte auf die linke Seite des Hauses zum Eingang. *SINHA* stand auf einem bunt bemalten Schild neben der Klingel. Jacobsen läutete und wartete geduldig, bis er hörte, dass sich drinnen Schritte näherten. Die Tür schwang auf, und vor ihm stand eine Frau, die ihm knapp bis zur Schulter reichte. Ihr reichlich grau gesträhntes Haar war zu einem festen Knoten zusammengenommen und ihr Gesicht so rund wie ihre ganze Figur. Sie trug eine Art bunt bedrucktes knielanges Hemd, darunter eine weite, pludrige Hose und Sandalen an den Füßen. Ihr Blick war neugierig und ein wenig nervös.

»Ja, bitte?«

»Malte Jacobsen und Melanie Brendel, Kripo Waiblingen«, sagte er. »Guten Tag – Frau Sinha, ja? Wir hatten uns angemeldet – bei Ihrem Sohn, nehme ich an.«

»Bei Surendra.« Sie nickte. »Kommen Sie herein.«

Jacobsen und Melanie folgten ihr durch einen langen Korridor. Die Wände waren in leuchtendem Türkisblau gestrichen und mit gerahmten Fotos förmlich übersät. Beim Vorübergehen registrierte Jacobsen Frauen mit Kindern auf den Armen, würdige, ältere Herren in indischer Kleidung und Aufnahmen von exotischen Gebäuden. Von dem Korridor gingen mehrere Durchgänge ab, und die Räume dahinter waren ebenso farbenfroh wie der Flur – orange, rot, leuchtendes Gelb, Sofas und Stühle mit glitzernd bestickten Patchworkkissen, bunte Gardinen und Wandbehänge, bemalte Schränke und Kommoden sowie Unmengen von fremdartig anmutenden Figuren und

Deko-Artikeln. Offenbar hatten die Sinhas sich in Deutschland ganz bewusst eine indische Oase geschaffen.

Allerdings wurden sie von Frau Sinha nicht ins Wohnzimmer geführt, sondern in eine große Küche. Und dort saß am Tisch Surendra Sinha, der sich gerade spielerisch mit seiner kleinen grauen Katze um eine Papprolle stritt.

»Hallo, Saleti!«, sagte Melanie munter. »Und Grüß Gott, Herr Sinha. Hier duftet es herrlich – wird das ein Curry?«

»Ja«, ertönte hinter ihr die Stimme von Sinhas Mutter. »Das wird Chicken Dopiaza – Hühnerfleisch in Zwiebeln geschmort. Dauert aber noch mindestens eine halbe Stunde. Möchten Sie vielleicht einen Chai? Das ist Tee mit Gewürzen, Milch und Zucker, so wie man ihn in Indien trinkt.«

»Unbedingt!« Melanie setzte sich ohne viel Federlesens zu Sinha an den Küchentisch. *Als ob sie schon zur Familie gehörte,* dachte Jacobsen.

»Lass nur, *maaji*, ich mach das.« Sinha stand auf, sah Jacobsen an und wies auf einen der Stühle. »Nehmen Sie Platz, Herr Kollege.«

Jacobsen ließ sich neben Melanie nieder und holte das kleine Aufnahmegerät aus der Jackentasche. »Eigentlich«, sagte er, »sind wir ja dienstlich hier. Aber einen Chai würde ich auch nehmen.«

»Sie können gern Kaffee bekommen, wenn Ihnen das lieber ist«, bot Sinha an.

»Nein, Chai ist okay. Kaffee kriege ich überall.«

Sinha nickte, stellte vier kleine, mit goldenen Ornamenten verzierte Gläser auf den Tisch und goss sie mit hellem, duftendem Gewürztee aus einer großen Thermoskanne voll. Eines davon reichte er seiner Mutter, die an die Arbeitsplatte gelehnt stehen geblieben war und die beiden Besucher prüfend und ausgesprochen misstrauisch beäugte.

»Setz dich doch zu uns, *maaji*«, sagte er – und wandte sich fast im gleichen Atemzug an Jacobsen und Melanie. »Oder wird das eine offizielle Vernehmung, bei der sonst niemand dabei sein darf? Dann sollten wir woanders hingehen.«

»Nein.« Jacobsen nahm sein Glas und nippte daran. Der Geschmack war ein wenig fremd und würzig-süß, aber ausgesprochen angenehm. »Im Gegenteil – möglicherweise haben wir auch ein paar Fragen an Ihre Mutter.«

»An *mich?*« Zenobia Sinhas Augen wurden schmal. »Stehe ich hier etwa unter Verdacht? Und wenn ja, wegen was, bitte schön?«

»Niemand verdächtigt Sie, Frau Sinha«, beschwichtigte Melanie rasch. »Aber wir müssen ein paar Zeitabläufe abklären. Und dabei können Sie uns vielleicht helfen.«

»Ihr Sohn hat uns gestern verständigt, nachdem er die Leiche von Pierre Meyer aufgefunden hat«, sagte Jacobsen betont sachlich. »In Anbetracht der Umstände ergeben sich da viele Fragen. Wie wir wissen, hat er Meyer vor acht Jahren ins Gefängnis gebracht – und obendrein war es mit an Sicherheit grenzender Wahrscheinlichkeit Meyer, der Vidya Kapoor vergewaltigt und ermordet hat. Das sind mehr als genug Gründe für uns, noch etwas genauer nachzuhaken.«

»Dieses verfluchte Schwein!«

Zenobia Sinhas Stimme war ein wütendes Zischen; sie stellte ihr Chaiglas mit einem Knall auf der Arbeitsplatte ab.

»Der ist noch viel zu gut weggekommen! Surendra hat mir gesagt, dass der Kerl auf der Bank gelegen hat, als würde er ein friedliches Nickerchen halten – wenn *ich* den in die Finger bekommen hätte, dann hätte der ganz anders ausgesehen! Ich hätte ihm jedes Glied einzeln abgehackt, und damit meine ich nicht nur seine Finger!«

»*Maaji*, beruhige dich!« Sinha warf Jacobsen einen verlegenen Blick zu. »Tut mir leid, meine Mutter reagiert grundsätzlich etwas … emotionaler als ich.«

Das war ja wohl die Untertreibung des Jahrzehnts. Jacobsen stellte sich Mama Sinha als kugelrunden Racheengel mit Hackebeil vor und verkniff sich nur mit Mühe ein Grinsen.

»Ihr Alibi von vorgestern Abend hat sich weitgehend bestätigt, Herr Sinha«, warf Melanie ein; es hörte sich an, als wollte sie Öl auf die Wogen gießen. »Ihr Freund Sandro Nielsen hat uns gesagt, dass Sie gegen acht Uhr abends zu ihm gekommen sind und auch bei ihm übernachtet haben. Er hat allerdings nicht mitgekriegt, wann Sie gegangen sind.«

»Klar, ich wollte ihn ja auch nicht aufwecken«, erwiderte Sinha. »Ich fürchte, von dem Moment an, als wir einander *gute Nacht* gesagt haben, bis zu meinem Anruf bei der Polizei habe ich kein Alibi, das mir jemand bestätigen könnte. Falls Meyer in diesem Zeitfenster noch am Leben war, meine ich.«

»Laut Aussage des Pathologen ist er irgendwann zwischen elf und zwei Uhr nachts gestorben«, sagte Jacobsen.

»Aber dann ist mein Sohn doch aus dem Schneider!«, feuerte Zenobia Sinha sofort dazwischen. »Da war er eindeutig noch bei Sandro. Wieso müssen Sie ihn da jetzt überhaupt noch ins Verhör nehmen?« Sie stemmte die Hände in die Hüften und blitzte Jacobsen herausfordernd an.

»Können Sie sich erinnern, *wann* Sie vorgestern Abend *gute Nacht* gesagt haben?«, erkundigte sich Melanie, an Sinha gewandt.

»Das war so gegen halb eins«, antwortete Sinha. »Wir haben lange miteinander geredet, über alles Mögliche, vor allem natürlich über Vidya … und als wir dann mal wieder auf die Uhr geschaut haben, war es schon Mitternacht vorbei. Weil wir beide auch etwas Wein getrunken hatten, wollte Sandro mich lieber nicht heimfahren, also hat er mir sein Sofa hergerichtet, und dann sind wir beide schlafen gegangen. Das heißt, *er* – ich hab kein Auge zugemacht. Aber das hab ich Ihnen ja gestern schon erzählt.«

»Haben Sie.« Jacobsen nahm noch einen Schluck Chai. »Und die Uhrzeit deckt sich mit dem, was Herr Nielsen uns gesagt hat. Aber wenn der genügend weggetreten war – vor allem nach ein paar Gläsern Wein –, dann hätten Sie jede Möglichkeit gehabt, sich schon wesentlich früher davonzuschleichen, nicht erst um sechs Uhr früh. Falls Sie nämlich schon am Vortag gewusst haben, dass Meyer sich hier in Waiblingen aufhält.«

»Und woher soll ich das bitte gewusst haben? Meinen Sie, der Mann hat mit Blumenstrauß und Pralinenschachtel an unserer Haustür geklingelt?«

»Wohl kaum.«

»Eben.« Mit einem Mal erhob sich Sinha, ging ein paar Schritte in Richtung Herd und drehte sich dort wieder zu ihm um. »Vielleicht sollten Sie jetzt allmählich mal anfangen, mich über meine Rechte zu belehren, Herr Kollege. Für mich grenzt das hier schon an ein Verhör, denn offensichtlich stehe ich noch immer unter Verdacht. Wie ist das, habe ich das Recht, die Aussage zu verweigern oder einen Anwalt hinzuzuziehen?«

»Wir haben nicht die Absicht, Sie zu verhaften«, entgegnete Jacobsen gelassen. »Im Moment stellen wir nur ein paar Fragen. Wo waren Sie übrigens vorgestern tagsüber? Bevor Sie diesen Sandro Nielsen besucht haben?«

»Wieso?« Sinha sah ihn scharf an. »Haben Sie noch mehr Straftaten auf Lager, für die Sie einen Täter brauchen?«

»Alles Routine.« Jacobsen blickte ebenso scharf zurück. »Das Prozedere ist Ihnen doch bekannt.«

Sinha zögerte einen Moment. Dann bückte er sich, hob die kleine Katze hoch und streichelte sie, als wollte er sich damit selbst beruhigen.

»Was werde ich vorgestern schon getan haben«, sagte er leise. »Ich habe getrauert, wie wir alle. Erst haben wir uns Sorgen um Vidya gemacht, und dann mussten wir den Schock verarbeiten über das, was ihr zugestoßen ist. Wenn *maaji* nicht wegen ihrer Sehnenscheidenentzündung am Nachmittag einen Termin bei ihrem Arzt gehabt hätte, zu dem ich sie fahren musste, dann hätte ich das Haus vermutlich gar nicht mehr verlassen ... außer dann später, als ich mich selbst bei Sandro eingeladen habe, weil mir hier die Decke auf den Kopf gefallen ist.«

»Sie können uns doch bestimmt den Namen und die Adresse des Arztes geben«, sagte Melanie. »Das ließe sich dann ganz einfach abklären.«

»Doktor Friedrich Aumüller, hier in Neustadt«, ließ sich Zenobia Sinha vernehmen und setzte sich Melanie gegenüber an den Tisch. »Ein ganz hervorragender Arzt und ein sehr angenehmer Mensch. Ich bin schon seit Jahren bei ihm und kann ihn nur empfehlen. Und Sie brauchen da gar nicht nachzufragen – ich kann Ihnen schließlich auch bestätigen, dass Surendra mich dorthin gefahren hat, weil der Weg für mich doch ganz schön weit ist. Er ist so ein guter Junge, mein Surendra – ich kann es gar nicht fassen, dass Sie allen Ernstes glauben, dass er etwas mit diesem Verbrechen zu tun hat! Mein Sohn ist kein Mörder, dass das klar ist!«

Sie unterstrich diese Worte mit einem kraftvollen Faustschlag auf die Tischplatte. Die Chaigläser klirrten leise.

»Nachfragen müssen wir trotzdem«, erklärte Melanie. »Doppelt hält besser, vor allem bei Ermittlungen, Frau Sinha. Aber ich bin sicher, der Arzt wird bestätigen, dass Sie bei ihm gewesen sind und dass Ihr Sohn Sie begleitet hat.« Sie warf Sinha einen interessierten Blick zu. »Wir haben übrigens gehört, dass Sie Ihren Polizeidienst bei uns in Waiblingen angefangen haben.«

»Das stimmt.« Ein sarkastisches Lächeln zuckte um Sinhas Mundwinkel. »Redet man im Präsidium etwa immer noch über mich?«

»Sollte man denn?« Jacobsen musterte ihn aufmerksam.

»Kommt drauf an.« Sinha setzte die Katze wieder auf dem Küchenboden ab. »Gibt's den alten Giersdorfer noch?«

Jacobsen warf Melanie einen fragenden Blick zu, und die enttäuschte ihn nicht.

»Kriminalhauptkommissar Hermann Giersdorfer«, sagte sie. »Der ist in den Ruhestand gegangen, als ich gerade einmal ein halbes Jahr bei der Kripo war.« Sie zögerte. »Ich muss sagen, ich mochte ihn nicht besonders. Er hatte eine etwas … merkwürdige Art, mit jungen Kolleginnen umzugehen. Als wäre er der Ansicht, dass sie nicht in den Polizeidienst gehören, sondern eher nach Hause an den Herd.«

»Und in sein Bett womöglich gleich dazu.« Sinha nickte grimmig. »Sollte mich gar nicht wundern, wenn so einige MeToo-Geschichten, die heutzutage im Umlauf sind, direkt mit ihm zu tun haben, und ich hoffe sehr, dass Sie nie persönlich betroffen waren, Frau Brendel. Allerdings hatte der Mann nicht nur in Bezug auf Frauen Ansichten, die auf den Müllhaufen gehören, sondern auch in Bezug auf Menschen mit … mit Migrationshintergrund, wie man so schön sagt. Dunkle Hautfarbe, andere Religion … alles, was nicht in sein Weltbild gepasst hat, bekam seine – wie nannten Sie es? – merkwürdige Art zu spüren. *Me too.*«

»Hat er Sie gemobbt?«, fragte Jacobsen.

Sinha seufzte und setzte sich wieder an den Tisch.

»Es gefällt mir nicht, hinter seinem Rücken über einen Kollegen zu reden, der ansonsten zweifellos auch seine Verdienste gehabt hat«, antwortete er. »Aber ja – er hat mich gemobbt. Ich stand damals noch am Beginn meiner Laufbahn, und er hat mir immer nur die stupideste Arbeit gegeben, die jeder Praktikant mit links bewältigt hätte. Und dazu auch noch scheißfreundlich gefragt, ob ich mir das auch zutraue, und dass ich es sagen soll, wenn ich Hilfe brauche. Wenn andere dabei waren, war er mit rassistischen Bemerkungen eher vorsichtig – aber er hatte eine sehr subtile Art, einen trotzdem zu beleidigen. Und was ich mir alles von ihm anhören durfte, wenn wir beide *allein* im Raum waren, das möchte ich hier nicht wiedergeben.« Er warf seiner Mutter, die bereits den Mund geöffnet hatte, einen mahnenden Blick zu. »Außerdem ist das alles vorbei und abgehakt. Ich will mit dem Mann nichts mehr zu tun haben.«

»Keine Gefahr«, sagte Melanie ruhig. »Er ist letztes Jahr gestorben. Und ich geb zu, ich hab mich nur mit einer extrem *kleinen* Spende beteiligt, als die Kollegen im Präsidium für einen Kranz gesammelt haben.«

Sinha lächelte sie an. »Sie werden mir richtig sympathisch, Frau Kollegin.«

Jacobsen biss sich auf die Lippen und starrte in sein leeres Chaiglas. Eigentlich hatte er sich noch einmal nachschenken wollen, doch in diesem Moment verging ihm jegliche Lust auf Nachschub.

»Danke«, sagte Melanie. Die Katze begann neugierig an ihrem Hosenbein zu schnuppern, worauf sie sie kurzerhand auf ihren Schoß hob und streichelte. »Und dann haben Sie sich nach Friedrichshafen versetzen lassen. Sind die Kollegen dort wenigstens toleranter als der alte Giersdorfer?«

»Oh ja«, erwiderte Sinha. »Auch wenn sie lange gebraucht haben, um sich mit dem kleinen Ganesha auf meinem Schreibtisch anzufreunden oder mit den Laddus, die ich ab und zu bei Betriebsfeiern dabeihatte. Oder mit meinem Namen – die meisten nennen mich heute noch *Suri*, obwohl sie genau wissen, dass ich das eigentlich nicht mag. Aber sie meinen es nicht böse, und ich bin insgesamt immer prima mit ihnen zurechtgekommen. Vor allem mit Frank Hasemann – der war damals mein Vorgesetzter, als ich beim KDD angefangen habe. Er hat mir sehr schnell größere Aufgaben übertragen und mich bei seinen eigenen Ermittlungen bevorzugt als Mitarbeiter herangezogen. Der allererste Fall, bei dem wir zusammengearbeitet haben, war übrigens gleich der von Pierre Meyer.«

»Jetzt ist der Kollege Hasemann im Ruhestand«, sagte Jacobsen. »Das habe ich von Veit Armbruster, seinem Nachfolger. Und ich hab noch ein paar andere Dinge von ihm erfahren – vor allem über die Sache mit Nina Berner.«

Ein Schatten glitt über Sinhas Gesicht.

»Ach ja? Was denn?«

Jacobsen lehnte sich auf dem Stuhl zurück. »Zum Beispiel, dass Frau Berner im Verdacht stand, ihren schwer an Krebs erkrankten Mann mit einem Giftcocktail ermordet zu haben. Und dass es Ihrer Eigenmächtigkeit zu verdanken ist, dass sie sich dem Zugriff durch die Behörden rechtzeitig entziehen und sich in die Schweiz absetzen konnte.«

Sinha trank in aller Ruhe sein Chaiglas leer, bevor er antwortete.

»Das mit dem Mordverdacht ist natürlich korrekt.« Sein Mund verzog sich zu einem schmalen Lächeln. »Und zu dem Vorwurf gegen mich verweigere ich die Aussage. Da Sie sich offenbar sehr genau über mich erkundigt haben, werden Sie sicher auch wissen, dass deswegen gegen mich ermittelt wird; und unter diesen Umständen ziehe ich es vor, derzeit nicht über dieses Thema zu reden.«

»Müssen Sie auch keineswegs.« Jacobsen nickte. »Aber dann werden Sie bestimmt begreifen, wieso ich mir gut vorstellen kann, dass Sie im Bedarfsfall auf das Gesetz pfeifen. Erst recht, wenn Sie eine Sache persönlich nehmen. Und das war bei dem Tod von Vidya Kapoor ja offensichtlich der Fall, oder habe ich da Ihre Reaktion gestern früh missverstanden?«

Sinhas Gesicht verlor sichtlich an Farbe.

»Was mein Kollege«, ging Melanie hastig dazwischen und warf Jacobsen einen erzürnten Blick zu, »gerne wissen möchte: Wie war Ihre Beziehung zu der jungen Frau? Waren Sie befreundet, oder war da vielleicht noch mehr?«

»Noch mehr?«, explodierte Zenobia Sinha am anderen Ende des Tisches plötzlich. »Wenn es nach mir gegangen wäre, dann wären die beiden längst *verlobt* gewesen! Seit Jahren rede ich auf Surendra ein, dass er endlich eine Frau braucht, und ich hab alles getan, was ich konnte, um uns eine Schwiegertochter ins Haus zu holen! Aber mit keiner, die ich ihm vorgeschlagen habe, war er zufrieden, mit *keiner!*«

Sie rang die Hände, als wäre ihr so viel entschlossener Widerstand gegen ihre segensreichen Absichten vollkommen unbegreiflich.

»Als unser alter Freund Sanjeev uns gebeten hat, seine Tochter als Gast bei uns aufzunehmen«, fuhr sie fort, »da dachte ich: Diesmal klappt es bestimmt! Und Vidya war so wunderbar, so liebenswert und so klug … sie war einfach perfekt! Ich bin sicher, sie und mein Junge hätten noch zueinander gefunden. Aber dann hat dieser … dieser elende *kaminey* …« Sie schniefte heftig. »Ich sag Ihnen eins: Ich bin überzeugt, dass mein Surendra nichts mit dem Mord an diesem Meyer zu tun hat, aber wenn es anders wäre, dann hätte ich volles Verständnis dafür! *Belohnen* müsste man ihn! Solche Dreckskerle darf man nicht mit Samthandschuhen anfassen – die muss man zu Klump schlagen und umbringen, verdammt noch mal!« Ihre Stimme brach, und Tränen liefen ihr über die Wangen.

»*Maaji*, beruhige dich!« Sinha sprang auf und legte die Arme um seine Mutter. Laut weinend lehnte sie sich an ihn; er tätschelte ihr sachte den Rücken und schaute verlegen zu Jacobsen und Melanie hinüber. »Ich bitte um Entschuldigung – meine Mutter denkt manchmal zu sehr in den Kategorien der alten indischen Rachefilme.«

»Da machen sie es wenigstens richtig«, schluchzte Zenobia Sinha. »Da kriegen Frauenschänder und Mörder am Schluss immer, was sie verdienen!«

»Das hat Pierre Meyer auch«, sagte Sinha sanft. »Und ich bin sicher, wir werden feststellen, wer das getan hat.«

»*Wir,* Herr Sinha, stellen gar nichts fest», betonte Jacobsen. »Jedenfalls nicht Sie. Ich erwarte, dass Sie sich aus den Ermittlungen heraushalten. Ist das klar?«

»Aber ich könnte Ihnen doch zumindest zuarbeiten!«, protestierte Sinha. »Ich kenne noch ein paar von Meyers alten Kontakten im Bodenseeraum, vielleicht erfahren wir von denen, ob er hier irgendwelche Feinde hatte, und ...«

»Sie sind nicht im Dienst!« Jacobsen schüttelte entschieden den Kopf. »Deswegen kommt jede Mitarbeit von Ihnen – egal, welche – absolut nicht in Frage.«

»Das muss Ihnen doch klar sein«, meinte Melanie, während sie die Mieze auf ihrem Schoß geduldig davon abhielt, mit den Anhängern an ihrem Bettelarmband zu spielen. »Wir sollten uns in dieser Sache unbedingt an die Zuständigkeiten halten.«

Saleti begann heftig zu zappeln; sie setzte sie rasch auf den Boden, und das Tierchen flitzte mit steil erhobenem Schwanz aus der Küche.

»Das seh ich ja ein«, gab Sinha zu und ließ seine Mutter los, die sich inzwischen wieder ein wenig beruhigt hatte. »Aber es geht mir einfach gewaltig gegen den Strich, dass ich nicht selbst etwas zur Lösung des Falles beitragen darf. Das verstehen Sie doch bestimmt!«

»Also, *ich* verstehe das vollkommen«, verkündete Zenobia Sinha energisch. »Mein *beta* ist nämlich nicht nur ein guter Sohn, sondern auch ein richtig guter Polizist«, fügte sie hinzu und putzte sich laut und vernehmlich die Nase.

»Da bin ich ganz sicher.« Melanie schenkte ihr ein tröstendes Lächeln. »Und gute Polizisten sind wir auch … anders als in gewissen indischen Filmen.« Zu Jacobsens Verblüffung zwinkerte sie Zenobia Sinha zu. »Ich verspreche Ihnen, so was wie in *Bawandar* oder in *Pitaah* gibt es bei uns nicht.«

Das verweinte Gesicht von Sinhas Mutter leuchtete plötzlich auf.

»Sie … Sie mögen indisches Kino?«

»Ja.« Melanies Blick wurde wieder ernst. »Aber wie gesagt – hier läuft das anders, jedenfalls meistens. Versuchen Sie, uns zu vertrauen, ja? Wir werden unser Möglichstes tun, den Fall zu lösen. Und wenn wir wissen, wer Pierre Meyer getötet hat, dann erfahren Sie es sofort. Versprochen.«

Sie sah Sinha an, dem anzumerken war, dass es ihm nach wie vor nicht schmeckte, von den Ermittlungen ausgeschlossen zu sein.

»Und Sie natürlich auch.«

Sinha nickte langsam.

»Danke, Frau Brendel. – Haben Sie sonst noch irgendwelche Fragen?«

»Im Moment nicht«, entgegnete Jacobsen und steckte sein Aufnahmegerät in die Tasche. »Danke für den Chai.«

»Keine Ursache.« Sinha betrachtete ihn ernst, aber nicht unfreundlich. »Soll ich Sie zur Tür begleiten?«

»Wir finden selbst hinaus«, sagte Jacobsen ein wenig steif. »Auf Wiedersehen.«

Keine zwei Minuten später standen sie wieder auf der Straße.

»Soso. Bollywoodfilme schaust du also.« Jacobsen warf Melanie einen ironischen Seitenblick zu. »Hätte ich nie gedacht, dass du dieses quietschbunte, kitschige Zeugs magst. Ich muss sagen, du überraschst mich immer wieder.«

»Du mich auch.« Melanie zahlte ihm den Blick mit gleicher Münze zurück. »Aber nicht wegen der indischen Filme – die sind übrigens teilweise wesentlich besser als ihr Ruf.«

Sie musterte ihn nachdenklich.

»Nein, was ich meine, ist – ich hab selten gesehen, dass du so erpicht darauf bist, jemanden festzunageln. Noch dazu bei einer derartig dünnen Beweislage wie bei Kollege Sinha.«

»Möglich.« Jacobsens Mund wurde schmal. »Aber egal, wie wenig dir das passt – er kann ohne Weiteres nach halb ein Uhr nachts losgezogen sein, um Meyer den Garaus zu machen. Auch wenn er noch so ein guter Sohn ist. Und noch so ein guter Polizist.«

Melanie seufzte.

»Ich weiß«, sagte sie leise.

Aus dem Gleichgewicht

Es war dunkel geworden. In dem Gästezimmer brannte nur noch eine kleine Leselampe. Surendra Sinha saß auf dem Sofa und versuchte, seine Gedanken zu sortieren. *Irgendwie geriet sein Leben im Moment immer mehr aus den Fugen.*

Dass wegen der alten Geschichte mit Nina Berner in Friedrichshafen gegen ihn ermittelt wurde, war schon unangenehm genug. Aber jetzt schoss sich offenbar tatsächlich auch noch die Waiblinger Kripo wegen Pierre Meyers Tod auf ihn ein.

Sinha seufzte. *Kein Wunder, dass er derzeit mit den Nerven zu Fuß ging.* Er erinnerte sich daran, wie schroff und zum Teil beinahe aggressiv er an diesem Nachmittag auf die Fragen der beiden Kommissare reagiert hatte. So ein Verhalten war eigentlich überhaupt nicht seine Art, und er erschrak darüber, wie dünnhäutig die Ereignisse der vergangenen Wochen ihn gemacht hatten.

Er sehnte sich nach Saleti ... nach ihrem warmen kleinen Körper auf seinem Schoß, nach ihrem beruhigenden Schnurren, wenn er sie streichelte. Aber Saleti hatte sich in ihre Beistelltischhöhle zurückgezogen; egal ob sie schon schlief oder nicht, er wollte sie dort in Ruhe lassen.

Und er sehnte sich nach Vidya.

Noch vor Kurzem hatte er so ein Gefühl nie gekannt. Wohl hatte es die eine oder andere Jugendfreundin gegeben, ebenso wie später Kolleginnen, mit denen er sich gut verstanden hatte ... aber eine dauerhafte Beziehung war nie daraus geworden. Zum Leidwesen seiner Mutter, deren Lebensziel sehr eindeutig eine – möglichst perfekte – Schwiegertochter war, gerne mit ein paar Enkelkindern als Dreingabe. Immer wieder hatte sie ihm Fotos von potenziellen Heiratskandidatinnen vorgelegt, mit denen ihre Schwestern und Freundinnen aus dem indischen Punjab sie stapelweise versorgten. Und wann immer ihr eine junge Frau im heiratsfähigen Alter über den Weg lief, die ihr auch nur ansatzweise geeignet schien, sang sie ein derartiges Loblied auf ihren wunderbaren Sohn und was für einen hervorragenden Ehemann er eines Tages abgeben würde, dass nur Sinhas gute Erziehung ihn davon abhielt, sich ernsthaft mit seiner Mutter zu verkrachen. Es war ja nicht so, dass er prinzipiell etwas gegen eine Heirat hatte – aber bei einer arrangierten Ehe spielte er nicht mit, das konnte *maaji* sich abschminken.

Deswegen hatte er auch alles andere als enthusiastisch reagiert, als er kurz nach seiner Ankunft in Waiblingen erfuhr, dass seine Eltern die Tochter eines Freundes seines Vaters aus Jalandhar für ein Jahr beherbergen würden. *Maaji* hatte ihm die Vorzüge der jungen Frau in derart leuchtenden Farben geschildert, dass Sinha fast davon ausging, dass irgendwo im Haus bereits Verlobungssüßigkeiten und ein hochzeitstaugliches Festgewand für ihn gehortet wurden. Nur ungern war er bereit gewesen, das Objekt von *maajis* mütterlicher Begierde am Stuttgarter Flughafen abzuholen, aber seine gute Erziehung hatte einmal mehr die Oberhand behalten.

Also hatte er wenig später in der Ankunftshalle gestanden, mit einem Schild in der Hand, auf dem mit Großbuchstaben VIDYA KAPOOR geschrieben stand. Er hatte eine junge, hübsche Frau mit einer langen, schwarzgelockten Mähne und lebensfroh funkelnden dunklen Augen auf sich zukommen sehen, die ihn strahlend anlächelte – und sein Herz hatte einen kleinen, höchst überraschten Hopser gemacht. Erst im Nachhinein hatte er begriffen: Es war Liebe auf den ersten Blick gewesen.

Eine Liebe, der nur drei Wochen später auf bestialische Weise ein Ende gesetzt worden war. Durch Pierre Meyer.

Sinha verbarg das Gesicht in den Händen. In seinem Kopf hörte er erneut die wutschnaubende Stimme seiner Mutter: *»Solche Dreckskerle darf man nicht mit Samthandschuhen anfassen – die muss man zu Klump schlagen und umbringen, verdammt noch mal!«*

Er biss sich auf die Lippen. Ob sich das für einen Gesetzeshüter nun gehörte oder nicht – diesmal hatte er ausnahmsweise Verständnis für die blutrünstige Denkweise seiner Mutter.

Wobei du dich dann aber auch nicht zu wundern brauchst, wenn du auf der Verdächtigenliste von diesem Jacobsen auf Platz eins landest, wisperte eine mahnende kleine Stimme in seinem Hinterkopf. *Wenn du daran etwas ändern willst, dann nützt es dir gar nichts, wenn du hier herumsitzt und dumpf vor dich hin brütest – dann musst du etwas unternehmen!*

Eine Idee schoss ihm durch den Kopf. Er schickte eine SMS mit einer kurzen Nachfrage ab und hoffte, dass der Empfänger noch wach war und antwortete. Die Reaktion kam schneller als erhofft; kaum hatte er sich ein Glas Wasser eingeschenkt, als sein Smartphone sich meldete und auf dem Display den Namen *Hasemann* anzeigte. Erleichtert nahm er das Gespräch an.

»Hallo, Frank! Soll ich dich zurückrufen? Ich hab dich eigentlich nur angefunkt, um sicherzugehen, dass ich dich nicht aus dem Schlaf reiße, wenn ich dich jetzt anklingele.«

»Seit wann schlafe ich um diese Uhrzeit?«, hörte er die trockene Stimme seines ehemaligen Vorgesetzten. »Und so ein nächtliches Telefonat kann ich mir auch mit meiner Beamtenpension noch leisten. Was ist los, Junge – Ärger, Probleme oder einfach nur Sehnsucht nach mir?«

»Alles«, gab Sinha rundheraus zu. »Wobei ich davon ausgehe, dass du über meinen derzeitigen Ärger Bescheid weißt. Wenigstens teilweise.«

»Das kann man wohl sagen.« Hasemann klang schlagartig sehr ernst. »Oder glaubst du, Armbruster hat mich nicht sofort informiert, als diese Sache mit Nina Berner aufs Tapet gekommen ist? Schließlich war ich damals noch dein Chef! Jetzt mal ehrlich, Surendra, du hast das doch nicht wirklich gemacht, oder?«

Sinha seufzte resigniert.

»Ich hab mir zwar eigentlich vorgenommen, keine Kommentare zu diesem Thema abzugeben, solange die Ermittlungen noch laufen – aber ich will dich nicht anlügen, Frank. Schlimm genug, dass … dass ich es damals getan habe.«

Eine Weile blieb es still am anderen Ende der Leitung.

»Dann stimmt es also tatsächlich.« Hasemann versuchte gar nicht erst, seine Fassungslosigkeit zu überspielen. »Du hast dieser Frau geholfen, in die Schweiz zu flüchten? Obwohl die Indizien gegen sie erdrückend waren?«

»Erstens mal hab ich ihr nicht *geholfen* – ich hab sie bloß nicht daran gehindert.«

»Macht das die Sache in deinen Augen etwa besser?«

»Nein, aber wenn wir jetzt schon Klartext reden, dann halten wir uns auch an die Fakten, ja? Zweitens, wie du sehr richtig sagst: Es waren *Indizien*, die wir gegen diese Frau hatten, keine Beweise. Und drittens, selbst wenn es Beweise gewesen wären: Es war Sterbehilfe, kein Mord! Ihr Mann hatte sie darum gebeten; er *wollte* sterben, schnell und möglichst schmerzlos, anstatt langsam und elend an seinem Krebs zugrunde zu gehen. Und sie haben die gesamte Aktion gemeinsam geplant und durchgeführt.«

»Wofür du selbstverständlich glasklare Beweise hattest, als du diese Frau unserem Zugriff entzogen hast.« Hasemanns Stimme triefte vor Sarkasmus.

»Nein, die hatte ich natürlich *nicht*«, schoss Sinha zurück. »Sonst hätte ich sie dir ja wohl *stante pede* auf den Schreibtisch gelegt, oder?«

»Stattdessen hast du mich nach Strich und Faden belogen«, stellte Hasemann fest. »Und das enttäuscht mich fast noch mehr als alles andere, Surendra. Ich dachte immer, du hättest Vertrauen zu mir.«

»Hab ich ja auch«, erwiderte Sinha; eine Mischung aus Scham und ehrlichem Bedauern schnürte ihm die Kehle zu. »Wirklich. Aber ich ... ich wollte dich da nicht mit reinziehen. Ich meine, mir war klar, dass ich gegen sämtliche Regeln verstoßen hatte ... aber ich hab einfach gehofft, dass es nie auffliegt.«

»Tja. Das war dann wohl ein Irrtum.«

»Ja.«

Erneut schwieg Hasemann eine Weile.

»Ich hab dir ja immer schon prophezeit, dass deine Empathie dich eines Tages um Kopf und Kragen bringen wird«, sagte er schließlich langsam. »Jetzt ist es offenbar so weit. Denn du hast die Frau doch nur deswegen vom Haken gelassen, weil du auf dein Bauchgefühl gehört hast. Richtig?«

»Richtig«, antwortete Sinha. »Und wenn du damals dabei gewesen wärst, wenn du sie gesehen und mit ihr gesprochen hättest, dann wärst du zu dem gleichen Schluss gekommen wie ich. Nämlich dass Nina Berner ihren Mann nicht ermordet, sondern erlöst hat – auf seinen ausdrücklichen Wunsch.«

»Möglich, aber selbst wenn, dann hätte ich sie nicht laufen lassen. Auch Tötung auf Verlangen ist strafbar, und das weißt du, Surendra!«

»Ja, natürlich.« Sinha atmete tief durch. »Aber was soll ich machen … ich hatte Verständnis für diese Frau. Sie hat es aus Liebe getan, und ich habe gesehen, wie sehr das alles ihr trotzdem auf der Seele lastete. Ich wollte einfach nicht, dass sie für diese Tat in den Knast wandert. Zumal da ja auch noch ihr Baby war – hätte es hinter Gittern oder in irgendeinem Heim aufwachsen sollen?«

»Surendra, Surendra …« Es war förmlich zu hören, dass Hasemann den Kopf schüttelte. »Ich hab dein Einfühlungsvermögen trotz allem ja immer irgendwie bewundert, aber diesmal hat es dir einen ordentlichen Streich gespielt. Sag mir nur noch eins: Hattest du etwas mit Nina Berner?«

»Natürlich *nicht!*«, antwortete Sinha scharf.

»Und hat sie dir etwas dafür gegeben, dass du sie auf die Fähre hast entwischen lassen? Geld oder sonst irgendein Geschenk?«

»Nichts. Außer einem verweinten Lächeln und einem dankbaren ›Gott segne Sie‹.«

»Wenigstens etwas«, versetzte Hasemann. »Sonst würdest du nämlich wirklich in der Bredouille stecken. So kannst du jetzt immerhin noch auf Bewährung hoffen, falls sie dich für schuldig befinden.«

»*Falls?*«, wiederholte Sinha. »Heißt das, es könnte auch glimpflich für mich ausgehen?«

»Nun ja – soweit ich Armbruster verstanden habe, haben sie gegen dich bislang nichts in der Hand außer der vagen Aussage einer Frau, die nach dem Unfalltod ihrer Tochter unter Schock stand«, erläuterte Hasemann. »Meiner Ansicht nach reicht das nicht mal für eine Anklage, geschweige denn für einen Schuldspruch.«

»Und dann serviere ich dir die Wahrheit frei Haus auf einem Silbertablett«, meinte Sinha mit einem Anflug von Ironie. »So kann's gehen. Aber wie gesagt – ich wollte dich einfach nicht länger belügen.«

»Schön von dir«, entgegnete Hasemann. »Auch wenn mich das jetzt in einen Gewissenskonflikt stürzt. Denn eigentlich müsste ich, sobald wir nachher aufgelegt haben, auf der Stelle Armbruster anrufen.«

»Ist mir klar.« Wieder spürte Sinha einen Kloß im Hals und räusperte sich. »Aber was soll's … im Moment hab ich noch ganz andere Probleme als diese Berner-Geschichte.«

»Wieso, was ist passiert? Raus damit!«

Sinha holte tief Luft.

»Vor zwei Tagen ist hier in Waiblingen eine junge Frau vergewaltigt und ermordet worden. Sie hieß Vidya Kapoor und war Gast meiner Eltern. Die Waiblinger Kripo hat aufgrund von DNA-Spuren relativ schnell den mutmaßlichen Täter benennen können, und jetzt halt dich fest: Es war Pierre Meyer.«

»Was?? Der Meyer, hinter dem wir damals her waren? Der Vergewaltiger? Ist der wieder frei?«

»Ja, aber er hat nicht lange was davon gehabt«, fuhr Sinha grimmig fort. »Er hat Vidya nur um einen Tag überlebt. Gestern früh hab ich seine Leiche auf einer Bank in Waiblingen gefunden und …«

»Moment, noch mal langsam zum Mitschreiben: Er ist tot – und *du* hast seine Leiche gefunden?«

»So ist es.« Sinha verzog das Gesicht. »Und weil a) Meyers letztes Opfer eine Freundin von mir war, b) Meyer mir seinerzeit im Gerichtssaal bittere Rache angedroht hat, ich c) sowieso zu eigenen Rechtsauslegungen tendiere, siehe Nina Berner, und d) für die Tatzeit kein hundertprozentiges Alibi habe, halten die werten Kollegen hier es *summa summarum* nicht für ausgeschlossen, dass *ich* es war, der den guten Pierre Meyer um die Ecke gebracht hat. Kein Witz, Frank! Dieser Kommissar Malte Jacobsen hat mir deutlich zu verstehen gegeben, dass ich unter Tatverdacht stehe.«

»*Aua!*«, kommentierte Hasemann kurz und nüchtern. »Von einem Schlamassel in den nächsten. Wobei ich ja hoffnungsvoll davon ausgehe, dass du mit dem Tod von Pierre Meyer nichts zu tun hast – oder willst du mir da jetzt auch etwas beichten?«

»Also bitte!«, protestierte Sinha. »Eine Mordverdächtige laufen lassen und selbst zum Mörder werden, das sind ja wohl immer noch zwei Paar Stiefel!«

»Ja, aber wer hat schon ständig die gleichen Stiefel an?«, konterte Hasemann trocken. »Scherz beiseite, Surendra, da steckst du wirklich ordentlich in der Tinte. Gibt's denn sonst keine Tatverdächtigen?«

»Zumindest weiß ich bislang von keinen weiteren«, meinte Sinha. »Und ich glaube kaum, dass die Waiblinger Kollegen mich da auf dem Laufenden halten werden. Aber um ehrlich zu sein – das ist auch einer der Gründe, warum ich mit dir telefonieren wollte, Frank. Ich dachte, vielleicht kannst du mir helfen.«

»Jetzt bin ich gespannt.«

»Pass auf: Du kennst doch diesen Sozialpädagogen in der JVA Freiburg, diesen Manfred … wie heißt er doch gleich?«

»Winkler?«

»Ja, genau der. Könntest du bei dem mal anfragen, ob Meyer während seiner Haft in Freiburg irgendwelche Kontakte nach Waiblingen geknüpft hat? Oder ob er sich vielleicht sogar Feinde gemacht hat, die ihm möglicherweise nun die Quittung dafür gegeben haben?«

Hasemann schnappte hörbar nach Luft.

»Versteh ich das jetzt richtig?«, sagte er leise. »In Friedrichshafen wird gegen dich wegen Strafvereitelung ermittelt, und in Waiblingen hat man dich im Verdacht, einen Mann umgebracht zu haben. Wenn du etwas im Moment *nicht* tun solltest, dann der Polizei ins Handwerk pfuschen. Und statt vernünftigerweise die Füße stillzuhalten, bittest du *mich*, dir beim Privatschnüffeln zu helfen?«

»So ungefähr.«

»Verdammt noch mal, Surendra!«, explodierte Hasemann. »Ich hadere schon mit meinem Gewissen wegen dem, was du mir zu der Sache Nina Berner erzählt hast! Treib es nicht zu weit, ja?«

»Weißt du was?«, gab Sinha hitzig zurück. »Von mir aus erzähl Armbruster, dass ich dir gegenüber in puncto Berner ausgepackt habe. Erzähl ihm jedes einzelne Detail, es ist mir gleich. Wenn ich danach verknackt werde, dann wenigstens für etwas, was ich tatsächlich getan habe. Aber hier geht es um ein Tötungsdelikt, und noch dazu um eines, das ich *nicht* begangen habe! Habe ich da nicht wenigstens das Recht, dich um Hilfe zu bitten?«

Hasemann seufzte vernehmlich, ohne zu antworten.

»Du musst das Ergebnis ja nicht mir selbst mitteilen«, fügte Sinha eindringlich hinzu. »Wenn Winkler tatsächlich eine Idee hat, wer Meyer hier eventuell ans Leder wollte, dann kannst du ja auch ganz offiziell die Waiblinger Kripo darüber informieren. Am besten gleich diesen Jacobsen persönlich.«

»Ich denk drüber nach«, erwiderte Hasemann nach einer Weile. »Okay? Ich kann's dir noch nicht versprechen, Surendra; das war jetzt alles ein bisschen viel auf einmal, das muss ich erst mal sacken lassen. Ich meld mich morgen früh bei dir. In Ordnung?«

»Klar«, antwortete Sinha. »Und Frank – es tut mir leid. Alles.«

»Glaub ich dir.« Hasemanns Stimme klang leicht versöhnlich und sogar nach dem Ansatz eines Lächelns. »Gute Nacht, Surendra. Trotz allem.«

»Gute Nacht, Frank.«

Hasemann legte auf. Sinha betrachtete das Display, bis es schwarz wurde. Dann schüttelte er die Beklemmung ab, die das Gespräch bei ihm hinterlassen hatte, legte das Smartphone auf den Tisch und grübelte.

Pierre Meyer. Wann und wie war der Mann nach Waiblingen gekommen? Direkt von Freiburg aus? Oder war er nach seiner Entlassung aus dem Gefängnis erst mal nach Konstanz gefahren? Familie hatte er dort keine, das wusste Sinha … aber in jedem Fall ein paar alte Bekannte, bei denen er möglicherweise in der ersten Zeit Unterschlupf gefunden hatte. Kalle Rohleder zum Beispiel, bei dem Sinha ihn seinerzeit aufgespürt und festgenommen hatte. Oder diesen Kleinganoven Jimmy Jablonsky, der in drei Vergewaltigungsfällen, bei denen Meyer unter massivem Verdacht stand, dem Mann Alibis gegeben hatte – Alibis, die nach Sinhas Überzeugung so falsch waren wie Einundfünfzig-Euro-Scheine. Nur hatte man ihm das leider nicht nachweisen können. *Sonst wäre Meyer nicht nur wegen Vergewaltigung in zwei, sondern mindestens in fünf Fällen verurteilt worden.*

Sinha spürte, wie Zorn in ihm hochstieg, und atmete tief durch.

Es war höchste Zeit, dass er mal wieder zu Hause am Bodensee vorbeischaute.

***

Am Morgen nach dem Besuch im Haus der Sinhas stieg Malte Jacobsen die Treppe hinauf, die zur Praxis von Dr. Friedrich Aumüller führte. Sie lag im zweiten Stock einer alten Villa in einer stillen Neustädter Seitenstraße. Im ersten Stock musste er einen Eimer mit Seifenwasser umrunden, nebst einem Schrubber, der an der Wand lehnte. Daneben stand eine Wohnungstür einen Spalt offen, und Musik dudelte laut hinaus auf den Flur – Bono von U2 sang *Beautiful Day*. Jacobsen war sich nicht sicher, ob der Tag wirklich so schön war, stellte aber nichtsdestoweniger fest, dass er leise mitsummte. Er mochte den Song.

Vor dem Praxisempfang wartete an diesem Donnerstag eine Schlange von Patienten, und die Stühle im Wartezimmer, zu dem eine Glastür führte, waren samt und sonders besetzt. Jacobsen brauchte eine Weile, bis er sich zu der kleinen Theke vorgearbeitet hatte, hinter der die Sprechstundenhilfe saß – eine Frau Anfang dreißig, das rotblonde Haar zu einem adretten Zopf geflochten, das hübsche, ovale Madonnengesicht ungeschminkt. An der Brusttasche ihres weißen Kittels steckte ein Schildchen mit der Aufschrift *Vera Nagel*. Er zückte seinen Dienstausweis.

»Grüß Gott«, sagte er. »Malte Jacobsen, Kripo Waiblingen.«

Die Frau musterte ihn stirnrunzelnd und nahm seinen Ausweis gründlich in Augenschein, bevor sie antwortete.

»Von der Kripo sind Sie? Was kann ich denn für Sie tun?«

»Sie können mir helfen, ein Alibi zu überprüfen, Frau Nagel«, erklärte er. »Am Montag müsste bei Ihnen eine Patientin einen Termin gehabt haben, eine gewisse Zenobia Sinha.«

»Moment.« Sie tippte auf das Keyboard ihres Computers und warf einen Blick auf den Bildschirm. »Richtig – Frau Sinha war um halb vier zur Behandlung hier.«

»War sie allein?«

»Nein.« Die Sprechstundenhilfe schüttelte den Kopf. »Ihr Sohn hat sie gefahren und hier raufbegleitet; Frau Sinha ist nicht besonders gut zu Fuß.«

»Können Sie sich erinnern, ob er danach hiergeblieben ist, bis seine Mutter fertig war? Oder war er vielleicht zwischendurch mal weg und hat sie erst später abgeholt?«

»Er war die ganze Zeit hier.« Die Sprechstundenhilfe klang sehr entschieden. »Er hat da drüben im Wartezimmer gesessen, bis seine Mutter wieder aus dem Behandlungsraum gekommen ist.«

Mist, verdammter.

»Wieso sind Sie sich denn da so sicher?«, erkundigte sich Jacobsen, der seine Felle davonschwimmen sah. »Ich meine … Sie haben doch bestimmt reichlich zu tun, bei dem Andrang, der hier herrscht. Da können Sie ihn doch unmöglich die ganze Zeit im Auge behalten haben.«

»Normalerweise nicht«, meinte Vera Nagel zustimmend. »Aber er war schon öfter hier; Frau Sinha musste in den letzten zwei Wochen mehrmals zur Behandlung herkommen, und er war jedes Mal dabei. Und am Montag hat er sich ein bisschen merkwürdig aufgeführt.«

»Wie meinen Sie das?« Jacobsen witterte wieder Morgenluft.

Vera Nagel überlegte eine Zeit lang, bevor sie antwortete.

»Wissen Sie ... die meisten Leute, die hier auf ihren Termin oder auf Angehörige warten, beschäftigen sich mit irgendwas. Sie blättern in einer Zeitschrift, manche haben auch ein Buch dabei ... oder sie halten sich ununterbrochen ihr Handy vor die Nase. Aber er ... er hat gar nichts gemacht.« Sie zögerte. »Er hat ... sehr *traurig* ausgesehen. Als wäre er furchtbar unglücklich.«

Kein Wunder. Das war der Tag gewesen, an dem die Leiche von Vidya Kapoor entdeckt worden war ... der Frau, die sich Zenobia Sinha als Schwiegertochter für ihren Sohn gewünscht hatte.

»Wie lange waren die beiden ungefähr hier?«

»Bis um halb fünf.« Die Auskunft kam wie aus der Pistole geschossen. »Das weiß ich deshalb so genau, weil ich genau um die Zeit wegmusste; ich hatte zu Hause einen Termin mit einem Handwerker. Und außerdem hatte ich eine schwere Tasche mit Fachliteratur dabei; Herr Sinha hat sie mir die Treppe hinunter und bis zu meinem Auto getragen.« Sie lächelte, wie bei einer angenehmen Erinnerung. »Ich finde ihn wirklich sehr, sehr nett.«

Noch eine Frau, die dem Charme des Kollegen erlegen war. Genau wie Melanie.

Jacobsen seufzte.

»Herzlichen Dank«, sagte er. »Das war erst mal alles, was ich wissen wollte.«

Vera Nagel musterte ihn neugierig. »Hat Herr Sinha sich etwas zuschulden kommen lassen? Das kann ich mir bei ihm gar nicht vorstellen. Oder etwa Frau Sinha?«

»Dazu darf ich Ihnen keine Auskunft geben«, erwiderte Jacobsen. »Abgesehen davon stehen den Leuten ihre Taten nicht mitten auf die Stirn geschrieben. Sonst wäre unsere Arbeit nämlich um einiges leichter.«

»Das glaub ich Ihnen.«

Hinter Jacobsen räusperte sich jemand ungeduldig, und sie spähte an ihm vorbei. Er drehte sich um und stellte fest, dass bereits wieder ein halbes Dutzend Patienten darauf wartete, dass er endlich fertig war.

»Entschuldigen Sie«, sagte er rasch. »Falls ich noch weitere Fragen habe, melde ich mich bei Ihnen.«

Sie nickte knapp und wandte sich einer älteren Frau zu, die gerade ihre Krankenkarte aus einem Fach ihrer voluminösen Handtasche nestelte und sie mit so viel Nachdruck auf die kleine Holztheke knallte, als wäre sie über die Verzögerung beleidigt.

»Wie lang muss i denn heut warta, Frau Nagel? Bei mir pressiert's bissle.«

Bevor dem empörten Blick, den sie in seine Richtung schoss, noch eine passende Bemerkung folgen konnte, war Jacobsen schon hinausgegangen.

Tief in Gedanken machte er sich wieder auf den Weg ins Erdgeschoss. Man konnte es drehen und wenden, wie man wollte – Surendra Sinha mochte mehr als ein Motiv haben, Pierre Meyer das Lebenslicht auszublasen, aber es würde verdammt schwierig werden, ihm nachzuweisen, dass er dazu überhaupt die Gelegenheit gehabt hatte. Den Tag vor Meyers Tod hatte er sehr offensichtlich mit Mutter und Vater verbracht, die Nacht, in der Meyer gestorben war, bei seinem Freund. Und um Jacobsens Vermutung zu bestätigen, dass der Kollege zwischen Mitternacht und sechs Uhr morgens auf Abwege gegangen war, musste man erst einmal einen Zeugen finden. *Was ebenfalls verdammt schwierig sein würde.*

Eimer und Schrubber im ersten Stock waren verschwunden, die Wohnungstür geschlossen, die Musik verstummt. Dafür roch es jetzt durchdringend nach Bodenreiniger. Als Jacobsen aus seiner Grübelei erwachte und ihm die Erkenntnis dämmerte, dass er sich bei den frisch gewischten Stufen wohl besser in Acht nahm, war es unglücklicherweise schon zu spät – er geriet auf den glatten Steinfliesen ins Rutschen, ruderte hilflos mit den Armen und stürzte im nächsten Moment die Treppe hinunter.

Ein paar so entwürdigende wie turbulente Sekunden später fand er sich ein Stockwerk tiefer neben der Eingangstür wieder. Sein Schädel dröhnte, sein Rücken fühlte sich an, als hätte er eine saftige Prellung abgekriegt, und als er sich am Treppengeländer hochzog und versuchte aufzustehen, musste er feststellen, dass er sich buchstäblich nicht auf den Beinen halten konnte. Sein rechter Knöchel schmerzte so heftig, als wäre er gebrochen.

Von oben näherten sich vorsichtige Schritte. Er hob den Kopf und entdeckte die ältere Dame mit der großen Handtasche, die ihn verblüfft anstarrte.

»Heidenei, was hen denn *Sie* a'gschtellt? Hen Sie denn net g'sähe, dass die Trepp nass isch?«

Jacobsen raffte den kläglichen Rest seiner Würde zusammen.

»Nein, hab ich nicht«, raunzte er. »Und wenn Sie mir einen Gefallen tun wollen, dann gehen Sie bitte noch mal hoch in die Praxis und sagen dort Bescheid, dass ich hier ein bisschen Hilfe brauchen könnte. Okay?«

»Hen Sie sich äbbes brocha?«

»Ich hab keinen Schimmer.« Er biss die Zähne zusammen, als ein glühendheißer Stich ihm vom Knöchel aus das Bein hochschoss. »Wie wär's, wenn wir das Dr. Aumüller fragen? Ich wette, der versteht mehr davon als Sie und ich.«

Die Dame drehte gehorsam ab, um Verstärkung zu holen, und Jacobsen ließ sich benommen und gedemütigt wieder auf die Steinfliesen zurücksinken.

Von wegen ›Beautiful Day‹. Bono hatte doch echt keine Ahnung, verdammt noch mal.

Alleingänge

»Bist du sicher, dass du nicht mitkommen willst, Malte?«

Jacobsen warf Melanie, die am Fenster ihres gemeinsamen Büros stand, einen zutiefst frustrierten Blick zu und hob eine der Krücken hoch, die neben ihm an seinem Schreibtisch lehnten.

»Mit *wollen* hat das gar nichts zu tun – ich *kann* nicht!«

Während er in der Arztpraxis die Sprechstundenhilfe befragt hatte, war sie verabredungsgemäß die Unterlagen der Friedrichshafener Kollegen durchgegangen, hatte mit Sinhas Vorgesetztem telefoniert und ihren Besuch angekündigt. Und natürlich war es so geplant gewesen, dass sie dort zu zweit anrücken würden. Damit, dass er auf dem Rückweg die Treppe hinunterfiel, hatte sie genauso wenig gerechnet wie er.

Noch immer hatte Jacobsen die Stimme des Arztes in der Notaufnahme der Rems-Murr-Klinik im Ohr: *Jemand mit weniger Dusel hätte sich bei diesem Sturz den Hals gebrochen. Seien Sie froh, dass Sie mit einer Zerrung im Rücken und einem verstauchten Knöchel davongekommen sind. Ich rate Ihnen dringend, die nächsten drei Wochen möglichst sitzend hinter Ihrem Schreibtisch zu verbringen.*

»Meyer ist für die Vergewaltigung von Julia Mühlbauer und Christine Stahl verurteilt worden«, sagte Melanie jetzt und wandte sich vom Fenster ab. »Aber es gab auch noch weitere Frauen, die das Pech hatten, dass man ihm die sexuellen Übergriffe an ihnen nicht nachweisen konnte. Sie müssen immer noch traumatisiert sein, und voller Wut … genau wie ihre Angehörigen. Brüder vielleicht, Väter oder gute Freunde. Mit Sicherheit Dutzende von Leuten, die Grund genug gehabt hätten, sich an dem Kerl zu rächen.«

Ganz abgesehen von Meyers ehemaligen Komplizen, denen er am Bodensee ebenfalls liebend gern auf den Zahn gefühlt hätte. Dummerweise konnte er sich das jetzt erst einmal abschminken.

Er betrachtete Melanie – das glänzende, tiefbraune Haar, das sie heute zu einem Pferdeschwanz gebändigt hatte, die schwach sichtbaren Sommersprossen, die vom heißen August übrig geblieben waren, die hellen Augen, in denen goldene und grüne Lichter funkelten, und den vollen Mund, der schmaler war als sonst. Sie wirkte besorgt – aber das hatte wohl eher mit seinem lädierten Fuß zu tun als mit der Aufgabe, die vor ihr lag. Einmal mehr verfluchte er sein Ungeschick. Es wäre ausgesprochen wichtig für ihn gewesen, sich persönlich ein Bild zu machen – allein schon, um bei diesem Fall endlich mehr Anhaltspunkte und einen klareren Blick zu bekommen. Seit seiner ersten Begegnung mit Surendra Sinha war er irgendwie ins Schwimmen geraten. Schlimmer noch – er hatte das nagende Gefühl, dass Melanie nicht mehr mit ihm an einem Strang zog.

Ihm war vollkommen klar, dass sie seinen hartnäckigen Verdacht gegen Sinha nicht wirklich teilte und die rigide Art, wie er mit dem Kollegen umgegangen war, für einen Fehler hielt. Dass sie zum ersten Mal bei einer Ermittlung nicht einer Meinung waren, erschreckte ihn mehr, als er es sich früher jemals hätte vorstellen können.

Dabei hatte das heftige Unbehagen, das er empfand, nichts mit seinen höchst privaten Träumen und Wünschen zu tun … oder wenigstens *fast* nichts. Er war inzwischen so sehr daran gewöhnt, Melanie unbeirrt an seiner Seite und auf einer Wellenlänge mit ihm zu wissen, dass ihr plötzlicher Richtungswechsel ihn genauso heftig schmerzte wie sein verletzter Fuß. Und das Ganze wurde noch durch die Tatsache verschlimmert, dass er nicht wirklich wusste, ob seine instinktive Abneigung gegen Sinha von Erfahrung und kriminalistischem Spürsinn herrührte – oder vielmehr von der Irritation darüber, dass Melanie den Mann ganz offensichtlich ausgesprochen anziehend fand.

Vielleicht war es besser, dass er sie nicht begleitete. Er konnte nicht ausschließen, dass seine Gefühle für sie ihm am Bodensee ein Bein stellen würden. Sie mussten dringend neue Spuren finden, und neue Verdächtige. Melanie würde sachlicher und gezielter vorgehen, als er es sich selbst im Moment zutraute. Und sie würde bessere Ergebnisse erzielen, wenn er sie nicht durch seine vorgefasste Meinung – falls es denn eine war – durcheinanderbrachte. *So sehr ihm diese Tatsache auch gegen den Strich ging.*

»Du kriegst das schon hin«, sagte er. »Das wäre ja nun wirklich das erste Mal, dass ich dir bei einer Ermittlung das Händchen halten muss.«

Ihr besorgter Blick wurde weich, und sie lächelte ihn an.

»Weiß ich doch«, erwiderte sie. »Und ich danke dir für dein Vertrauen. Wirklich. Aber es wird mir was fehlen, wenn du nicht dabei bist. Ohne dich macht mir die Arbeit keinen Spaß.«

Er lächelte zurück. »Geht mir genauso.«

»Dann«, meinte sie, »lass ich dich jetzt hier sitzen – auch wenn uns das beiden nicht gefällt – und fahr nach Hause, meinen Koffer packen. Die Kollegen haben mir versprochen, dass sie ein Hotelzimmer buchen, gleich für heute Abend. Und ich melde mich bei dir, wenn ich angekommen bin, okay?«

»Und du hältst mich auf dem Laufenden, ja?« Er zog eine kleine, ironische Grimasse. »Wobei mir klar ist, dass ich dir das eigentlich gar nicht erst sagen muss. Du tust es sowieso.«

»Kluger Mann.« Sie zögerte, als wollte sie noch etwas hinzufügen, und er stellte fest, dass er unwillkürlich den Atem anhielt. Aber sie sagte nichts, sondern wandte sich ab und holte ihre Handtasche aus dem Schreibtisch. Dann warf sie ihm noch ein letztes Lächeln zu und ging rasch hinaus.

Er blieb sitzen, den verbundenen Fuß steif von sich gestreckt, ihr Gesicht immer noch vor Augen.

Ohne dich macht mir die Arbeit keinen Spaß.

Plötzlich fiel ihm wieder ein, wann sie das schon einmal zu ihm gesagt hatte – etwas mehr als ein Jahr war das jetzt her. Da hatte er in der Klinik gelegen, ein Loch in der Schulter, das vom Stich mit einem römischen Schwert stammte. Damals war er nur um Haaresbreite dem Tod von der Schippe gesprungen. Und in dem Keller, in dem ein soziopathischer Mörder auf ihn losgegangen war, hatte sie seine Wunde provisorisch versorgt, seinen Kopf auf ihren Schoß gebettet und mit ihm auf den

Krankenwagen gewartet, während er langsam das Bewusstsein verlor.

Und sie hatte ihn geküsst. Das hatte sie zwar nie zugegeben, aber er war sich bis heute sicher, dass es so war. Danach gefragt hatte er sie allerdings nur ein einziges Mal, damals im Krankenhaus. Danach nie wieder.

Jacobsen seufzte und schloss die Augen.

Ich wünschte, ich wäre nicht so erbärmlich feige. Du hast weiß Gott was Besseres verdient als mich, Melanie Brendel.

***

Mit einem geschickten Lenkradschlenker manövrierte Surendra Sinha seinen Opel Corsa rückwärts in eine Parklücke direkt gegenüber dem Mietblock, in dem er sich seit nunmehr über einem Monat nicht mehr hatte blicken lassen. Er musterte die triste graue Fassade und seufzte. *Er konnte nicht behaupten, dass er Heimweh hatte.*

Während der Fahrt von Waiblingen-Neustadt nach Friedrichshafen hatte er mehrfach versucht, sich vorzustellen, wie es sich anfühlen würde, wenn das jetzt nicht nur eine Stippvisite wäre, sondern seine *richtige* Heimkehr, zurück in seine Zweizimmerwohnung und vor allem auch an seinen Arbeitsplatz bei der K1. Und dabei war ihm nicht ganz unerwartet klar geworden, dass sich seine Sehnsucht in Grenzen hielt. Obwohl er sich von seinen Kollegen keineswegs im Unfrieden in seinen unerwünschten Urlaub verabschiedet hatte; niemand hatte ihn offen vorverurteilt, und vor allem Veit Armbruster hatte laut und deutlich auf den Grundsatz gepocht, dass jeder, auch Sinha, als unschuldig zu gelten hatte, solange seine Schuld nicht erwiesen war.

Aber misstrauische Seitenblicke und Getuschel hatte es dennoch gegeben, und schon während Sinha seinen Ganesha und zwei, drei andere Privatgegenstände aus seinem Büro in eine Tasche packte, stellte er sich ernsthaft die Frage, ob er jemals wieder an diesen Schreibtisch zurückkehren würde. Denn selbst wenn die Sache tatsächlich glimpflich für ihn ausgehen sollte – seine Kollegen und er würden wohl nie wieder zu der gleichen vertrauensvollen Zusammenarbeit zurückfinden wie früher. Wo Rauch war, war schließlich stets auch Feuer, richtig? Richtig. Und durch den ganzen Zinnober um den in Waiblingen mutmaßlich durch sein Zutun dahingeschiedenen Pierre Meyer würde dieser Rauch nur noch beißender und dreckiger ausfallen.

War es da nicht vielleicht sogar besser, unabhängig von dem Ausgang der Ermittlungen einen sauberen Schnitt zu machen und diesen Lebensabschnitt zu beenden ... so wie damals den bei der Kripo Waiblingen, als das ständige Mobbing durch den alten Giersdorfer unerträglich geworden war?

Nur – was sollte er stattdessen tun? Wieder zurück zu seinen Eltern gehen und für den Rest seines Lebens *maajis* unbeweibten Brotteigkneter geben? Das konnte es ja wohl auch nicht sein.

Er seufzte erneut, verließ seinen Wagen und überquerte die Straße. *Hoffentlich trog seine Erinnerung ihn nicht und er hatte in der Küche noch Filtertüten und einen Rest Kaffee in der Büchse.*

Wenig später saß er am Küchentisch, vor sich einen dampfenden Becher und in der Hand sein Smartphone, aus dem *maajis* Stimme ihm hörbar amüsiert schilderte, wie Saleti sich gerade gemütlich in einem leeren Karton auf dem Küchenfußboden zusammenrollte. Er erinnerte seine Mutter noch einmal ausdrücklich an ihr heiliges Versprechen, der kleinen Mieze ausschließlich das für sie vorgesehene Dosenfutter zu servieren und sie nicht mit ihren scharfen Currys zu vergiften – worauf Zenobia Sinha prompt in eine so ausführliche wie empörte Tirade über selbstverständliche Verantwortung, Tierliebe und die trotz Katzen-Inkompatibilität makellose Qualität ihrer Punjabi-Küche ausbrach. Erst als er eine Atempause nutzte, um das Wort »vergiften« feierlich zurückzunehmen, kam sie wieder von ihrer Palme herunter. Sie ermahnte ihn nur noch, anständig zu essen und sich gelegentlich zu melden, bevor er das Gespräch schließlich beenden konnte.

Er trank einen Schluck Kaffee, stützte die Ellenbogen auf die Tischplatte und lehnte den Kopf gegen die gefalteten Hände.

Bloß gut, dass Frank Hasemann keine Ahnung hatte, wo er sich gerade befand. Sein ehemaliger Vorgesetzter hatte ihn am frühen Morgen wie versprochen angerufen und ihm mitgeteilt, dass er den Rest der Nacht über zusammen mit einer Flasche Rotwein in sich gegangen war, jedoch noch keine endgültige Entscheidung getroffen hatte – jedenfalls was Sinhas Geständnis zur Sache Nina Berner betraf. Das mit Pierre Meyer sei allerdings eine völlig andere Hausnummer, »und ich kann ja wohl nicht zulassen, dass mein Freund und ehemals bester Mitarbeiter in Waiblingen unschuldig aufgeknüpft wird. Also werde ich den guten Winkler mal auf die Sache anspitzen. Und bis ich da mit irgendwelchen Erkenntnissen aufwarten kann, bist du ein braver Junge und machst den Kollegen keinen Ärger. Haben wir uns verstanden?«

Selbstverständlich hatte Sinha sofort hoch und heilig gelobt, die Füße wie befohlen stillzuhalten. Dass neben ihm eine fertig gepackte Reisetasche stand und er bereits den Autoschlüssel am Ring des Anhängers um den Zeigefinger kreisen ließ, konnte Hasemann durch das Telefon ja zum Glück nicht sehen.

Er gab ein grimmiges kleines Schnauben von sich. *Den Teufel würde er tun.* Es war zwar keineswegs seine Absicht, der Polizei, wie Hasemann es am Vorabend genannt hatte, *ins Handwerk zu pfuschen.* Aber mit Sicherheit würde er sich nicht weiter widerstandslos die Tötung von Pierre Meyer an den Hals hängen lassen. Er hatte durchaus ein paar Ideen, wo man auf der Suche nach einem oder mehreren Tätern ansetzen konnte. Und das musste er nun eben im Alleingang tun, da man bei der Waiblinger Kripo auf seine Hilfestellungen ja keinen Wert legte. *»Ich erwarte, dass Sie sich aus den Ermittlungen heraushalten«*, waren die Worte von Kriminalkommissar Malte Jacobsen gewesen, er hatte sie noch sehr genau im Ohr. *»Sie sind nicht im Dienst. Deswegen kommt jede Mitarbeit von Ihnen – egal, welche – absolut nicht in Frage.«*

Er trank seine Kaffeetasse leer und schenkte sich noch einmal nach. Dieser Jacobsen schien ein ziemlich harter Hund zu sein. Vermutlich schon um einiges länger im Dienst als Sinha selbst; er schätzte den Waiblinger Kollegen auf etwa Mitte vierzig. Ein Mann mit raubeinigem Charme … sehr groß, schlank, dunkelblondes kurz geschnittenes Haar, gepflegter Fünftagebart. Blaue Augen mit einem ernsten, scharfen Blick. Und offenbar ein erfahrener Ermittler, dem so leicht nichts entging. Sinha ertappte sich bei dem Gedanken, dass er mit diesem Kommissar, auch wenn der ihm bislang eher schroff und feindselig begegnet war, gerne einmal zusammenarbeiten würde. Aber unter den gegebenen Umständen war das wohl so wahrscheinlich wie eine Dönerbude auf dem Mars.

Ein lauter, lang anhaltender Klingelton riss ihn aus seinen Gedanken. Er ging zur Wohnungstür, spähte durch den Türspion und öffnete, als er seine Nachbarin Nadia Gorniak erkannte.

»Hallo, Frau Gorniak – jetzt sind Sie mir zuvorgekommen, ich wollte mich nachher sowieso noch bei Ihnen melden.«

»Ist nicht schlimm«, antwortete die dunkelhaarige Frau gelassen. »Hab ich gesähen Ihr Auto draußen auf Straße, und da hab ich gedacht, ich bring gleich Post vorbei. Hier, bitte!« Sie reichte Sinha einen kleinen Stapel Briefe und Werbeprospekte.

»Danke«, sagte Sinha. »Möchten Sie einen Kaffee? Ich hab noch welchen da.«

»Nein, danke«, erwiderte Nadia Gorniak lächelnd. »Muss ich los, hab ich Termin bei Friseur. Das war ja langer Urlaub für Sie! War schän?«

»Und wie!«, log Sinha. »Absolut erholsam. Ich werd auch nur ein paar Tage hierbleiben, weil ich etwas erledigen muss, danach fahr ich wieder weg.«

»No, hoffentlich verpassen Sie dann nicht wieder alten Freind.« Nadia Gorniak legte die Stirn in Falten. »Er wollte ja noch einmal herschauen auf Rückreise, ist aber bis jetzt nicht dagewesen. Jädenfalls ich hab nicht gesähen.«

»Welcher alte Freund?«, fragte Sinha.

»Hat nicht gesagt Namen seinigen.« Nadia Gorniak zuckte die Achseln. »War unten vor dem Haus, hat Sie gesucht. Hat gesagt, er wollte Sie überraschen. War sehr enttäuscht, als ich ihm hab gesagt, Sie machen Urlaub bei den Eltern.«

Mit einem Schlag war Sinha angespannt bis in die Fingerspitzen.

»Wann war das?«

»Weiß nicht mehr genau. Zwei Wochen vielleicht.«

»Und wie sah der Mann aus?«

Nadia Gorniaks Blick wurde unsicher.

»No … wenn ich jetzt sage, dann ich mache doch Überraschung kaputt!«

»Aber wenn wir uns tatsächlich noch einmal verpassen, dann weiß ich wenigstens, wer's war, und kann ihn anrufen«, sagte Sinha so ruhig und beherrscht, wie er es gerade noch fertigbrachte. »Bitte!«

»No ja …« Sie schien angestrengt nachzudenken. »War groß, aber nicht schlank … Gäsicht rund wie Vollmond … und Haare ganz kurz, schon bisschen grau. War sehr freindlich. Und hatte sehr schäne Stimme.«

Sinhas Herz pochte heftig.

»Hat er … womöglich mit einem leichten französischen Akzent gesprochen?«

»Mäglich. Klang ein wänig fremd, aber kann ich nicht sagen, ob das war franzäsisch. Ach ja, und er hat gefahren eine alte, verbeulte Polo. Rot. Hab ich gesähen, weil ich noch mal hab rausgeschaut – hab ich nämlich gewollt fragen nach Namen seinigen. Aber war ich zu spät; ist schon eingestiegen und weggefahren.«

»Ein alter, verbeulter roter Polo«, wiederholte Sinha.

»Ja«, bestätigte Nadia Gorniak. »Sie wissen, wer Freind ist?«

»Ja«, antwortete Sinha verbissen. »Ich denke schon. Schade, dass ich nicht da war, als er bei mir geläutet hat. *Sehr* schade.«

»Hat er auch gesagt. War netter Mann.«

Sinha verkniff sich eine Erwiderung. Nadia Gorniak schien aber auch gar keine zu erwarten; stattdessen warf sie einen Blick auf ihre Armbanduhr.

»Oi, jetzt ich muss wirklich los. Friseurin wartet. Wiedersähen, Herr Sinha!«

»Ade. Und vielen Dank!«

Nadia Gorniak eilte die Treppen hinunter, während Sinha langsam die Wohnungstür von innen zuschob und sich dagegen lehnte.

Pierre Meyer. Er war hier gewesen, nach seiner Entlassung aus dem Gefängnis. Und nur kurze Zeit vor dem Mord an Vidya.

Er ging zurück in die Küche. Kein Zweifel, Meyer war es mit seinen Rachedrohungen bitterernst gewesen. Dank der so freundlichen wie ahnungslosen Nadia Gorniak hatte er gewusst, bei wem er Sinha – dem an jenem Tag ausgerechnet die Berner-Ermittlungen möglicherweise das Leben gerettet hatten – finden konnte. Und in Waiblingen musste er Vidya zusammen mit ihm beobachtet und beschlossen haben, gleich zwei Fliegen mit einer Klappe zu schlagen. Mehr denn je war Sinha jetzt davon überzeugt, dass Vidya kein Zufallsopfer war; Meyer hatte sie gezielt für seinen Rachefeldzug gegen ihn benutzt. Er musste *gewusst* haben, dass Vidya wichtig für Sinha war. Sehr wichtig. Und Sinha überlief es glühend heiß, als in ihm ein furchtbarer Verdacht aufkeimte, *woher* Meyer das gewusst haben konnte.

Vermutlich würde er es nie erfahren. Aber es gab noch genug andere Dinge, die er herausfinden konnte. Zum Beispiel, wer Meyer geholfen hatte, ihn aufzuspüren. Und er wusste genau, wen er dafür jetzt als Erstes aufsuchen würde.

Schließlich kannte er jemanden, der einen alten, verbeulten roten VW Polo fuhr. *Nur zu gut.*

***

Es war später Nachmittag, als das Navi Melanie Brendel zum Hotel *Goldener Hirsch* in Friedrichshafen dirigierte. Dass sie jetzt nur noch *ein* Zimmer brauchte statt der bestellten zwei, wurde mit professioneller Freundlichkeit zur Kenntnis genommen. Sie marschierte samt dem kleinen Rollkoffer in ihr Quartier, ließ sich erleichtert auf den Sessel am Schreibtisch sinken und entdeckte angenehm überrascht einen kleinen Obstteller. Sie schälte sich eine Banane und aß sie auf, während sie nachdachte.

Erst einmal würde sie sich bei den Kollegen der K1 melden und vergewissern müssen, dass die nichts dagegen hatten, wenn sie die Frauen, die in Pierre Meyers Akte als erwiesene und mutmaßliche Opfer aufgelistet waren, allein befragte. Vielleicht würde einer der Kripobeamten darauf bestehen, sie zu begleiten ... ein sehr unzulänglicher Ersatz für Malte, aber möglicherweise würde ihr nichts anderes übrig bleiben.

Sie persönlich zog es eindeutig vor, diese Gespräche ohne einen Fremden neben sich zu führen. Vor allem, wenn es um ein so sensibles Thema ging; es war immer besser, wenn man diese spezielle Herausforderung als gut aufeinander eingespieltes Team annahm. In den drei Jahren ihrer Zusammenarbeit hatten sie und Malte ein sicheres Gefühl dafür entwickelt, wann man fragte und wann man besser zuhörte, und vor allem, wann man die Zügel am besten vom einen zum anderen weiterreichte und sich bei dem Versuch, die Information zu bekommen, nach der man suchte, am geschicktesten gegenseitig die Bälle zuspielte. Mit Malte an ihrer Seite musste sie schon lange nicht mehr darüber nachdenken, was sie sagte, und sie konnte sich blind darauf verlassen, dass er ihr im richtigen Moment das passende Stichwort gab ... genau wie andersherum.

Ohne ihn machte ihr die Arbeit wirklich keinen Spaß.

Sie schüttelte den Kopf über sich selbst, stand auf und öffnete den Reißverschluss des Rollkoffers. Als sie gerade ihre Lederjacke auf den Bügel hängte, erwachte ihr Handy zum Leben. »*The book of love is long and boring ...*«, sang Peter Gabriel. Sie drückte schnell auf den grünen Hörer und brachte ihn zum Schweigen.

»Brendel.«

»Hallo, Lieblingsnichte!«, sagte ihr Onkel munter am anderen Ende der Leitung.

»Lothar!« Melanie musste lachen. »Darf ich dich daran erinnern, dass ich deine *einzige* Nichte bin?«

»Darfst du«, erwiderte Professor Lothar Brendel. »Und weil du das bist, bekommst du von mir jetzt auch den vorläufigen Autopsiebericht von Pierre Meyer in verständlichem Deutsch; dein Kollege Jacobsen hat den Bericht demnächst auf dem Schreibtisch und darf sich mit den ganzen Fachbegriffen herumärgern.«

»Der ärgert sich sowieso schon genug.« Melanie seufzte. »Er ist nämlich heute Morgen nach einem Alibi-Check in Neustadt auf einem frisch gewischten Steinboden ausgerutscht und eine Treppe hinuntergefallen.«

»Ach, du Schande!« Lothar klang aufrichtig entsetzt. »Womit mal wieder bewiesen wäre, dass die schwäbische Kehrwoche lebensgefährlich ist. Hat er sich was getan?«

»Den Rücken geprellt und einen Knöchel heftig verstaucht. Deswegen hockt er jetzt auch in Waiblingen allein im Büro, und ich bin in Friedrichshafen.« Melanie setzte sich wieder an den Schreibtisch, zog einen Briefbogen aus der Schublade und zückte ihren Kugelschreiber, um sich Notizen zu machen. »Schieß los!«

»Also gut.« Sie hörte leise im Hintergrund Papier rascheln; offenbar blätterte ihr Onkel seine Unterlagen durch. »Zunächst einmal – er wurde, wie die Kollegen bei der Erstbeschau ja schon festgestellt haben, weder erstochen noch erschossen, und erschlagen hat ihn auch niemand. Ich hab zwar eine kleine Verletzung am Hinterkopf gefunden, aber die hat er sich mit großer Wahrscheinlichkeit zugezogen, als er auf die Bank fiel und dabei gegen die Mauer geprallt ist. Und sie war ganz sicher nicht tödlich. Die *calva* ist nicht einmal angekratzt. Unter normalen Umständen hätte er sich damit höchstens einen ordentlichen Brummschädel eingehandelt.«

»Aha.« Nicht zum ersten Mal hatte Melanie das Gefühl, dass ihr Onkel die dramatischen Aspekte seiner Arbeit manchmal ein bisschen zu sehr genoss. »Willst du mir jetzt etwa erzählen, Meyer ist einfach so tot umgefallen?«

»Nein, natürlich nicht. Aber beim ersten Augenschein war keinerlei Verletzung zu erkennen, weder auf der Haut noch sonst wo. Also hab ich mir, anstatt weiter im Dunkeln herumzutappen, die medizinischen Unterlagen von Meyer aus der JVA Freiburg kommen lassen. Da gab es nämlich welche, weil der Mann unter einem Herzfehler gelitten hat – einem sogenannten Mitralklappenprolaps. Das ist eine angeborene Fehlbildung und normalerweise relativ harmlos; die Mitralklappe wölbt sich bei jeder Systole leicht nach innen, und das führt dazu, dass die Klappenränder verplumpen und ausfasern. Normalerweise behandelt man das, indem man ein bisschen auf den Blutdruck aufpasst. Wenn man aber ungesund lebt – so wie Meyer, der nach Auskunft der Kollegen zu viel gegessen und von Sport zu wenig gehalten hat –, dann wird die Sache schlimmer und kann dazu führen, dass die Klappe undicht wird. Bei der letzten Untersuchung in Freiburg war es wohl noch nicht so arg, aber das ist fast zwei Jahre her. Als ich das Herz auf meinem Tisch unter die Lupe genommen habe, sah das Ganze schon viel ernster aus.«

»Wie ernst?« Melanie richtete sich gespannt auf. *Mit etwas Glück hatte es gar keinen Mord gegeben.* »Könnte es ein Infarkt gewesen sein?«

»Nein.« Lothar klang enttäuschend sicher. »Hättest du mir die Frage – sagen wir mal – in einem Jahr oder noch etwas später gestellt, dann würde ich dir zustimmen. Aber so, wie die Pumpe aussieht, lag da zwar schon ein Schaden vor, aber im Moment hat Meyer bei größeren Anstrengungen höchstens schneller unter Atemnot gelitten als ein vollkommen gesunder Mann. Also muss noch etwas anderes für seinen Exitus verantwortlich gewesen sein. Und inzwischen habe ich sogar einen Verdacht, was das gewesen sein könnte.«

»Was denn?« Melanie wusste, dass ihr Onkel auf den Höhepunkt des Dramas zusteuerte und von ihr als Publikum die passende Reaktion erwartete. »Hat ihn der Blitz getroffen?«

»Gar nicht schlecht!« Sie konnte hören, dass er grinste. »Allerdings hätte ich bei einem Blitzschlag die Strommarken sehen müssen, ein paar Lichtenberg-Figuren – die sehen aus wie die Abdrücke von Farnkraut – oder so ein paar typische Sachen.

Aber davon war auf seiner Haut nichts zu entdecken. Also hab ich beschlossen, ich schau mir seine Kleidung noch mal genauer an. Und dabei hab ich vorne auf dem Sweatshirt, das er getragen hat, zwei parallele Verbrennungen gefunden – mitten auf einem dunklen, aufgedruckten Label. Deswegen sind sie weder den Kollegen am Tatort noch mir gleich aufgefallen.«

Melanie schnappte nach Luft. »Ein Elektroschocker?«

»Höchstwahrscheinlich. Aber keins von den Fabrikaten, die hier zugelassen sind. Das muss ein ordentliches Kaliber gewesen sein und mit Sicherheit illegal eingekauft. Im Internet kommt man viel zu leicht an die Dinger. Vier Sekunden Körperkontakt mit ein paar von den US-Modellen, und auch ein kräftiger Kerl geht auf die Bretter. Wenn der dann noch dazu einen Herzfehler hat, dann war's das.«

Melanie ertappte sich bei der grimmigen Vorstellung, bei welcher Anstrengung Pierre Meyer wahrscheinlich zuletzt vor seinem Tod in Atemnot geraten war, und ihr wurde jäh kalt. Sie dachte an das stille, weiße Gesicht von Vidya Kapoor, über dem sich der Reißverschluss des Leichensacks schloss, und an den alten Herrn Wegener, der den schrecklich misshandelten Körper der jungen Frau mit seiner Jacke zugedeckt hatte.

Legal oder illegal – in diesem Moment wünschte sie sich, Vidya hätte so einen Elektroschocker bei sich gehabt.

Und ihn benutzt.

Begegnungen am Bodensee

Die alte, zu einer Werkstatt umgebaute Garage in dem zugemüllten Hinterhof sah noch immer genauso heruntergekommen und verwahrlost aus, wie Surendra Sinha sie von seinem vorigen Besuch in Erinnerung hatte. *Einem von vielen, um genau zu sein. Während seiner aktiven Zeit bei der K1 hatte er den Inhaber dieser Werkstatt des Öfteren für ein mehr oder weniger freundliches Gespräch aufgesucht.*

Eine Weile stand er regungslos in einem schattigen Winkel am Hinterhof-Eingang und betrachtete aus einiger Entfernung das triste Szenario. Direkt neben dem grauen Wellblechbunker parkte ein alter VW Polo, bei dem Sinha sich jedes Mal wieder fragte, wie es diese Rostlaube nach wie vor regelmäßig durch den TÜV schaffte. Aber zumindest ließ die Präsenz des Gefährts ebenso wie das Licht hinter der trüben Fensterscheibe hoffen, dass sein Besitzer anwesend war und Sinha sich nicht umsonst auf den Weg gemacht hatte.

Er verzog das Gesicht, als ihm der faulige Dunst von verrottendem Gemüse und schmierigem Motorenöl in die Nase stieg. Man musste schon ein ausgesprochen anspruchsloser beziehungsweise abgebrühter Zeitgenosse wie Jimmy Jablonsky sein, um es hier auszuhalten. Dagegen lebte Kalle Rohleder, der andere ehemalige Spießgeselle von Pierre Meyer, in seiner beengten Sozialwohnung geradezu luxuriös. Sinha hatte vorhin einen kurzen Zwischenstopp bei ihm eingelegt und dabei überrascht festgestellt, dass aus dem aufgedunsenen Gelegenheitssäufer von damals ein offenbar höchst solider Familienvater geworden war; Rohleder konnte ihm sowohl einen festen Job als auch Frau und Kinder vorweisen und hob, auf Pierre Meyer angesprochen, sofort abwehrend beide Hände: Nein, von dem habe er seit dessen Verhaftung nichts mehr gehört und gesehen, und das sei auch gut so, mit diesen verfluchten alten Zeiten habe er ein für alle Mal abgeschlossen. Sonst noch Fragen? Nein? Dann vielen Dank, da geht's raus.

Der ziemlich unhöfliche Hinauswurf änderte nichts an Sinhas Eindruck, dass Kalle Rohleder mit seiner Vergangenheit tatsächlich nichts mehr am Hut und sein Leben inzwischen bemerkenswert im Griff hatte. Nein, bei ihm brauchte er nicht weiter nachzuforschen. Wenn jemand mit Pierre Meyer nach dessen Verabschiedung aus der Justizvollzugsanstalt Kontakt gehabt hatte, dann mit Sicherheit eher der Polo-Besitzer, der da drinnen vermutlich gerade ein Bier zischte und im ungünstigsten Fall irgendeine Schandtat ausbrütete. Kein Kapitaldelikt natürlich, so etwas machte Jimmy Jablonsky nicht … nur die kleinen Gaunereien, bei denen man entweder gar nicht erst erwischt wurde oder, wenn es doch mal dumm gelaufen war, mit ein paar Monaten davonkam.

Dennoch verwünschte Sinha für einen kurzen Moment die Tatsache, dass er derzeit ohne Dienstwaffe war. Mit einer Pistole im Halfter fühlte man sich doch etwas sicherer, wenn man sich in Löwenhöhlen wie diese wagte. Aber das war jetzt nicht zu ändern. Auch wenn er den Grund, weswegen er seine Waffe nach dem Einleiten der internen Ermittlungen hatte abgeben müssen, lächerlich fand. Als ob er ernsthaft vorhätte, sich deswegen jetzt umzubringen. *Oder in der K1 Amok zu laufen.*

Mit entschlossenen Schritten ging er zu der Werkstatt hinüber und klopfte an die Tür.

»Herein, wenn's kein Bulle ist!«

Sinha verzog das Gesicht. *Das ging ja schon gut los.*

Er öffnete die Tür einen Spalt und gab ein lautes, lang gezogenes Muhen von sich. Es dauerte keine zwei Sekunden, bis die Tür von innen ganz aufgerissen wurde und er in ein altbekanntes, unrasiertes Gesicht blickte; es gehörte zu einem drahtigen, etwa vierzigjährigen Mann in einem verdreckten Arbeitsoverall, der von einer kräftigen Bierfahne umgeben war.

»Überraschung!« Sinha grinste breit.

Jimmy Jablonsky verdrehte demonstrativ die Augen.

»Ach nee! Du mal wieder? Was hab ich denn diesmal angestellt, einem Baby beim Aldi den Schnuller geklaut? Oder direkt vor eurem Bullenhauptquartier einen fahren lassen?«

»Nicht doch, Jimmy!« Sinha lächelte. »Ich war in der Gegend und dachte einfach, ich schau mal, wie's dir geht. Ist ja doch schon eine Weile her.«

»Also, *ich* hab dich ganz bestimmt *nicht* vermisst.« Jablonsky machte nach wie vor keinerlei Anstalten, ihn einzulassen.

»Glaub ich dir sofort«, erwiderte Sinha unbeirrt. »Dass *ich* dir nicht so gefehlt habe wie andere, meine ich. Pierre Meyer, zum Beispiel.«

Er registrierte mit Genugtuung, wie Jablonsky zusammenzuckte. *Volltreffer.*

Jablonskys Lippen wurden schmal und sein Blick giftig.

»Was willst du, Mistbulle?«

»Rein will ich«, antwortete Sinha gelassen. »Und eine Auskunft.«

»Und wenn ich nicht will?« Jablonsky verschränkte die Arme vor der Brust.

»Dann erzähle *ich* dir auch nicht das Neueste über Pierre Meyer«, gab Sinha zurück in der inständigen Hoffnung, dass sich der Tod des Frauenschänders noch nicht bis in diese schmierige Ecke von Friedrichshafen herumgesprochen hatte.

Jablonsky musterte ihn feindselig und auch, wie Sinha hochzufrieden feststellte, ganz leicht verunsichert. Hinter ihnen erklang Motorengeräusch; ein Auto fuhr in den Hinterhof und hielt direkt neben der Einfahrt an. Zwei Männer stiegen aus, warfen neugierige Blicke zu ihnen herüber und verschwanden dann, grinsend und miteinander tuschelnd, um die Ecke.

»Okay«, sagte Jablonsky plötzlich mürrisch und trat einen Schritt zur Seite. »Komm rein. Muss ja nicht die ganze Nachbarschaft mitkriegen, dass mich die Bullen schon wieder auf dem Kieker haben.«

Wortlos betrat Sinha die Werkstatt, in der ebenso das übliche Chaos herrschte wie draußen. Der abgenutzte Holztisch in der Ecke war übersät mit einem bunten Sammelsurium an Bierdosen – die meisten davon geöffnet und vermutlich leer. Vor der Werkbank stand ein riesiges Motorrad, an dem Jablonsky offenbar gerade herumbastelte. Sinha verstand nicht viel davon, aber dieses chromblitzende Exemplar sah in jedem Fall ziemlich aufgemotzt aus und gehörte mit Sicherheit in eine höhere Preiskategorie. Er fragte sich, wer wohl der Besitzer war.

»Also, was ist jetzt mit Pierre?«, kam Jablonsky ohne weitere Umschweife zur Sache, ließ sich an dem Tisch auf einen Stuhl plumpsen und griff nach der nächsten Bierdose. Sinha beschloss, die Tatsache, dass Jablonsky ihm keinen Platz anbot, erst mal kommentarlos wegzustecken.

»Korrigier mich, wenn ich mich irre«, erwiderte er ruhig und lehnte sich an die geschlossene Eingangstür. »Aber diese Auskunft hab ich dir als Gegenleistung dafür angeboten, dass du *meine* Fragen beantwortest. Und ich garantiere dir, die sind überhaupt nicht kompliziert. Nur ein paar Kleinigkeiten – wie zum Beispiel, ob es möglich sein kann, dass deine Schrottlaube da draußen vor nicht allzu langer Zeit vor meiner Wohnung geparkt hat.«

Jablonsky musterte ihn kritisch. Sinha wettete zehn zu eins gegen sich selbst, dass sein Gegenüber genau begriff, worauf er hinauswollte.

»Möglich ist alles«, antwortete Jablonsky betont ausweichend. »Aber du glaubst doch wohl nicht, dass ich Buch darüber führe, wann und wo ich meine Kiste abstelle.« Er nahm einen tiefen Zug aus seiner Bierdose.

»Natürlich nicht«, sagte Sinha unverändert freundlich. »Musst du ja auch nicht. Mich würde eher interessieren: Kann es sein, dass bei der Gelegenheit, als deine Mühle vor meinem Haus stand, jemand anderes am Steuer gesessen hat als du?«

»Kann durchaus sein.« Jablonsky schien entschlossen, das Katz-und-Maus-Spielchen noch ein bisschen fortzusetzen, und Sinha tat ihm den Gefallen.

»Jemand, der womöglich gar nicht mal *zufällig* in meiner Straße angehalten hat, sondern absichtlich – weil er mich in höchsteigener Person treffen wollte«, spann er den Faden weiter. »Dummerweise haben wir uns sehr offensichtlich verpasst. Und jetzt frag ich mich, was der Mann danach gemacht hat.

Dir die Schrottlaube zurückgebracht, klar. Und bittere Tränen geweint, weil ich nicht da war. Oder?«

»Das ist jetzt mittlerweile schon entschieden mehr als *eine* Auskunft«, motzte Jablonsky. »Ich will endlich wissen, was du mir über Pierre zu erzählen hast.«

»Den Teufel werd ich tun«, versetzte Sinha trocken. »Nicht bevor du ganz klar damit rübergekommen bist: War Pierre Meyer nach seiner Entlassung aus dem Knast bei dir? Hast du ihm dein Auto geliehen, damit er mich bespitzeln konnte? Und vor allem: Was hat er getan, nachdem er mich zu Hause nicht angetroffen hat?«

»*Du* bist doch der Bulle von uns beiden«, gab Jablonsky sarkastisch zurück. »Find's doch selber raus!«

»Genau das tu ich ja gerade«, erwiderte Sinha. »Oder denkst du, ich bin nur hier, um die schöne Aussicht zu bewundern?« Mit diesen Worten ging er zu Jablonsky hinüber und nahm seelenruhig eine der noch ungeöffneten Bierdosen vom Tisch.

»*Hey!*«, protestierte Jablonsky empört. »Stell die sofort wieder hin! Hab ich dir erlaubt, mein Bier anzurühren?«

»Nein«, antwortete Sinha gleichmütig. »Deshalb helf ich deiner Gastfreundschaft ja auch ein bisschen auf die Sprünge.« Ein scharfer Zischton ertönte, als er den Verschluss der Bierdose aufriss.

»Du arroganter Arsch!« Jablonsky schoss hoch und baute sich direkt vor Sinha auf. »Du willst wohl unbedingt ausprobieren, wie das ist, wenn du mit gebrochenen Fingern deine Zähne aufsammelst, ja?«

»Reg dich ab«, sagte Sinha kalt. »Sonst ist deine Zahnbürste ab morgen genauso arbeitslos.«

Ein paar endlose Sekunden lang starrten sie einander wortlos an. Dann brach Jablonsky unerwarteterweise in lautes Gelächter aus.

»Eins muss man dir ja lassen: Du hast echt Eier in der Hose, Mann!« Er hob seine Bierdose zu einem angedeuteten Salut. »Jetzt mal Klartext: Du bist also nicht hier, weil du mich irgendwo irgendwie reinreiten willst?«

»Kein Stück.« Sinha prostete zurück. »Ich will lediglich wissen, was Pierre Meyer von mir wollte und wie er dabei vorgegangen ist.«

»Und du erwartest tatsächlich, dass ich meinen Kumpel verpfeife?« Jablonsky ließ sich wieder am Tisch nieder und sah Sinha herausfordernd an.

Bingo, dachte Sinha. *Raus mit dem Ass aus dem Ärmel.*

»Ach, weißt du«, erwiderte er betont gelassen und setzte sich Jablonsky gegenüber auf einen Stuhl, »dem tut das nicht mehr weh. Pierre Meyer hat sich nämlich von uns verabschiedet – zum Frohlocken und Hosianna-Singen.«

Jablonskys Bierdose fiel mit einem Knall zu Boden und rollte davon. Der Schock in seinen Augen war eindeutig und gab Sinha auch noch den letzten Rest Gewissheit: Jimmy Jablonsky hatte bis zu diesem Moment tatsächlich nichts von Meyers Tod gewusst.

»Was soll das heißen?«, stieß Jablonsky hervor. »Pierre ist – tot?«

»Mausetot«, bestätigte Sinha mit einem Kopfnicken. »Vor drei Tagen hat man seine Leiche gefunden. Und jetzt rate mal, wo: in Waiblingen! Ganz in der Nähe meiner Eltern, bei denen ich gerade zu Besuch war. Komischer Zufall, was?«

»Was … wer …«, stotterte Jablonsky und umklammerte mit beiden Händen die Tischkante. »Wie ist das passiert?«

»Du wirst lachen – ich hab keine Ahnung.« Sinha gab ein leises Schnauben von sich. »Da haben die Kollegen in Waiblingen die Hand drauf. Aber darf ich jetzt davon ausgehen, dass *du* Meyer verraten hast, wo meine Eltern wohnen? Oder hat er hier noch andere Informationsquellen gehabt, von denen ich wissen sollte?«

Jablonsky schüttelte stumm und wie betäubt den Kopf. Die Nachricht von Pierre Meyers Tod hatte ihn offenbar mehr mitgenommen, als Sinha erwartet hatte.

»Also bist *du* es gewesen«, konstatierte er. »Gut. Dann ist Meyer von dir aus direkt nach Waiblingen gefahren, ja? Weißt du, wie er dorthin gekommen ist? Kannte er da jemanden, bei dem er unterschlüpfen konnte?«

Jablonsky schob gedankenverloren eine leere Bierdose auf dem Tisch hin und her.

»Er hat sich von mir Geld gepumpt, für eine Fahrkarte«, antwortete er heiser. »Wollte mit dem Zug fahren. Danach hab ich nichts mehr von ihm gehört. Keinen Schimmer, wo er sich in der Zeit aufgehalten hat.«

»Dann weißt du auch nicht, ob er in der Gegend vielleicht irgendwelche Feinde hatte?« Sinha hielt innerlich den Atem an und drückte sämtliche Daumen.

»Nein.« Erneut schüttelte Jablonsky den Kopf. »Ich kann mich nicht erinnern, dass Pierre dieses Waiblingen jemals auch nur erwähnt hat. Von Stuttgart hat er was gefaselt und dass er da jemanden kennt ... aber mehr kann ich dir dazu nicht sagen. Wirklich nicht. Und glaub mir, ich hätte noch nie so gern vor einem Bullen gesungen wie diesmal. Wenn ich irgendwas tun kann, damit's den Drecksack erwischt, der Pierre umgebracht hat, dann sag's mir! Ich mach alles!«

Sinha verspürte eine ungeheure Frustration. Auch wenn er sich von dieser Begegnung sowieso nicht sehr viel mehr versprochen hatte als die Bestätigung seiner Vermutung, dass Meyer seine Beschattungsaktionen gegen ihn von hier aus gestartet hatte – irgendwo war da doch die leise Hoffnung gewesen, dass Jimmy Jablonsky wenigstens *einen* Namen auf Lager hatte, mit dem er weiterarbeiten konnte. Einen einzigen verdammten Namen. *Tja. War wohl nichts.*

Er trank seine Bierdose leer und stellte sie ab.

»Meld dich einfach, falls dir doch noch etwas einfällt«, sagte er müde und legte Jablonsky eine Visitenkarte vor die Nase. »Unter dieser Handynummer erreichst du mich immer. Danke für das Bier. Ich find selbst raus.«

Er stand auf und verließ die Werkstatt. Ohne sich noch einmal umzusehen, durchquerte er den Hinterhof, und erst als er draußen auf der Straße etwa hundert Meter hinter sich gelassen hatte, blieb er stehen und atmete durch. Die Sonne stand bereits ziemlich tief, aber noch war es hell und angenehm warm.

Pierre Meyer hatte also bei Jimmy Jablonsky in Erfahrung gebracht, wo Sinhas Eltern wohnten, und danach vorgehabt, mit dem Zug nach Waiblingen zu fahren. *Das war's aber auch schon. Herzlich magere Ausbeute.* Sinha konnte nur hoffen, dass Malte Jacobsen und Melanie Brendel bei ihren Ermittlungen vor Ort mehr Glück hatten als er bei den bisherigen traurigen Schnüffelversuchen in seinem alten Revier.

Aber ein paar potenzielle Anlaufstellen hatte er ja noch. Er öffnete die Notizen-App seines Smartphones und überflog die Liste, die er vorhin zusammengestellt hatte. Sieben Namen, die sich unauslöschlich in sein Gedächtnis eingebrannt hatten, und die dazugehörigen Adressen, gefunden auf einer der zahlreichen externen Festplatten, auf denen er seit Jahren Sicherungskopien seiner sämtlichen Ermittlungsnotizen und -ergebnisse archivierte.

Er warf einen Blick auf die Uhr. Zwei, drei Besuche würde er sicher noch schaffen, bevor es zu spät wurde, um noch an mehr oder weniger fremden Türen zu klingeln. Den Rest würde er dann morgen früh abarbeiten.

Und danach würde er hoffentlich nicht mit ganz leeren Händen nach Waiblingen zurückkehren.

***

Es war gegen zehn am nächsten Morgen, als Melanie Brendel ihren Golf auf der Uferstraße nach Unteruhldingen hineinlenkte. Sie hatte sich bei den badischen Kollegen gemeldet und die Adressen der Frauen erhalten, die in Zusammenhang mit Meyers damaliger Vergewaltigungsserie aktenkundig geworden waren. Außerdem war sie gebeten worden, die Aufnahmen der Gespräche auch an die K1 in Friedrichshafen weiterzugeben … was den unschätzbaren Vorteil hatte, dass sie sich ohne Begleitung auf den Weg machen durfte.

Melanie passierte das berühmte Pfahlmuseum und die Terrasse eines Hotels, auf der die Leute in der angenehm warmen Septembersonne saßen; plötzlich erinnerte sie sich daran, wie ihr Vater sie auf einen Ausflug nach Unteruhldingen mitgenommen hatte, als sie zwölf Jahre alt gewesen war – ein besonderes Geschenk zu ihrem Geburtstag. Sie war sich ungeheuer erwachsen vorgekommen, hatte die lange Fahrt an den Bodensee – begleitet von viel klassischer Musik – sehr genossen, und Papa hatte im Freiluftmuseum jede Menge zu erzählen gewusst über die Pfahlbauten und die Menschen, die einmal in solchen Häusern gelebt hatten. Danach hatten sie in Meersburg in einem Restaurant gegessen und im See gebadet. Abends waren sie wieder heimgefahren, und sie war im Auto eingeschlafen, erfüllt und überwältigt von all den Eindrücken und sehr glücklich darüber, dass sie das mit ihrem Vater hatte erleben dürfen.

Papa.

»Dei Vaddr weiß oifach älles«, hatte ihre Mutter immer gesagt. »Der isch a rechtes Lexikon uff zwoi Fiaß.«

Und jetzt glitt der Mann, der für sein Leben gern gelesen und jede Information über Geschichte und Kultur aus der ganzen Welt aufgesaugt hatte wie ein Schwamm, langsam in einen grauen Nebel hinein. Dort spielte nichts von dem, was ihn einmal brennend interessiert und ausgemacht hatte, noch eine Rolle. Weil er alles vergaß. Irgendwann würde er auch seine Frau vergessen haben. Und seine Tochter, auf die er immer so stolz gewesen war.

Melanie zog die Schultern hoch und merkte, dass ihr die Augen brannten. *Sie wollte nicht an ihren Vater denken.* Sie hatte keine Zeit dafür … und sie wünschte sich einmal mehr verzweifelt Malte herbei. Der hätte sie abgelenkt und ihr mit seiner gelassenen Art geholfen, sich auf das Gespräch zu konzentrieren, das ihr jetzt bevorstand.

Nichts zu machen. Sie musste ohne ihn klarkommen. Also riss sie sich besser zusammen und erledigte ihren Job. Schließlich hatte sie das auch jahrelang gut hingekriegt, bevor er nach Waiblingen gekommen war.

Das Navi ließ sie in eine ruhige Seitenstraße kurz vor Ortsende abbiegen, gleich zum ersten Haus, dessen Frontfenster auf den Bodensee hinausblickten. Es hatte einen schmiedeeisernen Zaun und einen gepflegten Vorgarten. Auf der blassgrün gestrichenen Fassade stand in verschnörkelten Buchstaben *Pension Mühlbauer*, umgeben von gemalten Blumenranken, und an der Wand entlang reihten sich Tonkübel auf, in denen späte Rosen blühten.

Melanie ging über den Kiesweg zum Eingang und klingelte. Sofort wurde ihr geöffnet, und vor ihr stand ein junges Mädchen – vielleicht sechzehn oder siebzehn, schätzte Melanie – mit geflochtenen Zöpfen und Schürze.

»Grüß Gott! Möchten Sie ein Zimmer?«

Melanie schüttelte den Kopf. »Nein. Mein Name ist Melanie Brendel; ich hab mich vorhin telefonisch angemeldet. Sind Sie Frau Mühlbauer – Julia Mühlbauer?«

»Das ist die Chefin«, sagte das Mädchen. »Die ist hinten im Büro. Ich bring Sie hin, ja?«

Melanie folgte ihr durch einen langen Flur, von dem mehrere Türen abgingen. Es duftete appetitlich nach Kaffee und frischen Brötchen; offenbar konnte man in der Pension auch frühstücken. Das Büro war klein, mit ein paar Aktenregalen an der Wand und einer ganzen Bildergalerie an der Wand gegenüber; Melanie sah mindestens zwei Dutzend gerahmte Fotos in Farbe und Schwarz-Weiß. Eines davon, besonders groß und ziemlich genau in der Mitte, zeigte ein Paar, vor sich zwei kleine Mädchen in adretten Dirndln, hinter sich den See als idyllische Kulisse. Alle vier lächelten strahlend in die Kamera.

Die Frau hinter dem Schreibtisch trug zwar kein Dirndl, aber dafür ein hübsches, weinrotes Landhauskleid. Ihr dunkelblondes Haar war zu einer Zopfkrone aufgesteckt, und ein silbernes Herz hing an einem farblich passenden Samtband um ihren Hals. Sie wirkte auf den ersten Blick wie das Bilderbuch-Klischee der patenten Pensionswirtin, aber der Ausdruck ihrer grauen Augen war wachsam und kühl.

»Frau Brendel?« Als Melanie nickte, wandte Julia Mühlbauer sich sofort an ihr vorbei an das Mädchen. »Susi, räumst du bitte im Frühstücksraum die Tische ab? Und sag der Elke, sie soll sich heute mit den Zimmern ein bisschen beeilen. Ich will nicht noch einmal Gäste warten lassen müssen, weil sie beim Putzen trödelt.«

Sie klang energisch, und Melanie hätte sich nicht darüber gewundert, wenn die Kleine noch einen gehorsamen Knicks gemacht hätte, bevor sie abdrehte und davonflitzte.

»Darf ich mich setzen?«, fragte Melanie.

»Selbstverständlich.« Julia Mühlbauer deutete auf das Sofa unter der Bildergalerie. »Möchten Sie einen Kaffee?«

»Ich hatte schon, vielen Dank.« Anstatt Platz zu nehmen, blieb Melanie stehen; sie betrachtete immer noch das große Foto. »Schönes Bild. Sind das Ihre Eltern?«

Julia Mühlbauer folgte ihrem Blick, und der Ausdruck in ihren Augen wurde etwas wärmer. »Ja, das sind Mama und Papa. Damals hatten sie die Pension gerade renoviert. Das Mädle rechts bin ich.«

»Und das Mädle links?«

»Das ist die Marie – meine Schwester. Zwei Jahre älter als ich. Sie hätte die Pension eigentlich übernehmen sollen.« Jetzt kehrten Wachsamkeit und Vorsicht wieder zurück, gepaart mit unterdrücktem Zorn. »Aber das war *vorher.*«

Melanie setzte sich, holte das kleine Aufnahmegerät aus der Lederjacke und schaltete es ein. »Vor was, Frau Mühlbauer?«

»Das wissen Sie doch.« Die Frau hinter dem Schreibtisch warf ihr einen scharfen, anklagenden Blick zu. »Deswegen sind Sie doch hier, oder? Wegen dem, was Pierre Meyer mir angetan hat. Mir und meiner ganzen Familie.«

»Was Pierre Meyer *Ihnen* angetan hat, weiß ich.« Melanie sprach bewusst sanft. »Und wir müssen nicht noch einmal davon reden, wenn Sie das nicht wollen. Aber was ist danach mit Ihrer Familie passiert?«

Julia Mühlbauer faltete die Hände vor sich auf dem Schreibtisch so fest, dass die Knöchel weiß wurden.

»*Zerstört* hat er uns«, sagte sie leise; ihre Stimme zitterte. »Erst mich, und dann uns alle. Der widerliche Dreckskerl, der. Ich bin froh, dass er tot ist.«

Sie brach ab; ihr Atem ging schwer. Die freundliche Pensionswirtin war verschwunden wie ein flüchtiges Trugbild. Jetzt saß da nur noch eine verstörte Frau, die dazu gezwungen war, noch einmal einen Blick auf den Albtraum zu tun, der ihre ganze Welt aus den Angeln gehoben hatte. Dass sie Melanie dafür verabscheute, war nur allzu verständlich.

»Vielleicht«, meinte Melanie, »sollten Sie mir einfach der Reihe nach erzählen, was nach der Tat von Meyer geschehen ist. Mit Ihnen und Ihrer Familie. Damit ich mir ein Bild machen kann.«

Julia Mühlbauer gab ein unterdrücktes Schnauben von sich, halb wütend und halb elend.

»Durchgedreht bin ich«, sagte sie. »Verrückt geworden, wenn Sie so wollen … aber das kam später. Nach der … der Nacht, in der es passiert ist, hab ich erst mal so ziemlich alles falsch gemacht. Man soll sofort ins Krankenhaus, heißt es immer. Damit man die Spuren deutlich sieht. Damit man das … das Sperma noch findet. Wegen der DNA.«

»Ich weiß.« Melanie nickte. »Und das haben Sie nicht gemacht?«

»Nein.« Julia Mühlbauer senkte den Kopf. »Geduscht hab ich mich, immer wieder. Als könnte ich ihn abwaschen. Und als ich dann zur Polizei gegangen bin, um zu erzählen, was … da war natürlich kein Sperma mehr da, das man hätte vergleichen können. Das hat mir der nette Polizist auch erklärt. Sinha hat er geheißen. Er hat mir keine Vorwürfe gemacht. Und er hat mir trotzdem geglaubt.«

Womit Kollege Sinha eindeutig eine rühmliche Ausnahme darstellte. Melanie war schon zu lange im Dienst und wusste über den teilweise immer noch sehr unsensiblen Umgang der Polizei mit sexuellen Straftaten an Frauen viel zu genau Bescheid, um sich nicht darüber im Klaren zu sein.

»Es hat dann natürlich doch noch eine ärztliche Untersuchung gegeben«, fuhr Julia Mühlbauer fort. »Der Herr Sinha hat mich selbst in die Klinik gefahren, und ich war ihm furchtbar dankbar deswegen. Da haben meine Eltern nämlich noch nichts von der Sache gewusst. Ich hab mich zu sehr geschämt. Und wenn ich bedenke, was später passiert ist, dann hatte ich recht damit.«

»Sie hatten keinen Grund, sich zu schämen«, sagte Melanie. »Sie konnten doch nichts für das, was Ihnen da passiert ist.«

»Meinen Sie?« Julia schnaubte wieder. Sie klang ausgesprochen bitter. »Im Krankenhaus haben sie Bilder gemacht, von den Kratzern und den blauen Flecken. Und ich hab den Mann beschrieben, der über mich hergefallen ist, als ich in der Nacht nach Hause wollte ... von dem Seenachtsfest in Konstanz. Ich hab da gefeiert, mit meiner Clique. Ich hab damals ausgesprochen *gern* gefeiert.«

»Wie alt waren Sie?«, fragte Melanie.

»Achtzehn.« Julia lächelte schwach. »Und der Mittelpunkt jeder Party. Ganz anders als die Marie – die haben meine Eltern in die Schweiz geschickt, in ein großes Hotel in Basel. Damit sie rechtzeitig alles lernt, was man wissen muss, um eine Pension zu führen. Das war kurz, bevor ... Sie wissen schon.«

»Wie sind Ihre Eltern mit der Tat klargekommen?«

»Gar nicht.« Die Frau, die einmal eine ausgelassene Achtzehnjährige und der Mittelpunkt jeder Party gewesen war, seufzte. »Geschämt haben sie sich. Natürlich hab ich ihnen leidgetan, aber geschämt haben sie sich trotzdem. Vor allem meine Mutter. Dass ihrer Tochter ›so was‹ passiert war. Sie hatte furchtbar Angst, ich könnte schwanger sein. Sie hat gemeint, sie hätte mir zu viel durchgehen lassen und mich nicht ordentlich genug erzogen. Und dass ich immer schon viel zu ›offenherzig‹ gewesen wäre. Dabei hat mich der Kerl gar nicht auf dem Seenachtsfest erwischt, und er war auch keiner von den Jungs, die ich kannte. Die hätten so was nie gemacht. Ich war schon wieder von der Fähre aus Konstanz runter und fast zu Hause, als das Schwein mich gepackt und ins nächste Gebüsch gezerrt hat. Und ich hatte ihn vorher noch nie gesehen.«

Melanie erinnerte sich an die Fallakte. »Aber Sie konnten ihn beschreiben.«

»Ja, konnte ich.« Julia nickte. »Er hat eine Skimaske aufgehabt, so ein Ding aus Wolle. Den Mund hat er mir zugehalten, damit ich nicht schreie. Ich hab um mich geschlagen und sie ihm heruntergerissen. Deswegen hab ich ihn die ganze Zeit anschauen müssen, während er …«

Sie verstummte, und es blieb eine quälend lange Weile still, bis sie endlich fortfuhr.

»Fast zwei Jahre hat es gedauert, bis der Prozess anfing. Die Nachbarn haben getuschelt und getratscht – Unteruhldingen ist ein kleines Nest, da kennt jeder jeden –, und meine Eltern haben sich immer öfter gestritten. Mein Vater … er war auf meiner Seite, aber gegen Mama und ihre ständigen Vorwürfe ist er nicht angekommen. Irgendwann hat er abends nicht mehr bloß ein Glas Wein zur Entspannung getrunken, sondern eine ganze Flasche. Danach wurden es zwei Flaschen. Ein paar Tage, bevor ich das erste Mal vor Gericht gegen Meyer aussagen musste, hat Mama ihre Koffer gepackt und ist gegangen. Und während Meyers Verteidiger mich nach meinem ›generellen Umgang mit Männern‹ gefragt hat und danach, was ich ›an dem Abend denn angehabt hätte‹, saß Papa sturzbetrunken hier im Wohnzimmer.«

»Das tut mir sehr leid«, sagte Melanie leise.

Julia Mühlbauer schaute durch sie hindurch, als wäre sie gar nicht da.

»Ich dachte, wenn der Dreckskerl verurteilt wird, dann wird alles besser.« Ihre Stimme war brüchig. »Dann könnte ich damit abschließen und die ganze Sache einfach … vergessen. Aber so war's nicht. Ich hatte Albträume. Ich hab mich kaum noch allein auf die Straße getraut, schon gar nicht nachts. Irgendwann war ich so verzweifelt, ich hätte mich am liebsten in den See gestürzt. Zum Glück hat Papa trotz der elenden Sauferei mitgekriegt, was mit mir los war. Er hat sich zusammengerissen und mich in eine Klinik gebracht. Da bin ich mehr als ein Jahr dringeblieben.«

Melanie beugte sich vor. »Und was passierte danach?«

»Ich bin wieder nach Hause gekommen. Ein paar Monate davor war auch die Marie aus der Schweiz heimgekehrt. Meine

Mutter hatte sie so gut wie möglich aus der ganzen Sache herausgehalten – ›damit sie nicht auch noch darunter leiden muss‹, hat sie immer gesagt. Und als Marie mitgekriegt hat, was in der Zwischenzeit aus unserer Familie geworden war, da hat sie sich aus dem Staub gemacht. Sie ist weggezogen und hat geheiratet … glaube ich. Wir haben schon lange keinen Kontakt mehr.«

Julia Mühlbauer sah sie an. Sie weinte nicht, aber ihre grauen Augen waren so dunkel wie nasser Schiefer.

»Sie denkt, dass *ich* daran schuld bin, was mit unserer Familie passiert ist. Genau wie Mama.«

***

Eine knappe Stunde später saß Melanie auf einer Bank an der Seepromenade in Überlingen. Die Sonne schien immer noch von einem klarblauen Himmel; vor ihr hatte ein Ausflugsboot angelegt, und Touristen strömten an Bord.

Sie hatte die kleine Atempause nötig, um die düstere Stimmung abzuschütteln, die sie nach dem Gespräch in der Pension nicht mehr losließ. Das Mitgefühl, das sie für Julia Mühlbauer empfand, saß wie ein schmerzender Knoten in ihrem Magen. Es war nicht das erste Mal, dass sie hautnah mitbekam, was ein Täter nicht nur bei seinem direkten Opfer, sondern auch bei dessen Umfeld anrichtete – allerdings war kaum anzunehmen, dass Julias Vater zur Selbstjustiz Zuflucht genommen hatte. Nach Auskunft seiner Tochter trank er zwar nicht mehr, war aber chronisch krank und mehr oder weniger invalide, so dass Julia sich mittlerweile nicht nur allein um die Familienpension, sondern auch um ihn kümmern musste. Ihr Alibi für den Zeitpunkt von Meyers Tod war hieb- und stichfest. Und ihre Mutter hatte ebenso wie ihre Schwester Marie ganz offensichtlich jede Verbindung zu dem, was von ihrer Familie noch übrig war, abgebrochen.

Melanie stand auf. Es war Zeit, das nächste Opfer zu besuchen. Und später wollte sie sich irgendwo in einem Restaurant ein ordentliches Essen und einen guten Wein gönnen … nach diesem Tag würde sie es nötig haben.

Sie stieg wieder ins Auto und fuhr zu der zweiten Adresse, die die Friedrichshafener Kollegen ihr gegeben hatten. Sie lag in einem Neubaugebiet im Westen von Überlingen – lauter moderne Einfamilienhäuser mit Wintergärten und Terrassen, für Leute, die das nötige Kleingeld dafür hatten. Sie parkte den Wagen unter einer riesigen Konifere und umrundete auf dem Weg zum Gartentor eine Mülltonne.

Und dann stellte sie fest, dass sie nicht die einzige Besucherin war. Denn direkt am Zaun stand ein Mann und studierte konzentriert das Display seines Smartphones. Melanie erkannte ihn sofort.

Sie räusperte sich.

»Guten Tag, Herr Sinha!«, sagte sie. »Können Sie mir bitte mal erklären, was Sie hier machen?«

Verbündete auf Zeit

Der Mann am Zaun hob überrascht den Kopf und sah sie an. Dann ließ er das Smartphone sinken, und ein Lächeln blitzte in seinem Mundwinkel auf.

»Ich hätte ja eigentlich damit rechnen müssen, dass Sie auf die gleiche Idee kommen wie ich«, sagte er. »Guten Morgen, Frau Brendel. Wo haben Sie denn Ihren Kollegen gelassen?«

»Der sitzt in Waiblingen in unserem gemeinsamen Büro.« Melanies Augen wurden schmal. »Und Sie können froh sein, dass er das tut. Ich kann mir lebhaft vorstellen, was er sagen würde, wenn er jetzt hier wäre … und nichts davon wäre druckreif, fürchte ich. Wenn ich mich richtig erinnere, hat er Ihnen nahegelegt, sich aus den Ermittlungen herauszuhalten. Und zwar ziemlich deutlich.«

»Und wer sagt Ihnen, dass ich mich nicht brav daran halte?« Surendra Sinha setzte eine harmlose Unschuldsmiene auf. »Vielleicht hatte ich ja einfach nur mal wieder Heimweh nach dem Bodensee.«

»Ja, klar.« Melanie verzog den Mund. »Sagen Sie doch gleich, dass Sie keine Vertretung für die zweiwöchentliche Kehrwoche gefunden haben und bloß deswegen von Waiblingen nach Friedrichshafen gefahren sind, um Ihren Korridor zu putzen.«

»Gute Idee«, gluckste Sinha. »Direkt schade, dass ich nicht selbst darauf gekommen bin. Scherz beiseite, Frau Kollegin: Sie haben natürlich recht. Und ich bekenne mich hiermit schuldig.«

»So.« Melanie musterte ihn von oben bis unten. »Tun Sie das. Ich bin gerührt. Aber ebenfalls Scherz beiseite: Sie bringen mich da in eine ziemlich schwierige Lage, Herr Sinha. Als vom Dienst beurlaubter Beamter *dürfen* Sie überhaupt nicht ermitteln, auch nicht privat. Und obendrein sind Sie im Mordfall Meyer immer noch verdächtig. Zwei gute Gründe für mich, meinen Kollegen – und Ihre K1 noch dazu – anzurufen und das zu melden. Finden Sie nicht?«

»Doch.« Sinhas Miene war ernst geworden. »Leider. Und ich bin der Letzte, der Sie davon abhält, das zu tun, was Sie für richtig halten. Aber sehen wir es mal so: Ich stehe, wie Sie eben wieder bestätigt haben, unter Mordverdacht. Habe ich da nicht das Recht auf den Versuch, meine Unschuld zu beweisen? Darf ich nicht mit alten Bekannten reden, ohne dass das automatisch in die Kategorie *Ermitteln* fällt? Vor allem, wenn ich wild entschlossen bin, jede interessante Information, die mir dabei zu Ohren kommt, pflichtschuldigst an die Kripo Waiblingen weiterzuleiten, damit Sie sie dann auf dem offiziellen Wege weiterverfolgen können?«

»Das ehrt Sie.« Melanie nickte. »Aber ermitteln tun Sie natürlich trotzdem, auch wenn Sie dem Kind noch so viele andere Namen geben. Und wenn ich Sie gewähren lasse, mache ich mich mehr oder weniger zu Ihrer Komplizin. Sie begreifen doch, dass mir das nicht gefällt, oder?«

»Absolut«, stimmte Sinha zu. »Deshalb mache ich Ihnen jetzt einen Vorschlag. Sie sind sicher hier, um mit Christine Stahl zu reden. Das wollte ich auch, aber nun lasse ich Ihnen selbstverständlich den Vortritt. Außerdem erzähle ich Ihnen vorher noch, wenn Sie möchten, was ich bei meinen … Privatbesuchen seit gestern alles in Erfahrung gebracht habe. Und dann mache ich mich gehorsam vom Acker und überlasse Ihnen das Feld. Was halten Sie davon?«

»Eine ganze Menge.« Melanie seufzte. »Allerdings werde ich dummerweise das Gefühl nicht los, dass das hier nicht das letzte Mal gewesen ist, dass Sie die Finger bis zum Ellenbogen in der Sache haben. – Aber meinetwegen. Kommen Sie, mein Auto steht da drüben. Wir müssen das ja nicht alles auf offener Straße besprechen.«

***

» … ja, so viel also zu Jablonsky und Rohleder. Mit dem Mord an Pierre Meyer haben die sicher nichts zu tun, schon gar nicht Jablonsky. Der schickt Ihnen eher einen Präsentkorb, wenn Sie den Mörder finden.«

Sinha, der sich neben Melanie auf dem Beifahrersitz ihres VW Golf niedergelassen hatte, machte ein paar schnelle Eingaben auf dem Display seines Smartphones, hielt jedoch plötzlich inne und schaute zu ihr hinüber.

»Vorausgesetzt, es war überhaupt ein Mord. So wie Meyer ausgesehen hat, kann ihn ja auch einfach nur der Schlag getroffen haben. Wissen Sie denn inzwischen Genaueres über die Todesursache?«

Melanie zögerte, dann gab sie sich entschlossen einen Ruck. *Es konnte nicht schaden, wenn er Bescheid wusste.*

»Zufälligerweise ja. Der zuständige Pathologe hat mich angerufen. Er sagt, Meyer wurde ziemlich sicher mit einem starken Elektroschocker angegriffen; er hat Brandmarkierungen auf Meyers Sweatshirt gefunden. Und da der Mann einen Herzfehler hatte, muss die Stromdosis ausgereicht haben, ihn umzubringen.«

»Verstehe.« Sinha nickte. »Das heißt, ich sollte jetzt schleunigst umfassende Beweise dafür liefern, dass ich keinen Elektroschocker besitze und auch nie einen besessen habe, ja?«

»Wäre nicht schlecht.« Melanie grinste unwillkürlich. »Haben Sie welche?«

»Zumindest werden Sie bei mir weder ein solches Teil noch eine Rechnung dafür finden«, erwiderte Sinha mit einem schmalen Lächeln. »Ist doch zumindest schon mal ein Anfang, oder?«

Er lehnte sich zurück und rief eine Datei auf seinem Smartphone auf.

»Zurück zum Thema. Als Nächstes habe ich gestern damit begonnen, Meyers Opfer von damals aufzusuchen ... einfach nur, um ihre Reaktionen zu sehen, wenn sie hören, dass der Mann tot ist. Sie müssen wissen, Frau Brendel – ich mache immer private Sicherungskopien von meinen Ermittlungsergebnissen, deshalb war es kein Problem für mich, die ganzen Adressen auszugraben. Haben Sie da alle von den Kollegen bekommen? Es müssten sieben sein.«

Melanie zog ihr Tablet zu Rate und überflog die Liste. »Stimmt. Bei mir sind es auch sieben.«

»Gut. Wobei Meyer seinerzeit ja nur wegen der Vergewaltigung von Julia Mühlbauer und Christine Stahl verurteilt werden konnte. In den anderen Fällen gab es keine eindeutigen Beweise gegen ihn, oder er hatte Alibis. Und ich will gar nicht wissen, ob es da auf der Opferseite nicht womöglich noch eine Dunkelziffer gibt, und wenn ja, wie hoch die ist. Manche Frauen wagen es ja nicht einmal dann, mit einem solchen Erlebnis an die Öffentlichkeit zu gehen, wenn der Täter sicher hinter Schloss und Riegel sitzt, und die möglichen Gründe dafür kennen Sie vermutlich genauso gut wie ich.«

In seinen dunklen Augen spiegelte sich die gleiche Bitterkeit, die Melanie selbst bei diesem Thema empfand.

»Ich kann mich noch verdammt gut daran erinnern, wie wir damals in dieser Sache ermittelt haben«, fuhr Sinha fort. »Es war eine scheußliche Vergewaltigungsserie, immer wieder an anderen Orten rund um den Bodensee, aber ansonsten ist der Täter jedes Mal auf die gleiche Weise vorgegangen. Wir haben lange ziemlich im Finstern getappt – bis Julia Mühlbauer uns das Gesicht ihres Peinigers beschreiben konnte. Dadurch sind wir schließlich auf Pierre Meyer gestoßen. Und natürlich hat nun alles darauf hingedeutet, dass auch die anderen Vergewaltigungen der Serie auf sein Konto gegangen sind, denn die Berichte von sechs weiteren Opfern ähnelten auf geradezu erschreckende Weise dem von Julia Mühlbauer. Bei drei von ihnen – Emily Willmer, Anna Dorina Farkas und Jolanta Abramczyk – mussten wir jedoch leider die Segel wieder streichen, weil Jimmy Jablonsky Meyer mit perfekten Alibis ausgestattet hat. Die glaub ich ihm zwar heute noch nicht, aber was willst du machen, wenn Aussage gegen Aussage steht und du keine Gegenbeweise hast.«

Sein Blick war frustriert und zornig geworden. Er schüttelte sich leicht und konsultierte seine Smartphone-Notizen.

»Anna Dorina Farkas ist vor fünf Jahren zu ihrer Familie nach Ungarn zurückgezogen; ob sie dort überhaupt von Meyers Freilassung aus dem Gefängnis erfahren hat, kann ich aus dem Stand natürlich nicht sagen, das müsste man nachprüfen. Ihr

Fall war besonders tragisch; sie ist durch die Vergewaltigung schwanger geworden, hat das Kind aber nicht ausgetragen – was ich ihr weiß Gott nicht zum Vorwurf machen kann. Jolanta Abramczyk liegt seit zwei Wochen im Klinikum Friedrichshafen, das rechte Bein komplett eingegipst; sie hat sich bei einem Unfall eine schwere Trümmerfraktur zugezogen. Schlecht für sie, aber in diesem Fall wohl ein unwiderlegbares Alibi, und Angehörige, die Meyer womöglich übel gesinnt sein könnten, hat sie keine. Und Emily Willmer schwört Stein und Bein, dass sie mit der Vergewaltigung von damals abgeschlossen hat und Pierre Meyer in ihrem Leben keine Rolle mehr spielt. Wobei, ganz ehrlich: Hundertprozentig nehm ich ihr das nicht ab. Da war etwas in ihrer Stimme … die war mir einfach zu betont unbeschwert, verstehen Sie, was ich meine?«

Melanie dachte an Julia Mühlbauer, die normalerweise die Fassade der zupackenden Pensionswirtin so perfekt aufrechterhielt, und nickte. *Sie verstand ganz genau, was er meinte.*

»Dann haben wir Irina Smirnowa«, berichtete Sinha weiter. »Tochter russischer Eltern, die vor über zwanzig Jahren mit der gesamten Familie nach Deutschland eingewandert sind. Auch bei ihr hat die Beweislage nicht ausgereicht für eine Anklage gegen Meyer, diesmal aus anderen Gründen. Ihr Bruder Andrej hat deswegen getobt vor Wut und lauthals verkündet, er würde diesen Bastard persönlich fertigmachen, wenn diese ›unfähige Justiz‹ das nicht auf die Reihe kriegt. Einmal ist er ihm sogar tatsächlich an die Gurgel gegangen – dummerweise vor einem halben Dutzend Zeugen. Mit dem Ergebnis, dass es Meyer danach blendend ging, während Andrej Smirnow eine Anzeige wegen Körperverletzung am Hals hatte und zu sechs Monaten auf Bewährung verurteilt wurde.«

Er kommentierte diese Tatsache mit einem sarkastischen Schnauben.

»Als ich Irina Smirnowa gestern gesagt habe, dass Pierre Meyer tot ist, da war sie keineswegs erleichtert, sondern regelrecht entsetzt; und ihre erste Frage war auch nicht, *wie* er gestorben ist, sondern *wo*. Meine Antwort *Waiblingen* hat sie dann zumindest ein wenig beruhigt, und sie sagte leise: ›Gott sei Dank, dann war es wohl nicht Andrej.‹ Offenbar sind die Rachegelüste ihres Bruders in den vergangenen Jahren alles andere als abgekühlt. Allerdings lebt er heute in München, was Irina wohl zu der Hoffnung veranlasst, dass er da nicht gleichzeitig in Waiblingen herumlaufen und Menschen totschlagen kann. Nachprüfen sollten wir natürlich trotzdem, wo Andrej Smirnow sich zur Tatzeit aufgehalten hat.« Er stockte und warf Melanie einen verlegenen Blick zu. »Entschuldigung – *Sie* natürlich, nicht *wir*.«

»Vollkommen richtig, Herr Kollege.«

Über Sinhas Gesicht huschte ein leichter Schatten, der jedoch ebenso schnell wieder verschwand, wie er gekommen war. Erneut warf er einen kontrollierenden Blick auf sein Smartphone.

»Meyers letztes Opfer war Marina Berghagen. Sie war dreißig, als sie eines Nachts nach einem Mädelsabend auf dem Heimweg überfallen und vergewaltigt worden ist. Zu diesem Zeitpunkt war sie bereits verheiratet und hatte eine dreijährige Tochter; ihr Mann hatte an dem Abend auf das Kind aufgepasst, damit seine Frau feiern gehen konnte. Sie hat während der Tat für einen Moment Meyers Tattoo am Arm gesehen und es danach perfekt beschreiben können – ihre Aussage aber später wieder zurückgezogen. Sie sei bei der Vernehmung völlig verwirrt gewesen, hat sie gesagt, deshalb hätte sie sich in einigen Punkten bestimmt vertan. Ich kann mich noch genau erinnern, wie nervös sie war, als sie uns hoch und heilig versicherte, ihr Peiniger sei *nicht* Pierre Meyer gewesen. Ich war überzeugt davon, dass sie die Unwahrheit sagt, und ich hätte meine Polizeimarke darauf verwettet, dass jemand sie unter Druck gesetzt hatte. Entweder Meyer selbst oder ein Kumpel von ihm. Aber alles gute Zureden hat nichts geholfen; sie blieb bei ihrer Aussage, und Meyer war im Fall Berghagen aus dem Schneider.«

Melanie schnalzte ärgerlich mit der Zunge. »Mist. Hat Meyer sie eingeschüchtert?«

»Genau das«, sagte Sinha finster. »Erst lange nach seiner Verurteilung und Inhaftierung hat Marina das ihrem Mann gestanden. Pierre Meyer hatte ihr geschildert, was er alles mit ihrer kleinen Tochter anstellen würde, wenn sie nicht ganz brav ihre Anschuldigungen zurücknahm. Wenn nur die Hälfte von dem stimmt, was sie jetzt auch mir erzählt hat, dann kann ich verdammt gut verstehen, warum sie seinerzeit diesen Rückzieher gemacht hat. Ihr Mann – Bernhard heißt er – macht ihr auch keine Vorwürfe deswegen, aber offenbar denkt er sich seinen Teil, und er hat mir gegenüber damit auch nicht hinter dem Berg gehalten: ›Ich hab in all den Jahren oft gedacht, ob ich mir den Kerl nicht zur Brust nehmen soll, wenn er irgendwann aus dem Knast rauskommt‹, hat er gesagt. ›Offenbar war ich nicht der Einzige, und wer immer da jetzt schneller war als ich: Gut gemacht, Mann!‹ Zitat Ende. Natürlich war ich dann schon so frei und hab ihn nach seinem Alibi für den Tattag gefragt. Er behauptet, er sei an dem Abend im Fitnessstudio *Bestform* in Konstanz gewesen. Das lässt sich sicher nachprüfen, aber das hab ich noch nicht geschafft.«

»Und ich weiß nicht, ob ich das jetzt bedauern soll.« Melanie gluckste leise. »Aber wenn Sie mir sagen, wo sich dieses Fitnessstudio befindet, dann fahr ich nachher dort vorbei. Sie haben sich nicht zufällig auch noch die Öffnungszeiten notiert?«

»Nein, aber die such ich Ihnen raus, wenn Sie bei Christine Stahl sind«, versprach Sinha. »Und dann fass ich diese ganzen Infos kurz zusammen und schick sie Ihnen mitsamt der *Bestform*-Adresse per Mail. Wenn dann noch Fragen sind – einfach anrufen. Nur zu Julia Mühlbauer kann ich Ihnen nichts sagen, bei der war ich noch nicht. Die wollte ich mir eigentlich für den Schluss aufheben.«

»Dann wird es Sie vielleicht freuen zu hören, dass ich vorhin mit ihr gesprochen habe«, meinte Melanie. »Sie war nämlich mein erster Gesprächstermin. Sie hat ein Alibi, genau wie ihr Vater Herbert. Der ist ein Pflegefall, und sie betreut ihn in ihrer Pension selbst. Die Mutter – Susanne Mühlbauer – hat die Familie kurz vor dem Prozess gegen Meyer verlassen, und die ältere Schwester ist weggezogen. Julia Mühlbauer sagt, sie hat seit Jahren zu beiden keinen Kontakt mehr.«

»An das mit der Mutter kann ich mich noch erinnern«, sagte Sinha nachdenklich. »Leider hab ich keine Ahnung, wo sie heute zu finden ist, und über den Verbleib der Schwester weiß ich auch nichts. Zu dumm, eigentlich sollte man sich bei beiden auch nach Alibis erkundigen, sicherheitshalber. Aber ich frag besser gar nicht erst nach, ob ich Ihnen bei der Suche helfen darf, oder?«

Das Lächeln, mit dem er diesen Kommentar unterstrich, war so entwaffnend, dass Melanie es erwiderte.

»Besser nicht.«

»Akzeptiert.« Er faltete die Hände und neigte mit einer gehorsamen Geste den Kopf vor ihr. »Aber wenn wir jetzt mal zusammenfassen – ich hab Ihnen und Ihrem Kollegen doch einiges an Arbeit abgenommen und eine ganze Reihe von Hinweisen und Namen geliefert: Andrej Smirnow in München, Bernhard Berghagen, eventuell auch Marina Berghagen und Emily Willmer, sogar nach Anna Dorina Farkas in Ungarn können Sie forschen, wenn Sie es für notwendig erachten. Darf ich mir da wenigstens ein klein wenig Hoffnung machen, dass Sie mir meinen Abstecher an den Bodensee vergeben?«

»Was ich Ihnen vergebe oder nicht vergebe, das spielt überhaupt keine Rolle«, sagte Melanie nüchtern. »Diese Erkenntnisse und Fakten sind sicher sehr hilfreich, nur habe ich sie nicht selbst gesammelt. Das könnte ich natürlich behaupten, aber dann würde ich mich zum einen mit fremden Federn schmücken und zum anderen meinen Kollegen anlügen müssen. Und bei beidem bekomme ich Bauchschmerzen, Herr Sinha.«

»Das kann ich verstehen«, entgegnete Sinha. »Würde es Ihnen helfen, wenn ich Ihnen verspreche, sofort nach meiner Rückkehr nach Waiblingen bei Ihrem Kollegen zum Rapport und demütigen Schuldeingeständnis anzutreten? Das Donnerwetter, das mich dann erwartet, höre ich zwar jetzt schon … aber ich werd's überleben. Hoffe ich jedenfalls. Und dann müssen Sie ihn zumindest schon mal nicht mehr anlügen.«

»Das würde mich wirklich sehr erleichtern«, gestand Melanie. »Malte … Herr Jacobsen und ich sind ein ziemlich gutes Team. Er vertraut mir genauso sehr, wie ich ihm vertraue … was natürlich nicht automatisch bedeutet, dass wir immer einer Meinung sind.«

Sinhas Augenbrauen stiegen leicht in die Höhe. »Gilt das auch in meinem Fall? Ich meine, was den Verdacht wegen Meyer betrifft?«

Melanie überlegte lange, ehe sie antwortete.

»Das ist eine schwierige Frage, Herr Sinha«, sagte sie endlich. »Aber was mich persönlich angeht – ich bin ziemlich sicher, dass die Tatsache, dass Pierre Meyer Vidya Kapoor missbraucht und ermordet hat, Sie mindestens genauso überrascht hat wie uns. Was es ziemlich unwahrscheinlich macht, dass Sie dem Mann aufgelauert haben, um ihn aus Rache dafür umzubringen. Das habe ich meinem Kollegen übrigens genau so gesagt.«

Sie schüttelte leicht den Kopf.

»Außerdem glaube ich, dass ein Elektroschocker als Mordwaffe eher auf eine Frau als Täterin hindeutet. Er ist normalerweise ein Werkzeug zur Verteidigung und nicht zum Angriff. Männer töten meiner Erfahrung nach anders.«

»Meistens jedenfalls.« Sinha nickte zustimmend. »Wobei auch hier Ausnahmen die Regel bestätigen. Es gab bei uns tatsächlich mal einen Fall, bei dem ein Mann mit einem Elektroschocker zu Werke gegangen ist … ein Streit unter russischstämmigen Arbeitskollegen, wenn ich die Details noch richtig im Kopf habe. Ganz ausschließen aus dem Kreis der Verdächtigen sollten wir die Männer jedenfalls nicht.«

»Stimmt wohl.« Melanie straffte sich. »Also – ich werde jetzt mit Christine Stahl reden und anschließend nach Konstanz fahren, um das Alibi von Bernhard Berghagen zu überprüfen. Danach dürfen Ihre Kollegen meine Aufnahmebänder kopieren … und ich möchte noch einmal einen gründlichen Blick auf die Gesprächsprotokolle von damals werfen. Von allen Frauen, mit denen man seinerzeit auch schon gesprochen hat. Ich würde sie gern mit dem vergleichen, was Sie mir eben erzählt haben.

Und dann muss ich zurück in den *Hirschen* in Friedrichshafen; vielleicht langt es ja heute noch, um auszuchecken und nach Hause zu fahren.«

»Alles klar. Und ich stell Ihnen jetzt sofort die Informationsmail zusammen, die ich Ihnen versprochen habe.«

Er öffnete die Wagentür, um auszusteigen, hielt jedoch inne und wandte sich ihr noch einmal zu.

»Sagen Sie mir dann noch Bescheid, wann genau ich zu meiner Hinrichtung bei Ihrem Kollegen anrücken soll?«

»Mach ich.«

»Danke.« Er lächelte leicht. »Viel Erfolg, Frau Brendel!«

Er stieg aus und ging davon.

***

Nach dem Gespräch mit Christine Stahl war Melanie den Rest des Nachmittags fast ununterbrochen unterwegs. Sie fuhr von Meersburg aus mit der Fähre hinüber nach Konstanz und suchte das Fitnessstudio auf, dessen Adresse sie keine zehn Minuten, nachdem sie sich von Sinha verabschiedet hatte, auf ihrem Handy vorfand, zusammen mit einer sauberen Zusammenfassung aller Informationen, die sie von ihm bekommen hatte. Die Mitarbeiter dort bestätigten Berghagens Alibi, ohne auch nur eine Sekunde zu zögern; der fragliche Abend war sein Geburtstag gewesen, und da er sehr häufig bei ihnen trainierte, hatte er zur Feier des Tages einen Obstkorb und eine Flasche Sekt spendiert.

Sie nahm die Fähre zurück, fuhr nach Friedrichshafen und ging in die Büros der K1, wo sie die Aufnahmen ihrer Gespräche mit Julia Mühlbauer und Christine Stahl für die Kollegen kopierte und eine gute Stunde sitzen blieb, um die alten Gesprächsprotokolle mit Sinhas Informationen abzugleichen. Sie war fast fertig damit und gähnte herzhaft, worauf eine rundliche, ältere Sekretärin, die genau wie der Typ Frau aussah, der regelmäßig für Kinder, Enkel und Freunde Kuchen buk und Pullover strickte, ihr einen Kaffee brachte.

»Sie schauen müde aus«, sagte sie. »Darf ich Sie was fragen?«

»Natürlich.« Melanie nippte an dem Kaffee. »Was möchten Sie denn wissen, Frau …«

»Baumgartner.« Die Sekretärin lächelte. »Helga Baumgartner. Sie sind doch die Kommissarin aus Waiblingen, nicht?«

»Richtig.«

»Dann sind Sie doch bestimmt Kommissar Sinha begegnet. Hier geht das Gerücht, er hätte in Waiblingen die Leiche von Pierre Meyer gefunden … den hat er seinerzeit hier überführt, kaum dass er bei uns angefangen hatte. Geht es ihm gut?«

Melanie war mehr als dankbar dafür, dass sie diese Frage beantworten konnte, ohne lügen zu müssen.

»Soweit ich weiß, ja«, sagte sie. »Aber Sie können sich sicher bei seinen Eltern erkundigen – oder ihn selbst anrufen, wenn Sie seine Handynummer haben.«

»Klar.« Helga Baumgartner zögerte. »Ich dachte nur … es ist schade, dass er nicht hier ist. Er ist ein wirklich guter Mann, wissen Sie? Und ein guter Polizist auch.«

»Da bin ich ganz sicher«, sagte Melanie freundlich.

Offensichtlich kann sich Surendra Sinha nicht nur auf den Beschützerinstinkt seiner Mutter verlassen, sondern auch auf den anderer Frauen, dachte sie, während sie zusah, wie die Sekretärin davonging. *Möglicherweise sogar auf meinen.*

Sie schaute auf die Uhr an der Bürowand. *Fast halb fünf.* Sie hatte seit dem Frühstück im *Hirschen* nichts gegessen, und Malte angerufen hatte sie auch noch nicht … was sie jetzt unbedingt nachholen musste.

Sie wählte seine Handynummer, und er meldete sich schon nach dem zweiten Klingeln.

»Hallo, Melanie! Wo bist du denn?«

»Im Moment noch in der K1 in Friedrichshafen«, sagte sie. »Und ich habe massenweise Informationen für dich. Die kann ich dir natürlich schicken, oder du kriegst sie persönlich. Langt dir Montag?«

»Nie im Leben«, antwortete er prompt. »Schlimm genug, dass ich hier mit meinem lädierten Bein festsitze. Wann kommst du zurück?«

»Heute nicht mehr«, sagte sie. »Ich bin müde, ich hab Hunger und absolut keine Lust, mit leerem Magen stundenlang über die Autobahn zu heizen. Aber ich könnte morgen früh gleich nach dem Frühstück losfahren. Sollen wir uns im Büro treffen? So gegen eins? Falls du tatsächlich freiwillig an einem Samstag dort aufkreuzen willst.«

»Krieg ich geregelt.« Sie konnte das schiefe Lächeln in seiner Stimme hören. Es war ihr so vertraut, dass sie beinahe sein Gesicht vor sich sah. »Ich wünschte, *ich* könnte über die Autobahn heizen. Aber solange ich diese Krücken brauche, kutschiert mich meine Schwester durch die Gegend. Ich bin sicher, die liefert mich pünktlich ab.«

»Fein.« Sie wollte noch etwas hinzufügen, als ihr Smartphone einen warnenden Piepston von sich gab. *Nur noch 9 % Akku.* »Tut mir leid, mein Handy säuft ab. Ich meld mich wieder bei dir, sobald ich kann, ja?«

»Mach das. Du kannst es ja zur Abwechslung mal mit einer Brieftaube versuchen. Bis später!«

»Bis später, Malte.«

Sie drückte den Knopf, der das Gespräch beendete. Das Smartphone piepste wieder. *Jetzt waren es nur noch 8 %.* Sie rief erneut Sinhas E-Mail auf und entdeckte erst jetzt das P.S. unter der langen Liste.

Was halten Sie davon, wenn wir uns nachher noch im »Lammgarten« treffen? Direkt am See, nicht zu hip und sehr gemütlich. Falls Sie Hunger haben – und noch Zeit vor der Heimfahrt.

Melanie zögerte. Sie war sich nicht sicher, ob das so eine gute Idee war. Aber andererseits – sie konnte Sinha auf diese Weise noch ein paar Fragen stellen. Und mehr über ihn herausfinden, bevor Malte ihn morgen im Präsidium wegen seiner gesammelten Eigenmächtigkeiten auseinandernahm.

Und Hunger hatte sie tatsächlich … ziemlich großen Hunger sogar.

Sie kopierte die Handynummer, die auch in der E-Mail stand, und schrieb rasch eine SMS.

Wo ist denn dieser Lammgarten? In etwa einer halben Stunde bin ich hier in der K1 fertig.

Keine Minute später kam die Antwort … gerade noch rechtzeitig, bevor der Bildschirm schwarz wurde und ihr Smartphone sich abschaltete.

Kommen Sie danach in Ihr Hotel. Ich hol Sie ab.

***

Gegen sieben Uhr abends war Malte Jacobsen glücklich zu Hause. Seine Schwester Heike hatte ihn nicht nur chauffiert, sondern ihm auch eine großzügige Portion hausgemachten Nudelsalat in den Kühlschrank gestellt. Er aß, setzte sich nach draußen auf den Balkon und zündete sich eine Zigarette an. *Komisch, dass Melanie sich nicht noch einmal gemeldet hatte. Inzwischen musste ihr Handy doch längst wieder aufgeladen sein.*

Er wählte die Nummer, erreichte jedoch nur die Mailbox. Er überlegte eine Weile, rauchte die Zigarette zu Ende und drückte sie aus. Dann rief er in dem Hotel an, in dem sie abgestiegen war, und ließ sich mit ihrem Zimmer verbinden. Es klingelte endlos, dann meldete sich wieder die Rezeption.

»Ihre Kollegin ist wohl nicht da«, sagte die Dame in gemütlich breitem Badisch. »Ich hab meinen Dienst aber gerade erst angefangen. Ich hol mal eben den Tagesportier, ja? Der ist noch im Haus.«

Inzwischen war es Jacobsen schon ziemlich egal, wen er fragen und wen man dafür holen musste, solange er endlich herausfand, wo Melanie steckte.

Eine freundliche, tiefe Männerstimme. »Hallo?«

»Hallo«, erwiderte Jacobsen und zwang sich zur Geduld. »Können Sie mir sagen, wann meine Kollegin Melanie Brendel das Hotel verlassen hat? Und vielleicht auch, wo sie hinwollte?«

»Wo sie hinwollte, weiß ich nicht«, sagte der Tagesportier. »Aber ich hab die Frau Brendel zuletzt kurz vor halb sechs gesehen. Da ist sie ins Foyer heruntergekommen und weggegangen … mit einem Herrn.«

»Einem Herrn?« Jacobsen runzelte die Stirn. »Was für ein Herr denn?«

»Ich hab keine Ahnung, wer das gewesen ist«, meinte der Portier. »Aber er war etwa eins achtzig groß, würde ich sagen. So Mitte dreißig, mit dunklen Haaren. Ein bisschen exotisch.«

»Ein bisschen exotisch«, echote Jacobsen und stellte fest, dass ihm schwindelig wurde. »Ich glaube, ich weiß Bescheid. Danke schön.«

Er drückte auf den roten Hörer und starrte grimmig auf das Display.

Das durfte ja wohl nicht wahr sein.

Donnerwetter

Es war kurz nach halb eins am Samstagmittag, als Heike Voigt ihren Bruder am Waiblinger Präsidium absetzte. Wie jedes Mal seit seinem Treppensturz bot sie an, ihm beim Aussteigen aus dem Auto zu helfen, wie jedes Mal lehnte er ab. Also stemmte er sich mit den Krücken vorsichtig allein in den Stand und stakste zum Haupteingang, wo der Portier ihm öffnete.

»Grüß Gott, Herr Jacobsen! Sie hen wohl gar koi Wochenende, oder?«

Jacobsen brummte etwas Unverständliches und machte sich auf den mühsamen Weg in sein Büro. Er hatte schlecht und unruhig geschlafen; das Telefonat mit der Rezeption von Melanies Hotel steckte ihm noch immer in den Knochen.

Nach der verblüffenden Auskunft des Tagesportiers hatte er noch ein paarmal versucht, sie auf ihrem Handy zu erreichen, aber es war ausgeschaltet geblieben. Das war bei Melanie nicht weiter ungewöhnlich, trug aber in diesem speziellen Fall dazu bei, dass er sich immer mehr in eine Mischung aus Ärger und Wut hineinsteigerte. Ärger darüber, dass dieser verflixte Sinha seine Anordnung ganz offensichtlich ignoriert hatte und an den Bodensee gefahren war – und das bestimmt nicht, um sich dort zu erholen. Und Wut darüber, dass es dem Mann irgendwie gelungen war, Melanie ins Boot zu locken. Denn das musste er getan haben. Welchen Grund hatte sie sonst, mit Sinha abends durch die Gegend zu ziehen?

Natürlich konnte sich das alles als Irrtum herausstellen. Natürlich konnte es ein anderer Kollege aus der K1 in Friedrichshafen gewesen sein, mit dem Melanie den Tag abschloss oder sich über den Fall austauschte. Und dann war es auch vollkommen normal, dass sie mit besagtem Kollegen abends noch etwas essen ging. *Oder wohin auch immer.*

Jacobsen hatte endlich das Büro erreicht, lehnte die Krücken gegen die Wand und ließ sich schwer in seinen Schreibtischstuhl fallen.

Es war möglich, dass er sich irrte und dass es für die ganze Sache eine harmlose Erklärung gab. Aber er glaubte nicht daran. Seit Sinha in diesem Fall aufgetaucht war, hatte er das Gefühl, seinem sonst so scharfen Urteilsvermögen nicht mehr trauen zu können ... aus dem einfachen Grund, weil Melanie es nicht mehr tat.

Dabei hatte es ihn zuvor nie gestört, wenn sie ihm widersprach oder seine Aufmerksamkeit in einem Fall auf Details lenkte, die nicht in seine persönliche Theorie passten; das hatte er immer als anregend und ausgesprochen hilfreich empfunden. Er war weiß Gott kein Macho und hatte nicht das geringste Problem damit, dass seine Kollegin einen eigenen Kopf samt scharfem Verstand auf den Schultern trug. Im Gegenteil: Ihre Zusammenarbeit war bisher immer so harmonisch gelaufen, dass ihre Opposition ihn jetzt völlig aus dem Gleichgewicht brachte. Und nicht nur ihre Opposition – wenn das stimmte, was er vermutete, dann hatte sie sich auf nicht mehr und nicht weniger als eine Kollaboration mit dem Feind eingelassen.

Schritte näherten sich auf dem Flur, dann öffnete sich die Tür, und Melanie kam herein, in hellen Jeans, Stiefeletten, einer schlichten, hellblauen Hemdbluse und ihrer Lieblings-Lederjacke, die genauso schokoladenbraun war wie ihr Haar. Heute trug sie es offen, und die Sonne, die durch das Bürofenster hereinfiel, ließ es rötlich golden aufglänzen. Jacobsen betrachtete sie; trotz des Ärgers, den er den ganzen Abend und die halbe Nacht genährt hatte, tat es ihm gut, sie zu sehen.

»Hallo, Malte!«, sagte sie fröhlich. »Bist du schon lange da?«

»Ein paar Minuten.«

Noch immer konnte er die Augen nicht von ihr abwenden. *Wie ein liebeskranker Teenager*, dachte er, und plötzlich war die Wärme in seinem Inneren wie weggeblasen.

»Hattest du gestern noch einen netten Abend?«, fragte er. Jetzt klammerte er ihr Äußeres aus und konzentrierte sich ganz und gar auf ihre Reaktion. »Ich wollte dich noch mal anrufen, konnte dich aber nicht erreichen.«

»Ich war noch was essen«, erwiderte sie, während sie sich an ihren Schreibtisch setzte und ihr Tablet aus der Aktenmappe zog. »Das Handy hab ich zum Aufladen im Hotel gelassen. Leute, die im Restaurant dauernd telefonieren oder auf ihren Smartphones herumtippen, gehen mir schrecklich auf die Nerven, also sollte ich das wohl besser nicht auch selbst tun.«

Sie klang völlig normal, aber der blitzschnelle Seitenblick, den sie ihm zuwarf, verriet sie. *Es gab etwas, das sie ihm nicht erzählen wollte.*

»Warst du alleine unterwegs?«

Sie errötete leicht. »Nein, ich ...«

In diesem Moment fing der Apparat auf seinem Schreibtisch an zu klingeln.

Er hob ab, ohne sie aus den Augen zu lassen. »Ja?«

»Hier isch äbber für Sie«, sagte der Mann am Empfang. »E gewisser Surendra Sinha ... er sagt, er wär'n Kollege aus Friedrichshafa. Soll i ihn raufschicka?«

»Nicht nötig«, sagte Jacobsen gepresst. »Ich komm ihn abholen.«

Er legte auf und sah, dass Melanie sich aufrichtete und tief Atem holte.

»Ist Herr Sinha angekommen?«, erkundigte sie sich. »Dann hat er sein Versprechen gehalten. Das freut mich. Und ich kann ihn genauso abholen, Malte. Dann musst du nicht schon wieder runterlaufen.«

Jacobsen langte nach den Krücken. »Nicht doch«, sagte er und manövrierte sich aus dem Stuhl. »Das mach ich lieber selbst. Ach, übrigens – wann hat der unternehmungslustige Kollege dir eigentlich versprochen, dass er heute hierher ins Präsidium kommt? Gestern? Beim Abendessen in Friedrichshafen?«

Sie öffnete den Mund und schloss ihn wieder, ohne etwas zu sagen. Er drehte ab und war zur Tür hinaus, bevor sie ihre Sprache wiedergefunden hatte.

***

Unten lehnte Surendra Sinha neben dem Empfang an der Wand und schaute ihm entgegen; er sah geradezu unverschämt gelassen aus. Beim Anblick von Jacobsens Krücken und dem bandagierten Fuß schossen seine Augenbrauen in die Höhe.

»Au weia«, sagte er. »Das sieht ja noch schlimmer aus, als Ihre Kollegin es beschrieben hat. Sie hätten wirklich nicht herunterkommen müssen; ich hätte den Weg nach oben auch allein gefunden.«

»Oh, ich bin sicher.« Jacobsen schnaubte ironisch. »Alleingänge sind Ihre Spezialität, oder?«

Sinhas Augen funkelten. »Ach – werde ich jetzt gleich hier zwischen Tür und Angel zerlegt? Ich hatte ja eigentlich gehofft, wir könnten die ganze Angelegenheit in Ruhe bei einer Tasse Kaffee besprechen. Ich hab sogar extra ein paar Butterbrezeln mitgebracht.« Er hielt eine Bäckertüte hoch.

»Ich hab schon gefrühstückt«, knurrte Jacobsen. »Kommen Sie mit.«

Ein paar Minuten später waren sie wieder oben. Melanie hatte ihren Computer inzwischen hochgefahren und ihr Tablet angeschlossen – vermutlich, um Daten zu übertragen.

»Grüß Gott, Herr Sinha«, sagte sie. »Möchten Sie einen Kaffee?«

»Danke, sehr gerne«, antwortete Sinha. »Und vielleicht bringe ich ja bei *Ihnen* meine Butterbrezeln an den Mann. Beziehungsweise an die Frau.« Er legte seine Papiertüte auf ihren Schreibtisch.

»Danke. Brezeln mag ich immer.« Melanie stand auf. »Espresso für dich, Malte, Latte für mich – und was kann ich Ihnen mitbringen?«

»Einen ganz normalen Kaffee, bitte. Schwarz, ohne alles.«

Sie nickte und verschwand. Allein mit Sinha im Büro zurückgelassen, war sich Jacobsen für einen Moment unsicher über seine weitere Strategie. Sinha nahm ihm die Entscheidung ab.

»Offenbar wissen Sie bereits, warum ich mich heute zum Rapport hier eingefunden habe«, sagte er. »Stichwort *Allein-*

gänge. Und ich gebe zu: Ja, ich war vorgestern und gestern am Bodensee. Und das nicht, um nach ein paar Wochen endlich mal wieder meine Post aus dem Briefkasten zu holen. Ich war zwar auf dem Weg hierher einen Moment lang versucht, Ihnen erst mal damit zu kommen ... aber letzten Endes ist die Angelegenheit doch zu ernst für Scherze. Oder um die Intelligenz eines geschätzten Kollegen zu beleidigen.«

»Eines *geschätzten* Kollegen?« Jacobsen musterte ihn aus zusammengekniffenen Augen. »Na, dann möchte ich aber nicht wissen, wie Sie mit Kollegen umgehen, die da weniger Glück haben als ich. Ich hab Ihnen klipp und klar gesagt, dass ich eine Mitarbeit von Ihnen bei diesem Fall nicht will – ganz abgesehen davon, dass Sie gegen sämtliche Regeln verstoßen, wenn Sie sich in die Ermittlungen einmischen. Sie haben offensichtlich darauf gepfiffen – und dann haben Sie, so wie's aussieht, auch noch Frau Brendel in Ihre Partisanenaktion mit einbezogen.«

Melanie kam gerade rechtzeitig herein, um seine letzten Worte mitzubekommen. Sie stellte das Tablett ab, setzte sich und verschränkte die Arme vor der Brust. Aber sie sagte nichts.

»Wie kommen Sie darauf?«, fragte Sinha, offensichtlich verblüfft. »Dass ich Frau Brendel *mit einbezogen* habe, meine ich.«

»Das ist doch nun wirklich einfach.« Jacobsen fing an, mit den Fingern auf dem Tisch zu trommeln und faltete rasch die Hände. »Sie ermitteln auf eigene Faust, und abends sind Sie mit meiner Kollegin unterwegs. Um Erkenntnisse auszutauschen, vermute ich. Und das über alle Dienstvorschriften hinweg.«

»Moment!« Zum ersten Mal klang Sinha ein wenig gereizt. »Jetzt wollen wir doch mal nicht Äpfel und Birnen miteinander verwechseln. Dass ich Frau Brendel gestern Abend noch zum Essen eingeladen habe, ist zwar Fakt – aber die Dienstvorschrift, die es unsereinem verbietet, privat mit einem Kollegen essen zu gehen, muss an mir vorbeigegangen sein. Erkenntnisse ausgetauscht haben wir jedenfalls schon *vorher* – nämlich als wir uns vor der Wohnung von einem von Meyers Vergewaltigungsopfern zufällig über den Weg gelaufen sind. Und bevor Sie jetzt womöglich Ihre Kollegin der Kollaboration mit mir bezichtigen: Sie hat sich völlig korrekt verhalten und mir ebenso deutlich wie Sie gesagt, dass sie meine ›Schnüffelaktion‹ nicht gutheißt. Wobei ich nach wie vor der Meinung bin, dass ich jedes Recht dazu hatte, mich im Umfeld von Pierre Meyer ein wenig umzuhören. Privat, sozusagen.«

»Ach, meinen Sie?« Jacobsen schüttelte den Kopf. »Und ich hab immer gedacht, da wären die Dienstvorschriften ganz eindeutig. Als beurlaubter Beamter haben Sie keineswegs ›jedes Recht‹, sich privat in den Fall einzumischen – Sie haben gar keins. Null. *Kein Stück.*«

Er lehnte sich in seinem Stuhl zurück.

»Wenn Sie mich – und meine Kollegin – wirklich schätzen würden, dann wären Sie bei Ihren Eltern geblieben und hätten unsere Ermittlungsergebnisse abgewartet. Und uns zugetraut, dass wir Sie gegebenenfalls entlasten. Stattdessen sind Sie auf eigene Faust losgezogen … und egal, was dabei herausgekommen ist, und egal, wie fleißig Sie waren, und *scheißegal*, was für ein guter Ermittler Sie möglicherweise mal gewesen sind – das interessiert mich einen *Dreck!!*«

Er warf Melanie einen Seitenblick zu. Ihr Gesicht war blass, aber sie schwieg immer noch.

»Wissen Sie was? Nur die Tatsache, dass ich seit drei Jahren vertrauensvoll mit Frau Brendel zusammenarbeite, hält mich davon ab, jetzt auf der Stelle eine Dienstaufsichtsbeschwerde gegen Sie einzureichen, *Kollege* Sinha. Dazu hätte ich jeden Grund und jede Berechtigung – aber dann müsste ich Frau Brendel möglicherweise mit hineinziehen, und das ist so ziemlich das Letzte, was ich will.«

Er beugte sich wieder vor und sah Sinha geradewegs in die Augen, selbst überrascht darüber, wie ungeheuer zornig er war.

»Aber bitte schön. Spielen Sie weiter Privatdetektiv. Pfuschen Sie uns ruhig weiter ins Handwerk. Das nächste Mal, wenn ich Sie dabei erwische, sind Sie fällig. Haben Sie das verstanden?«

Sinha hatte ihm die ganze Zeit über schweigend zugehört und dabei seinem Blick regungslos standgehalten. Auch jetzt blieben seine dunklen Augen unverwandt auf Jacobsen gerichtet.

»Tun Sie sich keinen Zwang an.« Seine Stimme war kalt und nüchtern. »Ich hab sowieso schon eine interne Ermittlung am Hals, da kommt es darauf auch nicht mehr an. Aber ich bleibe dabei: Ich habe mich weder in Ihre Ermittlungen eingemischt noch Ihnen ins Handwerk gepfuscht. Oder habe ich Ihre Arbeit in irgendeiner Form behindert oder Ihnen sogar konkreten Schaden zugefügt? Weisen Sie mir das nach, und ich reiche die Dienstaufsichtsbeschwerde gegen mich höchstpersönlich ein.«

Sein Mund verzog sich zu einer bitteren Grimasse.

»Ich hoffe nur, Sie kommen niemals in die gleiche Situation wie ich. Dass man Sie eines Verbrechens bezichtigt, das Sie nicht begangen haben. Dann möchte ich nämlich sehen, wie *Sie* brav die Hände in den Schoß legen und untätig darauf warten, dass andere Ihren Kopf aus der Schlinge befreien. Vielleicht begreifen Sie dann, dass es Situationen gibt, in denen einem Regeln und Vorschriften gleichgültig werden. Denn ich wette mit Ihnen, dass auch Sie jede Gelegenheit nutzen würden, Beweise für Ihre Unschuld zu finden – so wie jetzt ich. Und solange ich alles, was ich im Zusammenhang mit dem Fall herausfinde, anschließend an Sie weiterleite – was ich jetzt am Bodensee schon mal gemacht habe; Ihre Kollegin verfügt über meine gesammelten Erkenntnisse –, solange lasse ich mir von niemandem verbieten, Privatgespräche mit alten Bekannten zu führen. Auch von Ihnen nicht!«

»Wenn es Privatgespräche gewesen wären, hätte ich kein Problem damit«, konterte Jacobsen, der Mühe hatte, sich zur Ruhe zu zwingen. »Aber das waren sie nicht. Ich weiß es, Sie wissen es, und meine Kollegin weiß es auch. Hoffe ich jedenfalls.«

Er sah Melanie an. Sie nickte, die Lippen zusammengepresst.

»Und ich habe nicht das geringste Interesse, mit jemandem zusammenzuarbeiten, der mit den simpelsten Grundregeln so haarsträubend Schindluder treibt, wie Sie das tun. Also kann es mir egal sein, ob Sie sich von mir irgendetwas verbieten lassen wollen oder nicht. Ich tu es trotzdem. Solange die Ermittlungen laufen, will ich Sie weder sehen noch irgendetwas von Ihnen hören, klar? – Und jetzt würde ich mir gerne anschauen, was Frau Brendel vom Bodensee mitgebracht hat, und herausfinden, ob wir das Material ›dank‹ Ihrer illegalen Einmischung überhaupt verwenden dürfen. Und zwar *ohne* Sie.«

Er registrierte mit Genugtuung, dass sein Gegenüber unter der bronzefarbenen Haut blass geworden war und sichtlich nach Worten suchte. Dann aber breitete Sinha mit einer demonstrativ einladenden Geste die Arme aus.

»Selbstverständlich«, sagte er mit einem deutlichen Hauch von bissiger Ironie in der Stimme. »Alles so, wie es sich gehört.«

Er wandte sich Melanie zu, faltete die Hände vor der Brust und verneigte sich leicht. Dann hob er die Tasse mit dem schwarzen Kaffee hoch und trank sie in einem Zug leer.

»Danke für den Kaffee«, sagte er, öffnete die Bäckertüte und nahm eine Butterbrezel heraus. »Eine davon ist für mich, ja? Ade.«

Er ging zur Tür und hatte die Hand bereits auf der Klinke, als er sich noch einmal umdrehte.

»Nur eins noch: Sollte mir auch nur ansatzweise zu Ohren kommen, dass Frau Brendel wegen meiner ›illegalen Einmischung‹ Schwierigkeiten bekommt, egal ob mit Ihnen oder sonst mit jemandem, dann sehen Sie mich früher wieder, als Ihnen lieb ist. Sie hat sich, wie gesagt, hundertprozentig korrekt verhalten, und ich werde nicht zulassen, dass ihr Ruf in irgendeiner Form geschädigt wird. Schönes Wochenende, die Herrschaften.«

Damit verließ er das Büro.

Die Stille, die er zurückließ, war ohrenbetäubend, und sie hielt minutenlang an. Dann räusperte sich Jacobsen.

»Der denkt wirklich, ich will deinen ›Ruf schädigen‹?«, sagte er. »Das muss er aus einem dieser indischen Filme haben, die du rätselhafterweise so gerne schaust. Außerdem hat er mir offenbar nicht richtig zugehört. Dass er noch keine Dienstaufsichtsbeschwerde am Hals hat, liegt ausschließlich an dir, Melanie. Dafür darfst du mir ruhig ein bisschen dankbar sein, finde ich.«

»Bin ich«, sagte sie knapp. »Durchaus. Auch dafür, dass du jetzt tatsächlich mit mir noch über den Fall reden willst. Ich dachte, nach deiner eindrucksvollen Brandrede wär's das für heute.«

»Natürlich will ich mit dir darüber reden!« Er musterte sie leicht ungeduldig. »Das ist so ziemlich der einzige Grund, wieso ich hier bin – sonst hätten wir wirklich bis Montag warten können.«

»Das wäre angesichts der Szene von eben wahrscheinlich gar keine schlechte Idee gewesen«, sagte Melanie. Zwischen ihren Augenbrauen hatte sich eine steile Falte eingegraben. »War es denn wirklich nötig, dem Mann jede einzelne Fehlleistung um die Ohren zu hauen?«

»Ach – du meinst, das hätte ich nicht tun sollen?« Er wusste, dass er ausgesprochen aggressiv klang, verspürte aber nicht die geringste Lust, seinen Ton zu mäßigen. »Was hättest du denn an meiner Stelle getan? Ihm gedankt, zu seiner privaten Initiative gratuliert und ihm begeistert auf die Schulter geklopft?«

»*Quatsch.* Himmel noch mal, Malte!« Sie legte die Hände flach auf den Schreibtisch und atmete tief durch. »Nichts von all dem … und ich hab auch gestern nichts von all dem gemacht. Du hast ihn doch gehört – ich hab ihm gesagt, dass mir seine Einmischung nicht passt. Allerdings nicht so wortreich wie du. Und meine Ansprache war auch nicht annähernd so demütigend wie deine.«

Er schob das Kinn vor. »Du meinst, ich habe ihn gedemütigt?«

»Aber natürlich hast du das!« Ihre Augen flammten. »Du hast ihn mehr oder weniger als Schande für unseren Berufsstand bezeichnet. Von *Schindluder* über *herumpfuschen* bis zum *möglicherweise einmal guten Ermittler* war alles dabei. Du hast wirklich sämtliche Register gezogen. Ich bin ja schon froh, dass wenigstens der Mord an Meyer nicht noch mal aufs Tapet gekommen ist.«

»Er gehört immer noch zu den Verdächtigen«, sagte Jacobsen unbeugsam. »Dass die Indizien bislang nicht ausreichen, um deinen Inder in Gewahrsam zu nehmen, ändert gar nichts daran.«

»Er ist nicht *mein Inder!*« Zum ersten Mal wurde sie laut. Das kam nur äußerst selten vor; er musste sie wirklich getroffen haben. »Wie kommst du denn bloß auf so was? Weil ich nicht mit ihm rede wie mit einem Fußabtreter? Weil ich es gewagt habe, mit ihm in einem Biergarten essen zu gehen? Weil ich nach wie vor nicht glaube, dass er Meyers Mörder ist? Weil ich ihm das gesagt habe?«

»Tatsächlich?« Er starrte sie an. »Das hast du ihm gesagt?«

»Jawohl.« Sie nickte energisch. »Klar und deutlich – genau wie dir, übrigens. Denn seine Reaktion darauf, dass Meyer Vidya Kapoor getötet hat, war genauso spontan wie unsere. Er hat nicht gewusst, dass Meyer es war. Und er hat ihm demzufolge logischerweise auch nicht aufgelauert. Ich bin absolut sicher, dass er nicht der Täter ist, Malte.«

Jacobsen schüttelte den Kopf.

»Na großartig. Also hat nicht nur er dich mit Material versorgt, sondern du ihn auch. Was hast du ihm denn sonst noch so alles erzählt?«

»Nicht viel.« Sie versuchte sichtlich, ihre Fassung zurückzugewinnen. »Wir haben über die Gespräche geredet, die er mit den Frauen geführt hat, die damals von Meyer missbraucht worden sind … auch die, für die es nicht gelungen ist, ihn zu verurteilen. Und legal oder nicht – die Informationen, die er mir gegeben hat, bringen uns reichlich Anhaltspunkte.«

Sie deutete mit dem Kinn auf ihren Bildschirm.

»Er hat mir eine Mail mit sämtlichen Fakten geschickt und mit den Namen von Verwandten der Frauen, die heutzutage noch wütend genug sein könnten, Meyer persönlich zur Rechenschaft ziehen zu wollen. Das ist eine ganze Reihe neuer Verdächtiger … damit kommen wir vielleicht wirklich weiter. Außerdem hab ich seine Infos mit den alten Gesprächsprotokollen in Friedrichshafen abgeglichen.«

Sie sah Jacobsen in die Augen.

»Der Mann betreibt keine Vernebelungstaktik, Malte. Und er legt auch keine falschen Spuren. Er will sich nur von einem falschen Verdacht befreien … und er will uns helfen.«

»Was er nicht darf.«

»Das *weiß* ich doch!«, schnappte Melanie. »Und wenn Sinha das jetzt immer noch nicht weiß, dann ist er entweder begriffsstutzig oder stocktaub. Ich bin sicher, in Zukunft wird er sich hüten, uns noch einmal in die Quere zu geraten.«

Sie nahm einen Schluck von ihrem Latte, der inzwischen kalt geworden war, und verzog das Gesicht.

»Außerdem – damit du dich gleich noch mal aufregen kannst: Er hat mich nach der Todesursache gefragt. Und ich habe ihm gesagt, dass es ein Elektroschocker war.«

»Bravo.« Jacobsen verdrehte die Augen gen Himmel. »Das heißt, falls dein … falls *Sinha* tatsächlich am fraglichen Abend so ein Ding in der Tasche hatte, wird er es jetzt auf Nimmerwiedersehen verschwinden lassen.«

»Falls«, gab Melanie zurück. »Wie gesagt, ich glaube nicht daran. Normalerweise sind es Frauen, die Elektroschocker zum Schutz bei sich tragen, und keine Männer. Erst recht keine Kriminalkommissare.«

Sie stützte sich auf ihren Schreibtisch.

»Ehrlich gesagt ist es mir ein Rätsel, wieso du dich so sehr in Sinhas mögliche Täterschaft verbeißt. Meinst du nicht, wir sollten erst einmal die Leute auf ihre Alibis abklopfen, die wesentlich eher als Mörder in Frage kommen?«

»Das eine schließt das andere nicht aus«, sagte Jacobsen. »Dass du seine Täterschaft so kategorisch für unmöglich hältst, ist mir genauso ein Rätsel.«

Melanie seufzte.

»Dann müssen wir wohl bis auf Weiteres damit leben, zur Abwechslung mal *nicht* einer Meinung zu sein«, antwortete sie. »Ich hab die E-Mail von Sinha an dich weitergeleitet, und dazu die Aufnahme von meinem Gespräch mit Julia Mühlbauer. Du kannst es dir anhören. Und weißt du, was ich jetzt mache?«

»Nein. Was?«

»Ich gehe nach Hause. Mir stecken zwei Stunden Stau auf der Bodenseeautobahn in den Knochen, und an diesem Wochenende werden wir die Leute auf Sinhas Liste wohl kaum alle erreichen. Es langt bestimmt, wenn ich mich am Montag ans Telefon hänge und mir die Aussagen geben lasse. Und wenn du darauf bestehst, fahre ich auch ein zweites Mal an den Bodensee und nehme mir alle höchstpersönlich vor – jedenfalls die, die noch dort wohnen. Aber für heute reicht's mir.«

Sie stand auf, schob das Tablet in ihre Handtasche und schaltete den Computer aus. Dann sah sie ihn an; sie wirkte verwirrt und aufgebracht.

»Ich hoffe bloß, bis Montag hast du dich wieder eingekriegt, Malte. Bei aller berechtigten Empörung – ich hab noch nie erlebt, dass du dich dermaßen aufführst. Weder mir gegenüber noch irgendjemand anderem. So kenne ich dich nicht. Und ganz ehrlich – so mag ich dich auch nicht.«

Er antwortete nicht, sondern sah stumm zu, wie sie sich abwandte und hinausging. Und er wartete lange genug, bis ihre Schritte im Korridor verklungen waren, bevor er mit der Faust auf den Tisch schlug und laut fluchte.

Dieser verdammte Sinha. *Verdammt, verdammt, verdammt.*

Klinkenputzen

Jacobsen verbrachte das Wochenende allein und überaus schlecht gelaunt in seiner Wohnung; die Einladung seiner Schwester, sich zu einem frühherbstlichen Grillfest mit der Familie in den Garten zu setzen, schlug er aus. Er kam am Montag darauf mit der Hoffnung ins Präsidium, dass Melanie sich wieder beruhigt hatte, und war bereit, sich notfalls bei ihr zu entschuldigen. Allerdings traf er sie nicht allein im Büro an; Finkbeiner war ebenfalls anwesend.

»… eine ausgesprochen umfassende Liste, Frau Brendel«, sagte sein Vorgesetzter gerade, als Jacobsen das Büro betrat. »Jetzt haben wir deutlich mehr als nur *eine* Nadel im Heuhaufen, nach der wir suchen können. Wirklich gute Arbeit. Sehr gründlich.«

»Danke!« Melanie lächelte verbindlich und warf Jacobsen einen raschen Seitenblick zu. »Wir halten Sie natürlich über sämtliche Fortschritte auf dem Laufenden.«

»Schön, Kollegin. Viel Glück!« Finkbeiner nickte Jacobsen zu und ging hinaus.

Jacobsen setzte sich hinter seinen Schreibtisch, und für eine Weile herrschte Stille. Dann räusperte sich Melanie.

»Bevor du mich fragst: nein, ich mag es *nicht*, mich mit fremden Federn zu schmücken«, sagte sie. »Ich hab dem Chef trotzdem nicht verraten, von wem die meisten Namen auf dieser Liste wirklich stammen. Ich hätte sonst Herrn Sinha ganz schön in die Bredouille geritten, und das fand ich nicht fair.«

»Dir auch einen guten Morgen«, knurrte Jacobsen, dessen Stimmung prompt in den Keller sank. »Wie rücksichtsvoll von dir – ich bin sicher, Herr Sinha weiß das sehr zu schätzen.«

»Kann ich nicht beurteilen«, gab Melanie ein wenig spitz zurück. »Und ich hab nicht die geringste Absicht, ihn anzurufen und es ihm zu erzählen. Aber ich geb dir gerne seine Handynummer – dann kannst du das an meiner Stelle tun und ihn noch ein bisschen anbrüllen, wenn du Lust hast.«

Dazu hatte Jacobsen überhaupt keine Lust. *Ganz offensichtlich war die Szene am Samstag weder vergessen noch vergeben.* Er hätte gern nach einem Espresso gefragt – den sie ihm sonst fast jeden Morgen mitbrachte, wenn sie sich selbst einen Latte holte –, wusste aber instinktiv, dass das in diesem Moment keine gute Idee war.

»Sorry, ich muss los«, sagte Melanie. Sie klang kurz angebunden. »Ich hab meiner Mutter versprochen, beim Arzt ein paar Rezepte für meinen Vater abzuholen. Wenn ich wieder da bin, fang ich an, bei den Leuten auf der Liste die Alibis abzufragen und nachzuprüfen. Das wird ziemlich dauern, fürchte ich.«

Damit schaltete sie ihren Bildschirm aus, klemmte sich ihre Handtasche unter den Arm und verschwand.

Jacobsen blieb auf seinem Stuhl sitzen, starrte auf seinen Schreibtisch hinunter und sehnte sich mit einem Mal heftig nach einer Zigarette. *Wenn das so weiterging, würden die weiteren Ermittlungen alles andere werden als ein Spaziergang.*

Er betrachtete seinen bandagierten Fuß und seufzte ungeduldig. Spaziergänge kamen für ihn sowieso nicht in Frage – aber telefonieren konnte er auch im Sitzen. Und wenn er Melanie etwas Arbeit abnahm, war sie ja vielleicht später etwas milder gestimmt.

Er fuhr seinen eigenen Computer hoch und rief die Liste auf, die sie ihm schon am Samstag geschickt hatte. Dann griff er zum Hörer, wählte die erste Nummer und wartete, bis sich jemand meldete ... die Stimme einer jungen Frau. Im Hintergrund war Kindergelächter zu hören.

»Frau Berghagen?«, fragte er. »Marina Berghagen? Malte Jacobsen hier, Kripo Waiblingen. Ich habe ein paar Fragen an Sie.«

***

»Danke – einen schönen Tag noch!«

Melanie steckte die Medikamentenschachteln in ihre Handtasche, lächelte die freundliche Mittfünfzigerin hinter der Theke an und ging nach draußen. Die Marktgasse in der Waiblinger

Altstadt lag in blassem Sonnenschein, und aus einer Bäckerei ein paar Häuser weiter duftete es nach frischem Hefezopf. Melanie atmete tief und erleichtert durch. *Viel besser als der sterile Arzneigeruch in der Arztpraxis und in der Apotheke.*

Ihre Gedanken wanderten zu dem Gespräch zurück, das sie letzte Woche mit Dr. Schult geführt hatte – dem alten Hausarzt, bei dem die gesamte Familie Brendel schon seit Jahren in Behandlung war. *Wir können Ihren Vater nicht heilen*, hatte er gesagt, *so gerne ich Ihnen das versprechen würde. Die Medikamente blockieren die Botenstoffe in seinem Hirn und schützen die Nervenzellen vor Überreizung. Sie werden ihm wenigstens helfen, ein wenig länger der Mann zu bleiben, den Sie kennen und lieben.*

Er hatte noch einiges mehr gesagt. Mama hatte neben ihr im Sprechzimmer gesessen, die Hände im Schoß gefaltet und ohne sich ein einziges Mal zu äußern. Nicht dazu, dass die Medikamente, die Melanies Vater bis dato bekommen hatte, nicht mehr wirkten, nicht dazu, dass die Glutamat-Blocker, die der Arzt ihm jetzt verschrieb, das Unvermeidliche nur aufschieben konnten, anstatt es zu verhindern. Melanie wusste ganz genau, dass die größte Angst ihrer Mutter – neben der, ihren Mann zu verlieren – darin bestand, ihrer viel beschäftigten Tochter zur Last zu fallen. Also wurde sie nicht müde, Mama wieder und wieder zu versichern, dass es ihr nichts ausmachte, Botengänge für sie zu übernehmen oder am Wochenende einen ganzen Tag bei Papa zu verbringen, damit seine Frau wenigstens ab und zu aus dem Haus und auf andere Gedanken kam.

Ihr Handy gab einen Signalton von sich. Sie holte es aus der Jackentasche und stellte fest, dass sie eine neue E-Mail im Posteingang hatte. Sie stammte von Surendra Sinha. *Ausgerechnet.*

Kurz entschlossen steuerte sie die Bäckerei an, kaufte sich einen Coffee-to-go und eine gebutterte Laugenbrezel und ließ sich auf einer Bank im Schatten einer Buche nieder. Dann nahm sie einen Schluck aus dem Becher und öffnete die Mail.

Jimmy Jablonsky hat sich noch einmal bei mir gemeldet, las sie. *Ihm ist der Name von einem Mann eingefallen, der in Stuttgart lebt und den Meyer ihm gegenüber vor seiner Abreise erwähnt hat: Léon David, französisch ausgesprochen; ob der Mann Franzose ist oder zumindest ebenso französische Wurzeln hat wie Meyer, weiß Jablonsky nicht. Aber vielleicht hat Meyer in der Zeit, als er in Waiblingen hinter mir bzw. Vidya her war, bei diesem David gewohnt. Falls das für Ihre Ermittlungen von Interesse ist. Ich werde jedenfalls nicht dort nachforschen; Ihr Kollege war in diesem Punkt ja mehr als deutlich, und ich will nicht noch mehr Streit. In dem Zusammenhang: Es tut mir leid wegen der Bodensee-Geschichte; ich hoffe, Sie haben keinen Ärger und es geht Ihnen gut. Gruß, Surendra Sinha.*

Melanie schnaubte ironisch. *Ihr ging es absolut prächtig. Ganz wunderbar.* Sie durchforstete stirnrunzelnd ihr Gedächtnis nach Jimmy Jablonsky, und es dauerte einen Moment, bis ihr wieder einfiel, wer das war – der Mann, der Meyer in gleich mehreren Fällen ein Alibi gegeben und damit verhindert hatte, dass der für mehr als zwei Vergewaltigungen angeklagt werden konnte.

Sie tippte eine knappe Antwort auf das Display und legte das Handy neben sich auf die Bank. Dann schob sie alle Gedanken an Maltes ungewohnte Aggressivität und ihre familiären Sorgen energisch beiseite, biss in die Brezel und überlegte.

Es war bestimmt kein Fehler, bei diesem David nachzuhaken. Malte fiel als Begleitung aus; mit seinen Krücken konnte er im Moment nicht viel mehr tun, als Schreibtischarbeiten zu erledigen. Wenn sie herausfand, wo David wohnte, konnte sie mit ihm reden und war vielleicht schon ein Stück weiter. Und Malte ein paar Fortschritte zu präsentieren würde hoffentlich dabei helfen, ihn von seinem Kreuzzug gegen Sinha ab und wieder auf die Spur zu bringen.

Sie nahm das Handy und tippte *Léon David, Stuttgart* und *Adresse* ein. Die Suchmaschine spuckte prompt das Gewünschte aus; erstaunlicherweise gab es nur *einen* Léon David in der Landeshauptstadt, und er wohnte in der Senefelderstraße im Stuttgarter Westen. Melanie kannte die Gegend; während ihrer Ausbildung hatte dort ihre tamilische Kollegin Sonam gewohnt, und wenn sie bei Melanies Besuchen nicht selbst kochte, waren sie oft in ein indisches Restaurant gegangen, das nur ein paar Minuten zu Fuß entfernt lag – das *Ganesha* in der Rotebühlstraße.

Am besten erzählte sie Malte, dass der Hinweis auf den Bekannten von Pierre Meyer von den Kollegen in Friedrichshafen kam. Dass er in Wirklichkeit von Surendra Sinha stammte, musste er erst einmal nicht wissen.

Jetzt fange ich doch noch an, ihn zu belügen, dachte Melanie niedergeschlagen. *Genau das, was ich eigentlich nie tun wollte.*

Sie zog eine unfrohe Grimasse und trank den Kaffee aus. Dann steckte sie die Tüte mit dem Rest der Brezel in die Handtasche und machte sich auf den Weg zu ihrem Wagen.

***

Es dauerte fast eineinhalb Stunden, um nach Stuttgart zu kommen und sich dort an der Wilhelma vorbei durch Cannstatt und über den Pragsattel zu quälen. Als sie endlich im Westen ankam, war es schon fast elf. Sie ließ sich von ihrem Navi durch das regelmäßige Schachbrettmuster der Straßen führen, an den nachgedunkelten Sandsteinfassaden der alten Mietshausblöcke aus dem 19. Jahrhundert vorbei.

Die Senefelderstraße führte steil den Berg hinauf. Auf halber Höhe parkte Melanie in einer Parklücke, die gottlob genau im richtigen Moment frei wurde, und ging zu dem Haus mit der Nummer, nach der sie suchte. Neben der Tür war eine lange Leiste mit Klingelschildern angebracht. *Schmidt, Hölderlin, Faber, Ehrenreich, Yildirim, Straub, Mühlbauer, Steffens* … da war es. *David.*

Hoffentlich war er zu Hause. Sie hatte es für klüger gehalten, sich nicht anzumelden; es wäre nicht das erste Mal gewesen, dass ein Zeuge bei der Aussicht, mit der Polizei sprechen zu müssen, spontan die Flucht ergriff.

Sie drückte auf den Knopf. Die Sprechanlage rauschte und knackte, dann kam eine leicht verzerrte Männerstimme. »Ja? Wer ist da?«

»Melanie Brendel, Kripo Waiblingen«, sagte sie. »Ich möchte mit Ihnen über Pierre Meyer reden.«

Eine lange Pause. Wieder knackte es in der Sprechanlage. »Meyer?« Jetzt klang die Stimme leicht alarmiert. Und sie hatte tatsächlich einen deutlich hörbaren französischen Akzent. »Isch 'ab geört, der ist tot. Was wollen Sie von mir?«

»Ich würde Ihnen gern ein paar Fragen stellen«, erwiderte Melanie. »Wenn Sie keine Lust haben, die in Ihrer Wohnung zu beantworten, kann ich Sie auch von den Kollegen vorladen lassen. Was ist Ihnen lieber, Herr David?«

Keine Antwort. Stattdessen war ein lautes Summen zu hören, und die Tür sprang auf. *Na also.*

Während Melanie die Treppen mit dem abgetretenen Linoleumbelag hochstieg, vergewisserte sie sich rasch, dass sie trotz Lederjacke leicht an ihr Schulterhalfter herankam. Sie hatte auf der Fahrt hierher (im Stau vor der Wilhelma) durch eine kurze Computerabfrage festgestellt, dass David ein paar Jahre gleichzeitig mit Meyer in der JVA Freiburg gesessen hatte ... wenn auch nicht wegen irgendwelcher Gewaltverbrechen, sondern »nur« wegen mehrerer Betrugsdelikte. *Trotzdem. Man konnte nie wissen.*

Im vierten Stock wartete ein mittelgroßer Mann mit dünnem Haar und dicker Hornbrille in einer offenen Wohnungstür auf sie. Er blickte resigniert drein, als er beiseitetrat und sie hereinließ.

»Isch 'ab doch gewusst, es war ein Fehler, Pierre mein Sofa zu geben«, sagte er, als sie in seiner Küche saßen. »Aber er 'at mir gesagt, er ist pleite. *Complètement raide, vous comprenez?* Außerdem er 'at mir versprochen, es ist nur für ein paar Tage. Wollen Sie *un café?*«

»Nein, danke.« Melanie zog ihr Aufnahmegerät aus der Jackentasche und schaltete es ein. »Wissen Sie noch, wann genau er sich bei Ihnen gemeldet hat?«

Léon David dachte nach.

»Vorletzte Woche«, sagte er endlich. »Am Donnerstag, glaube isch. Isch komme gerade von der Arbeit, da 'ab isch ihn plötzlisch am 'andy. Er muss irgendwo unterkrieschen, sagt er. Und dass er sonst niemanden kennt in der Gegend, nur misch. Isch 'ab ihn gefragt, was er in Stuttgart vor'at. Und ihm gesagt, dass isch keine Lust 'ab auf irgendwelsche krummen Saschen.«

Er lächelte schief.

»Isch bin zwei Jahre früher aus die *prison* gekommen als Pierre, und seitdem bin isch sauber. Natürlisch isch 'abe keinen Job mehr bekommen in irgendeiner *banque* … isch arbeite in ein Möbellager. *Tant pis – assez de monnaie pour ma petite vie.* Isch will 'eutzutage nischt mehr so 'och 'inaus.«

Er zuckte die Achseln und hob mit einer ausgesprochen gallischen Geste beide Hände.

Melanie schmunzelte unwillkürlich. Sie konnte es den Banken nicht übel nehmen, dass sie einem Mann, der laut Strafregister gleich *drei* Geldinstitute mit ausgesprochen kreativen Kontenschiebereien um Tausende von Euros erleichtert hatte, lieber nicht die Chance gaben, es gleich noch einmal zu versuchen.

»Und was«, erkundigte sie sich, »ist passiert, als Pierre Meyer plötzlich wieder in Ihr ›kleines Leben‹ trat?«

Davids Gesicht verdüsterte sich.

»Isch 'ab einen gewaltigen Schrecken bekommen«, gestand er. »Es ist eine Sache, wenn isch in die *prison* mit ihm zu tun ge'abt 'abe, *compris?* Da war es ganz gut *d'avoir un pote qui est capable de cogner opportunément* – einen Kumpel zu 'aben, der zu'auen kann, wenn es 'aarig wird. Aber isch bin nischt scharf darauf gewesen, ihn wiederzusehen … schon gar nischt 'ier und jetzt.«

»Aufgenommen haben Sie ihn trotzdem«, sagte Melanie.

»Weil er sehr 'ässlisch werden konnte, wenn man nischt so gewollt 'at wie er«, entgegnete David nüchtern. »Und es sollte ja auch bloß für ein paar Tage sein. Also 'at er auf meinem Sofa geschlafen und misch 'erumgescheuscht, als wäre isch seine *femme de chambre.* Isch 'ab mir Sorgen gemacht – isch wollte nischt, dass er sisch 'ier vergreift an einer Frau. Wenn er Lust bekam, war er so unbereschenbar *comme un chien en rut* … wie ein läufiger 'und.«

Melanie dachte an Vidya Kapoor und musste ihm recht geben.

»Nach drei Tagen er 'at sisch Geld von mir geliehen, um nach Waiblingen zu fahren. Isch habe der *sainte vierge* gedankt, dass er weg war.«

Sie sah ihm in die Augen. »Hat er Ihnen gesagt, was er in Waiblingen wollte?«

Er schüttelte den Kopf. »*Non, Madame la commissaire, pas un mot* – kein Sterbenswörtschen.«

Melanie machte sich keine großen Hoffnungen, hakte aber trotzdem nach.

»Hat er vielleicht den Namen Sinha erwähnt ... oder einen anderen Mann, mit dem er in Waiblingen noch eine Rechnung offen hatte? Oder jemanden, von dem er sich bedroht fühlte?«

»*Pas du tout.*« David schüttelte den Kopf. »Er 'at bloß seine *sac* mitgenommen, und danach isch 'abe ihn nischt wiederge-se'en. Ein paar Tage später isch 'ab gelesen, dass er tot ist. Ist das wahr, dass er 'at vor'er noch ... *abusé une jeune femme?*«

»Richtig«, erwiderte Melanie leise. »Und nach dem Missbrauch hat er sie umgebracht.«

Das Entsetzen in den Augen hinter der dicken Hornbrille war zu groß und zu umfassend, um nicht echt zu sein.

»*Grand Dieu!*« David wurde blass. »Dann isch bin froh, dass es ihn endlisch erwischt 'at.«

»Sie sind wahrscheinlich nicht der Einzige«, meinte Melanie und musterte ihn nachdenklich. »Ich frage mich, ob Sie ihn wohl widerlich genug gefunden haben, um sich selbst darum zu kümmern, Herr David?«

»*Moi?!?*« Die Hände schossen erneut in die Höhe, diesmal in rechtschaffener Empörung. »*Mais non!* Isch war bloß glücklisch, dass isch ihn losgeworden bin. Er 'at mir gemacht eine Gänse'aut. Außerdem isch 'ab in den Tagen danach die ganze Zeit gearbeitet – *beaucoup de travail* in die Möbellager. Wir 'aben zwanzisch Küschen ausgepackt und für die Verkaufsausstellung zusammengeschraubt. Danach isch bin nirgendwo mehr 'ingefahren ... schon gar nischt nach Waiblingen. Isch war viel zu fertisch – *trop flapi.* Deshalb isch bin 'eute auch zu'ause, wegen die *heures supplémentaires.*« Er beugte sich leicht vor, und in seinen Augen glitzerte es böse. »Aber wer immer Meyer erledischt 'at – isch würde ihm gern die 'and schütteln. *Avec plaisir.*«

Melanie erinnerte sich, dass sie von Surendra Sinha fast genau denselben Satz gehört hatte, und seufzte.

»Das verstehe ich zwar«, sagte sie, »aber Mord bleibt Mord. Und außerdem müssen wir denjenigen zuerst einmal finden.«

***

Fünf Minuten später ging sie die Treppe wieder hinunter. In ihrer Handtasche steckten die Adresse des Möbelhauses, für das Léon David arbeitete, sowie die Handynummer seines direkten Vorgesetzten. Sie hatte wenig Zweifel daran, dass der Davids Alibi bestätigen würde ... und damit führte Sinhas Spur, der sie so spontan wie hoffnungsvoll gefolgt war, ins Leere.

In der zweiten Etage kam ihr eine ältere Frau mit zwei schweren Stofftaschen entgegen. Als sie an Melanie vorbei wollte, rutschte ihr der Griff einer der Taschen aus der Hand, und plötzlich ergossen sich Nudeln, eine Bäckertüte mit Brötchen und ein Pfund loser Äpfel auf den Boden. Melanie rettete zwei der roten Früchte gerade noch rechtzeitig vor dem Absturz ins Erdgeschoss, sammelte den Rest der Einkäufe ein und reichte der Frau die Tasche zurück.

»Bitte sehr«, sagte sie freundlich. »Wo müssen Sie denn hin? Ich kann Ihnen tragen helfen.«

»Dritter Stock«, sagte die Frau, die gleichzeitig etwas verwirrt und dankbar dreinschaute. »Sehr nett von Ihnen, wirklich.«

Keine Schwäbin. Irgendwo im Hintergrund war da ein Dialekt, aber Melanie konnte ihn nicht wirklich identifizieren. Ansonsten: gepflegter Typ, die Haare sorgsam frisiert, grau gesträhnt und voll, das Gesicht mit einem ganz leichten Make-up zurechtgemacht. Keine Markenkleidung, aber durchaus keine

Billigware. Jemand, dem es wichtig war, auf sich selbst zu achten, auch jenseits der sechzig. Falls sie denn überhaupt schon sechzig war; Melanie tat sich schwer damit, ihr Alter zu schätzen.

Jetzt hatten sie die richtige Wohnungstür erreicht, und Melanie amüsierte sich insgeheim über die eigene Angewohnheit, jeden, dem sie begegnete, mit kriminalistischem Blick zu analysieren … sogar eine vollkommen Unbekannte, der sie nur nach Jacobsens Pfadfindermanier die Taschen hinterhertrug. Aber dann fiel ihr Blick auf das Namensschild neben der Tür. *S. Mühlbauer.* Und plötzlich war es, als würde in ihrem Kopf ein Schalter umgelegt.

Der Name hatte vorhin unten auf der Klingelleiste gestanden, sie hatte ihn bloß nicht wirklich registriert. Und als sich die gepflegte, ältere Dame jetzt lächelnd zu ihr umdrehte, um sich zu bedanken, schaute Melanie in ein Paar grauer Augen, die sie schon einmal gesehen hatte … allerdings in einem anderen und deutlich jüngeren Gesicht.

»Frau Mühlbauer?«, sagte sie. »Das sind doch Sie, oder?«

Die Dame nickte. »Ja, das bin ich. Wieso – kennen wir uns?«

»Sie persönlich kannte ich bis zu diesem Moment noch nicht«, hörte Melanie sich selbst sagen, noch immer ein wenig fassungslos. »Aber möglicherweise kenne ich Ihre Tochter. Gesetzt den Fall, dass Sie Susanne Mühlbauer sind. Und dass Sie eine Tochter haben, die Julia heißt, in Unteruhldingen am Bodensee wohnt und dort eine Pension leitet.«

Das dankbare Lächeln erlosch so jäh, als hätte jemand eine Lampe ausgeschaltet.

»Wieso?« Die Frau klang zutiefst erschrocken. »Was … was haben Sie mit meiner Tochter zu tun? Wer *sind* Sie, um Himmels willen?«

»Ich bin Melanie Brendel und arbeite bei der Kripo Waiblingen«, antwortete Melanie. »Und ich habe deshalb etwas mit Ihrer Tochter zu tun, weil der Mann, der sie vor neun Jahren vergewaltigt hat, letzte Woche in Waiblingen ermordet worden ist.«

Julias Mutter wurde kreidebleich.

»Pierre Meyer«, flüsterte sie. »Also war es *keine* Einbildung, dass ich ihn gesehen habe.«

»Sie haben ihn gesehen?«, fragte Melanie gespannt. »Wo – hier im Haus?«

Frau Mühlbauer nickte. »Ja. Vorletzte Woche, am Freitag. Da bin ich ihm nach dem Einkaufen im Hausflur begegnet, genau wie Ihnen. Ich hab geglaubt, das wäre bloß ein schlechter Traum … *gehofft* hab ich das.«

»Kann ich mir vorstellen«, meinte Melanie. »Und ich möchte unbedingt noch mehr darüber wissen. Können wir uns in Ihrer Wohnung weiter unterhalten, bitte?«

***

Susanne Mühlbauers gute Stube war genauso ordentlich und gepflegt wie sie selbst. Anscheinend hatte sie eine Vorliebe für weißen Schleiflack, Voile und Rüschen. Der Raum hatte nicht das Geringste von der rustikalen Gemütlichkeit der Pension am Bodensee; Melanie kam sich vor wie in einer überdimensionierten Puppenstube. Auf einem mit Samt bezogenen Ohrensessel in der Ecke neben dem hohen Fenster saß tatsächlich eine Puppe – fast einen halben Meter groß, in ein altmodisches Kleid aus Seide und Spitzen gekleidet, das goldblonde Lockenhaar mit einer Schleife geschmückt.

Melanie wurde eingeladen, auf einem taubenblau bezogenen Sofa Platz zu nehmen, das so makellos wirkte, als hätte überhaupt noch nie jemand darauf gesessen. Die mit pastellfarbenen Blüten bestickten Zierkissen waren schnurgerade ausgerichtet und mit dem versehen, was ihr Vater in früheren (und besseren) Zeiten immer als »Mamas Handkandakniff« bezeichnet hatte. Sie bemühte sich, die präzise Anordnung nicht durcheinanderzubringen und sich wieder auf die Angelegenheit zu konzentrieren, die sie hierhergeführt hatte.

»Als Sie Pierre Meyer begegnet sind«, sagte sie, »was haben Sie da als Nächstes getan?«

»Ich hab mich in meine Wohnung geflüchtet«, sagte Susanne Mühlbauer, trat ans Fenster und starrte durch die üppigen Rüschenvorhänge ins Freie. »Stellen Sie sich das vor – da lebe ich seit Jahren fast zweihundert Kilometer von dem Ort weg, wo die Katastrophe damals passiert ist. Und dann lauf ich dem Kerl beinahe in die Arme, quasi vor meiner eigenen Tür!«

»Haben Sie Ihre Töchter angerufen?«, wollte Melanie wissen. »Haben Sie ihnen vielleicht erzählt, dass Meyer in Stuttgart ist?«

Susanne Mühlbauer erstarrte.

»Ich ... ich hab so gut wie gar keinen Kontakt mehr zu meinen Töchtern.« Sie sprach langsam und steif. »Julia ist der Ansicht, ich hätte sie im Stich gelassen. Die Zeit nach der ... nach dem *Überfall* ... sie war für uns alle entsetzlich. Nicht nur für sie.«

Sie lehnte sich mit dem Rücken an das Fensterbrett, die Augen zusammengekniffen wie beim Blick in eine äußerst unliebsame Vergangenheit. Jetzt war die Ähnlichkeit zwischen Mutter und Tochter noch deutlicher: Julia Mühlbauer hatte genauso ausgesehen, als sie über diese Zeit sprach.

»Die Presse hat rührselige Storys über Julia geschrieben – und andere, die ganz und gar nicht rührselig waren. Irgendein Schmierfink in der *Schwäbischen Zeitung* hat sich damals ein Bild von ihr im Bikini verschafft. Mit einer Sektflasche in der Hand, auf irgendeiner Sommerparty ist das gemacht worden. Sie können sich bestimmt vorstellen, wie die Leute getratscht haben. Über die kleine, kesse Mühlbauer, die so gerne feiert und lieber zu wenig anhat als zu viel. Ich hab mich furchtbar geschämt.«

Melanie erinnerte sich daran, was Julia Mühlbauer ihr erzählt hatte.

»Die Leute denken bei einer Vergewaltigung gerne, die Frau sei selbst schuld«, sagte sie leise. »Dass sie selbst dafür verantwortlich ist, wenn ein Mann sich nicht beherrschen kann und über sie herfällt ... durch die Kleidung, die sie trägt, oder die Art und Weise, wie sie sich benimmt. Aber ich kann mir ehrlich gesagt nicht vorstellen, dass *Sie* das gedacht haben. Nicht von Ihrem eigenen Kind.«

»Ich hab doch nicht gewusst, was ich denken soll!« Es hörte sich an wie eine zornige Mischung aus Verteidigung und Anklage. »Die zwei Jahre bis zum Prozess waren ein einziges Spießrutenlaufen. Julia saß in ihrem Zimmer und weinte, und nicht nur sie hat sich von mir zurückgezogen, mein Mann auch. Er hat sich lieber an der Flasche festgehalten als an mir. Ich würde meine Tochter nicht verstehen, hat er gejammert, und ihn genauso wenig. Irgendwann hab ich's nicht mehr ausgehalten.«

»Ihre Tochter meint, Sie wären fortgegangen, kurz bevor der Prozess anfing.« Melanie tat ihr Bestes, es nicht wie einen Vorwurf klingen zu lassen, aber sie hätte sich die Mühe sparen können.

»Falls Sie mir damit sagen wollen, ich wäre eine Rabenmutter, nur zu!« Susanne Mühlbauers Augen funkelten trotzig. »Ich war einfach mürbe. Ich konnte nicht mehr. Ich hab meine Koffer gepackt und bin hierher nach Stuttgart gefahren, zu einer alten Freundin … um zur Ruhe zu kommen, wenigstens ein bisschen. Bis heute bin ich froh, dass ich nicht im Gerichtssaal hab sitzen müssen. Erinnern Sie sich noch an das Bild in der *Schwäbischen Zeitung*? Der Verteidiger von diesem Meyer hatte sich die Ausgabe verschafft und triumphierend damit herumgewedelt. Man konnte überall lesen, was er über meine Tochter behauptet hat. Furchtbar war das!«

Klar, dachte Melanie zynisch. *Vor allem für Julia. Deren Vater in der Pension saß und seine Verzweiflung in Alkohol ertränkte, während ihre Mutter weit weg in Stuttgart hockte und sich selbst am meisten leidtat. Kein Wunder, dass das arme Mädle nach diesem Albtraum in der Psychiatrie gelandet ist.*

Sie nahm ihre gesamte Professionalität zu Hilfe, um diese Befragung anständig zu Ende zu bringen.

»Und was war mit Marie?«, fragte sie. »Ihrer anderen Tochter?«

Susanne Mühlbauer fuhr leicht zusammen.

»Die ist die ganze Zeit in der Schweiz geblieben«, antwortete sie. »Ich hab versucht, die ganze … Sache … ihr gegenüber herunterzuspielen. Sie ist auf einem so guten Weg gewesen, damals. Ich wollte nicht, dass sie sich das kaputt macht.«

»Aber jetzt ist sie nicht mehr in der Schweiz«, sagte Melanie ruhig. »Laut ihrer Schwester hat sie geheiratet und ist aus Unteruhldingen weggezogen. Hat sie sich irgendwann bei Ihnen gemeldet? Wissen Sie, wo sie heutzutage lebt?«

»Nein.« Zum ersten Mal hörte sich die Stimme von Susanne Mühlbauer so an, als wäre sie wirklich traurig. »Sie schickt mir jedes Jahr zwei Postkarten, eine zum Geburtstag und eine zu Weihnachten. Aber leider ohne Adresse. Ich fürchte, ich kann Ihnen nicht weiterhelfen.«

»Das fürchte ich auch.« Melanie erhob sich von dem Sofa. »Danke für Ihre Zeit, Frau Mühlbauer. Übrigens – wo waren Sie heute vor einer Woche?«

»Hier in Stuttgart.« Die Antwort kam wie aus der Pistole geschossen. »Ich helfe seit ein paar Jahren in einer Kleiderkammer mit, bei der Caritas in der Olgastraße. Die können Ihnen bestimmt sagen, wann genau ich dort Dienst hatte.«

»Bestimmt.« Melanie nickte. »Ach, noch etwas – Sie besitzen nicht zufällig einen Elektroschocker?«

»*Nein!*« Susanne Mühlbauer schüttelte heftig den Kopf. »So ein Ding kommt mir nicht ins Haus. Ich wüsste nicht einmal, wie ich damit umgehen soll!«

»Alles klar«, sagte Melanie ruhig. »Das war's dann erst einmal – jedenfalls bis auf Weiteres. Wenn ich noch Fragen haben sollte, melde ich mich bei Ihnen. Auf Wiedersehen, Frau Mühlbauer.«

Zwei Minuten später saß sie wieder in ihrem Auto. Sie musste zwei Alibis überprüfen, und in Waiblingen wartete noch eine ganze Reihe weiterer Alibis darauf, sich als wahr oder falsch herauszustellen.

Aber auch während sie mit der Caritas und dem Möbellager telefonierte und sich danach wieder in den dichten Stuttgarter Verkehr einfädelte, bekam sie das Gesicht von Julias Mutter nicht aus dem Kopf. Die Frau, die in ihrem blitzsauber dekorierten Schleiflack-Museum saß und Bedürftigen mit abgelegten Kleidern half ... die aber weder die Liebe noch die Courage aufgebracht hatte, ihren Töchtern zu helfen.

Sie hatte sie im Stich gelassen. *Alle beide.*

Sackgassen

Malte Jacobsen saß an seinem Schreibtisch und brütete über der ausgedruckten Liste der Frauen, die vor neun Jahren zum Opfer von Pierre Meyers Verbrechen geworden waren. Der Espresso neben seinem Ellenbogen kühlte langsam ab.

»... und ich habe den Eindruck, dass Susanne Mühlbauer ihr eigener Kummer damals wichtiger war als der ihrer Töchter«, sagte Melanie Brendel gerade. »Ich bitte dich – welche Mutter macht sich denn aus dem Staub und lässt ihr Kind mitten in dem Albtraum eines Vergewaltigungsprozesses sitzen? So etwas würde ich im Leben nicht fertigbringen!«

»Das glaube ich dir aufs Wort.« Jacobsen wusste, dass seine Stimme nicht halb so freundlich klang wie sonst, wurde aber trotzdem mit einem kleinen Lächeln belohnt.

»Die Mitarbeiterin der Caritas, die die Kleiderkammer in Obertürkheim leitet, hat übrigens bestätigt, dass Frau Mühlbauer am Tag vor Meyers Tod dort war«, fuhr Melanie fort. »Und zwar bis in die späten Abendstunden, weil nach einer Spendenaktion unmittelbar davor ein Menge Sachen zusammengekommen waren, die noch sortiert und eingeräumt werden mussten. Die Dame – sie heißt Marianne Hayek – hat sie danach selbst nach Hause gefahren, irgendwann gegen ein Uhr nachts. Frau Mühlbauer hat kein Auto, und es ist wohl eher unwahrscheinlich, dass sie es noch rechtzeitig nach Waiblingen geschafft hätte, um dort mit einem Elektroschocker auf Meyer loszugehen.«

»Besitzt sie denn einen?«

»Das hat sie abgestritten«, erwiderte Melanie. »Und mit ihrem bombenfesten Alibi werden wir wohl kaum die Erlaubnis bekommen, zu überprüfen, ob sie sich irgendwo so ein Ding beschafft hat.«

»Kann man nichts machen.« Jacobsen presste leicht frustriert die Lippen zusammen. »Was ist mit diesem Léon David?«

»Auch raus, würde ich sagen«, antwortete Melanie. »Sein Chef hat mir versichert, dass er am fraglichen Tag bis abends um halb zehn vollauf damit beschäftigt war, Küchenschränke zusammenzuschrauben. Und weil die Lageristen des Möbelhauses so viele Überstunden geschoben haben, wurde die ganze Truppe anschließend von ihm zu einer Pizza beim Italiener um die Ecke eingeladen. Wo tatsächlich alle zu einer Runde Calzone und Lambrusco angetreten sind. Auch David. Sie sind erst wieder gegangen, als das Lokal um Mitternacht zugemacht hat.«

Sie zuckte die Achseln.

»Ganz abgesehen davon glaube ich nicht, dass David Meyer gegenüber irgendwelche Mordabsichten gehegt hat. Der hatte doch viel zu viel Angst vor dem Kerl. Und als der aus seiner Wohnung verschwunden ist, hat er wahrscheinlich vor lauter Erleichterung drei Kreuze geschlagen.«

»Na schön.« Wieder starrte Jacobsen auf die Liste. »Dann kommen wir mal zu den Mädels am Bodensee. Während du in Stuttgart warst, habe ich ein bisschen vorgearbeitet. Marina Berghagen – Meyers letztes Opfer – fällt als Täterin genauso aus wie ihr Mann. An den beiden Tagen vor und nach Meyers Tod hat sie einen Kinderkleiderbasar in Konstanz organisiert. Wahrscheinlich gibt es Dutzende von Zeugen, die bestätigen können, dass sie dort war; die Kollegen von der K1 in Friedrichshafen klären das ab und geben uns Bescheid. Jolanta Abramczyk fällt wegen ihres eingegipsten Beines aus; sie lag zum Zeitpunkt von Meyers Tod in der Klinik in Friedrichshafen.«

»Was du natürlich noch einmal nachgeprüft hast«, versetzte Melanie; der ironische Unterton war nicht zu überhören. »Nur für den Fall, dass Sinha sich die Alibis nur aus den Fingern gesaugt hat, gell?«

»Hättest du das nicht getan?« Jacobsen zog eine Grimasse. »Dass ich lieber sichergehen wollte, wirst du doch hoffentlich begreifen!«

»Schon gut.« Melanie hob beschwichtigend beide Hände. »Was ist mit Irina Smirnowa?«

»Die arbeitet in einem Restaurant in Meersburg, als Kellnerin«, antwortete Jacobsen. »Am Tag vor Meyers Ableben wurde dort eine Riesenhochzeit gefeiert, und sie war bis nachts um zwei in Dienst. Also müssen wir sie wohl von der Liste streichen – anders als ihren Bruder Andrej. Der lebt heute in München, und wo er sich zur Tatzeit aufgehalten hat, weiß ich noch nicht. Ich hab allerdings bei den bayerischen Kollegen angerufen, und die haben mir versprochen, sich zu melden, sobald sie irgendetwas herausgefunden haben.«

»Na immerhin.«

Melanie warf einen Blick auf ihren Bildschirm.

»Du hast nicht zufällig auch noch Informationen zu Anna Dorina Farkas? Die Frau, die wieder zu ihren Eltern nach Ungarn zurückgekehrt ist?«

»Es läuft eine Anfrage an die Jungs bei Europol; um mit der Dame zu reden, müssen wir erst einmal herausfinden, wo genau diese Eltern wohnen.« Jacobsen leerte den Espresso, der inzwischen ganz kalt geworden war. »Bei den ungarischen Behörden ist man leider nicht sonderlich auskunftsfreudig … ganz abgesehen davon, dass es mich über eine Stunde gekostet hat, dort jemanden zu finden, der ein einigermaßen verständliches Deutsch spricht.«

Seine Miene hellte sich leicht auf.

»Bei Emily Willmer hatte ich mehr Glück. Ihre Tante lebt in Remseck und wird am nächsten Wochenende achtzig. Zum Glück hat sie ihre Nichte zur großen Familienfete eingeladen, und die kommt her – nächste Woche am Mittwoch. Sie hat versprochen, sich bei uns zu melden, bevor sie nach Remseck fährt. Dann können wir ihr auf den Zahn fühlen.«

Sein Blick fiel auf einen Namen, der noch fehlte.

»Du warst doch am Bodensee auch bei Christine Stahl, oder? Was ist eigentlich bei *ihrer* Befragung herausgekommen? Ich konnte weder eine Tonaufnahme noch Notizen oder einen Bericht von dir finden.«

»Weil ich noch keinen Bericht geschrieben habe.« Es klang ein wenig spröde. »Nach deinem eindrucksvollen … Auftritt am Samstag bin ich direkt zu meinen Eltern gefahren und den Rest des Wochenendes bei Papa geblieben. Meine Mutter hatte eine Auszeit nötig. Und eine Aufzeichnung unseres Gesprächs hast du deshalb nicht gefunden, weil bei ihr dummerweise mein Aufnahmegerät gestreikt hat. Aber ich kann dich ja jetzt auf den neuesten Stand bringen.«

»Lass hören.« Jacobsen lehnte sich zurück.

»Christine Stahl«, sagte Melanie, »hasst Pierre Meyer glühend. Seit neun Jahren, und heute keinen Deut weniger als an dem Tag, als er über sie hergefallen ist. Sie hat mir gesagt, sie würde mit größtem Vergnügen auf seinem Grab tanzen. Wörtlich.«

»Klingt doch vielversprechend.« Jacobsen musterte sie hoffnungsvoll. »Wo war sie, als Meyer starb – gibt es da zufälligerweise auch eine Tante im Remstal, die genau im richtigen Moment Geburtstag gefeiert hat?«

»Leider nein.« Melanie seufzte. »Sie war in ihrem Haus in Überlingen ... das sie heutzutage nicht mehr sehr oft verlässt. Sie ist ungeheuer verbittert und sehr unglücklich.«

»Dann könnte sie genau die richtige Kandidatin sein, meinst du nicht?«

Seine Hoffnungen stiegen noch höher. Nichts würde besser sein, als diesen vermaledeiten Fall endlich abzuschließen. *Und eine glaubhaftere Verdächtige als jemanden, der von Meyer vergewaltigt worden war und ihm den Tod an den Hals wünschte, konnte es ja wohl kaum geben.*

»Theoretisch ja.« Melanie war anzusehen, dass sie ganz genau wusste, was er dachte. »Dummerweise wird sie heutzutage ziemliche Schwierigkeiten haben, auf seinem Grab zu tanzen. Vor drei Jahren war sie mit ihren Eltern auf dem Weg zu einem Konzert in Bregenz, als ihnen ein Wagen mit überhöhter Geschwindigkeit entgegenraste. Ihr Vater konnte nicht rechtzeitig ausweichen, kam von der Straße ab und setzte die Familienkutsche frontal gegen einen Baum.«

»Oh je – nicht doch.« Jacobsens Zuversicht zerplatzte wie eine Seifenblase.

»Du sagst es.« Sie nickte. »Vater und Mutter kamen bei dem Unfall ums Leben. Und Christine Stahl konnte zwar lebend aus dem Autowrack befreit werden – aber seitdem sitzt sie im Rollstuhl.«

***

Die Auskunft der Kollegen aus Bayern ließ auf sich warten. Jacobsen beschloss, einen weiteren Versuchsballon steigen zu lassen. Noch war für ihn Surendra Sinha als Täter nicht ausgeschlossen, und er hielt es für eine gute Idee, das zu tun, was ihm schon bei seinem allerersten Fall in Schwaben zu einem Durchbruch verholfen hatte. Im Radio, auf den Polizeistationen in Waiblingen und Umgebung und in den sozialen Medien wurde ein Aufruf nach Zeugen platziert, die in der Nacht von Pierre Meyers Tod irgendetwas beobachtet hatten – vorzugsweise einen exotisch aussehenden Mann, der deutlich *vor* sechs Uhr morgens in der Altstadt herumgelaufen war. Und falls bei der Aktion der Hinweis auf jemand anderen herauskam, der ebenfalls ins Raster passte, konnte das auch nicht schaden.

Jacobsen hatte schon darauf gewartet, sich für diese neuerliche Attacke auf die Glaubwürdigkeit des Kollegen vor Melanie rechtfertigen zu müssen, aber von ihr kamen zum Thema keine weiteren Seitenhiebe mehr. Sie wirkte in diesen Tagen seltsam abwesend und distanziert – was daran liegen mochte, dass der Zustand ihres Vaters sich deutlich verschlechterte. Er fragte mehrmals vorsichtig nach, doch ihre Antworten waren knapp und klangen ausweichend. Mehr als einmal wünschte er sich die entspannte Vertrautheit früherer Zeiten zurück, als es möglich gewesen war, buchstäblich über alles zu reden. Jetzt fühlten sich Gespräche mit Melanie an wie Gänge durch ein unbekanntes Minenfeld, bei denen jeder noch so vorsichtige Schritt zu einer gewaltigen Explosion führen konnte. Das war ungeheuer anstrengend, und er war jedes Mal froh, sich in den Feierabend verabschieden zu dürfen. Noch nie hatte er seine

Arbeit so mühsam gefunden. Dass er zu dieser unschönen Atmosphäre vermutlich selbst am meisten beigetragen hatte, änderte nichts daran, dass seine Frustration immer mehr wuchs. Irgendwann würde es unweigerlich einen riesigen Knall geben, und er konnte nur hoffen, dass das erst *nach* der Aufklärung des Falles geschah.

Es folgte ein weiteres Wochenende, das er allein und mit dem Studium der Akten verbrachte, immer auf der Suche nach irgendeinem winzigen Indiz, das ihn vielleicht weiterbrachte. Er fand keines. Auch die Medienaktion war nicht wirklich ein Erfolg. Es gab zwar ein paar Dutzend Anrufe und Kommentare auf Facebook und Twitter, aber nichts, was ihm wirklich geholfen hätte, Sinha – oder irgendjemand anderen – festzunageln.

Am Montag meldete sich ein Kommissar aus München und teilte ihm mit, Irina Smirnowas Bruder Andrej sei nicht aufzufinden; in seiner Wohnung habe man ihn nicht angetroffen, und im Bekanntenkreis wisse auch niemand, wo er sich aufhielt.

»Ja mei, unsa Russ'n-Anderl. Des is a oida Bekannter von uns«, erklärte der Kollege Ludwig Loibl, der sich am Telefon haargenau so anhörte wie ein typischer Bajuware aus den »zünftigen« Fernsehserien früherer Jahre. »A Radaubruada wia aus'm Buiderbuach. Der rumpelt olle daamalang mit da Polizei zsamm – de Sach mit der Körperverletzung am Bodnsää, de Sie uns verzoit hom, basst perfekt in sei Sündnregister. Schdändig is er irgendwo am Raffa, und meistens is er da Erste, der zuahaut. Und wenn er an Hacke hot – und den hot er oft –, dann werd er zum Viech. Arbatn duad er in ara Schbedition, und wenn er grad amoi *ned* sauft, dann is er offenbar ganz guad zum braucha. Sei Chef hoit vui auf eahm und hot'n vorig's Johr sogor auf eigene Kost'n zum Ausniachdan in a Klinik g'schickt. Und wos hot er jetzt davo? Nix hot er davo, weil da Russ'n-Anderl inzwischen auf und davo is. Der werd si weda bei seim Chef noch bei seim Job no amoi blicka lassn, wenn S' mi frong.«

Jacobsens innerer Spürhund erwachte aus seinem Dämmerschlaf und gab ein erfreutes Winseln von sich.

»Er hat sich in Luft aufgelöst, sagen Sie?«

»Vor drei Wocha«, bestätigte Loibl. »Noch ara sauber'n Raffarei in ara russischen Bar do bei uns in Minga. *Salon Irkutsk.* Ziemlich feine Boaz'n, mit Livemusik, Snacks und haufaweis verschiedene Wodkas … *bluadsaure Mare*, mechst gor net moana, wia vui's davo gibt. So wia's ausschaugt, hot si unsa Russ'n-Anderl do selba bei ara Gebuadsdogsparty eig'lodn, hot si de Wodka-Kartn oamoi rauf und runta reizong, und dann hot er rumplärrt und 's Randaliern og'fangt. Am Schluss warn net bloß reihenweis Flasch'n kaputt, sondern aa a hoib's Dutzend Nos'n und a Schlüsslboa. Da Barbesitzer hot'n dann irgendwann nausg'schmissn und d'Polizei og'ruafa, aber bis de Kolleg'n kemma san, war da Russ'n-Anderl scho verschwindibus. Seitdem hot'n koana mehr g'seng.«

Jacobsen spürte, wie sich ein Grinsen auf seinem Gesicht ausbreitete. *Das klang allmählich nach einem wahren Musterkandidaten für den Mord an Meyer.*

»Haben Sie ihn zur Fahndung ausgeschrieben?«, erkundigte er sich.

»Na logo«, entgegnete Loibl gemütlich. »Vorsichtshoiba glei bundesweit. Und ganz ehrlich, I daad Eahna direkt *wünschen*, dass der Mo zum passenden Zeitpunkt in Waiblingen war. Wenna'n mia ois Erste dawischn, dann sog i Eahna sofort Bescheid. Übrigens … wia war des, Eahna Opfer is mit am Elektroschocker umbrocht worn?«

»Ganz genau.« Jacobsens Herzfrequenz verdoppelte sich. »Wieso?«

»Weil da Russ'n-Anderl do im *Salon Irkutsk* net bloß zuagschlong hot. Er hot aa genau so a Trumm eig'setzt. Bei oam von de Security-Leit von da Bar. Mei Liaba, der hot de Engerl sauber singa g'heart.«

»Und der ›Russ'n-Anderl‹ hat den Schocker immer noch?«

»Er werd'n kaam wegg'schmissn hom.« Loibl lachte. »Hob i ma doch denkt, dass Eahna des a Freid macht.«

Und wie ihm das Freude machte.

Jacobsen bedankte sich herzlich und legte auf. Dann lehnte er sich in seinem Stuhl zurück und atmete tief durch. Der schwelende Dauerzwist mit Melanie spielte für einen kostbaren Moment keine Rolle mehr; er fühlte sich zuversichtlich und schöpfte neue Hoffnung. Zum ersten Mal seit dem Mord an Pierre Meyer sah er einen echten Lichtstreifen am Horizont.

***

In den nächsten zwei Tagen erbrachte die Fahndung nach Andrej Smirnow noch keine Ergebnisse; der Mann blieb mitsamt seinem Elektroschocker unsichtbar. Dafür meldete der Kollege vom Eingang am Mittwoch um zwölf eine Besucherin – Emily Willmer war angekommen.

Jacobsen stakste auf seinen Krücken ins Erdgeschoss und ärgerte sich darüber, dass Melanie an diesem Tag noch nicht aufgetaucht war. Sie hatte zwar gegen neun angerufen und sich entschuldigt, weil sie ihren Vater zum Arzt begleiten musste, und natürlich hatte er ihr gesagt, dass sie sich alle Zeit nehmen durfte, die sie brauchte. Trotzdem wäre es ihm lieber gewesen, sie jetzt hier zu haben. Gespräche mit Vergewaltigungsopfern wurden nicht umsonst üblicherweise von Beamtinnen geführt, und er fürchtete, irgendwann den falschen Ton zu treffen und dann einer Frau gegenüberzusitzen, die ihn eher als bedrohlichen Feind wahrnahm denn als den sprichwörtlichen Freund und Helfer.

Emily Willmer wartete auf ihn – eine Frau Anfang dreißig, mittelgroß und zierlich. Ihr Haar war kurz, lockig und kupferrot, ihr Gesicht porzellanblass, und hinter einer schicken schwarzen Künstlerbrille musterten ihn veilchenblaue, lang bewimperte Augen mit genau der Dosis Misstrauen, die er erwartet hatte. Als sie seine Fußbandage und die Krücken bemerkte, wurde ihr Blick allerdings deutlich sanfter. Jacobsen dankte der Vorsehung, die den meisten weiblichen Wesen beim Anblick eines offensichtlich maladen Mannsbildes einen Gluckeninstinkt beschert hatte, und warf ihr das verlegenste Lächeln zu, das er zustande brachte. Tatsächlich erhielt er ein Lächeln zurück. *Guter Anfang.*

Fünf Minuten später saßen sie oben im Aufenthaltsraum, und Emily Willmer bekam den gewünschten Cappuccino. Jacobsen stellte die Tasse vor sie hin, ließ sich ihr gegenüber am Tisch nieder und schaltete sein kleines Aufnahmegerät ein.

»Danke, dass Sie gekommen sind, Frau Willmer«, sagte er. »Ich verspreche Ihnen, es dauert nicht lange.«

»Ich verstehe nicht ganz, was Sie von mir wollen«, erwiderte sie. »Ich meine ... ich hab doch damals schon alles gesagt. Nicht, dass das irgendwas genützt hätte.« Jetzt klang die überraschend dunkle, ein wenig heisere Stimme entschieden bitter. »Und Kommissar Sinha war vorletzte Woche auch schon bei mir. Wieso muss ich Ihnen die ganze ... Geschichte jetzt noch einmal erzählen?«

»Ich mache mir gern selbst ein Bild«, sagte Jacobsen sanft und schluckte seine neuerliche Irritation über Sinhas Alleingänge mannhaft hinunter. »Außerdem müssen Sie mir die ›ganze Geschichte‹ nicht erzählen – wenn ich darüber Bescheid wissen will, kann ich die Protokolle der Kollegen in Friedrichshafen lesen. Mich würde eher interessieren, wie Sie den Überfall verkraftet haben. Und auch die Tatsache, dass Pierre Meyer dafür nicht belangt werden konnte.«

»Was glauben *Sie* denn?« Die veilchenblauen Augen schossen plötzlich Blitze. »Wie verkraftet man wohl, dass einem so ein Kerl nach einem Discobesuch auflauert und einen ins Gebüsch schleift? Er hat mich erst verprügeln müssen, damit ich stillhalte, und wenn ich nicht mit meinem eigenen Halstuch geknebelt gewesen wäre, ich hätte ganz Konstanz zusammengebrüllt. Kommissar Sinha hat damals gesagt, ich hätte von Meyers Opfern die meisten Verletzungen gehabt – weil ich mich so gewehrt habe. Er hat mir ein Veilchen verpasst, zwei Rippen gebrochen und einen Schneidezahn ausgeschlagen ... bevor er mir das Halstuch in den Mund gestopft hat, dieses elende Schwein. Können Sie sich *jetzt* selbst ein Bild machen, Herr Jacobsen?«

»Ich denke schon.« Jacobsen sprach sehr leise.

»Danach war mein Leben kaputt ... anders kann man es kaum ausdrücken.« Emily Willmer redete weiter, als hätte sie ihn überhaupt nicht gehört. »Ich war verlobt, wissen Sie? Mit einem wirklich lieben Kerl, einer Seele von Mann. Der versucht hat, mir zu helfen, so gut er nur konnte, mit einer Eselsgeduld. Sie hat bloß nicht gereicht. Nach vier Jahren hat er es nicht mehr ausgehalten.«

»Was hat er nicht mehr ausgehalten?«

Emily Willmer starrte in ihre Tasse und legte die Hände darum, als müsste sie sich daran wärmen. Es dauerte lange, ehe sie antwortete.

»Dass *ich* es nicht aushielt, wenn er mich anfasste«, sagte sie endlich. »Dass ich so wütend war darüber, dass Meyer davonkam … durch das falsche Alibi, das ihm irgendein halbseidener Kumpel verschafft hat. Ich war damals fast *ständig* wütend … auf Meyer, auf die Polizei, auf die Justiz, auf die ganze Welt. Und auf meinen Verlobten auch. Obwohl der am allerwenigsten für die ganze Sache konnte.«

Sie seufzte.

»Am schlimmsten war für Martin – hatte ich erwähnt, dass er Martin hieß? –, dass ich ihn immer wieder zurückgestoßen und vertröstet habe. Er wollte eine Frau und Kinder, ein ganz normales Leben … und beides konnte ich nicht mehr für ihn sein und ihm nicht geben. Nicht nach dem, was Pierre Meyer mit mir angestellt hatte. Danach hatte ich kein normales Leben mehr. Bis heute.«

Jacobsen betrachtete sie nachdenklich. »Sie haben meinem Kollegen vorletzte Woche versichert, Sie hätten mit der Sache abgeschlossen. Da haben Sie gelogen, oder?«

»Richtig.« Emily Willmer erwiderte seinen Blick unverwandt. »Da habe ich gelogen.«

»Wieso?«, fragte er. »Und was mich noch viel mehr interessiert: Wieso bleiben Sie jetzt nicht dabei? Ich meine … Sie kennen Sinha immerhin von den Ermittlungen damals. Haben Sie ihm vertraut? Haben Sie ihm geglaubt, dass er Ihnen helfen will?«

Sie zögerte kurz, dann nickte sie. »Ja. Dass die Sache so katastrophal schiefgelaufen ist, hat ganz bestimmt nicht an ihm gelegen. Er war sehr engagiert … und sehr mitfühlend.«

»Und trotzdem haben Sie ihm jetzt etwas vorgemacht. Würden Sie mir erklären, warum?«

Sie schwieg – aber offensichtlich nicht, weil sie sich weigerte, ihm zu antworten. Es sah eher so aus, als suchte sie angestrengt nach den richtigen Worten, um ihm ihre Reaktion begreiflich zu machen. Jacobsen wartete geduldig.

»Er hat mir erzählt, dass Meyer tot ist«, sagte sie schließlich. »Im ersten Moment war ich unendlich erleichtert – fast euphorisch. Ich dachte, jetzt ist es endlich vorbei. Deswegen habe ich gelogen – und auch wieder nicht. Als ich ihm gesagt habe, ich hätte mit der Sache abgeschlossen und der Kerl sei für mich Geschichte, da war das schon irgendwie die Wahrheit. Vielleicht … vielleicht *wollte* ich, dass es die Wahrheit ist. Vielleicht wollte ich das selbst unbedingt glauben. Wobei ich bezweifle, dass Herr Sinha wirklich überzeugt war – so, wie er mich die ganze Zeit angesehen hat.«

Sie gab ein trauriges kleines Glucksen von sich.

»Ich fürchte, da war er tatsächlich klüger als ich.«

»Ich verstehe.« Er verstand es wirklich, sehr gut sogar. Plötzlich empfand er ein tiefes, fast schmerzhaftes Mitgefühl für sie. »Und wann ist Ihnen klar geworden, dass Sie nicht nur Kommissar Sinha etwas vorgemacht hatten, sondern auch sich selbst?«

»Spätestens in der Nacht darauf«, erwiderte sie. »Als ich festgestellt habe, dass die Albträume immer noch nicht weg waren. Als ich morgens um zwei schweißgebadet aufgewacht und aufgestanden bin und nachgesehen habe, ob alle Fenster zu sind und die Wohnungstür wirklich abgeschlossen. Seit dem Überfall kann ich nicht mehr bei offenen Fenstern schlafen – nicht einmal, wenn sie bloß gekippt sind. Und nicht ohne Riegel an der Tür. Nirgendwo.«

Er sah ihr in die Augen. »Würden Sie mir sagen, wo Sie am Montag vor zwei Wochen waren? An dem Tag, bevor Pierre Meyer gestorben ist?«

Zu seiner Überraschung lächelte Emily Willmer. Es wirkte fast unbeschwert.

»Ich war zu Hause in Konstanz. Ganz allein und ohne irgendjemanden, der mein Alibi bestätigen kann«, sagte sie. »Reicht das aus, um mich zu verhaften – was meinen Sie?«

»Nicht ohne weitere Beweise«, erwiderte Jacobsen langsam. »Und Sie sind nicht die einzige Verdächtige. Je länger wir ermitteln, desto mehr Leute lernen wir kennen, die allen Grund hatten, Pierre Meyer umzubringen.«

»Wundert mich gar nicht«, versetzte sie. »Dann will ich mal hoffen, dass ich nicht die Einzige ohne Alibi bin ... und dass Sie denjenigen, der es wirklich war, möglichst bald finden. Denn ich, Herr Jacobsen, bin es *nicht* gewesen. Obwohl ich mir das jahrelang gewünscht habe. In meinen Träumen hab ich den Kerl mindestens ein Dutzend Mal umgebracht.«

Sie trank ihren Cappuccino mit drei langen Schlucken aus.

»Kann ich jetzt gehen? Meine Tante wartet auf mich.«

»Sicher.« Jacobsen nickte. »Und danke für Ihre Offenheit.«

Er stemmte sich hoch, stützte sich auf den Tisch und streckte ihr die Hand entgegen.

»Alles Gute, Frau Willmer. Ich wünsche mir, dass wir uns nicht mehr wiedersehen – denn das würde bedeuten, dass wir den wahren Täter gefasst haben. Und dass die Sache für Sie erledigt ist.«

Sie nahm seine Hand und drückte sie kräftig. In ihren Augen las er fast so etwas wie Mitgefühl.

»Das wird sie nie sein. Es geht mir zwar heute um einiges besser als noch vor vier Jahren, aber *erledigt* – kaum. Auf Wiedersehen, Herr Jacobsen. Keine Sorge, ich finde den Weg nach draußen allein.«

Sie wandte sich ab und ging. Jacobsen stellte das Aufnahmegerät ab und blieb sitzen, tief in Gedanken.

***

Als er zehn Minuten später ins Büro zurückkam, war Melanie endlich da. Sie hielt den Hörer des Telefons in der Hand und sah aus, als hätte sie eine höchst erfreuliche Überraschung in petto.

»Hallo, Malte!«, sagte sie. »Stell dir vor – ich hab gerade mit einem Austräger gesprochen, der morgens früh die Wochenblätter und die *Waiblinger Kreiszeitung* verteilt. Er hat gestern vor zwei Wochen, also an dem Tag, an dem Meyers Leiche gefunden wurde, Probleme mit seiner Fahrradbremse gehabt und musste ein paar Muttern nachziehen – direkt gegenüber der Wohnung von Sandro Nielsen in der Hadergasse. Und da hat er einen Mann aus dem Haus kommen sehen, etwa eins achtzig groß und mit dunklen Haaren. Er konnte sich zwar nicht mehr daran erinnern, was der Mann anhatte, aber sonst passt die Beschreibung auf Sinha.«

»Wann genau war das?«, fragte Jacobsen.

»Punkt sechs Uhr früh.« Melanies Ton war fast triumphierend, und ihr Blick eine einzige Kampfansage. »Reicht dir das jetzt endlich aus, um unseren Kollegen von der Liste der Verdächtigen zu streichen?«

»Nur dann, wenn die Geschichte stimmt, die er uns erzählt hat«, gab Jacobsen zurück. »Außer diesem Austräger hat ihn schließlich niemand gesehen … weder in der Altstadt noch am Fluss, wo er gesessen haben will. Und außerdem kann er die Wohnung von Nielsen auch vorher schon mal verlassen haben. Nichts einfacher als das – er musste nur den Schlüssel mitnehmen, oder?«

»Aber natürlich.« Melanie schnaubte abfällig. »Das heißt also, er stiehlt sich schon nachts zum ersten Mal nach draußen, lauert Meyer auf und erledigt ihn. Als Nächstes kehrt er noch einmal zu Nielsen zurück, bloß um ein paar Stunden tatenlos auf dem Sofa herumzuhocken. Und dann bricht er um sechs vor den Augen unseres Zeugen zum zweiten Mal auf und spaziert zur Stadtmauer, damit ausgerechnet *er* es ist, der die Leiche finden und uns anrufen kann. Ganz ehrlich, Malte – *geht's noch?*«

Jacobsen musterte sie schweigend. Eigentlich hatte er ihr von dem Gespräch mit Emily Willmer erzählen wollen, aber jetzt raubte ihm der plötzliche Ärger, der in ihm hochstieg, jegliche Lust dazu.

»Ich würde vorschlagen, dass du noch mal bei den Kollegen von Europol anrufst«, meinte er kühl. »Inzwischen sollten sie eigentlich die Adresse der Eltern von Anna Dorina Farkas herausgefunden haben. Ich kann das natürlich auch erledigen – nur für den Fall, dass du heute noch mal wegmusst.«

Melanie wurde blass.

»Muss ich nicht«, antwortete sie leise und ruhig. »Ich hab meinen Vater vorhin auf Bitten unseres Hausarztes in die Klinik gefahren. Er hat einen sehr hohen Blutdruck und muss beobachtet werden. Es geht ihm … nicht sehr gut.«

»Tut mir leid.« Es kam kurz und schroff heraus, und Jacobsen spürte, wie sein Ärger einer plötzlichen Scham wich. Er wusste genau, dass er sich ausgesprochen unsensibel und alles andere als fair verhielt, aber er brachte es einfach nicht fertig, sich zu entschuldigen.

»Sag mir nachher, was bei dem Anruf herausgekommen ist.« Er wandte sich ab, um ihr Gesicht und den unausgesprochenen Vorwurf in ihren Augen nicht mehr sehen zu müssen. »Ich bin mal kurz an der frischen Luft.«

Und damit verließ er das Büro.

Familiendinner in Little India

Das Wochenende war schon ziemlich herbstlich gewesen, mit kalten Nächten und Bodennebel, der die Täler füllte. Aber als Melanie Brendel an diesem Montag Ende September in ihrem Büro saß, schien die Sonne noch einmal überraschend warm von einem wolkenlosen Himmel. Jacobsen, der nach zwei Wochen heute endlich den Verband und die Krücken losgeworden war, hatte sich nach einer längeren Konferenz mit Finkbeiner aus dem Büro verabschiedet, ohne sich die Zeit zu nehmen, sie vorher noch ins Bild zu setzen. Melanie stellte fest, dass sie sich an die neue Wortkargheit zwischen ihnen zu gewöhnen begann, und diese Tatsache erschreckte und deprimierte sie gleichermaßen.

In der Mittagspause entschloss sie sich spontan zu einem Spaziergang in die Altstadt und blieb – wie so oft während des heißen Sommers – in ihrer Lieblingseisdiele hängen. Sie gönnte sich zwei Kugeln Zitroneneis und schlenderte mit der Eiswaffel am Marktbrunnen vorbei. Wie immer bewunderte sie die grauen Mauerbögen und das rote Fachwerk des Alten Rathauses; als Kind hatte sie davon geträumt, darin wohnen zu dürfen. Auch der Bastelladen direkt neben dem Brunnen war für sie immer eine spannende Anlaufstelle gewesen – so wie heutzutage die Buchhandlung Taube, die sich vor ein paar Jahren in diesen Räumen eingerichtet hatte und in der sie sich gerne hin und wieder Feierabendlektüre besorgte.

Der Marktplatz war leer, aber vor einem der Schaufenster der Buchhandlung stand ein Mann, hochgewachsen, schlank und dunkelhaarig. Offenbar studierte er die neuesten Bestseller … und dann erkannte sie das Gesicht, das sich im Glas spiegelte.

Sie zögerte einen Moment und wollte schon weitergehen, aber dann sprach sie ihn doch an.

»Grüß Gott, Herr Sinha!«

Surendra Sinha zuckte zusammen. Sein Blick suchte in der Schaufensterscheibe nach ihr; dann drehte er sich um. Sein Gesicht wirkte eingefallen und erschöpft, und sie erschrak darüber, wie mitgenommen er aussah.

»Frau Brendel!« Ein winziges Lächeln blitzte kurz auf; seine Miene blieb jedoch eher zurückhaltend und wachsam. »Wie geht es Ihnen?«

»Besser als Ihnen, würde ich sagen«, erwiderte sie, ohne nachzudenken. »Waren Sie krank?«

»Nein.« Er schüttelte den Kopf. »Nur die ... Gesamtumstände sind derzeit nicht wirklich aufbauend für mich. Und wenn man dann auch noch wochenlang zur Untätigkeit verdammt ist, dann macht das die Sache nicht besser. Aber gut – da können Sie nichts dafür.«

»Wohl wahr.« Erst jetzt stellte sie fest, dass er offenbar schon eine größere Einkaufstour hinter sich hatte. Ein Einkaufsnetz enthielt unter anderem eine Riesenmenge frischen Spinat, und eine Papiertüte war mit dem Logo der *Metzgerei Schaefer* bedruckt. Melanie lächelte. »Sind Sie für Ihre Mutter unterwegs?«

»Ja.« Er erwiderte ihr Lächeln. »*Maaji* ist der Überzeugung, dass sie einfach nur gut und viel kochen muss, damit es ihrem Sohn wieder besser geht. Und für die Zutaten darf dann *ich* sorgen.«

»Meine Mutter ist ganz genauso. Wenn ich krank war oder schlecht gelaunt, oder einer meiner Freunde hatte sich als totaler Fehlschlag erwiesen, dann hat sie mir immer Hühnersuppe gemacht.«

»Dann hoffe ich für Sie, dass sie das nicht allzu oft hat tun müssen«, sagte Sinha mit einem Ernst, der sie anrührte. »Und dass derzeit nichts von alledem für Sie zutrifft.«

Zu ihrer Verblüffung stellte Melanie fest, dass sie ihm am liebsten ihr Herz ausgeschüttet hätte – auch darüber, dass gegen die kühle Sprachlosigkeit und Distanz zwischen ihr und Malte wahrscheinlich auch die beste Hühnersuppe nichts half. Aber dafür war er wohl kaum der richtige Ansprechpartner – schon gar nicht, nachdem Malte ihn bei der letzten Begegnung der beiden so heftig attackiert hatte. Wieder fiel ihr Blick auf das Einkaufsnetz mit dem Spinat.

»Darf ich fragen, was Ihre Mutter daraus zaubern will?«

»Palak Gosht«, antwortete Sinha. »Lamm-Spinat-Curry – eines von *maajis* Paraderezepten aus dem Punjab. Mein ehemaliger Vorgesetzter Frank Hasemann schwärmt heute noch bei jeder Gelegenheit davon.«

Melanie seufzte sehnsüchtig. »Das hab ich seit mindestens zehn Jahren nicht mehr gegessen … jedenfalls so, wie man es in Indien macht. In den ersten zwei Jahren meiner Ausbildung hatte ich eine tamilische Kollegin, die hat das ein paarmal für mich gekocht. Und es war jedes Mal fantastisch.«

»Das kann ich mir vorstellen.« Sinha nickte. »Ich würd Ihnen ja gerne anbieten, zum Vergleich dazu auch mal die Version von meiner Mutter auszuprobieren … ich fürchte nur, dass das unter den gegenwärtigen Umständen keine gute Idee ist. Das letzte Mal, als ich Sie zum Essen eingeladen habe, wäre ich hinterher beinahe um einen Kopf kürzer gewesen.«

Melanie musterte ihn nachdenklich. Dann fasste sie einen Entschluss; ob der mit einer gehörigen Portion Trotz angesichts von Maltes rätselhafter Abneigung gegen den Kollegen aus Friedrichshafen zu tun hatte oder mit der nostalgischen Erinnerung an die fröhliche, blitzgescheite Sonam Shetty und ihre exotische Küche, wusste sie nicht so genau. *Und eigentlich war es ihr auch egal.*

»Wieso nicht?«, sagte sie. »Wenn Sie sicher sind, dass Ihre Mutter nichts gegen einen weiteren Esser am Tisch einzuwenden hat …«

»Am *Tisch?*« Sinha runzelte überrascht die Stirn. »Ich meine, nicht dass wir etwas gegen Besuch hätten; im Gegenteil, jederzeit gerne … aber ich bin jetzt eher davon ausgegangen, dass ich Ihnen eine Portion in eine Schüssel abfülle und vorbeibringe. Sie wollen tatsächlich zu uns zum Essen kommen?«

Melanie lächelte. »Soll ich ehrlich sein? Ich fand Ihre Mutter total spannend. Es würde mir Freude machen, sie wiederzusehen. Ganz privat, und ohne dass sie sich darüber Sorgen machen muss, was ich ihrem Sohn so alles vorwerfe. Zumal ich das gar nicht tue. – Und außerdem vermisse ich Ihre kleine

Katze. Vielleicht lässt sie sich ja dazu herab, ein Weilchen auf meinem Schoß zu sitzen.«

»Bestimmt«, versicherte Sinha. »Saleti ist für Schmuserunden immer zu haben. Würde es Ihnen so gegen acht Uhr passen?«

»Klar.« Melanie nickte. »Ich weiß ja, wo Sie wohnen.«

Sinhas Augen leuchteten auf.

»Na dann: *Svaagat* – herzlich willkommen, Brendel *sahiba!*«

Melanie lachte und verneigte sich leicht. »*Danyavaad,* Sinha *sahab* – vielen Dank!«

***

Pünktlich um acht Uhr klingelte Melanie an der Eingangstür des schmucken kleinen Hauses der Familie Sinha in Waiblingen-Neustadt. Als ihr geöffnet wurde, schnappte sie unwillkürlich nach Luft: Vor ihr stand ein Mann, der nichts anderes als das Prädikat »stattlich« verdiente. Er war ebenso hochgewachsen und schlank wie Surendra Sinha, aber eindeutig älter, mit bereits leicht ergrautem Haar und einem ruhigen, würdevollen Ausdruck in den braunen Augen. Er trug eine lange Hose und darüber eine Kurta aus einem auberginefarben schimmernden Stoff. *Das musste der Hausherr sein.*

»Frau Brendel?«, fragte der Mann mit einer angenehm tiefen Stimme, und als sie wortlos nickte, lächelte er freundlich. »Ich bin Praveer Sinha, Surendras Vater. Herzlich willkommen – bitte, kommen Sie herein!«

»Danke.« Sie lächelte ebenfalls. »Und vielen Dank für die Einladung.«

»Dieses Haus ist immer offen für Gäste.« Er nahm Melanie die Jacke ab und hängte sie an einen Garderobenhaken. »Wir freuen uns über jeden Besuch.«

Er ging ihr voraus durch einen Flur, in dem es für Melanies Sinne nach sämtlichen Gewürzen Indiens gleichzeitig duftete, und führte sie in einen Raum, der sehr offensichtlich als Esszimmer diente. Ein großer Tisch aus dunklem, blank poliertem

Holz war bereits für ein Abendessen gedeckt, das, wie Melanie auf den ersten Blick feststellte, wohl nicht nur aus dem angekündigten Palak Gosht bestehen würde: Neben Tellern und Besteck standen dort mehrere Kupferschalen mit verschiedenen Chutneys und Dips, ein Korb mit knusprig dünnen Pappardams, ein Tellerchen mit schmalen, roten Chilischoten, eine längliche Platte mit Gurken- und Karottensticks und daneben ein Schälchen mit einem hellgrauen Pulver, das Melanie nicht kannte. Bevor sie den Hausherrn danach fragen konnte, öffnete sich eine Tür, die in die Küche führte, und Surendra Sinha kam mit einer zugedeckten Schüssel herein.

»*Namaste*, Frau Brendel«, sagte er lächelnd, als er sie entdeckte. »Sie kommen gerade richtig, die Pakoras sind soeben fertig geworden, und ganz frisch schmecken sie am besten.«

»Pakoras?« Ihre Augenbrauen stiegen hoch.

»Aber sicher!« Er lachte so heiter, wie sie es nach ihrer Begegnung vorhin am Marktbrunnen kaum erwartet hätte. »Dachten Sie, wir servieren Ihnen *nur* das Palak Gosht? Wir sind hier in Neustadts *Little India*, Frau Brendel; hier wird gegessen wie in der alten Heimat.«

Er stellte die Schüssel auf den Tisch und strich sich eine verschwitzte Haarsträhne aus dem Gesicht. Wie sein Vater trug auch er diesmal eine Kurta, allerdings in einem schönen, dunklen Anthrazit-Ton. Melanie fand, dass diese Kleidung ihm ausgesprochen gut stand. Sie selbst hatte sich für ein türkisblaues Blusenkleid mit Stehkragen entschieden, das vom Schnitt her mühelos als indischer Kameez durchgegangen wäre und das sich, wie sie fand, für diesen Anlass geradezu anbot.

»Heißt das, in der Küche wird noch gearbeitet?«, fragte sie. »Kann ich helfen?«

»Auf keinen Fall!« Sinha hob mit gespieltem Entsetzen die Hände hoch. »Das wäre absolut inkompatibel mit *maajis* Auffassung von Gastfreundschaft. Aber Sie können Saleti beschäftigen, wenn Sie wollen – bevor sie Shir Khan noch völlig zerlegt.«

»Sie tut *was?*«

Sinha grinste und führte sie in die Küche. Am Herd stand seine Mutter Zenobia in einem knöchellangen, geblümten Kaftan und rührte in einem Riesentopf, aus dem ein herrlicher Duft nach frischem Spinat, Kardamom und geschmortem Lammfleisch aufstieg. Zwei weitere Töpfe mit geschlossenem Deckel standen auf dem Küchentisch parat, und Melanie begann zu ahnen, dass eine massive Attacke auf ihre schlanke Linie bevorstand.

»*Halloji!*« Zenobia Sinha hatte Melanie entdeckt und strahlte sie einladend an. »Herzlich willkommen, Frau Brendel! Wir sind gleich so weit, nur noch ein paar Minuten. *Praveer!* Servierst du unserem Gast schon mal etwas zu trinken?«

»Selbstverständlich.« Die stattliche Gestalt von Sinhas Vater erschien im Türrahmen. »Was darf ich Ihnen denn anbieten, Frau Brendel – ein Glas Wein oder lieber etwas Alkoholfreies? Einen Lassi vielleicht?«

»Keinen Wein, danke; ich bin mit dem Wagen hier«, antwortete Melanie. »Aber Lassi trinke ich sehr gerne.«

»Und welchen? Salzig, süß, Mango, Minze oder Garam Masala?«

»Vorsicht!«, warnte Sinha neben ihr und zwinkerte ihr zu. »Der Garam-Masala-Lassi hat es in sich.«

»Egal.« Melanies Augen blitzten. »Den kenne ich nicht, also muss ich ihn unbedingt probieren.«

»Ich hab Sie gewarnt.« Sinha zuckte schmunzelnd die Achseln. »Wo ist Saleti, *maaji?* Hast du sie etwa rausgeschmissen?«

»Wo werd ich denn?«, gab Zenobia Sinha empört zurück und zog ihren großen Kochlöffel noch einmal sehr energisch durch das Lammcurry. »Da, unter den Tisch hat sie sich verzogen. Mit Bagheera.«

»*Was?*«

Sinha warf einen schnellen Blick unter den Küchentisch. Er gluckste leise, sah sich kurz in der Küche um und hob dann in einer Ecke etwas auf, das wie ein altes, gestreiftes Flauschstoff-Bündel aussah. Mit einem amüsierten Lächeln hielt er es Melanie entgegen.

»Ich fürchte, für Shir Khan kommt jede Hilfe zu spät«, erklärte er. »Unsere Nachbarin hat neulich gemeint, dass Katzen Plüschtiere zum Spielen mögen, also hat *maaji* alle meine alten Spielkameraden vom Dachboden geholt. Auf den Tiger hat sich das kleine Monster als Erstes gestürzt – das hier ist alles, was sie von meinem Shir Khan übrig gelassen hat. Und jetzt hat sie ihr nächstes Opfer in den Krallen. Bye-bye, Bagheera!«

»Immerhin tragen Sie diese Zerstörungsaktion offensichtlich mit Fassung«, stellte Melanie fest und lugte unter den Tisch, wo Sinhas kleine Katze mit Begeisterung an einem schwarzen Plüschpanther herumzerrte.

»Ich hatte die ganzen Tiere ja eigentlich für meine Enkelkinder aufgehoben«, ließ sich Zenobia Sinha vernehmen. »Aber da ich da allmählich wohl doch jede Hoffnung aufgeben muss, kann ich sie genauso gut an die Katze verfüttern.«

»Maaji, bitte!« Sinha verdrehte die Augen gen Himmel. »Wir hatten uns darauf geeinigt, dieses Thema heute auszuklammern.«

»Aber ich *kann* mich einfach nicht zurückhalten, wenn jetzt schon jemand von der Polizei da ist! Schließlich wollen die dich ins Gefängnis bringen und …«

»Maaji!« Jetzt klang Sinha ausgesprochen ungehalten. »Frau Brendel ist nicht im Dienst, sie ist unser Gast. Und über die Ermittlungen im Fall Meyer reden wir hier sowieso nicht mehr, das weißt du genau!« Er warf Melanie einen Blick zu, der um Vergebung bat.

Melanie biss sich auf die Lippen. Irgendwo hatte sie damit gerechnet, dass dieses Thema hier zur Sprache kommen würde, und sie dankte Sinha im Stillen für seinen Versuch, das zu verhindern. Andererseits konnte sie verstehen, dass Zenobia Sinha bereit war, wie eine Löwenmutter um ihr Junges zu kämpfen. Vielleicht konnte sie ihr zumindest ein Signal geben, das sie ein wenig beruhigte.

»Ich muss Ihrem Sohn zustimmen«, sagte sie sachlich. »Ich kann hier nicht über unsere Ermittlungsarbeit reden; das *darf* ich nicht. Aber ich bin sicher: Alles wird gut. Glauben Sie mir, Frau Sinha!«

Zenobia Sinha musterte sie eindringlich. Dann gab sie einen abgrundtiefen Seufzer von sich.

»Ich hab einfach nur Angst, dass mein Sohn lebenslänglich eingesperrt wird«, sagte sie leise. »Und das hat er einfach nicht verdient. Er hat nie auch nur einer Fliege etwas zuleide getan. Ich habe ihm immer gewünscht, dass er eine Familie gründet und glücklich wird – heute würde ich mit Freuden auf eine Schwiegertochter und auf Enkelkinder verzichten, wenn dafür mein Sohn in Freiheit bleibt!«

Ein paar Sekunden lang war nur noch das sanfte Blubbern des auf dem Herd vor sich hin köchelnden Lammcurrys zu hören.

»Wir wollen auf die Gnade der Götter vertrauen«, erklang schließlich die tiefe, ruhige Stimme von Praveer Sinha. »Und auf Sie und Ihre Kollegen, Frau Brendel. *Satyamev Jayate*, sagen wir in Indien – die Wahrheit siegt immer.«

Er legte Melanie für einen kurzen Moment mit einer väterlichen Geste die Hand auf den Kopf, als wollte er sie segnen.

»Und nun sprechen wir nicht mehr über diese Dinge, sondern freuen uns, dass wir zusammen sind, und genießen unser gemeinsames Mahl. Hier ist Ihr Lassi, Frau Brendel. Kommen Sie!«

***

Die vorübergehend etwas gedrückte Stimmung war wie weggeblasen, als Zenobia Sinha kurz darauf als krönenden Höhepunkt des reichhaltigen Speisenangebots ihr Palak Gosht ins Esszimmer trug und alle zu Tisch bat. Sinha erklärte Melanie, dass es sich bei dem grauen Pulver um eine pikant-scharfe Gewürzmischung namens Chaat Masala handelte (»tauchen Sie die Gemüsesticks hinein, das schmeckt großartig«) und dass die rohen Chilischoten dazu dienten, die Speisen nach Geschmack zusätzlich zu schärfen (»einfach ein kleines Stück abbeißen und mitessen«). Neben dem Lamm-Spinat-Curry gab es noch ein weiteres, leichtes Curry aus roten Linsen und Tomaten, dazu Basmatireis mit Safran sowie Alu Parathas – hauchdünne, mehrfach gefaltete Fladenbrote mit einer köstlichen Kartoffelfüllung. Inzwischen wusste Melanie auch, warum Sinha sie vor dem Garam-Masala-Lassi gewarnt hatte; das eisgekühlte Joghurt-Getränk war ausgesprochen großzügig gewürzt. Aber nach wenigen Schlucken hatte sie sich an die Schärfe gewöhnt.

»Alle Achtung«, lächelte Sinha. »Wir hatten hier schon Gäste, die bei diesem Lassi die weiße Fahne gehisst haben.«

»Er ist total ungewohnt, aber er schmeckt mir«, erwiderte Melanie. »Und dieses Essen ist fantastisch – vor allem das Palak Gosht. Ich glaube, so etwas Gutes hab ich noch nie vorgesetzt bekommen.«

»Das freut mich.« Zenobia Sinha strahlte. »Greifen Sie zu, Kind – Sie sind viel zu schmal! Hier, nehmen Sie sich noch einmal von dem Palak Gosht!«

»Eigentlich bin ich ja schon satt«, seufzte Melanie. »Aber wer weiß, wann ich noch einmal eine solche Gelegenheit habe.«

»So ist es recht«, lobte Zenobia Sinha und servierte ihr eine Portion, aus der man in jedem normalen Restaurant zwei gemacht hätte. Melanie gratulierte sich im Stillen dazu, dass ihr Hemdblusenkleid ohne Gürtel auskam.

»Kleine Warnung so ganz nebenbei«, raunte Sinha ihr zu. »Lassen Sie noch ein Loch für den Nachtisch übrig!«

Melanie stöhnte leise. »Hätten Sie mir das nicht sagen können, bevor ich mich vorhin ein zweites Mal bei den Pakoras bedient habe?«

»Hätte ich«, antwortete Sinha ungerührt und riss ein Stück von seinem Alu Paratha ab. »Aber *maaji* hat sich so darüber gefreut, wie Sie zugelangt haben. Das hätte ich ihr unmöglich antun können.«

Er zwinkerte ihr zu, und Melanie gluckste belustigt. Sie fühlte, wie sie sich mehr und mehr entspannte. Für eine kleine, kostbare Zeitspanne konnte sie den Ärger und die Probleme, die derzeit ihren beruflichen wie privaten Alltag belasteten, beiseiteschieben und die Herzlichkeit genießen, von der sie hier umgeben war und die ihr unsagbar guttat.

Nach dem Abendessen servierte Zenobia Sinha warme Gulab Jamun – frittierte Teigbällchen in mit Rosenwasser verfeinertem Zuckersirup – und ein gefrorenes Milchdessert namens Kulfi. Melanie hatte jeden Gedanken an ihre Figur längst über Bord geworfen. *Einmal war keinmal. Und morgen würde sie eine Extrarunde um den Block joggen. Oder zwei. Oder zwanzig.*

Deshalb lehnte sie auch nicht ab, als Sinha ihr vorschlug, zum Abschluss noch einen Chai zu trinken. Ihr Angebot, vorher beim Aufräumen und Abspülen zu helfen, wurde von Sinhas Mutter freundlich, aber kategorisch abgelehnt. »Sie sind unser Gast, Kind«, sagte Zenobia Sinha sehr bestimmt. »Das machen mein Mann und ich schon. Gehen Sie ruhig mit Surendra ins Teezimmer. Er wird sich um Sie kümmern.«

Für einen Moment glaubte Melanie in Zenobias Augen eine kleine, hoffnungsvolle Sehnsucht aufblitzen zu sehen. Aber Sinha, der hinter seine Mutter getreten war, hob beschwichtigend beide Hände und schüttelte wortlos und mit einem vielsagenden schmalen Lächeln den Kopf. *Keine Sorge*, schien er ihr damit signalisieren zu wollen, *im Gegensatz zu maaji bin ich nicht auf Brautschau. Von mir haben Sie nichts zu befürchten.* Und sie zweifelte keinen Moment daran, dass er das absolut ehrlich meinte.

Also bedankte sie sich bei Praveer und Zenobia Sinha für das Essen und folgte Surendra Sinha hinaus.

***

Das Teezimmer, in das Sinha Melanie führte, war klein und zu ihrer Überraschung fast gänzlich ohne Möbel. Der Boden war mit dicken, orientalisch gemusterten Teppichen ausgelegt; auf ihm reihten sich farbenfroh bestickte Polster aneinander und bildeten ein Viereck, in dessen Mittelpunkt zwei niedrige Tischchen standen. Mit Pailletten bestickte Organza-Stoffbahnen und bunte Lichterketten rahmten das Fenster ein, von der Decke baumelte eine mit kunstvollen Ornamenten verzierte Hängeleuchte aus Messing, und an den Wänden hingen zahlreiche Bilder mit Motiven, die, wie Melanie vermutete, der indischen Sagen- und Götterwelt entstammten. Sinha knipste die Lichterketten an und wies auf die Polster.

»Machen Sie es sich gemütlich«, sagte er. »Der Chai dauert noch ein paar Minuten. Stört Sie der Duft von Räucherstäbchen?«

»Überhaupt nicht.«

Während Melanie sich auf den Bodenpolstern niederließ, zündete Sinha zahlreiche im Raum verteilte kleine Öllampen an und stellte einen flachen Ständer, in dem ein ganzes Bündel von brennenden Räucherstäbchen einen intensiven, sehr angenehmen Sandelholzduft verbreitete, auf eines der Tischchen. Mehr und mehr überkam Melanie das Gefühl, direkt in ein indisches Märchen hineingezaubert worden zu sein, und es wäre ihr nicht im Mindesten merkwürdig vorgekommen, wenn sie statt ihres Kleides plötzlich einen prächtig bestickten Sari getragen hätte.

»Nein, Saleti – die Lichterketten lässt du in Frieden!«, hörte sie Sinhas amüsierte Stimme. Sie sah, wie er das Kätzchen auf den Arm nahm und liebevoll streichelte; dann kam er zu ihr herüber und platzierte die Mieze kurzerhand auf ihrem Schoß.

»Passen Sie bitte auf sie auf, während ich den Chai hole«, bat er. »Sie haben ja vorhin gesehen – die Kleine hat eine gewisse zerstörerische Ader.«

Er zwinkerte ihr zu und verließ den Raum, verfolgt von einem kläglichen Miauen Saletis.

»Nicht aufregen, Schätzchen«, sagte Melanie sanft und ließ die Hand über das weiche graue Fell gleiten. »Er kommt ja gleich wieder!«

Saleti sah mit großen Augen zu ihr hoch. Dann maunzte sie noch einmal kurz, machte es sich auf Melanies Schoß bequem und blieb leise schnurrend dort liegen, bis Sinha zurückkam. Er servierte aus einer silbernen Kanne Chai in den kleinen Teegläsern, die Melanie noch von ihrem ersten Besuch her kannte, und ließ sich ihr gegenüber auf die Bodenpolster sinken.

»Schön, dass Sie sich die Zeit noch nehmen«, sagte er lächelnd. »Ein Chai nach dem Essen gehört einfach dazu. Wenn wir Gäste haben, sowieso.«

»Ich habe heute Abend weiter nichts mehr vor«, meinte Melanie, »und nach dem Essen Ihrer Mutter kann ich mich sowieso kaum noch bewegen. Außerdem liebe ich Chai.«

»Sie scheinen überhaupt ein Faible für Indien zu haben«, stellte Sinha fest. »Wie kommt das?«

»Mein Onkel ist zeitlebens ein begeisterter Reisender gewesen«, erklärte Melanie. »Heutzutage hat er ein bisschen viel um die Ohren, aber im Urlaub fliegt er immer noch am liebsten an Orte, die unsereiner eher aus 1001 Nacht kennt. Er war schon im Irak und in Ägypten, in Thailand und Indonesien, in Marokko und dreimal in Indien. Jedes Mal, wenn er zurückkam, gab es Geschenke. Ich hab zu Hause nicht nur einen meditierenden Buddha, sondern auch einen Shiva, einen Krishna samt Radha und einen Ganesha. Der blaue Gott mit seiner Flöte und sein gläubiges Mädchen stehen bei mir im Gästezimmer, und am Fenster hängt dort eine Gardine aus dem Saristoff, den mein Onkel mir von seiner letzten Indien-Tour mitgebracht hat – aber mit dem hier«, sie warf einen bewundernden Blick in die Runde, »lässt sich das natürlich nicht vergleichen.«

»Ein Sari als Gardine?« Sinha beugte sich leicht vor; seine Augen funkelten. »Haben Sie auch mal in Erwägung gezogen, ihn seiner eigentlichen Bestimmung zuzuführen?«

»Ach, Sie meinen, ich hätte das Ding tatsächlich anziehen sollen?« Melanie grinste. »Lachen Sie nicht – ich hab's probiert. Mit dem Choli und dem Lehenga bin ich noch fertiggeworden, aber als ich versucht habe, mich fachgerecht in die zehn Meter Stoff zu wickeln, ist das Ganze im Chaos geendet.«

»Alles Übungssache«, versicherte Sinha leichthin. »Und eigentlich ist die Technik auch gar nicht schwer, wenn man den Dreh erst mal raus hat. Ich könnt's Ihnen ja zeigen, aber …« Er brach ab, schien einen Moment lang nachzudenken und gab dann ein trockenes Prusten von sich, das sich so anhörte, als müsste er sich ein lautes Lachen verbeißen.

»Was ist jetzt daran so komisch?«, fragte Melanie verwundert.

»Nichts, nichts!«, antwortete Sinha hastig und machte eine abwehrende Handbewegung. »Ich hab mir nur gerade vorgestellt … ich wickle Sie in einen Sari ein, und Ihr Kollege kommt dazu. Ich fürchte, dann wäre es wohl endgültig aus mit mir.«

Ein Schatten huschte über sein Gesicht.

»Ich hab mich vorhin sowieso schon gefragt, was er dazu sagen würde, dass Sie bei uns sind. Oder wenn er uns jetzt hier zusammen sehen könnte.«

»Begeistert wäre er wahrscheinlich nicht«, meinte Melanie, deren gute Laune schlagartig nachließ. »Aber das spielt überhaupt keine Rolle, Herr Sinha. Ich kann mit einem Kollegen in Friedrichshafen in einen Biergarten gehen, ohne Herrn Jacobsen vorher fragen zu müssen, und ich kann denselben Kollegen auch zu Hause besuchen, um mit ihm und seiner Familie zu essen. Was ich privat mache, geht ihn nichts an.«

Sie verdrängte die Erinnerung daran, wie oft sie in den letzten Jahren mit Malte durchaus privat zusammengesessen hatte – und wie entspannt und harmonisch diese Begegnungen immer verlaufen waren –, und zwang sich zu einem Lächeln.

»Es tut mir jedenfalls überhaupt nicht leid, dass ich hergekommen bin«, fügte sie mit ehrlicher Wärme hinzu. »Ich hab den Abend sehr genossen.«

»Das freut mich.«

Er schenkte beide Chaigläser noch einmal voll und lehnte sich nachdenklich in seinen Polstern zurück.

»Ich würde Sie gerne noch etwas fragen. Aber Sie müssen mir nicht antworten, wenn Sie nicht möchten.«

Auf Melanies Stirn bildete sich eine steile Falte. »Wenn ich Ihnen etwas zu den Ermittlungen sagen soll …«

»Nein«, fiel Sinha ihr ins Wort. »Zumindest nicht direkt. Aber … können Sie mir erklären, wieso Kommissar Jacobsen einen solchen Hass auf mich hat?«

Melanie stellte ihr Glas auf das Tischchen zurück und schwieg; sie hatte keine Ahnung, was sie ihm antworten sollte.

Genauso wenig, wie sie eine Ahnung davon hatte, wieso aus dem umgänglichen, fairen, freundlichen Malte Jacobsen der letzten Jahre dieser schweigsame, abweisende Mann geworden war, den sie kaum noch wiedererkannte. Der mit Surendra Sinha auf eine Weise umgegangen war, die sie bei ihm noch nie erlebt hatte. *Und die sie auch nie wieder bei ihm erleben wollte.*

»Hass ist vielleicht das falsche Wort«, sagte sie endlich langsam. »Ich habe noch nie erlebt, dass Malte jemanden wirklich gehasst hat. Zumindest hat das noch nie sein Urteilsvermögen oder seine Professionalität beeinflusst. Und wenn Sie jetzt von mir wissen wollen, ob sich das geändert hat ... ich kann es Ihnen nicht sagen. Ich habe ihn immer als einen hervorragenden Ermittler erlebt, der vor den menschlichen Seiten seiner Arbeit keine Angst hat und der seine Fähigkeiten, anderen hinter die Fassade zu schauen, klug und durchaus mit Rücksicht einsetzt. Ich hab viel von ihm gelernt. Und ich mag ihn sehr gern ... was nicht bedeutet, dass ich ihn verstehe.«

Saleti schreckte hoch, und Melanie zog instinktiv ihre Hand zurück, die die ganze Zeit auf dem seidenweichen grauen Rücken gelegen hatte. Die Katze blinzelte, gähnte und drehte sich ein paarmal um sich selbst, bevor sie sich wieder hinlegte.

»Offenbar ist Ihre Stubentigerin der Ansicht, ich sollte besser das Thema wechseln«, meinte Melanie verlegen. »Vielleicht hat sie recht.«

Sinha hatte ihr sehr aufmerksam zugehört. Nun blickte er auf seine Hände hinunter und nickte bedächtig, als hätte er genau die Antwort bekommen, die er erwartet hatte.

»Ja, wahrscheinlich«, sagte er und hob den Kopf. »Aber vielen Dank, Frau Brendel. Und bitte verzeihen Sie mir. Ich fürchte, ich habe Ihnen den Abend jetzt doch ein Stück weit verdorben. Darf ich versuchen, es wiedergutzumachen? Ich such uns ein bisschen Musik heraus, und dann unterhalten wir uns noch ein wenig über schönere Dinge. Filme, zum Beispiel – Sie haben doch gesagt, dass Sie das Hindi-Kino mögen?«

»Das mag ich sehr.« Melanie fand ihr Lächeln wieder. »Allerdings nicht das quietschbunte Zeug, das uns im deutschen

Privatfernsehen überwiegend serviert wird. Schließlich hat das Hindi-Kino viel mehr zu bieten als nur diese kitschigen Schmachtfetzen und immer dieselben ein, zwei Stars. Danke – das ist genau das Thema, auf das ich jetzt wirklich Lust habe.«

Waterloo

Malte Jacobsen saß zu Hause vor seinem Laptop, in eine ausführliche E-Mail von Lukas von Weyen vertieft. Der Junge war jetzt fast vier Wochen in England, und er schrieb regelmäßig. Schilderungen seines Alltags im Pfadfinderzentrum in Gilwell Park wechselten sich mit kleinen, persönlichen Highlights ab – wie dem Empfang einer Gruppe aus Südafrika, die ihn tief beeindruckt hatte. *Schade, dass Sie nicht hier sind,* hieß es ganz am Schluss. *Die Jungs treten bei sich zu Hause und international als Chor auf, und als sie ›Baba Yetu‹ gesungen haben, war ich komplett geflasht. Ich bin sicher, die hätten Ihnen genauso gut gefallen wie mir.*

Er hatte sogar eine MP3-Datei als Anhang mitgeschickt, auf der der Chor mit dem bewussten Song (einer sehr bekannten Vertonung des biblischen Vaterunsers auf Suaheli) zu hören war. Jacobsen spielte sie ab; Lukas hatte recht, die Jungs gefielen ihm. Er wünschte sich plötzlich brennend, wieder einmal mit Lukas mit einem Tschai am Lagerfeuer sitzen zu können. Aber bis das möglich war, würde er sich notgedrungen noch fünf Monate gedulden müssen.

Der Song ging zu Ende. Jacobsen beschloss, mit der Antwort auf die Mail noch etwas zu warten. Mindestens, bis er imstande war, die freundlichen und ermutigenden Worte zu finden, die Lukas verdiente. Im Moment sorgte die Tatsache, dass er im Fall Meyer seit Wochen auf der Stelle trat, bei ihm für so schlechte Laune, dass er am liebsten mit so wenig Leuten wie möglich sprach – jedenfalls privat. Dienstlich blieb ihm kaum etwas anderes übrig, auch wenn diese Gespräche nach wie vor nicht die erhofften Ergebnisse brachten. Vom Kollegen Loibl aus München hatte er seit ihrem Telefonat vor gut einer Woche nichts mehr gehört, und Andrej Smirnow blieb nach wie vor wie vom Erdboden verschluckt.

An Surendra Sinha dachte er lieber gar nicht erst. Und wenn ihm das noch so sehr gegen den Strich ging – es gab nicht den geringsten Beweis dafür, dass Sinha von Meyers Mord an Vidya Kapoor gewusst und die junge Frau, ob ungeplant oder nicht, gerächt hatte. Es gab nicht den geringsten Beweis dafür, dass er nachts die Wohnung seines Freundes verlassen hatte, um Meyer aufzulauern. Wie Melanie es ihm schon mehrmals unter die Nase gerieben hatte – die Indizienlage gegen den indischstämmigen Kollegen aus Friedrichshafen war von Anfang an so dünn und fadenscheinig gewesen wie ein alter Stofffetzen.

Jacobsen verspürte wenig Lust, sich mit den Gründen auseinanderzusetzen, die ihn schon zweimal dazu getrieben hatten, Sinha zumindest verbal heftig anzugehen. Eine hartnäckige Stimme in seinem Hinterkopf flüsterte ihm immer wieder zu, dass das nichts mit den Ermittlungen zu tun hatte und schon gar nicht mit irgendeinem Verdacht. Aber sobald diese Stimme zu laut wurde, brachte er sie brüsk zum Schweigen … was ihm in Bezug auf den Fall Meyer aber leider genauso wenig weiterhalf wie in Bezug auf Melanie.

An diesem Punkt seiner Grübeleien verspürte Jacobsen ein überwältigendes Bedürfnis nach Nikotin und Alkohol. Er entschied sich für einen Kompromiss: Er würde draußen auf dem Balkon eine Zigarette rauchen, dafür aber auf ein Glas Bourbon aus der Flasche verzichten, die in seinem Schrank schon seit fast zwei Wochen darauf wartete, endlich angebrochen zu werden. Er wusste genau, dass die Kombination Stimmungsschwankungen und Whiskey beides war, gefährlich und nutzlos. Und dass die Sache höchstwahrscheinlich nicht nur mit einem Glas Whiskey enden würde, sondern mit mindestens der halben Flasche und morgen mit einem gewaltigen Kater.

Draußen hatte es sich tiefgrau bewölkt und angefangen zu regnen, und als er wieder hereinkam, waren Jeans und Pullover klamm; beides machte seine Stimmung nicht besser. Er ging in die Küche, um im Kühlschrank nach etwas Essbarem zu fahnden, und dabei fiel sein Blick auf die Flasche Rotwein, die neben dem Herd auf der Arbeitsfläche stand. Sie stammte aus den unerschöpflichen Samtrot-Vorräten seines Schwagers Kurt und war noch genauso unangetastet wie der Bourbon.

Plötzlich schoss ihm durch den Kopf, wie er im letzten Sommer mit Melanie auf dem Balkon gesessen hatte, als Lukas spurlos verschwunden gewesen war und er zwölf nervenzerreißende Stunden lang geglaubt hatte, der Junge sei im Keller eines niedergebrannten Hauses ums Leben gekommen. Damals war sie den ganzen Abend bei ihm geblieben, hatte ihm etwas gekocht und mit ihm ein Glas Samtrot getrunken; später hatte sie sich geweigert, ihn allein zu lassen, und die Nacht auf seinem Sofa verbracht.

Und damals, im Laufe dieses vertrackten Falls, der sich um eine geheimnisvolle Römermaske aus der Varusschlacht und den Mord an einem Experten für antike Kunst gedreht hatte, war er Melanie näher gekommen als in den ganzen zwei Jahren davor. Er hatte sich zum ersten Mal seit langer Zeit wieder gestattet zu *hoffen*. Und bis zu diesem Augenblick war er sich unsicher, ob das nicht ein schwerer Fehler gewesen war.

Trotzdem.

Er konnte sich die Flasche unter den Arm klemmen und damit zu ihrer Wohnung fahren. Es war immerhin möglich, dass sie ihn hereinließ. Und dass sie ihm zuhörte.

Er würde ihr keine Blumen mitbringen. Zum einen kam ihm die bloße Vorstellung altbacken und spießig vor … und außerdem wusste er, dass Melanie zwar Pflanzen liebte und alles, was da wuchs und gedieh, aber bitte lebendig und entweder in einem Topf oder in einem Beet verwurzelt. Also besser keinen Strauß. Der Wein würde ausreichen müssen. Immerhin wusste er, dass sie ihn gerne trank.

Was genau er ihr sagen, wie weit er sich vorwagen würde … er wusste es nicht. Er wusste nur, dass er den Riss schließen musste, der sich in den vergangenen Wochen zwischen ihnen aufgetan hatte. Er musste es riskieren, ehrlich und offen zu sein, er musste herausfinden, was sie dachte und fühlte.

Er musste es wenigstens versuchen.

***

Zur gleichen Zeit, als Jacobsen beschloss, den gordischen Knoten mit Hilfe einer Flasche Samtrot durchzuhauen, stellte Melanie Brendel fest, dass sie vergesslicher war, als sie gedacht hatte.

Nach einer Stunde Jogging (die sie nach Zenobia Sinhas phänomenaler Küche am Vorabend dringend nötig hatte) war sie unter die Dusche gegangen, hatte sich ein Sandwich mit gekochtem Schinken und Salat gemacht und mit einer Flasche Mineralwasser hinuntergespült. Jetzt lag der Rest des Abends ungeplant und unausgefüllt vor ihr, und ihr fielen die DVDs wieder ein, die sie sich bei den Sinhas geliehen hatte. Zenobia Sinha hatte ihr großzügig gestattet, unter ihren Hindi-Schätzen auszuwählen, was ihr gefiel, und Surendra Sinha hatte die fünf Filme, für die Melanie sich schließlich entschieden hatte, in einen Stoffbeutel gepackt und unter die Garderobe gestellt, an der Melanies Wildlederjacke hing.

Und genau dort war der Beutel auch stehen geblieben.

Melanie seufzte, dann nahm sie ihr Handy vom Tisch und rief die Mail auf, die sie damals in Friedrichshafen von Sinha bekommen hatte. Sie wählte die Nummer, die darin stand, und wartete.

»Sinha?«

»Melanie Brendel hier«, sagte sie. »Ich bin offenbar ein bisschen schusselig. Kann das sein, dass ich die DVDs, die ich mir ausleihen wollte, gestern bei Ihnen vergessen habe?«

Eine kurze Pause, dann ein leises Lachen.

»Stimmt. Der Beutel ist noch da.«

Wieder eine Pause.

»Ich kann Ihnen die DVDs vorbeibringen, wenn Sie mögen, jetzt gleich. Nicht dass Sie sich heute Abend langweilen.«

»Ich langweile mich ziemlich selten«, antwortete Melanie. »Aber das wäre trotzdem sehr nett. Und es macht Ihnen wirklich nichts aus?«

»Kein bisschen. Wo wohnen Sie denn?«

Sie nannte ihm ihre Adresse und legte auf. Für ein paar flüchtige Sekunden war sie beunruhigt; schließlich kannte sie ihn kaum, und normalerweise dauerte es deutlich länger, bis sie einen Mann in ihre Wohnung ließ. Aber dann warf sie einen

Blick in den bodentiefen Spiegel, der im Flur an der Wand hing, und zog eine selbstironische Grimasse.

Sei nicht albern, Melanie.

Das hier war kein Date – nicht einmal annähernd – und erst recht kein alter Bollywood-Streifen, in dem der Schurke sich mit lüsternen Absichten in das Haus der keuschen Jungfer schlich. Surendra Sinha war einfach nur ein freundlicher Mann, der ihr einen Gefallen tun wollte.

***

Kaum eine Viertelstunde später klingelte es an der Tür. Sie öffnete und sah ihn auf der Schwelle stehen, den Beutel in der Hand. Er wirkte wieder genauso mitgenommen wie gestern Mittag vor der Buchhandlung. *Schade,* dachte sie. *Gestern Abend, als wir uns unterhalten haben, hat er ausgesehen, als ginge es ihm schon viel besser.*

»Danke schön!«, sagte sie. »Möchten Sie kurz hereinkommen?«

Er zögerte, dann kräuselte ein winziges Lächeln seine Mundwinkel und irrlichterte in seinen dunklen Augen.

»Sind Sie sicher?« Er schüttelte leicht den Kopf. »Wenn meine Mutter das mitbekommt, sind wir beide erledigt.«

»Wieso das denn?« Melanie gluckste unwillkürlich. »Kommt sie dann auf einem Kriegselefanten angestürmt, um ihren Sohn zu retten, weil er in die Hände einer Deutschen mit losen Sitten gefallen ist?«

»Ganz im Gegenteil.« Sein Gesicht entspannte sich, und das Lächeln sah zum ersten Mal so aus, als käme es tatsächlich von Herzen. »Wahrscheinlich zündet sie gerade Räucherstäbchen an und fleht zu allen Göttern gleichzeitig, dass genau das passiert.«

»Dann«, meinte Melanie augenzwinkernd, »werden wir sie wohl bitter enttäuschen. Sie bleiben höchstens ein paar Minuten und fahren dann wieder zu ihr nach Hause. Versprochen.« Sie legte feierlich die Hand auf das Herz. »Aber nachdem Sie sich die Mühe gemacht haben, extra für mich den Filmkurier zu spielen, schicke ich Sie doch nicht sofort wieder weg!«

»Na schön – danke. Aber wirklich nur ein paar Minuten.«

Er folgte ihr durch den Flur ins Wohnzimmer, wo sie die DVDs aus dem Beutel holte und nebeneinander auf den Tisch legte. Während sie die teilweise hochdramatisch aufgemachten Cover studierte, registrierte sie aus den Augenwinkeln, dass er sich aufmerksam umschaute. Und ihm schien zu gefallen, was er sah, obwohl der Raum mit der sparsamen Einrichtung, der Fototapete, die einen Tempel in Thailand zeigte (Lothar hatte das Foto gemacht), und dem Buddha, der davor anmutig meditierend auf seinem Holzsockel saß, so viel schmuckloser war als das, was er von daheim gewohnt war.

»Setzen Sie sich doch.«

Er ließ sich auf ihrem großen, braunen Sofa nieder, und sein schlanker Körper sank leicht nach vorne, als wäre er aufs Äußerste erschöpft. Als er das merkte, richtete er sich sofort wieder auf und betrachtete die DVDs.

»Nach welchem Film ist Ihnen denn heute? Welchen schauen Sie zuerst?«

Melanie deutete auf die DVD in der Mitte.

»*Parineeta*«, sagte sie. »Den mag ich sehr … wunderschön altmodisch erzählt, nicht zu dramatisch, so gut wie kein Kitsch und nicht einmal Blutvergießen. Dafür gibt es eine Liebesgeschichte, die mir sehr gefällt, und die Songs sind zauberhaft.«

»*Parineeta*«, wiederholte er langsam. Dann fügte er fast widerstrebend hinzu: »Welcher von den Songs gefällt Ihnen denn am besten?«

»Ich mag das Lied aus dem Nachtclub«, sagte Melanie. »Das ist so fröhlich und schwungvoll, und obwohl die Sängerin es über die Rampe bringt wie ein reinrassiger Vamp, ist es einfach nur … süß. Aber ich glaube, mein Lieblingssong ist *Piyu Bole*. Das der Held für die Heldin schreibt.«

Sie sang die erste Zeile leise vor sich hin … eine sanfte, kleine Melodie, eingängig und schlicht wie ein Kinderlied. *»Piyu bole … piya bole … kya yeh bole … jaanu na …«*

Ihre Augen begegneten sich, und Melanie erschrak. Jetzt sah er nicht mehr nur erschöpft aus, sondern geisterhaft blass. Ihr Blick streifte die DVD-Hülle, und sie las den Namen der Hauptdarstellerin. *Vidya Balan.* Eine junge Schauspielerin in ihrer Debütrolle, auf sehr natürliche Weise schön, mit strahlenden Augen und einem fröhlichen Lächeln. *Und mit demselben Vornamen wie die junge Frau, die von Pierre Meyer vergewaltigt und ermordet worden war.*

Sinha stand hastig auf. »Ich glaube, ich sollte jetzt gehen.«

Er machte einen Schritt um den Couchtisch herum und Richtung Flur, und Melanie trat zur Seite, damit er nicht das Gefühl hatte, dass sie ihm den Weg hinaus versperrte. Sie wusste, sie hatte nicht das Recht, die Frage zu stellen, die ihr auf den Lippen brannte … aber die Worte waren schon ausgesprochen, ehe sie sie herunterschlucken konnte.

»Vidya Kapoor – hat sie das Lied auch gemocht?«

Sinha blieb stehen und schaute sie an.

»Ja«, sagte er leise. »Sie hat es dauernd vor sich hin gesummt – genau wie Sie.«

Vielleicht wollte er noch mehr sagen, aber stattdessen senkte er den Kopf und biss sich auf die Lippen. Melanie glaubte, noch nie einen Menschen gesehen haben, der so verzweifelt war. Und so voller Trauer. Ohne nachzudenken trat sie einen Schritt näher an ihn heran, bis sie dicht vor ihm stand; sie war auf vage Weise überrascht, dass er nicht zurückwich.

Wäre er Malte, dachte sie, *dann würde ich ihn jetzt in den Arm nehmen.*

Aber er war nicht Malte. Also griff sie einfach nach seiner Hand und hielt sie fest.

»Es tut mir leid, Surendra«, sagte sie behutsam. »Es tut mir so furchtbar leid.«

Dann hob sie den Blick zu seinem Gesicht und sah, dass er weinte.

***

Es war gegen neun, als Jacobsen in die Fuggerstraße in Waiblingen einbog und sich bei Melanies Haus einen Parkplatz suchte – hinter ihrem betagten roten Golf und einem hellblauen Opel Corsa, den er hier noch nie gesehen hatte. Automatisch warf er einen Blick auf das Kennzeichen. FN-RD 239.

Moment. FN – war das nicht Friedrichshafen?

Er stieg aus, die Weinflasche unter dem Arm, und nahm das Auto näher in Augenschein. Auf der Heckklappe prangte ein kleiner Aufkleber … eine seltsame Gestalt in bunten Gewändern, mit vier Armen und einem Elefantenkopf.

Er schaute zu Melanies Fenster hinüber, hinter dem Licht brannte. Sie hatte die Rollos noch nicht heruntergezogen, die Vorhänge waren dünn und durchsichtig, und er hatte einen ausgezeichneten Blick in ihr Wohnzimmer. *Macht es dich nicht nervös, im Erdgeschoss zu wohnen?*, hatte er sie einmal gefragt. Sie hatte bloß gelacht. *Keine Sorge*, hatte sie geantwortet. *Wer hier auf eine Peepshow hofft, hat keine Chance. Und wer allen Ernstes versucht, mich zu überfallen, erlebt sein blaues Wunder.* Er hatte es ihr geglaubt und war beruhigt gewesen. Beim regelmäßigen Training hatte sie nicht nur ihn schon ein paarmal auf die Matte geschickt, sondern auch den einen oder anderen Kollegen und Trainer.

Jetzt aber war *er* es, der in ihr Wohnzimmer starrte. Und er sah sie mitten im Raum stehen, in einem hellroten Hausanzug, das Haar hochgesteckt. Er konnte ihren Gesichtsausdruck genau erkennen; er war ernst und sanft. Und sie war nicht allein. Ihr gegenüber, keine Armlänge von ihr entfernt, stand Surendra Sinha. Melanie hielt seine Hand, und genau in diesem Moment berührte sie Sinhas Schulter, strich ganz leicht darüber und sagte etwas, was Jacobsen nicht verstand.

Nicht, dass es ihn interessiert hätte. Es war ihm komplett egal, was Melanie Surendra Sinha zu sagen hatte. Es spielte auch keine Rolle, was der Mann zu dieser Zeit in ihrer Wohnung suchte. Das Einzige, was wirklich zählte, war das niederschmetternde Gefühl des Verrats, das in Jacobsen hochstieg, wider alle Vernunft und trotz aller guten Absichten, mit denen er hergekommen war.

Dieser verfluchte Mistkerl.

Die kleine Stimme in seinem Hinterkopf, die ihm fast panisch riet, wieder ins Auto zu steigen, hatte nicht die geringste Chance. Sie ertrank in der Woge aus reiner Wut, die ihn überschwemmte und bis direkt vor den Hauseingang spülte. Jacobsen hob die Hand und drückte auf die Klingel.

***

»Entschuldigen Sie.« Melanie nahm die Hand von Sinhas Schulter und trat zurück. »Ich schau mal eben nach, wer da was von mir will.«

»Schon gut.« Sinhas Gesicht verzog sich zu etwas, das immerhin entfernt einem Lächeln ähnelte. Dann wischte er sich rasch mit dem Handrücken die Augen. »Ich sollte sowieso gehen.«

Melanie seufzte leise. *Wer zum Donnerwetter musste sie ausgerechnet jetzt stören?*

Sie hastete den Flur hinunter, löste die Sicherheitskette, öffnete die Tür … und sah sich Malte Jacobsen gegenüber, der rätselhafterweise eine Weinflasche in der Hand hielt und sie mit zusammengekniffenen Augen anstarrte, das Gesicht weiß vor Zorn.

»*Malte?* Was …«

Ehe sie reagieren oder noch mehr sagen konnte, hatte er sich bereits an ihr vorbeigedrängt und marschierte in Richtung Wohnzimmer. Ihr blieb nichts anderes übrig, als ihm zu folgen. Als sie den Raum betrat, standen die beiden Männer einander gegenüber, beide gleichermaßen bleich. Die Luft schien förmlich zu knistern, wie unmittelbar vor einem gewaltigen Unwetter. Es war Jacobsen, der zuerst sprach.

»Habe ich Ihnen nicht gesagt, Sie sollen sich von dem Fall fernhalten? Anscheinend sind Sie schwer von Begriff.«

Melanie beschloss, einzugreifen, bevor die Sache vollends eskalierte.

»Wie meinst du das denn, bitte?«, fragte sie. »Was hat das hier mit dem Fall zu tun? Ich hab mir gestern ein paar DVDs von Zenobia Sinha ausgeliehen und sie dort vergessen. Und Herr Sinha war so nett und hat sie mir vorbeigebracht. Wo ist dein Problem?«

Jacobsen wandte den Kopf und seine Augen wurden noch schmaler.

»Wieso warst du bei den Sinhas?«, fragte er; es war der gleiche Tonfall wie bei einem Verhör, kurz bevor die Falle über dem Verdächtigen zuschnappte. »Und wieso bringt der Kerl dir diesen lächerlichen Krempel auch noch nach Hause?«

»Vielleicht, damit Ihre Kollegin nicht noch ein zweites Mal zu diesem ›Kerl‹ fahren muss?«, schlug Sinha vor; er wirkte erstaunlich gelassen, aber die Ironie in seiner Stimme war nicht zu überhören. »Und damit Sie deswegen nicht endgültig der Schlag trifft?«

Jacobsen gab sich sichtlich Mühe, Sinhas Einwurf zu ignorieren.

»Du hast meine Frage noch nicht beantwortet«, wiederholte er, den Blick immer noch starr auf Melanie gerichtet. »Wieso warst du bei den Sinhas?«

Melanie verschränkte die Arme vor der Brust; sie spürte, dass sie allmählich genauso wütend wurde, wie Jacobsen es offensichtlich schon war.

»Wenn du es genau wissen willst: Ich esse unheimlich gern indisch«, gab sie kühl zurück. »Und Zenobia Sinha kocht ein fantastisches Palak Gosht.«

»Punjabisches Lammcurry mit Tomaten und Spinat«, erläuterte Sinha, immer noch aufreizend ironisch. »Nur damit Sie wissen, wovon hier die Rede ist. Wir wollen Sie ja nicht ausschließen.«

Jacobsen warf Sinha einen wahrhaft mörderischen Blick zu, zog es aber immer noch vor, ihm nicht zu antworten.

»Meinetwegen kannst du Reißnägel futtern, wenn dir danach ist«, fuhr er Melanie an. »Aber nicht ausgerechnet bei den Sinhas! Private Ausflüge und lauschige Familiendinner mit den Eltern eines Verdächtigen, der bis zum Hals in dem Fall drinsteckt – so viel Dummheit hätte ich dir wirklich nicht zugetraut! Und dann holst du dir den Kerl auch noch heimlich nach Hause? Ich glaube, du hast den Verstand verloren!«

Melanie stemmte die Hände in die Hüften; ihre eigene Wut erreichte allmählich den Siedepunkt.

»Was soll das heißen, ›ich hol mir den Kerl heimlich nach Hause‹?«, zischte sie. »Willst du mir eine Affäre unterstellen oder was? Wenn hier einer den Verstand verloren hat, Malte, dann bin das ganz bestimmt nicht *ich!*«

»Das kommt auf den Standpunkt an.« Jetzt war Jacobsens Stimme ruhig und beißend spöttisch. »Was Sinha angeht, hast du die Ermittlungen doch von Anfang an torpediert. Du hast alle Indizien, die für seine Täterschaft sprechen, in den Wind geschlagen. Du triffst dich privat mit ihm in Friedrichshafen und sagst mir nichts davon. Du besuchst ihn zuHause, hältst ihm hier in deinem Wohnzimmer das Händchen und bist in die klassische Weiberfalle getappt. Und dann glaubst du tatsächlich, ich kann dich als Polizistin noch ernst nehmen?«

Melanie starrte ihn an, entsetzt und fassungslos. Ein kleiner Teil von ihr weigerte sich zu glauben, dass er das tatsächlich gerade gesagt hatte. Das war nichts weniger als der Bankrott ihrer Freundschaft und ihrer Zusammenarbeit. Und sie war außerstande zu entscheiden, was von beidem sie furchtbarer fand.

Eine Hand schloss sich warm und fest um die ihre. Und dann hörte sie Surendra Sinhas Stimme, aus der jede Ironie verschwunden war; nun war sie eisig und voller Verachtung.

»Es reicht, Herr Jacobsen! Ich habe Ihnen schon einmal gesagt: Auf Frau Brendel lasse ich nichts kommen. Und schon gar nicht eine solche Beleidigung. Was bilden Sie sich eigentlich ein, Sie verdammter Idiot?«

Er ließ sie los und stellte sich zwischen sie und Malte.

»Was Sie da gerade abliefern, ist ein einziges Trauerspiel. Noch gestern hat Frau Brendel in höchsten Tönen von Ihrer Klugheit und Rücksicht geschwärmt und von Ihrem Vermögen, anderen hinter die Fassaden zu schauen. Ich war geneigt, ihr zu glauben, obwohl ich persönlich davon bislang nicht viel mitbekommen habe. Denn bei mir haben Sie ja von Anfang an hartnäckig darauf verzichtet, Ihre wunderbaren Fähigkeiten einzusetzen. Oder sind sie Ihnen etwa abhandengekommen? Das würde erklären, wie es möglich ist, dass Sie Ihre Kollegin derart unverschämt und respektlos behandeln. Ihr Verhalten ist schlichtweg inakzeptabel. Wenn hier jemand nicht mehr ernst genommen werden kann – als Polizist und, fast schlimmer noch, als Mensch – dann sind das Sie!«

»Sagt der Mann, der unter Polizeiarbeit versteht, potenzielle Mörderinnen laufen zu lassen.« Jacobsen fixierte Sinha angriffslustig. »Sieht fast so aus, als wäre das Ihre Masche. Entweder werden Sie bei weiblichen Verdächtigen schwach, oder Sie versprühen Ihren Charme, machen auf verletzlich und kriegen damit genau das, was Sie wollen. Bei meiner Kollegin hat das ja anscheinend *prächtig* funktioniert.«

Melanie sah, wie Sinha sich anspannte. Merkwürdigerweise fiel ihr genau in diesem Moment ein, dass *Sinha* auf Hindi *Löwe* bedeutete, und es passte: Er wirkte wie ein Raubtier kurz vor dem Sprung.

»Was wollen Sie denn damit andeuten?«, fragte er sehr leise.

»Oh, suchen Sie sich's aus«, versetzte Jacobsen lässig. »Das überlasse ich ganz und gar Ihrer Fantasie.« Er schnaubte verächtlich. »Oder sind Sie so beschränkt, dass ich Ihnen das wirklich haarklein erklären muss?«

Der Schlag kam so rasch, dass Melanie nicht mehr rechtzeitig reagieren konnte. Und er ging geradewegs auf das Kinn von Jacobsen, der zwei Schritte zurücktaumelte und nur mit Mühe und Not verhindern konnte, dass er zu Boden ging. Er holte seinerseits aus, aber diesmal trat Melanie blitzschnell dazwischen, blockierte seinen Arm und versetzte ihm mit aller Kraft einen Stoß vor die Brust. Er prallte gegen den Couchtisch und stützte sich unbeholfen darauf ab, um nicht doch noch zu stürzen. Gleichzeitig packte Melanie Sinha energisch am Arm und hielt ihn zurück.

»Halt! Genug jetzt!«

Enttäuschung und schieres Entsetzen ballten sich in ihrem Magen zusammen und brannten wie eisiger Frost. Aber gleichzeitig half ihr die innere Kälte, die Situation, die ihr in den vergangenen Minuten vollkommen entglitten war, wieder unter Kontrolle zu bekommen.

»Das ist meine Wohnung, verdammt noch mal!«, sagte sie. »Und ich werde den Teufel tun und zulassen, dass sich zwei Kollegen vor meinen Augen prügeln wie grenzdebile Rowdys auf dem Schulhof. Das darf ja wohl nicht wahr sein!«

Sinha atmete ein paarmal heftig ein und aus, offensichtlich bemüht, sich zu beruhigen. Erst als sie spürte, wie er sich merklich entspannte, ließ sie ihn wieder los.

»Ich bitte Sie um Vergebung, Frau Brendel«, sagte er und neigte den Kopf vor ihr. »Sie haben recht, das hätte nicht geschehen dürfen. Jedenfalls nicht hier.«

Sein Blick glitt hinüber zu Jacobsen, der Sinha giftig anstarrte.

»Sollte dem *Herrn Kollegen* allerdings nach einer Fortsetzung dieses Disputs sein, dann bin ich gerne bereit, ihm zu einem Ort seiner Wahl zu folgen. Damit er noch ein paar prachtvolle Argumente bekommt für die Anzeige wegen Körperverletzung, die er vermutlich bereits im Kopf formuliert. Nur zu – darauf kommt's jetzt auch nicht mehr an. Und das war's mir wert. Ich hab noch nie so gern jemandem eine reingehauen wie diesem verstockten, hirnverbrannten Arschloch!«

Melanie seufzte.

»Ich vermute mal, das musste jetzt sein … aber keine Sorge, ich nehm's Ihnen nicht übel.« Sie sah Jacobsen an, der vorsichtig sein Kinn betastete. »Du bleibst, wo du bist, verstanden? Wir sind noch nicht fertig miteinander. Darf ich Sie zur Tür bringen, Herr Sinha?«

Sinha zögerte kurz, als wollte er noch etwas erwidern. Aber dann straffte er sich und machte eine abwehrende Geste.

»Ich denke, ich finde allein hinaus. Ade – und noch einmal: Es tut mir leid.«

Er nickte ihr zu, warf einen letzten scharfen Blick in Jacobsens Richtung und verließ ohne ein weiteres Wort das Zimmer. Gleich darauf hörte Melanie, wie im Flur die Wohnungstür ins Schloss fiel.

Sie spürte, dass ihr die Knie zitterten, und sie hätte sich liebend gerne hingesetzt. Aber ein sicherer Instinkt sagte ihr, dass das eine Schwäche war, die sie sich in diesem Moment nicht erlauben konnte.

»Du wirst mir jetzt ganz genau zuhören«, sagte sie, so ruhig sie konnte. *Wenigstens zitterte nicht auch noch ihre Stimme.* »Danach kannst du meinetwegen gehen. Solltest du aber auf die Idee kommen, Sinha zu folgen und dieses Spiel auf die Spitze zu treiben, dann werde *ich* es sein, die eine Dienstaufsichtsbeschwerde einreicht – und zwar keineswegs gegen ihn, sondern gegen *dich.*«

Er sah sie unverwandt an, blass und schweigend. In seiner Wange zuckte ein Muskel, sonst kam keine weitere Reaktion.

»Du stehst vor meiner Tür, du stürmst in meine Wohnung, ohne dass ich dich hereingebeten habe, und beleidigst einen Gast, der nichts anderes wollte, als mir einen Gefallen zu tun«, fuhr sie fort. »Er ist kein Mörder und war es nie … und ich bin sicher, irgendwo tief drinnen weißt du das genauso gut, wie ich es weiß. Gestern – nach dem Essen bei seinen Eltern – hat er mich gefragt, ob ich ihm erklären kann, wieso du einen solchen Hass auf ihn hast. Ich konnte es *nicht.* Ich hab ihm nur gesagt, dass ich dich zwar sehr gern habe, dich aber nicht immer verstehe. Und das ist wahr – ich verstehe dich nicht. Im Moment bin ich nicht einmal mehr sicher, ob ich dich noch mag.«

Ihre Augen brannten, und sie merkte, wie gefährlich nahe sie daran war, die Fassung zu verlieren.

»Surendra Sinha ist ein freundlicher, guter Mensch. Du hattest nicht den geringsten Grund, geschweige denn das Recht, ihn so zu behandeln. Und noch viel weniger hattest du das Recht, *mich* so zu behandeln! Du hast mich eben als dummes, manipulierbares Weibchen hingestellt! Du hast mir obendrein erklärt, dass du mich als Polizistin nicht mehr ernst nehmen kannst. Also rufe ich morgen früh Finkbeiner an und bitte ihn um ein paar Tage Urlaub. Ich brauche dringend eine Auszeit.«

Sie trat zur Seite und wies in Richtung Flur.

»Und jetzt möchte ich, dass du gehst.«

Jacobsen sagte nichts; anscheinend hatte er sein gesamtes Pulver verschossen. Melanie war sich nicht ganz sicher, ob sie nicht insgeheim auf eine Antwort gehofft hatte, auf irgendein Zeichen, dass sie zu ihm durchgedrungen war … aber im Moment spielte das keine Rolle.

Sie wartete schweigend, während er langsam an ihr vorbeiging und verschwand; diesmal schloss die Tür sich fast geräuschlos. Erst jetzt merkte sie, dass sie die Luft angehalten hatte. Sie stieß sie in einem langen, bebenden Atemzug aus, ging zum Fenster hinüber und zog das Rollo herunter. Dann ließ sie sich auf das Sofa fallen. Die Flasche, die Malte bei sich gehabt hatte, als er so unerwartet aufgekreuzt war, stand neben dem Tisch auf dem Teppich. *Samtrot*, dachte sie. *Natürlich ist es Samtrot. Wenn das ein Versöhnungsgeschenk sein sollte, dann hat er die Sache aber verdammt ungeschickt angefangen.*

Sie hörte sich selbst unsicher und schrill auflachen … und dann tat sie endlich, was sie schon die ganze Zeit am liebsten getan hätte.

Sie schlug die Hände vor das Gesicht und brach in Tränen aus.

Gardinenpredigt

Der nächste Morgen wurde genauso albtraumhaft, wie Jacobsen es befürchtet hatte.

Er war am Vorabend von Melanies Wohnung quasi auf Autopilot nach Hause gefahren und hatte dort gar nicht erst versucht, dem Ruf der bislang noch unangebrochenen Whiskeyflasche in seinem Schrank zu widerstehen. Er hatte stundenlang in einem dicken Winterpullover auf dem Balkon gehockt und sich immer wieder nachgeschenkt. Der träge Nebel, der ihn mit jedem weiteren Glas dichter einhüllte, hatte ihn daran gehindert, darüber nachzudenken, wie es hatte geschehen können, dass er in diese persönliche Katastrophe geschlittert war. Um ehrlich zu sein – er hatte sich gesträubt, darüber nachdenken zu müssen. *Je weniger er nachdachte, desto besser.*

Gegen Mitternacht ließ Jacobsen die fast leere Flasche und das Glas draußen zurück. Er schaffte es irgendwie, sein Bett anzusteuern und tatsächlich unfallfrei zu erreichen. Dort kippte er voll bekleidet auf die Matratze und versank dankbar in einer alkoholgeschwängerten Finsternis.

Der Radiowecker riss ihn sieben Stunden später aus seiner Betäubung. »*When you try your best and you don't succeed …*«, sang Chris Martin von Coldplay dicht an seinem Ohr, und er hörte sich selbst protestierend aufstöhnen. Am liebsten wäre er liegen geblieben und hätte sich krankgemeldet, aber er wusste, dass ihm dieser Ausweg nicht offenstand. Er musste ins Präsidium und irgendwie versuchen, ohne Melanie weiterzumachen. *Falls sie nicht doch zum Dienst kam.* Allerdings konnte er sich trotz seines gewaltigen Katers noch niederschmetternd genau an die Szene in ihrer Wohnung erinnern und zog es vor, sich keinerlei Illusionen zu machen.

Er schleppte sich ins Bad, nahm eine lange, heiße Dusche und rasierte anschließend das bleiche, hohlwangige Gesicht mit den rotgeränderten Augen, das ihm aus dem Spiegel entgegenstarrte. Bei dem bloßen Gedanken an ein Frühstück verkrampfte sich sein übersäuerter Magen; stattdessen würgte er mit Todesverachtung zwei Aspirin mit einem Glas Wasser hinunter, zog sich an und fuhr mit seinem Wagen nach Waiblingen. Wahrscheinlich wäre es vernünftiger gewesen, wie sonst die S-Bahn zu nehmen, aber das fiel ihm erst ein, als er schon auf der B14 war. Zum Glück geriet er in keine Verkehrskontrolle; der Restalkohol in seinem Blut hätte ihn dabei mit Sicherheit den Führerschein gekostet.

Um Viertel nach acht war er im Präsidium. Er ließ sich in seinen Schreibtischsessel sinken und starrte geschlagene fünf Minuten auf Melanies leeren Schreibtisch. Während er noch überlegte, ob er sich schon einen Espresso zumuten konnte, klingelte das Telefon. Er griff nach dem Hörer und hoffte für einen Sekundenbruchteil, am anderen Ende der Leitung Melanies Stimme zu hören.

»Jacobsen.«

»Finkbeiner – guten Morgen, Kollege. Kommen Sie mal in mein Büro?«

Jacobsen schloss die Augen. Sein Kopf fühlte sich an wie ein Amboss, auf den ein Schmied enthusiastisch mit dem Hammer eindrosch. »Jetzt sofort?«

»Wenn ich bitten darf.« Die Stimme seines Vorgesetzten war gelassen, aber unerbittlich.

Jacobsen machte sich auf den Weg wie ein Delinquent zu der eigenen Hinrichtung. Er konnte nur hoffen, dass man ihm sein körperliches und seelisches Elend nicht allzu deutlich ansah … und dass der Chef noch nichts von dem Drama am Vorabend wusste. *Obwohl – das war wahrscheinlich nur eine Frage der Zeit.*

»Setzen Sie sich.« Finkbeiner deutete auf den Stuhl vor seinem Schreibtisch. Er blickte besorgt drein. »Ich glaube, wir haben ein Problem.«

Nur eins?, dachte Jacobsen. Im Moment hatte er persönlich so viele Probleme, dass er den Überblick verlor.

»Frau Brendel hat sich vor einer halben Stunde bei mir gemeldet und um Sonderurlaub gebeten.« Finkbeiner faltete die

Hände und musterte Jacobsen stirnrunzelnd. »Hat sie das mit Ihnen abgesprochen?«

»Nein.« Jacobsen vermied es vorsichtshalber, den Kopf zu schütteln. »Ihrem Vater geht es seit Kurzem deutlich schlechter, und sie hat mehrmals erwähnt, dass ihre Mutter mit seiner Pflege überfordert ist. Vielleicht ist plötzlich ein Notfall eingetreten.«

»Von einem Notfall hat Frau Brendel nichts gesagt.« Das Stirnrunzeln verstärkte sich. »Die Krankheit ihres Vaters hat sie allerdings erwähnt, und auch, dass sich sein Zustand verschlechtert hat. Glauben Sie, dass Sie allein mit dem Fall Meyer zurechtkommen?«

»Ich denke schon«, antwortete Jacobsen langsam. Er versuchte, sich von der Überraschung zu erholen, dass Melanie die furchtbare Auseinandersetzung am Vorabend offensichtlich in ihrem Gespräch mit Finkbeiner gar nicht erwähnt hatte. *Wieso?*

Finkbeiner räusperte sich. »Gibt es schon eine Spur von diesem Andrej Smirnow?«

»Bis jetzt noch nicht. Und von den Frauen am Bodensee oder irgendwelchen Verwandten waren viele vielleicht wütend und rachsüchtig genug, um Meyer ans Leder zu wollen, aber sie waren entweder aus Krankheitsgründen nicht imstande, die Tat zu begehen, oder sie haben Alibis.«

Bis auf Emily Willmer, die ohne Zögern zugab, dass sie keines hatte.

Jacobsen beschloss, Emily Willmer lieber nicht zu erwähnen. Persönlich glaubte er nicht daran, dass sie für Meyers Tod verantwortlich war. In dem Gespräch mit ihm hatte sie eine derart entwaffnende Offenheit an den Tag gelegt, dass sie ihm den Mord wahrscheinlich rundheraus gestanden hätte, wenn sie *wirklich* die Täterin gewesen wäre.

»… Sie mich auf dem Laufenden«, sagte Finkbeiner, und Jacobsen begriff, dass er kurzzeitig abgedriftet war. In seinem Kopf hämmerte es immer noch, und ihm war übel.

»Mach ich, Chef«, erwiderte er matt und stand auf. Er war schon fast zur Tür hinaus, als Finkbeiner sich zum zweiten Mal räusperte.

»Wissen Sie, was mich wundert?«

Jacobsen drehte sich um. »Was?«

»Dass sich Frau Brendel nur bei mir gemeldet hat und nicht auch bei Ihnen. Sie haben doch sonst immer einen guten Draht zueinander. Alles in Ordnung?«

Darauf konnte es nur eine lange (und hochnotpeinliche) Antwort geben – oder gar keine.

»Alles im Lot.«

»Und was ist mit Ihnen? Sie sehen heute Morgen aus wie der Tod auf Urlaub, Jacobsen.«

»Ich hab mir gestern was vom Pizzadienst bestellt«, sagte Jacobsen müde. »Spaghetti mit Muscheln. Die sind mir wohl nicht bekommen.«

»Einer der Gründe, weswegen ich lieber die Finger von Meeresfrüchten lasse.« Finkbeiner lächelte schwach. »Es wäre fatal, wenn auch die zweite Hälfte meines besten Ermittlerteams ausfällt, bevor wir den Fall aufgeklärt haben.«

»Keine Sorge. Spätestens heute Abend bin ich wieder auf dem Damm.«

Er verließ Finkbeiners Büro, machte einen Umweg über die Teeküche und holte sich einen Espresso; in diesem Moment interessierte es ihn herzlich wenig, ob die dringend benötigte Koffeindosis ihm möglicherweise auf den Magen schlug. Er hatte sich kaum an seinen Schreibtisch gesetzt und angefangen, in der Schublade nach den Schmerztabletten zu fahnden, die von seiner Zahnbehandlung übrig geblieben waren, als das Telefon zum zweiten Mal an diesem Morgen klingelte. *Vielleicht war es jetzt endlich Melanie.*

Er griff hastig nach dem Hörer. »Jacobsen.«

»Loibl hier, Kripo München«, kam eine vertraute Stimme. »I hob a guade und a schlechte Nachricht für Sie. Welche hätt'n S' denn gern ois Erst's?«

Jacobsen stöhnte lautlos in sich hinein. »Fangen Sie mit der guten an.«

»Mir hom an Smirnow. Unsa Russ'n-Anderl hot si, nachdem er bei uns die Fliege g'macht hot, erst amoi bei am oidn

Knastschbezl in Passau vakrocha. Wahrscheinle woit er von do über d' Grenz noch Österreich obhaun. Und wiara si vor zwoa Dog auf'n Weg macha woit, is er g'schdoipert und d' Treppn obekug'lt.«

»Ehrlich?« Jacobsen war immer noch speiübel, aber er konnte nicht anders, er musste lachen. »So ein Zufall.«

»Ko ma woi song.« Loibl grinste hörbar. »Da Schbezl hot'n ins Krank'nhaus g'fahrn. Do hom s' dann festg'schtellt, dass da Anderl seit seim Flugversuch buchstäblich an Schbrung im Schädl hot. Noch Österreich fahrt der nimmer; wenn s' den wieda rauslass'n, dann geht's mit'm Zeiserlwong direkt ins G'fängnis. Aber damit san ma bei da schlechtn Nachricht: Für Eahnern Mord kummt er net in Frage. Sei Schbezl schwört hoch und heilig, dass der Anderl de ganzn drei Wocha über bei eahm dahoam rumg'hockt is, an Kühlschrank leerg'fressn und seine Alkoholvorräte z'sammag'suffa hot. Glaabt ma sofort angesichts der Tatsache, dass er bei seina Eilieferung ins Krank'nhaus 2,4 Promille g'habt hot.«

Wieder ein Verdächtiger weniger.

»Kann man nichts machen.« Jacobsen seufzte. »Auf jeden Fall vielen Dank, dass Sie mir Bescheid gesagt haben.«

Er legte auf. Dann zog er den fast leeren Blisterstreifen mit den Tabletten aus der Schreibtischschublade, drückte die letzten beiden Ibuprofen heraus und spülte sie mit dem Espresso hinunter.

***

Als er an diesem Abend nach Backnang hineinfuhr, wurde ihm plötzlich klar, dass er nicht in seine Wohnung wollte. Unter gar keinen Umständen. Die Whiskeyflasche war zwar leer (jedenfalls so gut wie), aber in seiner augenblicklichen Verfassung spielte es praktisch keine Rolle, ob er volltrunken oder nüchtern war. Er konnte es weder mit noch ohne Alkohol ertragen, allein zu sein.

Also steuerte er den Wagen an den einzigen Ort, wo er immer die Hoffnung haben durfte, freundlich aufgenommen zu werden. Zehn Minuten später stand er vor der Tür seiner Schwester.

Als er klingelte, öffnete Heike selbst ihm die Tür.

»Malte! Was für eine Überraschung!«, sagte sie. »Mit dir hatte ich überhaupt nicht gerechnet – seit du mich nicht mehr als Chauffeurin brauchst, hast du nicht ein einziges Mal angerufen.«

Er steckte den Tadel widerspruchslos ein und lächelte sie an.

»Der Fall, an dem ich gerade arbeite, hält mich ziemlich auf Trab«, sagte er. »Darf ich reinkommen?«

»Klar darfst du das.« Sie machte ihm den Weg frei. »Und deine Fälle halten dich *immer* auf Trab, Bruderherz. Das ist kein Grund, aus unserem Blickfeld zu verschwinden. Willst du was essen?«

Sein Magen nahm ihm das Besäufnis vom Vorabend immer noch krumm. »Lieber nicht.«

»Ein Glas Wein vielleicht? Kurt hat gestern drei neue Kisten Samtrot beim Weinhändler seines Vertrauens abgeholt.«

Um Gottes willen. Bloß keinen Samtrot.

Jetzt stand er in ihrem gemütlichen Wohnzimmer. Es war hell erleuchtet, und Heike musterte ihn gründlich.

»Du siehst zum Fürchten aus, Malte«, stellte sie fest, und ihr fröhliches Gesicht wurde jäh ernst. »Was ist denn los? Ärger im Präsidium?«

»Das auch.« Er ließ sich auf ihrem Sofa nieder und starrte auf den Teppich hinunter. »Es ist ziemlich … *kompliziert*, fürchte ich.«

»Erzähl es mir trotzdem.« Sie setzte sich neben ihn und nahm seine Hand. »Kurt ist bis morgen dienstlich unterwegs, und Paul ist im Kino. Ich hab Zeit.«

»Es hat mit dem Fall zu tun«, sagte er. »Eine ganze Menge jedenfalls … aber nicht nur. Auch mit Melanie.« Er atmete tief durch und merkte, wie sich sein Magen wieder einmal verkrampfte. »Sie … sie hat Urlaub eingereicht, ab sofort. Finkbeiner hat sie erzählt, es sei wegen ihrem Vater.«

»Ich erinnere mich.« Heikes Gesicht wurde betrübt und mitfühlend. »Der hat Alzheimer, nicht? Das tut mir leid – für sie und ihre ganze Familie. Aber was soll das heißen, sie hat es Finkbeiner ›erzählt‹? Ist das denn nicht der Grund?«

»Nein.« Wieder starrte er auf den Teppich. »Wir hatten eine … eine Auseinandersetzung. Gestern Abend. Aber vorher ist es auch schon nicht mehr wirklich rund gelaufen.«

Der Blick seiner Schwester wurde scharf.

»Eine Auseinandersetzung? Heißt das, du hast dich mit Melanie verkracht? Um Gottes willen, *Malte* – was hast du angestellt?«

Jacobsen blinzelte.

»Das ist mal wieder typisch Frau«, knurrte er. »Auf die Idee, dass Melanie Mist gebaut haben könnte, kommst du gar nicht erst, oder?«

»Nein«, entgegnete seine Schwester prompt. »Wieso auch? Sie ist die cleverste Frau, die ich kenne. Sie hält es seit drei Jahren aus, mit dir zusammenzuarbeiten, nachdem deine Kollegen in Hamburg dich gefürchtet haben wie der Teufel das Weihwasser. Das qualifiziert sie mehr oder weniger für einen Heiligenschein, meinst du nicht?«

»Klar doch.« Jacobsen verzog den Mund. »Vor allem dafür, dass sie sich in einen Mordverdächtigen verguckt und sich standhaft weigert, anständig gegen ihn zu ermitteln. Wegen seiner schönen Augen vermutlich. Der Mann ist Inder … passt wunderbar zu der Sorte Filme, die sie am liebsten schaut.«

»Ich wusste gar nicht, dass Melanie …« Heike brach ab und legte den Kopf schräg. »Weißt du was? Du hörst dich an, als wärst du eifersüchtig.«

»Eifersüchtig? Auf Surendra Sinha?« Jacobsen biss die Zähne zusammen. »Als ob es darum ginge! Was sie sich da geleistet hat, ist unprofessionell! Der Mann ist selbst Kriminalbeamter und vom Dienst beurlaubt, weil er vor ein paar Jahren eine Mordverdächtige hat entkommen lassen. Er hat eigenmächtig in unserem aktuellen Fall ermittelt, am Bodensee – und was macht Melanie, als sie ihn dabei ertappt? Ihn melden? Mich verständigen?«

Er schüttelte den Kopf. Zorn und Frustration ballten sich in seinem Magen zusammen wie ein giftiger Knoten.

»Nichts davon. Stattdessen tauscht sie munter mit ihm Erkenntnisse zum Fall aus. Und sagt mir, dass ich mich irre … dass ich mit meinem Verdacht gegen ihn komplett danebenliege. Selbst wenn sich am Ende herausstellt, dass der Mann tatsächlich unschuldig ist – sie kann sich nicht einfach weigern, etwaige Spuren zu verfolgen, bloß weil es ihr nicht passt, dass ich anderer Meinung bin als sie!«

»Ich verstehe.« Heike betrachtete ihn aufmerksam. »Das heißt, du hältst ihn für schuldig, und sie tut es *nicht*. Aber das ist doch früher bestimmt auch schon passiert, und ihr seid damit klargekommen. Richtig?«

»Richtig.«

»Schön.« Heike lehnte sich zurück und ließ seine Hand los. »Was ist diesmal anders?«

Er wandte den Blick ab. »Was soll denn anders sein?«

»Die Art, wie du damit umgehst, ist anders. Was war das für eine Auseinandersetzung gestern, Malte?«

»Ich bin zu ihr gefahren«, sagte er. »Ich wollte mit ihr reden, ich wollte … aber als ich vor ihrer Tür stand, da war dieser Kerl bei ihr.«

»Du meinst diesen Inder?«

»Genau. Und es stellte sich heraus, dass sie ihn nicht nur zu Hause besucht hat, um sich von seiner Mutter bekochen zu lassen – sie hat sich auch noch DVDs von ihr ausgeliehen. Und sie vergessen, worauf er sie ihr vorbeigebracht hat; das war zumindest ihre Ausrede. Als ich ankam, bin ich mitten in ein Date der beiden geplatzt. Es hat jedenfalls ganz danach ausgesehen.«

Heikes Augen wurden groß. »Sag mir bloß nicht, du bist ausgeflippt und hast ihr eine Szene gemacht!«

»Was heißt denn hier ›eine Szene‹!« Er merkte, dass er laut wurde. »Ich hab ihr gesagt, dass ich die Nase voll habe davon, dass sie unsere Ermittlungen torpediert. Dass ich sie so unmöglich weiterhin ernst nehmen kann.«

»Das hast du *nicht* getan.« Heike starrte ihn an. »Sag mir bitte, dass du das *nicht* getan hast!«

»Doch, hab ich.« Er ballte unwillkürlich die Hände zu Fäusten. »Und weißt du, was dieser Sinha dann gemacht hat? Er hat mir eine reingehauen! Kannst du dir das vorstellen?«

Heike stand auf und blieb vor dem Sofa stehen, die Arme verschränkt.

»Und ob ich mir das vorstellen kann«, sagte sie. »Ich wundere mich, dass es nicht Melanie war, die dir eine verpasst hat. Sag mal – bist du noch zu *retten?*«

»Wie meinst du das?«

»Du hast eben erzählt, es hätte so ausgesehen, als wärst du in ein Date geplatzt«, sagte Heike leise. »Lass mich raten – hast du Melanie unterstellt, dass sie eine Affäre hat mit dem Mann?«

»Nicht wirklich«, murmelte Jacobsen. »Jedenfalls nicht direkt.«

»Aber du hast es *gedacht*, oder?«

Er biss sich auf die Lippen und nickte zögernd.

Heike gab einen Laut schierer Fassungslosigkeit von sich. »Na *großartig*. Jetzt erklär mir mal was: Ist der Mann immer noch verdächtig? Oder hat er ein Alibi?«

»Hat er.« Es widerstrebte Jacobsen zutiefst, das zuzugeben, aber er hielt es für zwecklos, seine Schwester anzulügen – nicht, wenn sie so in Rage war wie jetzt. Das war ihm schon als Junge in Hamburg nicht gut bekommen.

»Das heißt, eigentlich ist er raus aus der Sache, stimmt's? Aber du hast dir weiterhin gewünscht, dass er der Täter ist – weil Melanie so gut mit ihm zurechtkommt.« Seine Schwester schüttelte den Kopf. »Was hat *sie* eigentlich gestern Abend zu all dem gesagt?«

»Sie hat mir eine Dienstaufsichtsbeschwerde angedroht, falls ich Sinha nicht in Ruhe lasse«, entgegnete Jacobsen finster. »Dann hat sie gesagt, dass sie sich Urlaub nimmt, und mich aus ihrer Wohnung geworfen.«

»Ich sag doch, die Frau ist clever!« Heike stemmte die Hände in die Hüften. »Und jetzt hör mir mal genau zu, Malte: Melanie ist nicht mit dir zusammen, und dieser Inder ist nicht länger verdächtig. Das heißt, wenn sie ihn in ihre Wohnung einlädt, verletzt sie nicht eine einzige Dienstvorschrift damit. Das würde sie nicht einmal dann tun, wenn sie mit ihm ins Bett gehen würde, verdammt noch mal! Ganz abgesehen davon, dass sie schlafen kann, mit wem sie will und *wann* sie es will, ohne dass du dabei auch nur ein einziges Wort mitzureden hast!«

Sie schloss kurz die Augen. Als sie sie wieder öffnete, war ihr Blick eine merkwürdige Mischung aus Mitleid und Enttäuschung.

»Du hast dich aufgeführt wie der letzte Idiot«, sagte sie. »Ich weiß, wie gern du Melanie hast – das weiß jeder, der euch länger als fünf Minuten zusammen sieht. Und sie mag dich auch. Jedenfalls hoffe ich, dass das immer noch stimmt. Und dass du nach ihrem Urlaub immer noch eine Kollegin hast, die bereit ist, mit dir im Team zu arbeiten. Anders als deine Kollegen in Hamburg, nicht wahr? Dort bist du nie ein Teamplayer gewesen.«

Sie setzte sich wieder neben ihn ... allerdings ohne seine Hand zu nehmen.

»Ich hab mich mal mit Geert über dich unterhalten. Das ist jetzt schon verdammt lange her – bevor ich nach Schwaben gegangen bin und Kurt geheiratet hab. Weißt du, was er zu mir gesagt hat?«

»Nein. Was?« *Eigentlich wollte er es gar nicht hören, aber ihm blieb wohl kaum etwas anderes übrig.*

»Er hat gesagt, du bist der beste Ermittler, den er kennt. Dass du genügend Einfühlungsvermögen hast, um so ziemlich jede Lüge zu erkennen – sogar schon, wenn jemand gerade erst versucht, sie sich auszudenken. Dass du bereit bist, in jedem Täter auch den Menschen zu sehen, und dass das eine Stärke ist und keine Schwäche.«

Geert Terheugen war in Hamburg sein Vorgesetzter gewesen und hatte – anders als manch anderer – immer eine gute Meinung von ihm gehabt. Vor einem Jahr war er plötzlich an einem Herzinfarkt gestorben, und er fehlte Jacobsen immer noch sehr.

»Er hat aber auch gesagt, dass du einen Fehler hast«, fuhr seine Schwester fort. »Du fürchtest dich davor, jemandem zu vertrauen. Das wagst du weder bei deinen Kollegen noch bei sonst einem Menschen, mit dem du länger persönlich zu tun hast ... außer vielleicht noch bei mir. Das mag an deiner Ex liegen – du hast wirklich nicht viel Glück mit deiner Ehe gehabt, das muss ich leider zugeben. Isa war als deine bessere Hälfte eine glatte Fehlbesetzung und ein selten dämliches Weibsstück obendrein. Ich hab nie begriffen, was du an ihr gefunden hast. Aber nicht alle Frauen sind wie Isa – und Melanie schon gar nicht.«

»Ich weiß«, sagte er müde. »Glaub mir, *Lütte* – das weiß ich.«

Ihr Blick wurde deutlich weicher.

»Das ist doch immerhin ein Anfang«, antwortete sie. »Hoffen wir, dass du aus diesem Schlamassel möglichst bald und einigermaßen ungeschoren wieder herauskommst. Was hältst du davon, wenn ich dir jetzt eine Kleinigkeit zu essen mache? Ein bisschen Suppe vielleicht? Oder willst du einen Tee?«

Er sah sie an und brachte ein schwaches Lächeln zustande. »Danke – am besten beides. Lieb von dir.«

»Fein.« Sie lächelte zurück. »Dann komm mal mit in die Küche, Bruderherz.«

Amtshilfe

Am Tag danach fuhr Jacobsen von seiner Schwester aus nach Waiblingen. Heike hatte ihn mit einer deftigen Hamburger Kartoffelsuppe gefüttert, ihm einen starken Ostfriesentee gekocht und darauf bestanden, dass er bei ihr in seinem ehemaligen Gästezimmer übernachtete. *Sonst gehst du morgen wieder zum Dienst, ohne was Anständiges zu essen,* hatte sie in einem Ton gesagt, der keinen Widerspruch duldete. *Ich mach dir Frühstück, vorher kommst du mir nicht aus dem Haus.*

Also saß er jetzt mit zwei Scheiben Hefezopf und einem Kaffee im Magen allein in seinem Büro, die Liste der Verdächtigen vor Augen, die fatalerweise immer kürzer wurde. Er stellte deprimiert fest, wie sehr es ihm fehlte, sich mit Melanie auszutauschen; im Moment hing er buchstäblich in der Luft und wusste nicht wirklich, wie er weiter verfahren sollte. Natürlich war es möglich, mit Hilfe der Kollegen in Friedrichshafen Emily Willmer etwas genauer unter die Lupe zu nehmen. Sie hatte genügend Grund gehabt, Meyer zu töten, und aus ihrem Hass auf den Mann keinen Hehl gemacht. Und sie hatte kein Alibi. Dass Jacobsen sie nicht für schuldig hielt, spielte keine Rolle. In den letzten Tagen hatte er begreifen müssen, wie erschreckend wenig er sich auf das eigene Urteilsvermögen verlassen konnte.

Er wandte den Blick vom Computerbildschirm ab und starrte auf das Telefon. Am liebsten hätte er Melanie angerufen; er sehnte sich verzweifelt danach, mit ihr zu reden. Aber was sollte er ihr sagen? Er wusste, dass eine Entschuldigung mehr als fällig war – für seine Verdächtigungen und dafür, dass er ihr jegliche Kompetenz als Ermittlerin abgesprochen hatte.

Er hörte die eigene Stimme wie ein Echo in seinem Kopf, scharf vor Wut und Verachtung. *Glaubst du tatsächlich, ich kann dich als Polizistin noch ernst nehmen?* Das hatte sie mit Sicherheit am härtesten getroffen … obwohl auch der Rest von dem, was er ihr an den Kopf geworfen hatte, mehr als ausreichend gewesen war, um ihrer guten Arbeitsbeziehung den Boden zu entziehen. Von ihrer Freundschaft ganz zu schweigen. Und von den leisen Hoffnungen, die er sich darüber hinaus gemacht hatte, erst recht.

Jacobsen streckte die Hand nach dem Hörer aus … und zog sie langsam wieder zurück. Er konnte Melanie nicht anrufen. Er *wagte* es nicht. Zu groß war seine Furcht, zurückgewiesen zu werden – womöglich endgültig.

Also musste er darauf warten, dass sie auf ihn zukam. *Und darum beten, dass das möglichst bald geschah.*

Genau in diesem Moment fing das Telefon an zu klingeln. Er hob den Hörer ab und hätte ihn in seiner Hast beinahe fallen lassen.

»Hallo?«

»Hier Frank Hasemann«, antwortete eine angenehme, leicht raue Stimme. »Ehemaliger Kriminalhauptkommissar. Spreche ich mit Kommissar Malte Jacobsen?«

»Ja, der bin ich.« Jacobsen legte die Stirn in Falten. *Hasemann. Den Namen hatte er doch erst unlängst gehört, in Zusammenhang mit …*

»Angenehm. Ich war bis vor ein paar Jahren der Vorgesetzte von Kommissar Surendra Sinha, mit dem Sie vor einiger Zeit Bekanntschaft gemacht haben.«

Natürlich. Veit Armbruster in Friedrichshafen hatte bei ihrem Telefonat am Tag nach Meyers Tod den Mann erwähnt.

»Falls Sie ihn suchen – hier ist er nicht«, entgegnete Jacobsen kurz. An diesen verfluchten Sinha wollte er eigentlich nicht einmal mehr denken, geschweige denn über ihn reden.

»Davon bin ich auch nicht ausgegangen«, sagte Hasemann völlig gelassen. »Aber er hat mich gebeten, Ihnen etwas auszurichten.«

»Mir?«, fragte Jacobsen, überrumpelt und höchst misstrauisch zugleich. »Was denn?«

»Ich muss ein bisschen ausholen«, meinte Hasemann. »Surendra hat mich vor einiger Zeit angerufen, einen Tag nachdem er die Leiche von Pierre Meyer in Waiblingen gefunden hat. Das war ein alter Bekannter von uns, wie Sie sicher wissen … und das ist wohl auch ein Grund dafür, warum Surendra prompt unter Mordverdacht geraten ist. In diesem Zusammenhang … darf ich erfahren, ob Ihre Ermittlungen da schon zu einem Ergebnis geführt haben?«

»Entlastet ist er jedenfalls noch nicht«, antwortete Jacobsen kurz; das Thema ging ihm zunehmend auf die Nerven. Er wollte, dass der Mann endlich auf den Punkt kam, anstatt vorher noch einen ausgiebigen Smalltalk über dieses lästige Übel Sinha führen zu müssen.

»Schade«, sagte Hasemann. »Dann hoffe ich mal weiterhin das Beste … wobei ich Ihnen in Ihre Arbeit natürlich nicht dreinreden will. Was Surendra hoffentlich ebenfalls nicht tut, auch wenn es ihn mit Sicherheit in sämtlichen Fingern juckt, sich einzubringen. Ich kenne den Jungen nur zu gut.«

Sie ahnen ja gar nicht, wie *gut*, dachte Jacobsen zynisch. Aber aus irgendeinem Grund, den er sich selbst nicht wirklich erklären konnte, verzichtete er darauf, den pensionierten Kriminalhauptkommissar über die gesammelten Alleingänge und Polizistenattacken seines ehemaligen Untergebenen aufzuklären.

»Wie dem auch sei«, nahm Hasemann den Faden wieder auf, »Surendra weiß, dass ich mit einem Sozialpädagogen in der JVA Freiburg gut befreundet bin – Manfred Winkler. Das hat ihn auf die Idee gebracht, dass man sich bei dem Mann mal erkundigen könnte, ob Meyer sich während seiner Haftzeit Feinde gemacht hat. Oder sonst irgendwelche Kontakte geknüpft hat, die in den Dunstkreis von Waiblingen führen. Um exakt zu sein: Er hat *mich* gefragt, ob ich da bei Manfred vorfühlen könnte.«

»*Wann* hat er Sie das gefragt?«, warf Jacobsen ein und hielt angespannt den Atem an. *Sollte dieser indische Schläger es tatsächlich gewagt haben, nach seiner Bodensee-Eskapade weiterhin Privatdetektiv zu spielen, obwohl Jacobsen ihm mehr als deutlich zu verstehen gegeben hatte, dass er das verdammt noch mal bleiben lassen sollte?*

»Wie gesagt, einen Tag nach dem Leichenfund. Wieso, spielt das eine Rolle?«

»Eigentlich nicht.« Jacobsen ließ die Luft wieder entweichen. *Gerade noch mal Glück gehabt, Sinha.* »Und, haben Sie diese Anfrage weitergeleitet?«

»Um ehrlich zu sein, zuerst wollte ich ihm seine Bitte rundheraus abschlagen, weil ich das als Einmischung in Ihre Arbeit empfunden habe«, antwortete Hasemann. »Aber andererseits: Ich bin überzeugt davon, dass Surendra mit Meyers Tod nichts zu tun hat, deshalb fühle ich mich ihm ein bisschen verpflichtet. Und abgesehen davon – wenn es hilft, einen Mordfall aufzuklären, kann ein Telefonat mit einem alten Freund nicht völlig verkehrt sein. Kurz und gut: Ich hab Surendra den Gefallen getan. Und heute hat sich Manfred endlich bei mir zurückgemeldet.«

Jacobsen verkniff es sich wohlweislich, darüber nachzudenken, wo in diesem Fall die Grenze zwischen einem Privatgespräch und unangebrachter beziehungsweise unerwünschter Einmischung in Polizeiermittlungen verlief. Allein schon, weil er gegen einen älteren und ranghöheren Kollegen wohl kaum eine ähnliche Breitseite abfeuern konnte wie seinerzeit gegen Sinha.

»Er meinte, eine Liste derer, mit denen Meyer in der JVA *nicht* in irgendeiner Form über Kreuz war, wäre erheblich kürzer und leichter abzuarbeiten gewesen«, fuhr Hasemann fort. »Aber er hat sich die Zeit genommen, die heftigsten Vorfälle und Auseinandersetzungen der vergangenen Jahre, an denen Meyer beteiligt war, herauszusuchen und Meyers Gegenspieler – vor allem die, die bereits wieder in Freiheit sind – genauer einzukreisen. Und dabei ist er auf einen Mann gestoßen, der seinen Wohnsitz in Bad Cannstatt hat und mit Meyer durchaus noch die eine oder andere Rechnung offen haben dürfte.«

Jacobsen stellte fest, dass er inzwischen tatsächlich mehr als interessiert zuhörte.

»Der Mann heißt Harry Striesow.« Hasemann legte eine kleine Kunstpause ein. »Sagt Ihnen der Name etwas?«

»Spontan nicht«, erwiderte Jacobsen, nachdem er sich ein paar Sekunden lang vergeblich den Kopf zerbrochen hatte. »Weswegen hat er denn gesessen?«

»Drogen«, antwortete Hasemann. »Er dealt seit Jahren in großem Umfang, und seine Kundschaft hat er im Großraum Stuttgart, inklusive Waiblingen. Er und Meyer haben sich anfangs eine Zelle geteilt und sind dabei mehr als einmal aneinandergeraten, was meistens nicht ohne mindestens ein Dutzend Hämatome und eine blutige Sauerei abging. Am Ende hat man die beiden dann getrennt … aber das hat auch nichts geholfen; nur wenig später haben sie sich bei der Essensausgabe derart geprügelt, dass Striesow ein eingeschlagenes Jochbein, eine kaputte Nase und einen Milzriss davongetragen hat. Er hat Meyer damals laut und für jedermann hörbar Rache geschworen. Allerdings bekam er keine Gelegenheit mehr, seinen Plan in die Tat umzusetzen. Kurz nachdem er aus dem Krankenhaus wieder herauskam, hatte er seine Strafe abgesessen und wurde entlassen. Das ist jetzt gut zwei Jahre her.«

Jacobsen hatte sich nebenbei eifrig Notizen gemacht. *Mit denen würde er nachher sofort zu den Kollegen vom Drogendezernat gehen. Wenn dieser Striesow tatsächlich auch im Raum Waiblingen aktiv war, dann kannten die ihn mit Sicherheit.*

»Und das ist der einzige erklärte Feind von Meyer aus unserer Region?«, fragte er sicherheitshalber noch einmal nach.

»Jedenfalls der einzige, von dem Manfred mir berichtet hat«, sagte Hasemann. »Vielleicht gibt es noch andere, aber mit denen hatte Meyer dann eher kleinere Scharmützel. Auf den Tod gehasst hat ihn wohl wirklich nur Harry Striesow.«

»Dann werden wir da mal gründlich nachhaken«, versetzte Jacobsen. »Sofern Ihr Schützling uns nicht zuvorkommt.«

Der Satz war ihm herausgerutscht, noch ehe er richtig darüber nachdenken konnte. *Sei's drum. Er hatte weiß Gott keinen Grund, diesen Sinha irgendwie zu schonen.*

»Sie meinen Surendra?« Hasemann klang, als ob er lächelte. »Keine Gefahr aus der Richtung. Er weiß nichts von Harry Striesow.«

»Nichts?«, entfuhr es Jacobsen verblüfft.

»So ist es«, erwiderte Hasemann. »Ich hab ihn zwar als Ersten angerufen, noch vor Ihnen … aber er hat mich gar nicht zu

Wort kommen lassen und lediglich gesagt: ›Erzähl das Kommissar Jacobsen, nicht mir. Mich geht das nichts an.‹«

Jacobsen biss sich auf die Lippen. *Jetzt war der Kerl auch noch anständig. Verflixt noch mal.*

»Verstehe«, sagte er langsam. »Gut, dann danke ich Ihnen in jedem Fall für Ihren Anruf und die Information. Vielleicht hilft sie uns ja tatsächlich weiter.«

»Das würde mich freuen«, entgegnete Hasemann. »Und falls Ihnen Surendra mal wieder über den Weg läuft, dann grüßen Sie ihn bitte von mir, ja?«

Instinktiv betastete Jacobsen sein schmerzendes Kinn. *Das fehlte noch.*

»Mach ich«, antwortete er knapp. »Ade, Herr Hasemann.«

»Ade.«

Er legte auf, stützte die Ellenbogen auf den Schreibtisch und dachte nach. Womöglich hatte ihm das Schicksal in Gestalt eines pensionierten Kripobeamten gerade einen vielversprechenden Verdächtigen auf dem Silbertablett serviert ... aber um zu entscheiden, welche Schritte als Nächstes fällig waren, musste er sich erst einmal genauer über diesen Harry Striesow informieren.

Am besten sofort.

***

»Ich fürchte, ich kann Ihnen nicht weiterhelfen, Herr Kollege.«

Der Beamte, der Jacobsen hinter seinem Schreibtisch gegenübersaß, lehnte sich zurück und verschränkte die Arme vor der Brust. Jacobsen ließ diese überraschende Aussage erst einmal unkommentiert und schaute sich um. Die Wände des Büros der Drogenfahndung waren ebenso schmucklos und grau wie die seines eigenen; neben der Tür prangte allerdings ein Poster an der Wand, das ein grinsendes holländisches *Meisje* zeigte, komplett mit der spitzen, weißen Haube, Holzschuhen ... und einem gewaltigen Joint zwischen den Lippen. *Sehr passender Humor.*

»Wieso können Sie mir nicht helfen?«, fragte er. »Dass Sie keine Ahnung haben, wer Harry Striesow ist, kann ich mir beim besten Willen nicht vorstellen. Nach dem, was ich weiß, muss er ein ziemlich großer Fisch im Drogenteich sein.«

»Das stimmt.« Oberkommissar Rudi Gmelin – etwa im gleichen Alter wie er selbst, schätzte Jacobsen, grau gesprenkelter schwarzer Bürstenhaarschnitt und offensichtlich regelmäßiger Besucher eines Fitnessstudios – nickte knapp. »Und Sie sollten nicht glauben, dass ich Ihnen Knüppel zwischen die Beine werfen will. Sind Sie sicher, dass Striesow als Täter bei Ihrem Mordfall in Frage kommt?«

»Der Mann hat mit unserem Opfer bis vor zwei Jahren in der JVA Freiburg gesessen«, erwiderte Jacobsen. »Zeitweise sogar in einer Zelle. Und nach Auskunft des dortigen Sozialpädagogen waren die beiden wie Hund und Katze. Striesow soll öffentlich und wiederholt gedroht haben, sich für den Ärger zu rächen, den er dort ständig mit seinem Zellengenossen hatte. Jetzt ist er *nicht* mehr in Haft – und unser Opfer ist tot.«

»Hm.« Gmelin entspannte sich etwas und beugte sich vor; Jacobsen nahm das als gutes Zeichen. »Bisschen ungewöhnlich für Striesow. Der *lässt* eher morden, als dass er die Drecksarbeit in die eigenen Hände nimmt. Dafür hat er seine Leute. Darf ich fragen, wie Ihr Opfer gestorben ist?«

»Durch einen Elektroschocker.«

Gmelins Augenbrauen schossen in die Höhe. »Noch ungewöhnlicher. Das ist doch eher eine Verteidigungswaffe für Frauen, oder?«

»Es gibt auch Männer, die so was benutzen«, sagte Jacobsen und dachte an Andrej Smirnow. *Der aber, so wie es aussah, nicht Meyers Mörder war.* »Ich gebe es ungern zu, aber im Moment tappe ich ziemlich im Dunkeln. Ich bin dankbar für jede Information, die Sie mir geben wollen.«

Er runzelte die Stirn, als ihm ein plötzlicher Gedanke durch den Kopf schoss. *War es möglich, dass …*

»Oder *dürfen* Sie mich vielleicht gar nicht informieren – weil ich Ihnen sonst womöglich einen Strich durch Ihre eigenen

Ermittlungen mache?«, fragte er. »Fürchten Sie, ich könnte versehentlich in irgendeine geheime Aktion stolpern?«

Gmelin zuckte leicht zusammen. *Mitten ins Schwarze.*

»Ich will Ihnen nicht vor den Karren fahren«, versicherte Jacobsen. »Wirklich nicht. Aber Harry Striesow ist einer der wenigen Verdächtigen, die ich habe. Und ich muss Bescheid wissen. Ich muss die Möglichkeit haben, ihn zu befragen. Wenn ich das nicht an Ihnen vorbei tun soll, dann sagen Sie mir, wie ich es mit Ihrer Hilfe tun kann.«

Der Drogenfahnder musterte ihn so intensiv, als wollte er ihm durch die Stirn geradewegs ins Gehirn sehen. Dann straffte er sich, als hätte er eine Entscheidung getroffen.

»Im Moment darf ihn *niemand* befragen«, sagte er langsam. »Das Letzte, was wir jetzt brauchen, ist ein Beamter, der ihn misstrauisch macht und ihm das Gefühl gibt, es sei ihm jemand auf den Fersen.«

»Das heißt, Sie wollen Striesow in Sicherheit wiegen«, meinte Jacobsen. »Wieso? Hat er ein großes Ding vor und Sie wollen ihn dabei auf frischer Tat erwischen?«

Gmelin schüttelte leicht den Kopf, dann grinste er plötzlich.

»So ungefähr«, sagte er. »Sie sind ganz schön ausgeschlafen, Herr Kollege. Also gut – ich setze Sie ins Bild. Vorausgesetzt, ich kann mich darauf verlassen, dass die Geschichte noch ein paar Tage strikt unter uns bleibt. Sonst sind nämlich mehr als zwei Jahre Arbeit für die Katz, und die Chance, die wir jetzt haben, kommt wahrscheinlich nicht so schnell wieder.«

»Versprochen«, antwortete Jacobsen ruhig. »Großes Pfadfinderehrenwort.«

***

Die Geschichte, die er in der nächsten halben Stunde zu hören bekam, hatte – obwohl sie mitten in Schwaben spielte – alle Zutaten für einen Mafiathriller. Harry Striesow hatte sich mit der nötigen Rücksichtslosigkeit, Chuzpe und Brutalität im Laufe von zwanzig Jahren ein regelrechtes Drogenimperium aufgebaut. Er dealte mit so ziemlich allem, was sich für teures Geld an Süchtige verkaufen ließ, und hatte, was die Trends anging, den Finger immer am Puls der Zeit.

»Angefangen hat er ganz klassisch mit Marihuana, Heroin und Koks«, erklärte Gmelin. »Dann ist er irgendwann auf Ecstasy umgestiegen und auf die anderen bunten Glücklichmacher und hat obendrein Crack und Crystal Meth mit in seinen ›Warenkatalog‹ aufgenommen. Ist leicht in kleinen Drogenküchen herzustellen, macht garantiert sofort süchtig und bringt noch mehr Kohle. Und dabei hat er sich geschickt immer ausreichend bedeckt gehalten – gerade genug, dass keine Spur direkt zu ihm führte. Wir hatten Indizien, dass er die Finger bis zum Ellenbogen in diesen dreckigen Geschäften hatte, aber keine Beweise. In seiner Organisation redet niemand freiwillig – und wer es tut, wird im Handumdrehen ausgeschaltet. Offiziell hat er ein Import-Export-Unternehmen und liefert Lebensmittel nach Tschechien, Polen und Russland. Saubere Papiere, perfekt geführte Rechnungsbücher, jede fällige Steuer wird bezahlt. Seine Fahrer halten sämtliche Ruhezeiten ein, und seine Transporter werden tipptopp gewartet, damit sie niemals bei einer Verkehrskontrolle durch abgefahrene Reifen oder defekte Bremsschläuche auffallen.«

»Wie ist er dann im Knast gelandet?«, erkundigte sich Jacobsen.

»Das war ein Ausrutscher«, meinte Gmelin. »Bei einer Stichprobe wurde in einem seiner Lebensmittel-Laster zwischen Salat und Bananen eine kleine Ladung Amphetamine entdeckt. Striesow hat alles auf den Fahrer geschoben und beteuert, der Kerl sei süchtig und habe ihn hintergangen. Besagter Fahrer hat seinen Mut zusammengenommen und gegen ihn ausgesagt – allerdings wusste er nicht viel, und Striesow wäre um ein Haar gänzlich ungeschoren davongekommen. Es hat auch bloß für gut zwei Jahre in der JVA gereicht … es war nur eine geringe Menge Amphetamine, und für seine ganz großen Drogengeschäfte fehlten die Beweise.«

»Was wurde aus dem Fahrer?«

»Der ist nach dem Prozess spurlos verschwunden«, antwortete Gmelin grimmig. »Wie gesagt – für so was hat Striesow seine Leute.«

Dass der Drogenboss im Gefängnis saß, hieß natürlich nicht, dass seine Organisation sich auflöste. Er bezahlte genügend verlässliche Männer, die die Geschäfte ganz in seinem Sinne weiterführten, und auch von der Zelle aus behielt er die Fäden in der Hand. Und sobald er wieder frei war, konnte er genauso weitermachen wie zuvor.

»Wir haben begriffen, dass wir direkt in seinen Laden hineinmüssen, um ihn endlich richtig dranzukriegen«, sagte Gmelin. »Also haben wir ihm eine Laus in den Pelz gesetzt. Wir haben einen unserer Leute mit einer falschen Vita und jeder Menge einschlägiger Vorstrafen ausgestattet und in seine Firma eingeschleust, erst mal bloß als Fahrer. Er hat sich schnell unentbehrlich gemacht. Das war vor zweieinhalb Jahren. Als Striesow aus der JVA entlassen wurde, saß unser Mann hinter dem Steuer des Wagens, der ihn abholen sollte. Und dann haben wir Theater gespielt. Striesow ist extrem misstrauisch und fürchtet etwaige Konkurrenten. Die Freiburger Kollegen haben uns unterstützt und ein bisschen aus dem Hinterhalt in der Gegend herumgeballert … alles Filmtricks, präparierte Explosionen auf einer Landstraße ein paar Kilometer von der JVA entfernt, ein paar Wasserfontänen im Straßengraben, ein Loch in der Windschutzscheibe von Striesows Mercedes und so weiter, aber es wirkte verflucht echt. Ich war dabei und wäre beinahe darauf hereingefallen, obwohl ich wusste, dass es bloß Show war. Dadurch bekam unser Mann die Chance, seinem ›Boss‹ schön dramatisch das Leben zu retten. Obwohl das keine Sekunde in Gefahr gewesen ist. Aber Striesow hat es geglaubt, und das war die Hauptsache.«

Jacobsen blinzelte überrascht.

»Wow!«, sagte er. »Ich möchte lieber nicht wissen, wie viel Papierkram dazu nötig war, die Erlaubnis für so eine Aktion durchzusetzen.«

»Jede Menge.« Gmelin grinste breit. »Und ein paar *sehr* großzügig ausgelegte Paragrafen noch dazu. Aber es hat sich gelohnt. Seither hat sich unser Mann zur rechten Hand von Striesow hochgearbeitet. Und jetzt zahlt sich die Sache hoffentlich aus – genauer gesagt in ein paar Tagen. Am kommenden Sonntag.«

»Was passiert am kommenden Sonntag?«

»Striesow hat einen neuen Lieferanten. Hochwertiges Heroin, fast rein, jede Menge Pillen und Meth. Striesow hat ihm ein sehr großzügiges Angebot gemacht, damit die Ware nicht an die falschen Leute geht. Und am Sonntag soll die Übergabe stattfinden. Es ist allerdings so viel Geld im Spiel, dass Striesow sich zum ersten Mal seit Jahren nicht im Hintergrund halten, sondern selbst dabei sein will. Das heißt …«

»… wenn Sie ihn im richtigen Moment verhaften, haben Sie ihn endlich an den Eiern«, sagte Jacobsen. »Kein Wunder, dass Sie bei dem Gedanken, ich könnte Ihnen dazwischenfunken, Bauchschmerzen gekriegt haben.«

»So ist es.« Gmelin nickte. »Außerdem ist es für unseren Mann höchste Zeit, dass er aus dieser Undercover-Nummer wieder herauskommt. Als wir ihn eingeschleust haben, war er gerade einmal ein Jahr verheiratet und hatte so was wie eine Ehekrise … sonst hätte er wohl kaum mitgespielt. Aber jetzt will er wieder zu seiner Frau zurück, und das am liebsten lebendig. Er hat es irgendwie geschafft, mit ihr in Kontakt zu bleiben. Das war zwar streng verboten – schon aus Sicherheitsgründen –, aber ich kann's ihm nicht wirklich übel nehmen. Ich kenn das Mädel, sie ist reizend. Und sie macht sich Sorgen um ihn – zumal er mit ihr letzten Winter nicht nur heimlich telefoniert hat, sondern ein bisschen mehr. Sie ist schwanger.«

»Woher weiß er denn, dass es *sein* Kind ist?«

Gmelin lachte. »Das hab ich ihn auch gefragt. Er hätte mir um ein Haar eine gelangt. Und hat mir gesagt, dass er so weder weitermachen kann noch will.« Er wurde ernst, und Jacobsen begriff, dass er sich um seinen Kollegen ehrlich Sorgen machte. »Undercover-Jobs sind nicht nur riskant, sie verändern die Leute auch, und das teilweise drastisch. Er hat Angst, wenn er nicht rechtzeitig aussteigt, dann erkennt ihn seine Frau nicht wieder. Und er sich selbst auch nicht.«

»Versteh ich.« Jacobsen nickte. Er war in seiner Hamburger Zeit mehreren Kollegen begegnet, die undercover gegangen waren, und er hatte keinen von ihnen um diese hochgefährliche Arbeit beneidet. »Darf ich wissen, wie der Undercover-Mann heißt?«

»Eric Stappel«, antwortete Gmelin nach einem unmerklichen Zögern. »Aber Striesow kennt ihn natürlich unter einem anderen Namen.«

Jacobsen überlegte. Dann sah er Gmelin an. »Können Sie sich vorstellen, mich zu Ihrer Aktion am Sonntag mitzunehmen?«

Die Augen des Drogenfahnders wurden schmal. »Wieso das denn? Wenn wir Striesow einsacken, können Sie ihn anschließend alles fragen, was Sie wollen. Auch, ob er Ihr Opfer auf dem Gewissen hat.«

»Aber dummerweise nur, wenn Striesow nach der Aktion noch lebt.« Jacobsen beugte sich vor. »Mir ist klar, dass Sie ihn lebendig festnehmen wollen, sonst können Sie ihn ja wohl kaum vor Gericht bringen. Aber wir wissen doch beide, was da alles schiefgehen kann. Wenn Ihr Drogenboss sich bei der Übergabe und bei seiner Verhaftung eine Kugel an der falschen Stelle einfängt, gibt es keinen Prozess und er wird mir auch keine Frage mehr beantworten können. Ich wäre einfach gern … in der Nähe.«

Gmelin schwieg – so lange, dass Jacobsen bereits fürchtete, sein Blatt überreizt zu haben. Er wusste genau, dass der Kollege sich sehr weit aus der Deckung gewagt hatte … wozu er keineswegs verpflichtet gewesen war. Und dass er genauso wenig verpflichtet war, noch weiter zu gehen.

»Ich denk drüber nach«, erwiderte Gmelin endlich. »Und ich muss das erst absprechen, mit meinen Leuten und meinen Vorgesetzten. Die werden nicht sehr begeistert sein, fürchte ich. Sobald ich mehr weiß, gebe ich Ihnen Bescheid. Okay?«

»Okay.« Jacobsen stand auf und streckte dem Drogenfahnder die Hand hin. »Und auf alle Fälle danke für Ihr Vertrauen.

Von mir erfährt niemand etwas über diese Sache – höchstens *mein* Vorgesetzter, und auch nur dann, wenn Sie mir erlauben, Sie zu begleiten.«

Gmelin verdrehte die Augen und seufzte.

»Schön«, sagte er. »Jetzt verschwinden Sie besser, bevor meine Redseligkeit noch anfängt, mir leidzutun.«

Jacobsen blieb stehen. »Wir hören voneinander? Vor dem kommenden Sonntag?«

»Natürlich«, raunzte Gmelin. »Hab ich doch gesagt. Und jetzt *raus* mit Ihnen!«

Jacobsen gehorchte. Sein Schritt war federnd, und sein Herz schlug schnell. Mit etwas Glück war der Fall Pierre Meyer in vier Tagen aufgeklärt und Geschichte.

Als er die Treppe zu seinem eigenen Büro hinunterging, tat er es mit einem Lächeln.

Schüsse in der Dunkelheit

Am Freitag kam endlich der Anruf von Gmelin, auf den Jacobsen gespannt gewartet hatte.

»Ich hole Sie am Sonntag ab, abends gegen sieben«, sagte der Drogenfahnder. »Und nur dass Sie's wissen: Meine Leute sind nicht sonderlich glücklich darüber, dass Sie an der Aktion unbedingt teilnehmen wollen. Aber Ihr Vorgesetzter hat eine Lanze für Sie gebrochen und mir versichert, dass Sie nicht zu Alleingängen neigen und auch nicht versuchen werden, den Helden zu spielen.«

»Hat er das?« Jacobsen schluckte seine Verblüffung herunter, so rasch er konnte. »Das ist sehr … äh … *freundlich* von ihm. Ich werde mich bemühen, seine Erwartungen nicht zu enttäuschen. Und Ihre auch nicht, Kollege.«

»Danke«, versetzte Gmelin trocken. »Jetzt fühle ich mich schon besser – wenn auch nicht viel. Ziehen Sie sich was Unauffälliges an. Möglichst dunkel, wenn's geht. Eine schusssichere Weste stellen wir Ihnen zur Verfügung. Bis dann.«

Es knackte in der Leitung. Jacobsen fuhr seinen Computer herunter und warf einen wehmütigen Blick auf Melanies leeren Schreibtisch. Er hätte ihr liebend gerne erzählt, was er vorhatte – obwohl er sich ihre Meinung dazu lebhaft vorstellen konnte. *Aus dem Alter für Abenteuer bist du eigentlich raus, Malte. Und am Montag möchte ich dich gern in einem Stück wiedersehen – ohne Schusswunden oder Knochenbrüche.* Er konnte sie fast reden hören, und für einen Moment packte die Sehnsucht nach ihr ihn so heftig, dass sie sich anfühlte wie ein bohrender Schmerz in der Magengrube. Er riss sich zusammen, nahm seine Jacke von der Stuhllehne und wollte gerade gehen, als sich die Tür öffnete und Finkbeiner hereinkam.

»'n Abend, Jacobsen!«, sagte sein Chef. »Gut, dass ich Sie noch erwische. Ich muss sagen, mit Ihnen wird es nie langweilig. Erklären Sie mir doch mal was: Wann hatten Sie eigentlich vor, mich über Ihr Gespräch mit Rudi Gmelin zu informieren?«

»Jetzt«, erwiderte Jacobsen. »Gleich nachdem der Kollege mich angerufen hat, um mir sein Okay zu geben, und das hat er erst vor fünf Minuten getan. Ich habe ihm vorgestern versprechen müssen, mit niemandem über die Ermittlungen der Drogenfahndung in Sachen Harry Striesow zu reden. Und daran habe ich mich gehalten.«

»Ich bin gerührt.« Finkbeiner schnaubte leise und ironisch. »Sie können sich bestimmt meine Überraschung vorstellen, als mich heute Mittag die oberste Etage der Drogenfahndung angerufen und gründlich über Sie ausgehorcht hat. Das nächste Mal würde ich gern selbst entscheiden, worüber ich Bescheid wissen darf und worüber nicht. Ich mag es nicht besonders, in dienstlichen Angelegenheiten dazustehen wie ein ahnungsloser Simpel.«

»Versteh ich.« Jacobsen räusperte sich verlegen. »Aber ich habe gehört, Sie hätten allerhand Gutes über mich zu sagen gehabt. Danke.«

»Gern geschehen.« Finkbeiner lächelte leicht. »Tun Sie mir den Gefallen und strafen Sie mich nicht Lügen, okay? Das wäre für uns beide ein bisschen peinlich. Viel Glück – und kommen Sie gesund wieder, ja? Ich erwarte am Montag einen vollständigen Bericht – und *wirklich* am Montag. Nicht etwa ein, zwei Tage später.«

»Wird erledigt.«

Finkbeiner nickte ihm knapp zu und ging hinaus. Jacobsen wartete noch einen Augenblick, bevor er sich auf den Weg zu seinem Wagen machte.

***

Das Wochenende verstrich zäh und langsam. Jacobsen brachte die Zeit damit herum, dass er sich am Samstag selbst bei seiner Schwester und ihrer Familie einlud. Heike vermied es glücklicherweise, ihn nach Melanie zu fragen. Stattdessen machte sie Rostbraten und Spätzle und schleifte ihn am Sonntag zu einem dieser Familienspaziergänge mit, die er als Kind immer so gehasst hatte. Überraschenderweise hatte er diesmal Spaß an der Sache. Er unterhielt sich mit seinem Schwager Kurt, ließ sich von seinem Neffen Paul erklären, wie ein *Pen & Paper*-Spiel funktionierte (und verstand nur die Hälfte), und ließ mit den drei Voigts auf einer großen Wiese am Rand von Backnang zwei Stunden lang Drachen steigen.

Gegen fünf war er wieder zu Hause, machte sich einen Espresso und holte eine schwarze Jeans und einen schwarzen Rollkragenpulli aus dem Schrank. Er zog sich um, setzte sich auf den Balkon und rauchte, während er gleichzeitig das starke Gebräu schlürfte. Er hatte seine Hausaufgaben gemacht und im Büro alles über Striesow gelesen, was er finden konnte. Jetzt hoffte er mit einem Anflug von Demut, dass nachher nichts schiefging und Kollege Gmelin seine Großzügigkeit genauso wenig bereuen würde wie Finkbeiner. *Und wie er selbst.*

Gmelin hielt sein Versprechen. Um Punkt sieben stand er mit einem großen, dunklen Lieferwagen ohne jede Beschriftung vor der Tür. Jacobsen stieg vorne ein und nahm die schusssichere Weste entgegen.

»Wissen Sie, wo die Übergabe stattfindet?«, wollte er wissen.

»Noch nicht sicher«, antwortete Gmelin. »Normalerweise spielen sich solche Treffen außerhalb der Stadt ab – je weniger neugierige Augen, desto besser. Wir müssen warten, bis wir von Stappel das Signal bekommen und den exakten Ort erfahren. Und das kann noch dauern. Vor Mitternacht passiert höchstwahrscheinlich gar nichts.«

Sie fuhren nach Waiblingen; geredet wurde kaum. Jacobsen (der die Bitte von Finkbeiner noch im Ohr hatte) übte sich in Geduld und überließ es Gmelin, ihm zu sagen, was er tun sollte. Gegen neun parkte der Lieferwagen knapp außerhalb von Waiblingen. Gmelin teilte ihm mit, dass sie hier nicht nur auf Nachricht von Stappel warten mussten, sondern auch auf das Einsatzkommando, das sich erst wirklich in Marsch setzen würde, wenn die Männer wussten, wohin es ging.

Um halb zehn summte Gmelins Handy; Stappel hatte eine SMS geschickt. Gmelin las sie und nickte zufrieden.

»Wie ich dachte«, sagte er. »Die Übergabe findet in einem neu erschlossenen Gewerbegebiet statt, zwei Kilometer von hier. Ideal für Striesow – lauter Felder drumherum, und um die Tages- und Uhrzeit ist da kein Mensch. Wir werden unsere Leute strategisch gut platzieren müssen, damit unser Kunde nicht zu früh Lunte riecht – und seine neuen Lieferanten ebenso wenig.«

Er machte eine rasche Funkdurchsage und startete den Motor; sie fuhren durch die Dunkelheit und erreichten ihr Ziel nur wenige Minuten später. Mit der Umgebung hatte Gmelin recht gehabt; sich heimlich anzuschleichen war bei den vielen leeren Flächen um die Industriebauten ein Ding der Unmöglichkeit. Jacobsen blieb anweisungsgemäß im Wagen sitzen und sah den Männern des Einsatzkommandos zu, die lautlos wie Geister an dem Lieferwagen vorbeihuschten und ihre Positionen einnahmen.

Es wurde halb elf, dann elf. Jacobsen hätte sich liebend gern die Beine vertreten und eine Zigarette geraucht, aber er wagte es nicht, aus dem Wagen zu steigen. Er hatte nicht die geringste Lust, dafür verantwortlich zu sein, dass der Drogenboss zu früh begriff, was da gespielt wurde, und das Weite suchte. Also tat er gar nichts und verfolgte stattdessen im abgedunkelten Führerhaus des Lieferwagens schweigend den Funkverkehr, während der Zeiger seiner Armbanduhr sich quälend langsam vorwärtsbewegte.

Um kurz nach elf summte Gmelins Handy zum zweiten Mal. Der las, was auf dem Display geschrieben stand, und verzog das Gesicht.

»Verdammte *Scheiße!*«, sagte er. »Striesow hat kurzfristig den Treffpunkt geändert. Stappel hat mich schon gewarnt, dass das passieren könnte. Sein sauberer Boss ist paranoid. Nicht, dass ich ihm das zum Vorwurf machen könnte – in diesem speziellen Fall hat er ja sogar recht damit.«

»Okay.« Jacobsen atmete tief durch. »Wo müssen wir hin?«

Gmelin biss die Zähne zusammen. »Da kommen Sie nie drauf. Der Sack will seinen Riesendeal ausgerechnet in Sichtweite des Beinsteiner Torturms machen – in der Waiblinger Altstadt. Mehr Menschen drumherum gibt es fast nicht. Selbst wenn er bis nach Mitternacht wartet, sind bestimmt immer noch Leute unterwegs.«

Es war ihm anzusehen, dass er fieberhaft nachdachte.

»Eigentlich müssten wir die ganze Sache abblasen. Denn wenn irgendeiner dieser sauberen Brüder das Feuer eröffnet und es zu einem Schusswechsel kommt, ist die Bevölkerung akut gefährdet.«

Jacobsen spürte, wie sich sein Herzschlag beschleunigte. »Und – tun Sie's? War's das?«

Gmelin zögerte, dann schüttelte er den Kopf.

»Nein«, sagte er. »Das kann ich nicht machen. Wenn Striesow mit der Sache davonkommt, überschwemmt er Waiblingen und den ganzen Großraum Stuttgart mit mehr Drogen als jemals zuvor. Ich hab keine Ahnung, ob wir noch einmal eine solche Chance kriegen. Außerdem will ich Eric aus Striesows Spinnennetz heraushaben, bevor es zu spät ist. Wir müssen es riskieren – falls das Ganze mich anschließend den Kopf kostet, hab ich halt Pech gehabt. Außerdem müssen wir uns beeilen, verdammt noch mal. Striesow und Eric brechen jeden Moment auf, und wir müssen unbedingt *vor* ihnen dort sein.«

»Lassen Sie *mich* fahren«, schlug Jacobsen vor. »Dann können Sie Ihre Männer umdirigieren, und wir verlieren keine Zeit.«

»Okay.«

Sie tauschten rasch die Plätze. Jetzt war es Jacobsen, der am Steuer des Lieferwagens saß und Gas gab, während Gmelin neben ihm rasend schnell Befehle in sein Funkgerät bellte. Der Lieferwagen war mit einem Navi ausgestattet, und das war ein Glück; diesmal durfte Jacobsen sich unter gar keinen Umständen verfahren, und Gmelin hatte nicht die Muße, ihm zu sagen, welche Route er nehmen sollte. Er war viel zu sehr damit beschäftigt, seine Leute neu zu instruieren.

»Eric hat einen GPS-Tracker bei sich«, sagte er, als sie sich dem zweiten Übergabeort näherten. »Das heißt, wir wissen auf den Meter genau, wo er und Striesow sich befinden, und das werden wir auch nötig haben. Ich hoffe bloß, es sind alle rechtzeitig in Position.«

»Das hoffe ich auch«, erwiderte Jacobsen mit Nachdruck.

Wenige Minuten später war die Altstadt in Sichtweite. Der Beinsteiner Turm mit der Brücke über die Rems war hell angeleuchtet. Inzwischen war es empfindlich kalt und die Luft so feucht, dass sie durch Jacobsens dicken Rollkragenpulli drang und ihn frösteln ließ. Weißer Nebel zog in dicken, abgerissenen Schwaden über das Wasser des Flusses.

»Wieso *macht* der Kerl das bloß?«, murmelte Gmelin. »Das ist doch wie auf dem Präsentierteller!«

»Vielleicht gerade, *weil* das hier kein Mensch vermuten würde«, erwiderte Jacobsen, der gespannt verfolgte, wie die Hälfte der Männer des Einsatzkommandos in Windeseile den Fluss überquerten und seitlich im Schatten des Turms verschwanden. »Wenigstens sind bei dem Wetter keine Passanten mehr unterwegs, die ins Kreuzfeuer geraten könnten. Wo ist Striesow jetzt?«

»Einen knappen Kilometer von hier.« Gmelins Blick klebte an seinem Handydisplay. »Er hat angehalten. Wahrscheinlich wartet er erst einmal in aller Ruhe ab, dass seine Lieferanten eintreffen, bevor er sich endgültig herbemüht. Falls er nicht Verdacht geschöpft oder sogar entdeckt hat, was Eric hinter seinem Rücken treibt.« Plötzlich spannte er sich an und deutete auf einen zweiten Lieferwagen, der langsam am Fluss entlangfuhr und kaum fünf Meter von der Brücke entfernt zum Stehen kam. »Schauen Sie mal. Das da müssen sie sein! Licht aus – *schnell!*«

Jacobsen gehorchte. Der andere Lieferwagen löschte ebenfalls seine Lichter, und minutenlang geschah nichts. Dann berührte Gmelin ihn an der Schulter.

»Er kommt.«

Gemeinsam verfolgten sie den kleinen blinkenden Punkt auf Gmelins Handy, der sich ihrer Position näherte. Jacobsen schaute in den Rückspiegel und sah den Mercedes, der in die Winnender Straße einbog und im Schritttempo heranrollte.

Gmelin flüsterte ein paar letzte Anweisungen in sein Funkgerät. Der Wagen blieb stehen, und die Fahrertür öffnete sich. Das Licht der Turmillumination war so hell, dass Jacobsen die Gestalt des Mannes, der ausstieg, deutlich sehen konnte. Blond, schlank, breitschultrig und muskulös – das musste Eric Stappel sein. Für einen flüchtigen Moment grinste Jacobsen und überlegte, ob der Undercover-Mann und sein Vorgesetzter wohl dasselbe Fitnessstudio besuchten.

Stappel kam in ihre Richtung. Er bewegte sich langsam und schaute sich sorgsam nach allen Seiten um – vermutlich sollte er für Striesow das Gelände sondieren, um unliebsame Überraschungen zu vermeiden. *Die Striesow allerdings unmittelbar bevorstanden – vorausgesetzt, es ging jetzt nichts mehr schief.*

Jacobsen und Gmelin beobachteten mit angehaltenem Atem, wie Stappel an ihrem Lieferwagen vorbeiging und einmal mehr die Umgebung genau unter die Lupe nahm. Dann blieb er stehen, zog ein Handy aus der Tasche und tippte etwas, bevor er sich wieder auf den Rückweg machte. Gmelin hob das Funkgerät an den Mund. Die Männer, die nicht jenseits der Brücke warteten, waren ganz in der Nähe des Transporters versteckt, der vermutlich die Ware enthielt. Striesow musste nur noch mit dem Geldkoffer aussteigen und in Reichweite kommen, damit Gmelin den Zugriff befehlen konnte.

Jacobsen behielt den Mercedes im Auge. Jetzt öffnete sich auch die Beifahrertür, und der Mann, um den sich diese ganze Aktion drehte, verließ den Wagen, einen silbernen Metallkoffer in der Hand. *Es war tatsächlich Harry Striesow.* Er war mindestens zwei Köpfe kleiner als Stappel – nicht weiter verwunderlich, selbst Jacobsen war nicht so groß – und hatte den massigen Körperbau von jemandem, der zu viel saß, zu viel aß und sich zu wenig bewegte. Auf den Fotos, die Jacobsen bei seinen Recherchen in den letzten Tagen gesehen hatte, war Striesows Haar schon schütter gewesen. Inzwischen war er vollkommen kahl, und das Licht der Straßenlaterne, unter der er langsam hindurchging, spiegelte sich in seiner nackten Kopfhaut.

Noch immer wartete Gmelin. Jacobsen begriff, warum: Er wollte seinen Kollegen erst aus der Schusslinie haben, bevor er die Truppen auf den Drogenboss losließ. Stappel stand jetzt direkt vor Striesow, nickte und sagte anscheinend etwas zu ihm. Dann setzten die beiden Männer sich Seite an Seite in Bewegung, auf das Flussufer zu, wo der Lieferwagen mit den Drogen parkte. Jacobsen merkte, dass Stappel unauffällig langsamer wurde und ein, zwei Schritte hinter Striesow zurückblieb. Jetzt kamen sie vorbei und gingen weiter. Im Augenblick waren sie keine fünf Meter von ihm und Gmelin und keine zehn Meter mehr von dem Lieferwagen entfernt. Neben ihm knackte das Funkgerät, und er konnte Gmelin atmen hören. *Nur noch ein paar Sekunden.*

Und genau in diesem Moment kam von der anderen Seite der Brücke ein lauter Knall.

Gmelin fluchte lästerlich. Jacobsen beobachtete, wie Striesow jäh stehen blieb und den Koffer fallen ließ. Einen Wimpernschlag später hielt er eine großkalibrige Pistole in der Hand. Und die zielte nicht etwa auf den unsichtbaren Schützen am Tor, sondern direkt auf Stappels Kopf.

Hätte Jacobsen genügend Zeit zum Nachdenken gehabt, dann hätte er sich vielleicht darüber gewundert, wie rasch der scheinbar so träge Drogenboss ziehen konnte. Allerdings hatte er keine Zeit, und er dachte auch nicht nach. Er hörte Gmelin noch *»Zugriff! Zugriff!«* brüllen, aber da war die Tür des Lieferwagens auch schon offen, und er stand auf der Straße. Er hielt seine Dienstwaffe in der Hand, ohne so recht zu wissen, wie sie dahin gekommen war, nahm blitzschnell Striesows Pistole ins Visier und feuerte.

Die Pistole flog in hohem Bogen durch die Luft. Striesow gab einen Schrei von sich, halb aus Verblüffung und halb vor Schmerz. Er spähte an Stappel vorbei, entdeckte Jacobsen, und seine Augen weiteten sich. Er zauderte ein paar Sekundenbruchteile; wahrscheinlich überlegte er, ob er es schaffen konnte, seinen Wagen zu erreichen. In diesem Moment sprang Gmelin aus dem Lieferwagen. Er schoss nicht auf Striesow, um Stappel nicht zu verletzen, der mitten im Weg stand. Stattdessen gingen zwei außerordentlich gut gezielte Schüsse in die Richtung des Mercedes, und der hatte plötzlich zwei platte Vorderreifen.

Striesow bleckte die Zähne wie ein Raubtier, das sich unvermutet in der Falle wiederfindet. Dann wandte er sich ab und rannte auf die Brücke vor dem Turm zu ... und das viel schneller, als Jacobsen es jemals für möglich gehalten hätte. Er wartete darauf, dass Stappel endlich zur Seite auswich und in Deckung ging, um seinen Kollegen ein freies Schussfeld und die Möglichkeit zum Zugriff zu geben, aber der dachte ganz eindeutig nicht daran. Er verfolgte Striesow, der inzwischen die Mitte der Brücke hinter sich gelassen hatte, so finster entschlossen wie ein Jäger seine schon viel zu lange vergeblich belauerte Beute.

Fast gleichzeitig flammten die Scheinwerfer des Drogentransporters auf, und der Motor erwachte brüllend zum Leben. Jacobsen konnte hören, wie der Fahrer den Rückwärtsgang einlegte – die Kuriere, die gekommen waren, um ihre Ware gegen den Inhalt von Striesows Geldkoffer einzutauschen, versuchten begreiflicherweise, sich angesichts der veränderten Lage aus dem Staub zu machen. Jacobsen, der sich in diesem Moment fast unmittelbar neben dem Transporter befand, verzichtete wohlweislich darauf, ihn aufhalten zu wollen. Aus den Augenwinkeln sah er, wie überall um ihn her die Männer des Einsatzkommandos aus der Deckung sprangen, während jeweils zwanzig Meter vor und hinter dem Transporter Polizeiwagen heranrasten und die Straße blockierten. *Bingo.*

Er hielt hektisch nach Striesow Ausschau, der inzwischen den Beinsteiner Turm fast erreicht hatte und kurzzeitig in einer Nebelwolke verschwand, die von der Rems aufstieg und die Brücke verschleierte. Keiner der Männer, die beim Turm versteckt warteten, machte den Versuch, ihn durch einen Schuss aufzuhalten – was natürlich an Stappel lag, der dicht hinter ihm rannte und mit ziemlicher Sicherheit ebenso ein paar Kugeln abbekommen hätte wie der Mann, den er unbedingt und wider alle Vernunft auf eigene Faust erwischen wollte. Am Ende der

Brücke schlug Striesow einen scharfen Haken – und war gleich darauf im alten Wehrgang verschwunden.

Die Männer am Tor hatten keine Gelegenheit, ihm zu folgen, denn die Kuriere im Transporter waren nicht etwa vernünftig genug, sich den plötzlich aus dem Boden emporwachsenden Beamten des Einsatzkommandos zu ergeben. Stattdessen setzten sie sich zur Wehr. Jacobsen hörte das vielfache Krachen von Schüssen hinter sich und dankte im Stillen seinem Schicksal, dass er außer Reichweite war. Er registrierte noch, wie die Männer über die Brücke zurückhasteten, um ihren Kollegen zur Hilfe zu eilen, bevor er genau wie Striesow und Stappel in den Schatten des Wehrgangs eintauchte.

Der Gang war stellenweise handtuchschmal, die Wände mit Schmierereien und Graffiti bedeckt, die schemenhaft an Jacobsen vorüberrauschten, während er sich verzweifelt bemühte, zu den beiden Männern vor sich aufzuschließen. Zum Glück waren an der Decke in regelmäßigen Abständen Neonleuchten angebracht, sonst hätte er die Hand nicht vor Augen gesehen. So aber behielt er den blonden Kopf Stappels im Blick, und er hörte das Trommeln der Füße der beiden anderen auf dem ausgetretenen Stein, genauso wie seine eigenen Schritte, die laut von den Mauern widerhallten.

Dann machte der Wehrgang eine leichte Biegung, wurde geringfügig breiter und öffnete sich seitlich in die Altstadt. Jacobsen spürte die Lichter der Häuser neben sich, ohne sie wirklich zu sehen … und plötzlich bemerkte er, dass Stappel jäh stehen geblieben war. Er kam ebenfalls stolpernd zum Stehen, spähte hastig an dem Undercover-Mann vorbei und stellte fest, dass Striesow sich umgedreht hatte. Das kalte, weiße Neonlicht zeigte sein wutverzerrtes, schweißüberströmtes Gesicht und die Waffe, die er in der Hand hielt. Eine *zweite* Waffe – die genau in dieser Sekunde losging und mit einem lauten Knall eine Kugel ausspuckte. Stappel zuckte heftig zusammen und gab einen erstickten Laut von sich. Die Wucht des Einschlags ließ ihn nach hinten taumeln, und Jacobsen hatte nicht die geringste Chance, rechtzeitig auszuweichen. Er ging unter dem Gewicht des verletzten Kollegen zu Boden. Seine Dienstwaffe fiel ihm aus der Hand, schlitterte über den unebenen Steinboden davon und außer Reichweite.

Das Echo des Schusses dröhnte ihm in den Ohren. Er schob den schlaffen, schweren Körper von Stappel unsanft beiseite und sah, dass Striesow nicht etwa weitergeflüchtet war, sondern jetzt seinen Kopf aufs Korn nahm. *Na wunderbar,* dachte Jacobsen. *Die schusssichere Weste hätte ich mir echt sparen können.*

Ein zweiter Schuss krachte. Das Geschoss pfiff haarscharf an ihm vorbei und traf nicht ihn, sondern den Boden. Scharfe Steinsplitter spritzten hoch; er spürte, wie sich ein paar davon schmerzhaft in seine Wange bohrten. Jetzt zielte Striesows Waffe direkt auf seine Stirn.

Und im nächsten Moment packte jemand den Drogenboss von hinten, riss den Arm mit der Waffe hoch und stieß ihn beiseite. Striesow, offenbar genauso überrascht wie Jacobsen, stolperte und schaffte es nur knapp, sich auf den Beinen zu halten. Gleichzeitig hechtete eine Gestalt an ihm vorbei, landete keine zwei Meter von Jacobsens Füßen entfernt auf dem Boden, rollte sich blitzschnell ab und hob die Hand, die Jacobsens Pistole umklammert hielt. Im nächsten Moment krachte ein dritter Schuss. Mit einem lauten Schrei fasste Striesow an seinen rechten Oberschenkel. Er ging in die Knie, sackte seitwärts und prallte mit dem Kopf gegen die Mauer. Dann blieb er regungslos liegen.

Für eine kurze Ewigkeit war es fast vollkommen still, abgesehen von dem Jaulen unzähliger Sirenen, das wahrscheinlich aus der Gegend des Beinsteiner Tores kam. Jacobsen setzte sich auf und schüttelte halb betäubt den Kopf. Sein Rücken schmerzte, der eben erst verheilte Knöchel auch, und Blut rieselte ihm über die Wange.

Er sah, wie sein Retter in der Not sich vom Boden hochstemmte und über Striesow beugte. Er löste die Waffe aus der schlaffen Hand des Drogenbosses, sicherte sie, steckte sie ein und fühlte dem Mann kurz den Puls. Dann richtete er sich auf, drehte sich um – und in diesem Moment erkannte Jacobsen ihn.

»*Sie?*«, stieß er hervor. »Was machen *Sie* denn hier?«

Surendra Sinha starrte ihn mindestens ebenso verblüfft an. Seine Wange war zerschrammt und blutig.

»Herr Jacobsen! Lieber Himmel ... sind Sie verletzt?«

Jacobsen schüttelte den Kopf. »Nicht so tragisch – aber den Kollegen hier hat's schwer erwischt, fürchte ich.«

»Ich ruf sofort Hilfe.« Sinha suchte nach seinem Smartphone; dabei fiel sein Blick auf die Pistole, die er nach wie vor in der Hand hielt. Mit einem verlegenen Lächeln reichte er sie Jacobsen.

»Ich nehme an, das ist Ihre.«

Noch immer fassungslos nahm Jacobsen seine Dienstwaffe entgegen, mit der sein erklärter Lieblingsfeind Surendra Sinha ihm soeben mit größter Wahrscheinlichkeit das Leben gerettet hatte.

Er räusperte sich, plötzlich ebenfalls verlegen.

»Danke«, sagte er heiser.

***

Kriminalhauptkommissar Stefan Finkbeiner hastete eilig den trüb beleuchteten Wehrgang entlang. Vor einer halben Stunde hatte ihn ein Anruf aus dem Schlaf gerissen; Oberkommissar Rudi Gmelin vom Drogendezernat hatte sich verpflichtet gefühlt, ihn zumindest kurz darüber zu informieren, dass bei dem Einsatz nicht alles so gelaufen war wie geplant, es aber Gott sei Dank keine Toten gegeben hatte und sein Mitarbeiter Jacobsen weitgehend unverletzt war. Auch wenn dieser Zusatz halbwegs beruhigend war – unter diesen Umständen war Finkbeiner nicht bereit, bis zum nächsten Morgen auf einen Bericht zu warten. Er wollte sich selbst ein Bild von der Situation machen. Und genau erfahren, wie es Jacobsen ging. *Der offensichtlich die Regeln auf seine ganz eigene Weise ausgelegt hatte. Wieder einmal.*

Also war er aus dem Bett gesprungen, in seine Kleider gefahren und mit Vollgas zum Beinsteiner Tor gerast, wo ihn ein

Meer aus Scheinwerfern und Blaulicht empfangen hatte. Verletzte Polizisten und Männer in Zivilkleidung wurden von Sanitätern versorgt, ein Mann, der vor Schmerzen stöhnte, wurde soeben auf einer Trage in einen Sanka verfrachtet. Vergeblich hatte Finkbeiner sich nach Jacobsen umgesehen, und als er sich schließlich nach Rudi Gmelin erkundigte, hatte man ihn in Richtung Wehrgang verwiesen; dort, ein gutes Stück weiter, gebe es noch mehr Verwundete, und dort sei auch Gmelin zu finden.

Schon von Weitem sah Finkbeiner durch eine offene Stelle in der Gefachung des Wehrgangs den Rettungswagen, der draußen auf der Straße stand. Als er ihn erreichte, entdeckte er Jacobsen; bleich und mit blutüberströmtem Gesicht saß er auf einem Klappstuhl. Ein Sanitäter entfernte gerade vorsichtig mit einer Pinzette etwas aus seiner Wange.

»Jacobsen!« Finkbeiner ging schnell auf ihn zu und hielt dem Sanitäter sicherheitshalber kurz seine Dienstmarke vor die Nase. »Liebe Zeit, Mann – sind Sie in Ordnung?«

»Keine Sorge, ich bin okay«, murmelte Jacobsen verbissen. »Nur ein paar Steinsplitter.«

»Sie haben mehr Glück als Verstand gehabt«, kommentierte eine sarkastisch klingende Stimme; ein kräftiger, schwarzhaariger Mann trat zu ihnen und musterte Finkbeiner. »Sind Sie Kriminalhauptkommissar Finkbeiner? Rudi Gmelin, ich hab Sie vorhin angerufen. Angenehm.«

»Gleichfalls«, erwiderte Finkbeiner kurz. »Darf ich jetzt erfahren, was hier los war, oder muss ich auf den offiziellen Bericht warten?«

»Der wird in jedem Fall entschieden detaillierter sein als das, was ich Ihnen jetzt auf die Schnelle sagen kann«, antwortete Gmelin. »Aber damit Sie einigermaßen auf dem Laufenden sind: Da hinten am Tor hat es unmittelbar vor unserem Zugriff einen Riesenknall gegeben – allem Anschein nach eine Fehlzündung bei einem unbeteiligten Privatfahrzeug, die Kollegen prüfen das noch. Danach ist natürlich nichts mehr nach Plan gelaufen, es gab eine Mordsschießerei, und Striesow hat die

Flucht ergriffen, nachdem Ihr Kollege hier ihm die Wumme aus der Hand geschossen hat. Sauberer Treffer. Muss ich schon zugeben.«

»Danke«, sagte Jacobsen trocken und zuckte zusammen, als der Sanitäter seine blutende Wange mit einem Wattebausch abtupfte. *Vermutlich irgendwas, das saumäßig brennt,* dachte Finkbeiner mit einem Anflug von Mitgefühl.

»Wie gesagt, Striesow hat Fersengeld gegeben, und unser Undercover-Mann und Ihr Kollege haben ihn durch den Wehrgang bis hierher gejagt«, fuhr Gmelin fort. »Dann hat Striesow auf die beiden geschossen. Unseren Mann hat's schwer erwischt; er war bewusstlos, als sie ihn in die Klinik gefahren haben, ich warte noch immer auf eine Nachricht, ob er durchkommt. Striesow selbst hat auch eine Kugel abgekriegt, ins Bein, und bei dem Sturz hat er sich außerdem den Schädel ordentlich angeschlagen. Den Kerl haben Sie jetzt knapp verpasst; vor vielleicht einer Minute haben sie ihn abtransportiert.«

»Ich denke, das kann ich verschmerzen«, versetzte Finkbeiner ironisch und wandte sich an Jacobsen. »Haben *Sie* Striesow angeschossen?«

Jacobsen biss sich auf die Lippen und schüttelte den Kopf. »Nein. Das war *er.*«

Er wies mit dem Kinn in die Richtung eines dunkelhaarigen Mannes, den Finkbeiner jetzt erst bemerkte; er lehnte an der Mauer, der linke Unterarm war mit einer weißen Mullbinde umwickelt, und mit der rechten Hand stützte er seinen Ellenbogen. *Gestaucht wahrscheinlich.* Das Gesicht mit der zerschrammten Wange hatte Finkbeiner noch nie persönlich gesehen, und dennoch erriet er sofort, wer vor ihm stand.

»Kommissar Sinha?«

Der Mann sah ihn verwundert an und nickte wortlos.

»Das ist ja ein Zufall!« Finkbeiner lächelte unwillkürlich. »Jetzt lerne ich Sie doch endlich mal kennen. Kriminalhauptkommissar Stefan Finkbeiner; ich bin zur Kripo Waiblingen gekommen, kurz nachdem Sie uns damals in Richtung Bodensee verlassen haben. Aber natürlich kenne ich Ihren Namen.«

»Aus den Erzählungen von Hermann Giersdorfer, vermute ich.« Sinhas Stimme war dunkel und sein Ton etwas steif. »Friede seiner Asche.«

Finkbeiner schnaubte leise. Er hatte seinerzeit selbst ein paar zweifelhafte Erfahrungen mit diesem Giersdorfer gemacht. »Keine Sorge, es gibt noch genug andere Kollegen, die Sie in sehr *guter* Erinnerung behalten haben. Und wenn ich das eben richtig verstanden habe, dann haben Sie sich heute erneut positiv in unsere Annalen eingeschrieben. Auch wenn ich noch nicht so ganz begreife, wie das möglich war – Sie waren doch in diesen Einsatz hier nicht auch eingebunden, oder?«

»Natürlich nicht.« Sinha schüttelte den Kopf. »Ich weiß auch immer noch nicht genau, worum es eigentlich gegangen ist.«

»Das stimmt«, warf Jacobsen von seinem Klappstuhl aus ein. »Kommissar Sinha wusste nichts von Harry Striesow und unserer Aktion gegen ihn. Das kann ich bestätigen.«

»Und wieso waren Sie dann hier – ausgerechnet jetzt?«, meldete sich Gmelin zu Wort und musterte Sinha misstrauisch. »Ich meine, nichts gegen *zur rechten Zeit am rechten Ort*, aber das ist schon ein seltsamer Zufall, finden Sie nicht?«

»Durchaus«, entgegnete Sinha gleichmütig. »Trotzdem werden Sie sich in diesem Fall damit abfinden müssen. Ich habe bis gegen Mitternacht im *Teneria* gesessen, und ich kann Ihnen zumindest *eine* Bedienung nennen, die das sicher bezeugen wird. Danach wollte ich noch ein bisschen frische Luft schnappen und bin spazieren gegangen – und dabei in diese Schießerei geraten. Rein zufällig. Ich versichere Ihnen, dass mir niemand etwas von der Aktion erzählt hat, die hier abgelaufen ist. Warum auch? Schließlich arbeite ich schon lange nicht mehr bei der hiesigen Kripo.«

»Das ist ein Grund, aber kein Hindernis.« Gmelin zog eine mürrische Grimasse. »In unserem Präsidium scheint man ja insgesamt gern an Regeln und Absprachen vorbeizuarbeiten. Wie war das – *Kommissar Jacobsen neigt nicht zu Alleingängen*, ja?«, fragte er, an Finkbeiner gewandt. »*Das* hab ich gemerkt.

Für jemanden, der hoch und heilig versprochen hat, sich brav im Hintergrund zu halten, hat er sich mehr als gründlich eingemischt.«

Finkbeiner wechselte einen vielsagenden Blick mit Jacobsen, der knallrot geworden war.

»Na und?«, meldete sich Sinha gelassen zu Wort. »Es gibt Situationen, da *muss* man einfach aktiv werden. Absprachen hin, Regeln her. Weiß ich aus eigener Erfahrung.«

Finkbeiner registrierte aus den Augenwinkeln, wie Jacobsen den Kopf hob und Sinha sichtlich überrascht musterte.

»Na ja«, wandte er ein, »so einfach ist es auch wieder nicht. Regeln sind Regeln, und man kann sie nicht nach Lust und Laune beiseiteschieben oder ignorieren. Aber in diesem Fall ... wenn ich Sie richtig verstanden habe, Gmelin, dann hat Kommissar Jacobsen immerhin Striesow entwaffnet, bevor der die Flucht ergriffen hat, richtig?«

»Was denn, *hat* er?« Sinha sah Jacobsen an und hob anerkennend den Daumen. »Bravo!« Dann fasste er wieder Gmelin ins Auge. »Und wir wollen nicht vergessen: Wenn Jacobsen Ihrem Undercover-Mann nicht hinterhergespurtet wäre, dann hätte ich keine Waffe gehabt, um diesen Striesow außer Gefecht zu setzen. Also haben Sie es letzten Endes auch ihm zu verdanken, dass der junge Mann noch am Leben ist ... und dass Sie Ihr Zielobjekt erwischt haben.«

Erneut schielte Finkbeiner zu Jacobsen hinüber; der wirkte inzwischen eigenartig beschämt.

Gmelin hatte Sinha die ganze Zeit über irritiert und ärgerlich taxiert. Jetzt aber entspannten sich seine Züge plötzlich, und er lachte.

»Punkt für Sie, Herr ... wie heißen Sie doch gleich?«

»Sinha.«

»Herr Sinha. Okay, ich geb's zu, die Eskapade von Herrn Jacobsen hat sich letzten Endes für uns als ausgesprochen hilfreich erwiesen. Ebenso wie *Ihr* Einsatz. Dafür ... Entschuldigen Sie.« Sein Handy hatte zu klingeln begonnen, und er zog es hervor und entfernte sich ein paar Schritte, während er zu sprechen begann. Finkbeiner nutzte die Gelegenheit, um seinerseits das Wort zu ergreifen.

»Ich stimme mit Oberkommissar Gmelin überein«, sagte er zu Sinha. »Sie haben großartigen Einsatz gezeigt, und ich spreche Ihnen dafür unsere Anerkennung aus. Ich werde gleich morgen einen entsprechenden Bericht an Ihren Vorgesetzten schreiben; auch wenn das hier keine offizielle Zusammenarbeit war, Sie haben zwei Kollegen das Leben gerettet. Und ich werde dafür sorgen, dass man in der K1 Friedrichshafen darüber Bescheid weiß.«

Sinhas Mund verzog sich zu einem blassen Lächeln. »Danke. Aber wenn ich Sie um etwas bitten darf – seien Sie so gut und betonen Sie die Tatsache, dass ich nicht mit einer eigenen Waffe geschossen habe. Wie Sie wahrscheinlich wissen, bin ich derzeit wegen einer internen Ermittlung beurlaubt und darf deshalb keine Dienstwaffe tragen. Ich bin nicht mal sicher, ob es mir rein theoretisch erlaubt war, die meines Kollegen zu benutzen. Aber sie lag so schön in Sichtweite … und einen Elektroschocker, mit dem ich Striesow eventuell hätte umlegen können, besitze ich nicht.«

Finkbeiner begriff und schmunzelte. »Keine Sorge. In einem solchen Fall von Notwehr und akuter Gefahr für Leib und Leben zweier Polizisten wird Ihnen niemand einen Strick daraus drehen, dass Sie zur Waffe Ihres Kollegen gegriffen haben. Das kläre ich gegebenenfalls persönlich mit den Herren von Ihrer K1 ab. Wie sieht's eigentlich aus, haben Sie irgendwelche Verletzungen davongetragen? Was ist mit Ihrem Arm?«

»Aufgeschürft, bei meinem Hechtsprung nach der Pistole«, antwortete Sinha. »Dazu ein paar kleinere Schrammen und ein leicht gestauchter Ellenbogen. Alles halb so wild.«

»Gut. Wie kommen Sie nach Hause?«

»Ich bin mit dem Wagen hier. Und ich würde jetzt auch ehrlich gesagt gerne gehen. Haben Sie noch irgendwelche Fragen?«

»Im Moment nicht. Und wenn doch, dann melden wir uns.«

Sinha nickte. »Danke. Gute Nacht, Herr Finkbeiner.« Sein Blick glitt zu Jacobsen. »Gute Besserung, Kollege!«

Er wandte sich ab und ging davon. Finkbeiner atmete tief durch und schaute sich nach Jacobsen um. Der lehnte inzwischen an einem Holzbalken, ein großes, sauberes Wundpflaster auf der Wange, und sah aus, als würde er jeden Moment im Stehen einschlafen.

»Wie schaut's bei Ihnen aus? Wirklich alles im Lot?«

»Klar. Fit wie ein Turnschuh«, murmelte Jacobsen und gähnte.

»Gut«, sagte Finkbeiner. »Lassen Sie's morgen ruhig angehen, und wenn Sie wieder wach genug sind, um zur Arbeit zu kommen, dann am besten gleich in mein Büro. Ich bin sehr neugierig auf Ihren Bericht.«

»Selbstverständlich.«

Finkbeiner betrachtete ihn nachdenklich; dann lächelte er.

»Für Sie gilt übrigens das Gleiche wie für Sinha«, sagte er. »Das war ein großartiger Einsatz. Und ich denke, ich werde darüber hinwegsehen, dass Sie trotz meiner anderslautenden Versicherungen wieder mal einen Alleingang gestartet haben. Schließlich ist alles gut ausgegangen.«

»Danke.« Jacobsen grinste schief und etwas betreten.

»Und außerdem ...« Finkbeiner zwinkerte ihm zu. »Ist doch schön zu wissen, dass Sinha keinen Elektroschocker besitzt, nicht wahr?«

Jacobsen gab einen leisen Seufzer von sich. »Wirklich wahr.«

Finkbeiner versetzte ihm einen aufmunternden Klaps auf die Schulter. »Na, dann kommen Sie. Ich fahr Sie nach Hause.«

Gedankenspiele

Natürlich hatte Melanie Brendel gewusst, dass dies kein Urlaub unter den üblichen Vorzeichen sein würde. Keine freudige Spannung, keine wochenlangen Planungen, nicht die vertraute Aufregung vor einer Reise ins Unbekannte. Stattdessen fühlte sie sich unsicher und verloren. Und was sein würde, wenn dieser Urlaub vorüber war – sie hatte nicht die geringste Ahnung.

An dem Tag nach der Auseinandersetzung in ihrer Wohnung war sie früh aufgestanden, hatte Finkbeiner angerufen und um eine Auszeit gebeten. Sie hatte sich fast die ganze Nacht den Kopf darüber zerbrochen, was sie ihm sagen würde. Ihr Zorn auf Malte war noch längst nicht verraucht. Aber als sie Finkbeiners Stimme und seinen freundlich besorgten Ton gehört hatte, da war ihre Entschlossenheit trotzdem dahingeschwunden.

Am Ende hatte sie ihn angelogen ... oder besser, sie hatte ihm den eigentlichen Grund für ihre plötzliche Flucht aus dem Dienst ganz einfach verschwiegen. Natürlich war es *keine* Lüge, dass Papa an Alzheimer litt und dass die Symptome immer schlimmer wurden. Natürlich war es genauso wenig eine Lüge, dass Mama dringend Hilfe und Entlastung nötig hatte. Aber dass sie es nicht mehr ertrug, mit Malte gemeinsam in einem Büro zu sitzen – geschweige denn, mit ihm zusammenzuarbeiten – das hatte sie mit keinem Wort erwähnt. Sie hatte nichts davon gesagt, dass sich ihr bei dem bloßen Gedanken an das, was Malte am vorigen Abend zu ihr gesagt hatte, der Magen herumdrehte, und dass sie immer noch mit den Tränen kämpfte, wenn sie sich an den Ton seiner Stimme und den Ausdruck in seinem Gesicht erinnerte. Und dabei hatte sie nun wirklich nicht nahe am Wasser gebaut.

Der Chef hatte es ihr erstaunlich leicht gemacht. Er hatte sie nicht mit dem Fall unter Druck gesetzt und auch nicht ihre Arbeitsmoral in Zweifel gezogen. Stattdessen hatte er sie getröstet, ihr mitfühlend versichert, dass er ihre schwierige Situation vollkommen verstand, und ihr alles Gute gewünscht. Nach dem Gespräch hatte sie aufgelegt, war in ihr Bett zurückgekrochen und hatte so lange geweint, bis sie endlich vor Erschöpfung eingeschlafen war. Sie war erst wieder aufgewacht, als es bereits Abend wurde.

Als sie sich aufgerappelt, eine Dusche genommen und sich angezogen hatte und gerade in der Küche stand, um sich zum ersten Mal an diesem Tag etwas zu essen zu machen, hatte das Handy geklingelt. Sie hatte einen Augenblick schierer Panik erlebt – was, wenn es Malte war? Dass er anrief, um sich zu entschuldigen, konnte sie sich beim besten Willen nicht vorstellen. Dafür kannte sie ihn inzwischen viel zu gut. Er konnte geradezu lächerlich stur sein, er hatte sich entsetzlich verrannt, und sein Ärger war mit Sicherheit ebenso wenig Geschichte wie ihr eigener.

Als sie merkte, dass es Surendra Sinha war, der sie anrief, war sie gleichzeitig erleichtert und traurig. Er erkundigte sich besorgt, ob alles in Ordnung sei. Trotz ihres schweren Herzens war sie gerührt. Sie versicherte ihm, dass es ihr gut ging, dass ihr aufgebrachter Kollege ohne weitere Vorwürfe oder gar Handgreiflichkeiten nach Hause gegangen war und dass er sich keine Gedanken zu machen brauchte. Er bedankte sich für die Auskunft und verabschiedete sich mit der fast altmodischen Höflichkeit, die sie an ihm mindestens so attraktiv fand wie seine schönen Augen und seine Stimme.

Das alles war fast eine Woche her. Sie hatte beschlossen, die freie Zeit so gut zu nutzen wie möglich; sie hatte ihren Keller aufgeräumt – eine Mammutaufgabe, die sie seit Jahren vor sich herschob – und nach getaner Tat den uralten Diaprojektor, den sie vollkommen eingestaubt in einem Regal entdeckt hatte, zusammen mit einem Dutzend Magazinen mit hinauf in ihre Wohnung genommen. Dort verbrachte sie einen nostalgischen Abend damit, Aufnahmen aus ihrer Kindheit zu betrachten, die sie schon seit Jahren nicht mehr gesehen hatte … sich selbst als Fünfjährige im Skianzug auf einer Piste in Österreich, als Zehnjährige an der Hand ihrer Mutter und im geblümten Badeanzug an der Adria, als Vierzehnjährige in einem leichten, weißen Sommerkleid mit Spaghettiträgern und dem allerersten Make-up … zusammen mit ihrem Vater auf einem Städtetrip in Rom.

Sie hatten sämtliche berühmten Kirchen abgeklappert, die Sixtinische Kapelle bestaunt und gemeinsam auf der Spanischen Treppe Eis gegessen, während Papa ihr die Lebensgeschichte von Michelangelo erzählte. Melanie hatte in ihrem besten Schulenglisch einen Touristen aus Südafrika gebeten, sie gemeinsam auf den Stufen zu fotografieren. Sie betrachtete den Mann mit dem fröhlichen Lächeln und dem windzerzausten Haar und das hübsche Mädchen, das ihn bewundernd von der Seite anstrahlte … aber den Mann gab es nicht mehr, und das Mädchen auch nicht.

Melanie seufzte, schaltete den Diaprojektor aus und ging ins Bett, wo sie sehr lange brauchte, um endlich einzuschlafen. Sie war mit ihrem Leben immer ausgesprochen zufrieden gewesen. Aber jetzt fühlte sie sich zum ersten Mal seit Jahren wirklich *einsam.*

Das Wochenende darauf verbrachte sie bei ihren Eltern und nahm den Diaprojektor und die Bilder aus Rom mit. Es geschah genau das, was sie halb und halb befürchtet hatte. Ihr Vater wusste nach wie vor, wer sie war, und freute sich spürbar, sie zu sehen. Doch als sie ihm die Bilder zeigte, betrachtete er sie zwar mit Interesse, konnte sich aber nicht mehr wirklich an die Reise erinnern. Als sie am Sonntagabend nach Hause kam, war sie rechtschaffen deprimiert.

Sie fragte sich, wie Malte wohl mit dem Fall vorankam. Von den Verdächtigen, die bisher für die Tat in Frage gekommen waren, hatten sie die meisten ausgeschlossen; dass er jetzt allein versuchen musste, eine Lösung für das Rätsel von Pierre Meyers gewaltsamem Tod zu finden, machte die Sache bestimmt nicht einfacher. Im Laufe der vergangenen Tage war sie ein Dutzend Mal drauf und dran gewesen, ihn anzurufen und sich nach den Fortschritten zu erkundigen … aber sie hatte es nicht getan. Der schreckliche Streit stand zwischen ihnen wie eine Wand, die sie weder durchbrechen konnte noch wollte.

Sie vermisste ihn trotzdem, und zwar sehr. Der Mann, den sie in den letzten drei Jahren kennengelernt hatte, fehlte ihr … sein trockener Humor, seine kluge Empathie, seine Wärme, die umso wertvoller und überraschender war, weil er sie meist hinter einem Schild aus kühler Ironie verbarg. Sie waren kein Paar gewesen – natürlich nicht –, aber sie hatte ihm mehr vertraut und sich mehr auf ihn verlassen als auf jeden einzelnen der drei Männer, mit denen sie bisher eine Beziehung eingegangen war. Doch dieser Malte, bei dem sie sich so wohlgefühlt und mit dem sie so gern und so mühelos zusammengearbeitet hatte, war genauso verschwunden wie der lachende Mann auf der Spanischen Treppe. *So wie es aussah, hatte sie beide verloren.*

Sie ging früh schlafen und wachte kurz nach Mitternacht wieder auf. Normalerweise war es um diese Uhrzeit in ihrer Wohngegend relativ still, abgesehen von dem einen oder anderen Wagen, der auf der Straße vorüberfuhr, aber jetzt hörte sie Sirenen. *Sehr viele Sirenen. Nicht ganz in der Nähe, aber doch nicht allzu weit weg.* Sie wäre gern aufgestanden und hätte nachgesehen, wusste aber genau, dass sie aus dem Erdgeschoss nicht den Überblick hatte, den sie brauchte. Sie würde noch ein paar Stunden abwarten müssen, um herauszufinden, was passiert war.

Am nächsten Morgen war sie früh auf und machte sich bei einer Tasse Kaffee in den sozialen Medien schlau. Was sie da las, bestürzte sie. Schießerei in der Altstadt? Drogendeal am Beinsteiner Tor? Sie arbeitete schon zu lange als Kripobeamtin und kannte die kriminelle Szene ihrer Heimatstadt zu gründlich, um der Illusion zu erliegen, dass Waiblingen eine friedliche Insel der Seligen war – aber das hatte sie nun doch nicht erwartet. Anstatt noch mehr von den Verschwörungstheorien durchzugehen, die online bereits wilde Blüten trieben, beschloss sie, sich dort zu erkundigen, wo man es mit Sicherheit am besten wusste.

Sie rief Finkbeiner an.

»Gut, dass Sie sich melden, Frau Brendel!«, sagte er. »Ich hätte Sie sonst selbst demnächst informiert – nicht dass Sie sich

Sorgen machen. Haben Sie heute schon versucht, Jacobsen zu erreichen?«

»Nein«, sagte sie vorsichtig. »Bis jetzt noch nicht. Wieso muss ich mir denn Sorgen machen? Und was genau ist da passiert in der Altstadt?«

»Ihr Kollege hat sich eine wilde Schießerei mit einem großen Drogendealer geliefert«, sagte Finkbeiner. »Um ehrlich zu sein: Er war dabei nicht allein. Das war eine Aktion der Drogenfahndung und so geheim, dass selbst ich erst ganz kurz vorher davon erfahren habe – aber auch nur, weil Jacobsen die Jungs unbedingt zu diesem Einsatz begleiten wollte.«

Melanie wurde es schlagartig flau im Magen.

»Geht es ihm gut?«, fragte sie leise und scharf. »Ist er verletzt?«

»Nichts, was eine ordentliche Portion Jod und ein Pflaster nicht wieder richten könnten«, entgegnete Finkbeiner munter. Worauf er sich daran machte, ihr die Geschichte der vergangenen Nacht zu erzählen. Farbig ausschmücken musste er sie nicht – sie war weiß Gott farbig genug –, aber Melanie fragte sich mehr als einmal, ob er wohl als Junge unter der Bettdecke heimlich reißerische Agententhriller geschmökert hatte. Anders war seine hörbare Begeisterung über die ganze Sache kaum zu erklären. Obwohl das verblüffende Detail, dass ausgerechnet Surendra Sinha es gewesen war, der Malte davor bewahrt hatte, von Striesow erschossen zu werden, diese Begeisterung selbst für sie absolut rechtfertigte.

»Ich nehme an, Jacobsen hält Sinha jetzt nicht mehr für mordverdächtig?«, fragte sie, als Finkbeiner schließlich fertig war.

»Wohl eher nicht.« Ihr Chef lachte. »Aber die Beweise gegen ihn waren sowieso kaum stichhaltig.«

Schön, dass er das genauso sieht wie ich, dachte Melanie. *Man kann mich als Polizistin also wohl doch noch ernst nehmen. Ich wünschte, Malte hätte das jetzt gehört.*

»Und Jacobsen denkt, dieser Harry Striesow könnte auch der Mörder von Pierre Meyer sein?«

»Er glaubt daran«, erwiderte der Chef. »Oder sagen wir lieber, er *hofft* es. Bis jetzt waren die Spuren, die Sie in diesem Fall verfolgt haben, samt und sonders Sackgassen, nicht wahr? Nicht Ihr Fehler, ich weiß – es wird immer problematisch, wenn ein Opfer so viele Feinde hat wie Meyer.«

Er schnalzte mit der Zunge.

»Immerhin sitzt uns diesmal die Presse nicht so sehr im Nacken wie bei anderen Fällen, und auch das Geschrei in den sozialen Medien ist bislang ausgeblieben. Dass den Vergewaltiger und Mörder einer jungen Frau vierundzwanzig Stunden später sein Schicksal ereilt hat, befriedigt offenbar das allgemeine Bedürfnis nach Gerechtigkeit.«

»Oder nach Rache«, sagte Melanie.

»Wohl schon eher.« Finkbeiner klang ein wenig sarkastisch. »Mit der Bestrafung der Person, die für Meyers Tod verantwortlich ist, haben es die selbst ernannten Richter und Henker auf den heimatlichen Sofas jedenfalls nicht so eilig. Nun – uns soll's recht sein, auf diese Weise können wir in Ruhe weiter ermitteln. Und wenn Ihr Kollege mit Striesow recht haben sollte, können wir die Sache endlich zu den Akten legen.«

Sie wechselten noch ein paar Worte über Melanies Vater, dann bedankte sie sich und legte auf. Sie holte sich eine zweite Tasse Kaffee, setzte sich wieder an den Küchentisch und dachte gründlich nach.

Möglich, dass Harry Striesow einen Mordshass auf Meyer gehabt hatte – aber war er tatsächlich selbst mit einem Elektroschocker auf ihn losgegangen? Sie glaubte nicht wirklich daran. Ein Mann wie der hatte Killer, die er losschicken konnte, um sich nicht selbst die Hände schmutzig zu machen.

Und auch wenn der Bruder von Irina Smirnowa einen Elektroschocker besessen hatte … es blieb die Waffe einer Frau.

Melanie kam eine Idee, und plötzlich saß sie kerzengerade.

Möglicherweise hatten sie den Täter bisher einfach deshalb nicht gefunden, weil sie nicht *alle* Opfer von Pierre Meyer kannten. Sie erinnerte sich daran, was Malte gesagt hatte, als er zum ersten Mal das Strafregister von Meyer vor Augen gehabt hatte: *Gewalt gegen Frauen zieht sich durch sein Leben wie ein roter Faden.* Es konnte noch mehr Vergewaltigungen und noch mehr Belästigungen gegeben haben. Viel mehr. Und vielleicht wohnten ein paar der Frauen, die Meyer gedemütigt oder verletzt hatte, inzwischen gar nicht mehr am Bodensee, sondern irgendwo anders in Deutschland … mitsamt ihren Familien, die genauso betroffen waren. *Womöglich sogar hier in Waiblingen.*

Die Frauen, auf die Meyer es bei seiner Vergewaltigungsserie damals abgesehen gehabt hatte, waren allesamt von ähnlichem Typ gewesen. Zwischen achtzehn und dreißig, schlank und bevorzugt selbstbewusst. Wenn man die zehn vergangenen Jahre dazurechnete … nachprüfte, ob auch andere Frauen diesem Typ entsprachen und zumindest damals in der richtigen Region gelebt hatten … und wenn sie vielleicht sogar irgendwann eine Anzeige wegen Vergewaltigung oder sexueller Belästigung erstattet hatten …

Sie brauchte eine Aufstellung dieser Anzeigen und die Daten der entsprechenden Einwohnermeldeämter. Und außerdem brauchte sie einen gewieften Computerspezialisten, der ihr half, diese Daten auszuwerten und daraus die richtigen Schlüsse zu ziehen.

Zum Glück kannte sie genau den richtigen Mann dafür. Und er war ihr obendrein noch einen Gefallen schuldig.

Melanie lächelte. Zum ersten Mal seit einer Woche fühlte sie sich wieder richtig lebendig und voller Tatendrang.

Jetzt würde sie Malte endgültig zeigen, was für eine gute Polizistin sie war.

***

Zur gleichen Zeit, als Melanie in ihrer Wohnung zum Telefon griff, stemmte sich Malte Jacobsen aus seinem Bett; er fühlte sich wie gerädert. Er hatte in dieser Nacht lange keinen Schlaf gefunden; jedes Mal, wenn ihm die Augen zufielen, sah er wieder den grellen Blitz des Mündungsfeuers, als Harry Striesow auf ihn schoss, hörte den ohrenbetäubenden Revolverknall und spürte glühend stechende Schmerzen in seiner Wange. Als er zwischendurch doch einmal wegdämmerte, stand er im Traum plötzlich selbst in dem Wehrgang und feuerte mit seiner Dienstwaffe auf Melanie, die ihn voller Trauer anschaute, bevor sie blutüberströmt und leblos zusammensank. Schweißgebadet fuhr er in die Höhe; an Schlaf war danach überhaupt nicht mehr zu denken, und dass er nach stundenlangem Starren in die Finsternis zuletzt offenbar doch noch ein wenig eingeduselt war, konnte er sich nur damit erklären, dass er restlos erschöpft war.

Jetzt aber versuchte er gar nicht erst, noch einmal einzuschlafen. Draußen war es hell, er sehnte sich nach einem starken Kaffee und vor allem nach jemandem zum Reden. *Alles, bloß nicht länger allein sein.*

Nach einer ersten Koffeindosis fuhr er nach Waiblingen ins Präsidium und meldete sich, wie versprochen, direkt im Büro seines Vorgesetzten. Finkbeiner bat ihn, Platz zu nehmen, musterte ihn prüfend und verließ kommentarlos den Raum. Wenig später kam er mit einem Espresso und einem Glas Latte macchiato zurück und servierte zu Jacobsens Überraschung neben dem Kaffee auch noch einen großen Teller mit Nusshörnchen und Franzbrötchen. Mit Letzteren war Jacobsen in Hamburg quasi aufgewachsen, und er fragte sich verblüfft, in welcher Waiblinger Bäckerei der Chef die wohl aufgetrieben hatte.

»Ich dachte – falls Sie noch nicht gefrühstückt haben«, erklärte Finkbeiner. »Und wenn ich mir Sie so ansehe, dann war dieser Gedanke offenbar nicht ganz verkehrt.«

»Überhaupt nicht«, gab Jacobsen zu und spürte im gleichen Moment, dass er tatsächlich Hunger hatte. »Danke.«

»Na, dann greifen Sie zu!«

Jacobsen nahm sich ein Franzbrötchen, brach ein Stück davon ab und steckte es in den Mund. Der herrlich süße Zimtgeschmack erinnerte ihn an seine Kindheit und besserte seine Stimmung schlagartig um ein paar Grade.

»Und?«, fragte Finkbeiner. »Wieder einigermaßen auf dem Damm?«

»Einigermaßen.«

»Gut.« Finkbeiner nippte an seinem Latte. »Und zumindest *einen* Programmpunkt können Sie sich heute schon mal sparen – nämlich die Fahrt in die Klinik zu Striesow.«

»Wieso?« Um ein Haar hätte Jacobsen den Rest seines Franzbrötchens fallen lassen. »Sagen Sie bloß nicht, dass der Mann heute Nacht noch das Zeitliche gesegnet hat!«

»Ach was!«, meinte Finkbeiner und machte sich über ein Nusshörnchen her. »Doch nicht mit einer läppischen Kugel im Bein. Nein, aber er schaltet auf stur und redet nicht. Gmelin hat mich vorhin angerufen; er war heute früh schon für eine erste Vernehmung bei ihm. Und er sagt, Striesow liegt in seinem Krankenhausbett, arrogant wie ein preisgekrönter Gockel, und verweigert jede Aussage. Bevor er irgendwelche Fragen beantwortet, will er sich erst mit seinen Anwälten beraten, sagt er. Von denen hat er mindestens drei, jeder mit einem Jahresverdienst, bei dem unsereins grün vor Neid werden kann, und die haben es überhaupt nicht eilig.«

»Na wunderbar«, knurrte Jacobsen. »Das heißt, wir können jetzt erst mal nur dasitzen und Däumchen drehen?«

»So sieht's aus«, bestätigte Finkbeiner trocken. »Haben Sie denn in der Sache Meyer noch irgendwelche anderen Spuren, die Sie bis dahin verfolgen können?«

»Nur noch Anna Dorina Farkas«, meinte Jacobsen. »Die Ungarin. Da muss ich wohl mal wieder bei Europol anklopfen, von selbst kommen die ja offenbar nicht in die Puschen.« Er zögerte, dann fuhr er fort: »Und genau genommen wäre da noch Emily Willmer – auch eins von Meyers Opfern am Bodensee. Mit der hab ich gesprochen. Sie hat ihn glühend gehasst, und sie hat kein Alibi … aber ich geb zu, ich bin überzeugt davon, dass sie mit seinem Tod nichts zu tun hat.«

»Hundertprozentig?«

Jacobsen seufzte. »Neunundneunzig. Ein Prozent muss ich mir sicherheitshalber offenhalten. Ich hab zuletzt ein paarmal mit meiner Intuition fatal danebengelegen.«

»Vielleicht sollten Sie die Dame noch einmal vernehmen«, sagte Finkbeiner. »Fahren Sie dazu ruhig an den Bodensee, wenn es notwendig ist. Dieser Fall hat zwar nur kurzzeitig Wellen geschlagen, und die Presse hat ihr Interesse daran ziemlich bald wieder verloren – aber es wäre doch wünschenswert, die Akte schließen zu können, und das in absehbarer Zeit.«

»Das werden wir«, entgegnete Jacobsen fest und schob sich das letzte Stück seines Franzbrötchens in den Mund.

»Davon geh ich aus.« Finkbeiner lächelte. »Übrigens – ich hab heute Morgen auch schon mit Frau Brendel telefoniert und ihr erzählt, was heute Nacht passiert ist. Sie war erleichtert zu hören, dass Sie bis auf ein paar Kratzer unversehrt sind. Ich hab sie auch nach ihrem Vater gefragt; sie meint, sein Zustand sei unverändert und sie würde ihren Urlaub gern noch wie vereinbart weiternehmen. Ich hab ihr gesagt, das geht in Ordnung – oder brauchen Sie sie dringend?«

Und wie, dachte Jacobsen; die Scham durchfuhr ihn jäh wie ein glühendes Eisen. *Und wie ich diese Frau brauche. Sie haben keine Ahnung, wie sehr.*

Er riss sich zusammen.

»Nein«, log er. »Ich komme zurecht. Ihr Vater ist jetzt wichtiger.«

»Seh ich auch so.« Finkbeiner erhob sich. »Ich hol mir noch einen Kaffee – wollen Sie auch noch einen Espresso?«

»Danke, gern.«

Finkbeiner ging zur Tür und blieb dort stehen, die Hand auf der Klinke.

»Eins hätte ich beinahe vergessen.« Er wandte sich zu ihm um. »Gmelin hat mir vorhin erzählt, dass Striesow bei der Vernehmung nicht durchgehend den stummen Fisch gegeben hat. Zwischendurch hat er erst eine wilde Tirade gegen die ›korrupte Justiz‹ vom Stapel gelassen und dann gegen ›hinterhältige Spitzel, die ihn betrügen und verraten‹. Gmelin hat umgehend angeordnet, dass Stappel in der Klinik rund um die Uhr bewacht wird. Zum Glück ist der Junge inzwischen außer Lebensgefahr. Außerdem hat Gmelin Polizeischutz für Stappels Frau beantragt. Die Vorbereitungen, die beiden in ein Zeugenschutzprogramm zu bringen, laufen auch schon.«

»Verdammt«, murmelte Jacobsen. »Klar, die beiden sind jetzt bei Striesows Männern zum Abschuss freigegeben. Mitsamt dem Kind, das die Frau erwartet.«

»So ist es«, bestätigte Finkbeiner. »Aber damit steht auch fest, dass Sie dem jungen Mann zweifelsfrei das Leben gerettet haben, noch bevor Sinha es danach ein zweites Mal getan hat. Möglicherweise hat Striesow Stappel schon länger zumindest misstraut – und als er gemerkt hat, dass etwas faul war, hat er sich in seinem Verdacht bestätigt gesehen und sofort auf Stappel gezielt. Hätten Sie ihm nicht die Waffe aus der Hand geschossen, dann wäre der Junge da schon tot gewesen. Sie können sich auf die Schulter klopfen, Jacobsen!«

Er unterstrich diese Worte mit einem anerkennenden Lächeln.

»So, jetzt hol ich unseren Kaffee – und dann bin ich gespannt auf Ihren Bericht.«

***

Gut eine Stunde dauerte es, bis Jacobsen sich endlich von Finkbeiner verabschieden und in sein Büro zurückziehen konnte. Er fuhr seinen Computer hoch, um sich an die ungeliebte Arbeit zu machen, die Fakten, die er seinem Vorgesetzten soeben mündlich unterbreitet hatte, nun auch noch in einem schriftlichen Protokoll festzuhalten.

In seinem Posteingang fand er zu seiner Überraschung eine E-Mail von Europol mit einer Adresse in Miskolc. *Bálint und Boglárka Farkas*, las er; *Anna Dorina Tochter*. Er seufzte und speicherte die Mail in dem Dokumentenordner *Farkas* ab. Damit würde er sich später befassen. Zuerst wollte er diesen lästigen Bericht vom Hals haben.

Schnell stellte er jedoch fest, dass ihm jede Konzentration für diese Schreibarbeit fehlte. Und das nicht einmal, weil er, wie so oft in den vergangenen Tagen, ständig an Melanie denken musste. Diesmal kreisten seine Gedanken vor allem um Surendra Sinha, der in der vergangenen Nacht wie ein klassischer

Deus ex machina im Wehrgang aufgetaucht war und ihm die Haut gerettet hatte. Und der ihn danach wie selbstverständlich verteidigt und in ein positives Licht gerückt hatte, als Finkbeiner und Gmelin ihn wegen seiner *eigenmächtigen Regelauslegung in Tateinheit mit untersagtem Alleingang* unter Beschuss nahmen. Bei der Erinnerung daran, wie selbstherrlich er seinerseits genau solche ›Vergehen‹ Sinha nach der Bodensee-Episode um die Ohren gehauen hatte, schoss ihm erneut das Blut in die Wangen.

Melanie hat recht gehabt, dachte er frustriert. *Von Anfang an. Dieser Sinha ist offenbar schwer in Ordnung, und mit Sicherheit ist er kein Verbrecher. Nur ich war zu dumm, das zu begreifen. Beziehungsweise ich* wollte *es ganz einfach nicht. Weil ich ein Idiot bin, verdammt noch mal.*

Er stützte die Ellenbogen auf den Schreibtisch und legte den Kopf in seine Hände. Sollten Melanie und Sinha sich tatsächlich ineinander verliebt haben, was absolut nachvollziehbar wäre – dann musste er das akzeptieren. Auch wenn es wehtat. Er hatte lange genug Gelegenheit gehabt, sich Melanie zu erklären, und er hatte sie ungenutzt verstreichen lassen. *Sein eigener Fehler, und nur seiner allein.*

Er hob den Kopf und starrte auf das Telefon. Eigentlich sollte er Melanie jetzt endlich anrufen. Oder Sinha. *Oder am besten gleich beide.*

Sein Blick fiel auf einen Notizzettel, der direkt neben dem Apparat auf dem Schreibtisch lag. *Hasemann,* hatte er mit Bleistift darauf gekritzelt und darunter die Nummer, die das Display ihm vor knapp einer Woche angezeigt hatte, als Sinhas ehemaliger Vorgesetzter ihm von Harry Striesow in der JVA Freiburg erzählte.

Er folgte einem spontanen Impuls und wählte die Nummer. Schon nach zweimaligem Läuten meldete sich die Stimme des pensionierten Kripobeamten: »Hasemann?«

»Hier Malte Jacobsen«, antwortete er. »Kripo Waiblingen. Hallo, Herr Hasemann! Störe ich?«

»Überhaupt nicht. Gibt's was Neues?«

»Ja.« Jacobsen holte tief Luft. »Ich dachte, es interessiert Sie vielleicht zu wissen, dass Harry Striesow heute Nacht von einem Sondereinsatzkommando unseres Drogendezernats festgenommen worden ist. Bis jetzt verweigert er zwar die Aussage, aber immerhin – wir haben ihn.«

»Wie schön.« Hasemann klang überaus zufrieden. »Weiß Surendra das schon?«

Unwillkürlich grinste Jacobsen.

»Definitiv. Er war es nämlich, der Striesow kampfunfähig geschossen hat – gerade als der einem Kollegen und mir das Lebenslicht ausblasen wollte.«

»*Wie bitte??*« Aus der Zufriedenheit war schlagartig schieres Entsetzen geworden. »Was hatte Surendra denn bei einer Sondereinsatzkommando-Aktion von Ihnen verloren?«

»Eigentlich gar nichts«, erwiderte Jacobsen trocken. »Aber ich gebe zu, ich bin heilfroh, dass er zufällig vor Ort war.«

Einen Moment lang blieb es still am anderen Ende der Leitung. Dann brach Hasemann in lautes Lachen aus.

»Nicht zu fassen«, prustete er. »Ich meine, Surendra ist ja dafür bekannt, dass er verdammt genau hinschaut und bei Bedarf sogar das Gras wachsen hört, aber *das hier* toppt alles. Und ich dachte schon, der Junge kann mich in diesem Leben mit nichts mehr überraschen.«

Jacobsen lehnte sich in seinem Schreibtischstuhl zurück und fasste einen Entschluss.

»Darf ich Sie um einen Gefallen bitten, Herr Hasemann?«, sagte er. »Erzählen Sie mir noch mehr von Surendra.«

***

Er hatte nicht auf die Uhr geschaut, aber er war sich hinterher sicher, dass Hasemann locker eine Stunde lang fast ohne Punkt und Komma geredet hatte. Und was er dabei gehört hatte, gefiel ihm. Jetzt gab es nur noch eines für ihn zu tun, und er zögerte keine Sekunde: Er suchte Sinhas Telefonnummer heraus und wählte sie.

»Sinha?«, hörte er die Stimme seines Kollegen; der Geräuschkulisse im Hintergrund nach zu urteilen war er irgendwo in der Stadt unterwegs.

»Jacobsen«, antwortete er. »Grüß Gott, Herr Sinha. Und, haben Sie den Rest der Nacht gut überstanden?«

»Passt schon«, erwiderte Sinha. »Was kann ich für Sie tun?«

»Ich muss mit Ihnen reden«, sagte Jacobsen entschlossen. »Wo sind Sie denn gerade?«

»In der Nähe vom Wehrturm. Brauchen Sie mich jetzt gleich? Ich kann in zehn Minuten bei Ihnen im Präsidium sein.«

»Nein«, wehrte Jacobsen spontan ab. »Nicht hier; ich muss unbedingt ein bisschen an die frische Luft.« Er überlegte kurz. »Was halten Sie davon, wenn wir uns auf halber Strecke treffen – im Apothekergarten?«

»Können wir machen«, antwortete Sinha. »Wann?«

»Jetzt.«

Ölzweige

Jacobsen stieß das hölzerne Tor zum Apothekergarten auf. Die gekiesten Wege, die zwischen den Kräuterbeeten hindurchführten, lagen in einem milden, ganz leicht dunstigen Licht, das genau zu diesem Tag Ende September passte. In den Fenstern der Nikolauskirche spiegelte sich das Sonnenlicht, während er an Tausendgüldenkraut, Frauenmantel, Baldrian und Hauhechel vorüberging und daran dachte, wie Melanie ihm einmal bei einem Spaziergang die Wirkung der Heilkräuter erklärt hatte. Er lächelte unwillkürlich, wurde aber sofort wieder ernst, als er sich ins Gedächtnis rief, wie viel Arbeit und tätige Reue er höchstwahrscheinlich noch vor sich hatte, damit sie überhaupt irgendwann wieder mit ihm sprach. *Geschweige denn mit ihm spazieren ging.*

Jetzt stand er vor dem Pavillon, von wo aus man ungehindert hinunter auf den Mühlkanal schauen konnte. Er hatte immer schon gefunden, dass das Ding irgendwie einem Provisorium glich – mit den nackten Holzbalken, die das mit Biberschwanzschindeln gedeckte Dach stützten, und dem Geländer aus Sperrholz. Es passte nicht ganz in das geradezu lächerlich perfekte Altstadtidyll mit dem Zwinger, der Kirche, dem verträumten Kräutergarten und dem in allen Reiseführern als Sehenswürdigkeit angepriesenen »Haus auf der Mauer«, und gerade das gefiel ihm.

Er lehnte sich im Pavillon direkt neben dem schwarzen Graffito einer Katze an das Geländer. *Wie ungemein passend.* Gleich würde – hoffentlich – der Mann hier auftauchen, dem er das erste Mal begegnet war, als der gerade eine Katze gerettet und eine Leiche gefunden hatte.

Er ließ den Blick auf dem grünen Wasser ruhen, dem die Sonne helle Glanzlichter aufsetzte, und wartete.

»Herr Jacobsen?«

Er drehte sich um. Im Eingang des Pavillons stand Surendra Sinha, der ihn so zurückhaltend musterte, als wäre er sich nicht ganz sicher, ob seine Anwesenheit hier tatsächlich erwünscht war.

»Hallo«, sagte Jacobsen. »Schön, dass Sie gekommen sind. Ich hatte schon gefürchtet, dass Sie doch noch einen Rückzieher machen.«

Ein leises Lächeln umspielte Sinhas Lippen. »Ach, wissen Sie – ich dachte, schlimmer als beim vorigen Mal wird's schon nicht werden. Außerdem ist man als Kommissar doch von Berufs wegen neugierig, oder?«

»Beim vorigen Mal war es doch gar nicht so schlimm.« Jacobsen grinste schwach. »Falls Sie es vergessen haben sollten – das war heute Nacht, und da haben Sie mir das Leben gerettet. Ich denke, es gibt für keinen von uns beiden irgendeinen Grund, sich zu beklagen.«

Sinhas Lächeln vertiefte sich zu unerwarteter Wärme. »Sieht so aus, als wären wir zur Abwechslung mal einer Meinung.« Er ging ein paar Schritte in den Pavillon hinein. »Wie geht's dem jungen Kollegen?«

»Schon wieder bei Bewusstsein und zum Glück außer Lebensgefahr«, meinte Jacobsen. »Allerdings werden wir ihn so schnell nicht wiedersehen; er kommt jetzt in ein Zeugenschutzprogramm. Mitsamt seiner schwangeren Frau. Nach der Aktion von gestern ist er verbrannt; Striesows Männer würden ihn und seine Familie bei der erstbesten Gelegenheit über den Haufen schießen.«

»Na, dann hoffe ich mal, dass keiner von den Brüdern mein Gesicht gesehen hat«, sagte Sinha trocken. »Sonst darf ich am Ende auch noch von der Bildfläche verschwinden. Das hab ich dann davon, dass ich mich ständig in Dinge einmische, die mich nichts angehen und für die ich nicht zuständig bin.« Der Blick, mit dem er Jacobsen bei den letzten Worten bedachte, war ebenso ironisch wie sein Tonfall.

Jacobsen schnaubte. »Drehen Sie das Messer ruhig noch ein bisschen in der Wunde herum. Daran erinnert zu werden, dass ich mich wie ein Hornochse aufgeführt habe, kann mir bestimmt nicht schaden.«

»Sie meinen, Selbsterkenntnis ist der erste Weg zur Besserung?« Sinha gluckste. »Scherz beiseite – teilweise waren Ihre Attacken gegen mich ja berechtigt. Zum Beispiel nach meinem Alleingang am Bodensee. Und ich war Ihnen gegenüber auch nicht immer die Höflichkeit in Person.«

Jacobsens Gesicht verzog sich zu einem breiten Grinsen. »*Quark*. Sie waren von geradezu bewunderungswürdiger Zurückhaltung. Ich an Ihrer Stelle hätte mir schon viel eher ordentlich eine reingehauen.«

Sinha grinste zurück. »Wenn ich *das* gewusst hätte! Wieso haben Sie mir das nicht schon früher gesagt?«

»Ich bin doch nicht verrückt! Mir hat nach Ihrem Schlag noch drei Tage lang das Kinn wehgetan.« Das Grinsen schwand langsam. »Ganz abgesehen von den anderen … Flurschäden, die ich mit meinem Auftritt in Melanies Wohnung angerichtet habe.«

Sinha seufzte; es klang beinahe mitfühlend. »Da sagen Sie was. Aber die sind doch inzwischen hoffentlich wieder einigermaßen bereinigt, oder?«

Jacobsen biss sich auf die Lippen. »Leider nein.«

»Nicht? Ich dachte …« Sinha runzelte die Stirn. »Kann ich da irgendwie helfen?«

»Das ist nicht Ihre Baustelle, Herr Kollege«, wehrte Jacobsen ab. »Ich fürchte, die Sache muss ich ganz allein reparieren. Und dazu hatte ich bislang noch keine Gelegenheit. Melanie hat am Tag danach Urlaub genommen und war seitdem nicht mehr im Büro.«

»Meine Güte!« Sinha sah ehrlich erschrocken aus. »Das wusste ich nicht. Ich hab sie am nächsten Tag noch angerufen und gefragt, ob alles in Ordnung ist und ob ich etwas für sie tun kann. Sie hat geantwortet, nein, das würde schon werden … und ich bin davon ausgegangen, dass es zwischen Ihnen noch eine gründliche Aussprache geben würde. Deshalb hab ich mich auch nicht mehr gemeldet, um keine Wunden wieder aufzureißen. Aber jetzt klingt das eher so, als wäre da noch nicht mal ansatzweise was *verheilt*.«

»Wie recht Sie haben.« Jacobsen seufzte. »Um im Bild zu bleiben: Ich würde sagen, der Patient hängt am Tropf, und es ist alles andere als sicher, ob er durchkommt.«

»Darf ich fragen, welche therapeutischen Maßnahmen Sie bereits ergriffen haben?«, erkundigte sich Sinha, als stünden sie tatsächlich in weißen Ärztekitteln auf einem Krankenhausflur. »Oder geht mich das nichts an?«

»Bis jetzt hat es Sie doch auch nicht gestört, ob Sie eine Sache etwas angeht oder nicht.« Jacobsen zog eine Grimasse. »Und ich habe die Angelegenheit so gründlich versiebt, dass ich jetzt dummerweise nicht weiß, wo ich anfangen soll mit … äh … mit der Therapie.«

»Also, wenn Sie meine Meinung hören wollen – ich würde es mit einer offenen und ehrlichen Entschuldigung versuchen.«

»Das würde voraussetzen, dass Melanie mit mir redet. Oder mir überhaupt die Chance gibt, etwas zu sagen.« Jacobsen lehnte sich mit dem Rücken an das Geländer. »Dazu müsste ich sie natürlich anrufen. Und das habe ich bisher nicht getan – was garantiert das Nächste ist, was Sie jetzt wissen wollen.«

»Und warum nicht?«

Jacobsen schwieg eine Weile.

»Weil ich mich schäme«, antwortete er endlich. »Weil ich den Kerl, der die Wohnung von Melanie gestürmt und sich komplett zum Affen gemacht hat, nicht wirklich *kenne*. Das war nicht ich … jedenfalls habe ich mir immer geschworen, dass ich so nicht sein will. Unter gar keinen Umständen.«

Sinha betrachtete ihn nachdenklich. Dann trat er neben ihn und blickte hinaus auf die dicht belaubten Bäume.

»Und dann sind Sie es doch geworden«, stellte er fest. »Und zwar in dem Moment, in dem *ich* auf den Plan getreten bin. Richtig?«

Jacobsen nickte wortlos.

»Nicht weil Sie ein Problem mit meiner Herkunft haben. Davon gehe ich nicht aus … weil Frau Brendel niemals eine so hohe Meinung von Ihnen gehabt hätte, wenn es anders wäre. Immer noch richtig?«

Jacobsen nickte erneut.

»Natürlich könnte ich jetzt alles aufzählen, was insgesamt gegen mich gesprochen hat«, resümierte Sinha weiter. »Ihr Verdacht, ich könnte Meyer umgebracht haben, ist schließlich nicht ganz unbegründet, und meine diversen Aktionen am Bodensee waren wohl auch nicht gerade dazu angetan, mich vor Ihnen gut dastehen zu lassen. Aber das ist alles kein Grund, sich, um Sie zu zitieren, zum Affen zu machen. Sehen Sie das auch so?«

»Unbedingt.«

Sinha wandte sich ihm zu; ein Lächeln spielte in seinem Mundwinkel.

»Dann gibt es nach meiner bescheidenen Ermittlermeinung nur noch *eine* Erklärung für Ihren Ausraster. Und wenn die richtig ist, dann wissen Sie es ebenso gut wie ich. Wollen Sie es also selbst sagen, oder soll ich?«

Hasemann hatte recht – der Mann schaute verdammt genau hin.

»Oh, bitte!« Jacobsen atmete tief durch. »Ich lasse Ihnen ausgesprochen gern den Vortritt. Sie sind gerade so schön in Fahrt.«

»Na denn.« Sinha sprach ruhig und sachlich. »Sie lieben Melanie Brendel, und Sie waren eifersüchtig … vielleicht sind Sie es sogar immer noch, da bin ich mir nicht hundertprozentig sicher. Irgendwie sind Sie auf den Trichter gekommen, dass ich Ihnen Frau Brendel wegnehmen will … dass Sie sie an mich verlieren könnten. Und unter diesen Umständen hätte ich ein Engel auf Erden sein können – Sie hätten mich trotzdem aufs Korn genommen.«

Er lehnte sich gegen einen der Holzbalken.

»Wie gesagt, das ist meine persönliche Theorie. Natürlich kann ich mich auch irren, ich bin ja nicht unfehlbar. Aber ich finde einfach keine andere Erklärung dafür, dass selbst Ihre engste Mitarbeiterin Sie zuletzt nicht mehr wiedererkannt hat.«

Jacobsen schüttelte leicht den Kopf. Die Scham und die Enttäuschung über sich selbst, die er seit dem Abend in Melanies Wohnung mit sich herumschleppte, packten ihn mit frischer Gewalt.

»Meine engste Mitarbeiterin. Ganz genau. Und meine Kollegin. Vielleicht sogar meine Freundin … aber nicht in dem Sinne, wie Sie es vielleicht meinen.«

Er sah Sinha an.

»Ich bin fünfundvierzig«, sagte er. »Zehn Jahre älter als Melanie, und ein gebranntes Kind obendrein. Mein einziger Versuch einer Ehe war ein Schuss in den Ofen, und meine Frau konnte es am Ende gar nicht erwarten, mich loszuwerden. Genauso wie die Kollegen in Hamburg übrigens – da war ich, bevor man mich hierher nach Schwaben versetzt hat. Dann hab ich Melanie kennengelernt. Und seit ich mit ihr zusammenarbeite … nun, sagen wir: Seitdem werde ich mehr und mehr zu dem Mann, der ich gern wäre. Und das ist *ihr* Verdienst, nicht meiner.«

Plötzlich hatte er wieder ihr Gesicht vor sich, wie er es an jenem desaströsen Abend durch das Fenster gesehen hatte. Ernst und sanft. *Und voller Mitgefühl.*

»Eines der Dinge, die mir so besonders an Melanie gefallen, ist ihr Einfühlungsvermögen.« Er sprach langsam, wählte jedes Wort mit Bedacht, um den richtigen Kurs zu finden. »Als ich an diesem Abend vor ihrem Haus stand – bevor die Dinge so fürchterlich schiefgegangen sind, meine ich –, da hab ich durch das Fenster gesehen, wie sie Ihre Hand gehalten hat. Ich hab das komplett in den falschen Hals gekriegt und mich dementsprechend benommen. Aber jetzt werde ich das Gefühl nicht los, dass Melanie da gerade nichts anderes wollte, als Sie zu trösten. Den Blick kenne ich nämlich gut – so hat sie mich auch schon ein paarmal angesehen.«

Sinhas braune Augen wurden mit einem Mal fast schwarz.

»Ja«, erwiderte er tonlos. »Sie war in dem Moment … einfach nur für mich da. Weil sie gemerkt hat … wie sehr mir Vidya fehlt.«

Er wandte sich ab und ging langsam auf die linke Seite des Pavillons hinüber, wo die offene Balkenkonstruktion den Blick auf ein idyllisch am Mühlbach gelegenes Fachwerkhaus freigab. Er stützte sich mit beiden Händen auf das Geländer und atmete tief durch, als hätte er einen Entschluss gefasst.

»Ich war nie verheiratet, anders als Sie«, sagte er leise. »Nicht weil ich es nicht gewollt hätte – sondern weil ich einfach nie die Frau gefunden habe, mit der ich mir ein Zusammenleben ›bis dass der Tod uns scheidet‹ vorstellen konnte. Bis ich Vidya kennengelernt habe. Sie war so ein wunderbarer Mensch – klug und witzig, voller Herzenswärme und Lebensfreude. Ich habe vom ersten Moment an gespürt: Das ist sie! Das ist die Frau, mit der ich den Rest meines Lebens verbringen möchte.«

Ihm versagte die Stimme, und es dauerte ein paar Sekunden, bis er weiterreden konnte.

»Irgendwann habe ich meinen ganzen Mut zusammengenommen und ihr meine Liebe gestanden. Und sie hat mich angestrahlt, als würde in ihrem Gesicht die Sonne aufgehen … weil sie das Gleiche gefühlt hat wie ich. Als ich sie dann gefragt habe, ob sie sich vorstellen kann, meine Frau zu werden, da hat sie sofort Ja gesagt. Wir waren glücklich, Herr Jacobsen. Unsagbar glücklich.«

Jacobsen sah, wie die Erinnerung Sinhas Gesicht für einen kurzen Moment aufleuchten ließ, bevor Dunkelheit und Schmerz umso stärker zurückkehrten.

»Und nur wenige Stunden später war sie tot.«

Seine Miene wurde starr, fast leblos.

»Wir haben in der Laube im Pfarrgarten gesessen, als wir unsere Zukunftspläne geschmiedet haben. Und inzwischen werde ich die Vorstellung nicht mehr los, dass Pierre Meyer uns dabei beobachtet und belauscht hat. Dadurch hätte er nämlich auch genau gewusst, wo er Vidya an diesem Abend abpassen konnte. Eine Facebook-Freundin hatte sie zu einem Mädelsabend ins *Teneria* eingeladen … und eigentlich wollte sie den nun absagen, schließlich war das ja plötzlich unser Verlobungsabend geworden. ›Ich sollte jetzt mit dir zu deinen Eltern fahren‹, hat sie gesagt. Und dass sie es kaum erwarten kann, das Gesicht meiner Mutter zu sehen, wenn sie die gute Nachricht erfährt.«

Er verzog den Mund zu einem Lächeln, das seine Augen nicht erreichte und sofort wieder verschwand.

»Und ich … ich hab ihr gesagt, dass meine Mutter sich noch ein bisschen gedulden kann. Vidya hatte sich schon seit Tagen auf dieses Treffen gefreut. Und wir hatten ja noch unser ganzes Leben vor uns. Dachten wir.«

Seine Stimme war plötzlich bitter, und Jacobsen sah Selbsthass in den dunklen Augen aufblitzen.

»Ohne mich würde sie noch leben. Ich habe sie schutzlos ihrem Mörder in die Arme geschickt.«

»Unsinn«, sagte Jacobsen. »Das würde nur dann stimmen, wenn Sie genau gewusst hätten, dass Vidyas Vergewaltiger und Mörder gleich hinter der nächsten Ecke lauert … und davon hatten Sie keinen blassen Schimmer. Der Einzige, der am Tod von Vidya irgendeine Schuld trägt, ist Pierre Meyer. Sie sind nicht dafür verantwortlich … auch wenn ich begreife, warum Sie das so sehen. Falsch ist es trotzdem.«

»Wie tröstlich.« Sinha entspannte sich sichtlich. »Wenn Sie als Nächstes auch noch sagen, dass ich von Meyers Nachtspaziergang am Hochwachtturm ebenso wenig eine Ahnung haben konnte, dann hat sich der Weg hierher ja glatt gelohnt.«

»Hatten Sie auch nicht«, erwiderte Jacobsen fest. »Und kommen Sie mir jetzt bloß nicht damit, Sie hätten es *doch* gewusst und den Schweinehund höchstpersönlich um die Ecke gebracht – ausgerechnet jetzt, wo ich endlich davon überzeugt bin, dass Sie unschuldig sind. Das können Sie wirklich nicht mit mir machen.«

»Keine Sorge«, versicherte Sinha. »Sie haben mein Wort, nach wie vor: Wer immer Meyer umgebracht hat, ich war es nicht. Danke – dass Sie mir das endlich glauben.«

Er sah Jacobsen an; ein blasses Lächeln huschte über sein Gesicht.

»Übrigens … jetzt wissen Sie auch, *warum* ich gestern noch so spät im *Teneria* war. Gestern war es genau vier Wochen her, dass Vidya und ich uns verlobt hatten. Erst habe ich lange in unserer Laube im Pfarrgarten gesessen, und dann wollte ich noch mal dorthin, wo sie ein letztes Mal ausgelassen und glücklich gewesen ist. Ich habe ihre Nähe gesucht, wollte sie noch einmal spüren … verstehen Sie? Eine Bedienung im *Teneria* konnte sich sogar an die Mädelstruppe erinnern; sie hat mir ein Glas Wein spendiert und mir von dem Abend erzählt. Das war richtig schön. Und nach meinem kleinen, unerwarteten Abenteuer in dem Wehrgang hinterher bin ich, bevor ich heimgefahren bin, noch schnell runter zum Fluss und hab unter der Brücke – da, wo man Vidya aufgefunden hat – die kleine Kerze angezündet, die ich für sie mitgebracht hatte.«

Er wischte sich über die Augen, atmete tief durch und lächelte Jacobsen offen an.

»Warum ich Ihnen das alles erzähle? Ich dachte ... vielleicht können Sie sich dann leichter von der Vorstellung verabschieden, dass ich von Ihrer Kollegin irgendetwas will. So kurz nach Vidyas Tod werfe ich ganz bestimmt nicht gleich wieder ein Auge auf eine Frau. Noch dazu auf eine, die bereits anderweitig vergeben ist.«

Jacobsen stutzte.

»Meinen Sie etwa an *mich?*« Er schüttelte ungläubig den Kopf. »Schön wär's. Wenn es darum geht, ob Melanie mehr sein könnte als meine Kollegin und eine wirklich gute Freundin – und schon das ist selten genug, glauben Sie mir –, dann ist da wohl eher der Wunsch der Vater des Gedankens.«

»Blödsinn«, sagte Sinha trocken. »Melanie Brendel liebt Sie, ebenso wie Sie *sie* lieben. Da muss man nicht mal ein Ermittler sein, um das herauszufinden – das sieht ein Blinder mit dem Krückstock. Wollen Sie mir etwa allen Ernstes erzählen, dass Ihnen das bis jetzt entgangen ist?«

Jacobsen blinzelte.

»Total«, sagte er. »Es hat da zwar mal einen Augenblick gegeben, da dachte ich ... aber dann war ich mir sicher, ich hätte mir das Ganze nur eingebildet. Und ich hab im Moment ziemliche Probleme damit, meinem Urteilsvermögen weiter zu trauen als bis zu meiner Nasenspitze.«

»Dann bin ich ja froh, dass ich Ihnen die nicht auch noch eingeschlagen habe«, stellte Sinha mit einem schrägen Grinsen fest. »Und bevor wir jetzt weiterreden, sollte ich vielleicht sicherheitshalber noch nachfragen, ob meine Einmischung in diese Angelegenheit überhaupt genehm ist. Nicht dass ich meinen so unerwarteten Bonus bei Ihnen gleich wieder verspiele.«

»Keine Sorge.« Jacobsen winkte ab; er fühlte sich plötzlich sehr viel besser. »Wenn mir jemand versichert, dass ich die Hoffnung nicht verlieren muss, selbst wenn ich mich benommen habe wie ein kompletter Vollpfosten, dann sollte ich ihm wohl besser zuhören.«

»Zu Diensten!« Sinha verneigte sich leicht. »Wobei das mit dem Vollpfosten natürlich ein ordentlicher Haken an dieser Geschichte ist, denn ganz ehrlich – wenn *ich* Ihre Kollegin wäre, dann würde ich Ihnen Ihre ›Ansprache‹ von neulich verdammt übel nehmen. Und es würde wohl auch ein Weilchen dauern, bis ich da drüber weg wäre. Aber ich denke: Wenn sie merkt, dass der alte Malte Jacobsen wieder da ist, in den sie sich verliebt hat, und dass es ihm leidtut – dann sollte es doch mit dem Teufel zugehen, wenn nicht irgendwann alles wieder gut wird.«

Er lächelte Jacobsen aufmunternd zu.

»Und ich bin sicher: Das kriegen Sie hin.«

»Ihr Wort in Gottes Ohr.« Jacobsen seufzte. »Ach, übrigens … ich soll Sie von Frank Hasemann grüßen. Mit dem hatte ich vorhin ein langes und ziemlich interessantes Gespräch … obwohl, eigentlich hat der Mann deutlich mehr geredet als ich. Ich hab ihm vor allem zugehört. Er hat ein wahres Loblied auf Ihre Fähigkeiten als Polizist und Ermittler gesungen … von Ihren menschlichen Qualitäten gar nicht erst zu reden. Was der Hauptgrund war, wieso ich Sie heute sehen wollte.«

Für einen Moment blickte Sinha ziemlich verlegen drein.

»Das … das tut gut zu hören. Dass Frank immer noch so positiv über mich redet, meine ich … trotz des ganzen Ärgers wegen der internen Ermittlungen gegen mich. Wissen Sie, er war nicht nur jahrelang mein Vorgesetzter – wir sind darüber hinaus auch sehr gute Freunde geworden. Und ich hab seit Wochen Angst davor, dass diese Freundschaft jetzt wegen der Nina-Berner-Aktion in die Brüche geht. Die ist ihm nämlich gewaltig auf den Magen geschlagen. Aber vielleicht habe ich ja ebenso wie Sie noch eine Chance, dass alles gut wird.«

Jacobsen betrachtete ihn und verspürte einen Anflug von Neid. Der Mann hatte ihm eindeutig etwas voraus ... er hatte fast seinen Job verloren (dass er selbst dafür verantwortlich war, spielte keine Rolle) und obendrein die Frau, die er liebte. Und trotzdem ruhte er auf eine rätselhafte Weise in sich selbst und weigerte sich, die Hoffnung aufzugeben.

»In jedem Fall haben wir offensichtlich einiges gemeinsam, Sie und ich«, fuhr Sinha fort. »Menschen, die uns wichtig sind ... und die Loblieder auf unsere Arbeit und menschlichen Qualitäten singen. Bei Ihnen war es Frau Brendel, die das getan hat. Und ich glaube ihr. Jedes Wort.«

Sein Lächeln wurde warm, fast heiter.

»Wer weiß, vielleicht ermitteln wir irgendwann sogar mal zusammen. Ganz offiziell, ohne Querelen wegen Zuständigkeiten und so weiter. Könnte ich mir jedenfalls gut vorstellen.«

Jacobsen grinste. »Glauben Sie's oder nicht – ich auch.«

»Freut mich sehr. Und was Frau Brendel angeht – ich wünsche Ihnen viel Glück. Und das nötige Durchhaltevermögen. Alles Gute, Herr Jacobsen!«

Sinha faltete die Hände vor der Brust und neigte den Kopf. Dann wandte er sich ab und ging über den Kiesweg davon. Jacobsen sah ihm nach, bis er verschwunden war, dann lehnte er sich wieder an das Geländer. Eine leichte Brise kam auf, und plötzlich war die Luft erfüllt von dem intensiven Geruch nach Herbstblättern und Salbei.

Durchhaltevermögen und Glück ... er würde beides brauchen, um Melanie an seine Seite zurückzuholen. Sehr viel davon. Trotz Sinhas Zuversicht war er sich nach wie vor alles andere als sicher, ob das ausreichen würde.

Und den Mörder von Pierre Meyer hatte er immer noch nicht gefunden.

Vorstöße

Nach seiner Aussprache mit Surendra Sinha brauchte Jacobsen noch geschlagene zwei Tage, bis er endlich den Mut aufbrachte, das zu tun, was er wahrscheinlich schon eine Woche zuvor hätte tun sollen: Er rief Melanie an.

Es klingelte eine ganze Weile, und er wartete mit wachsender Nervosität, während ein Schreckensszenario nach dem anderen sich vor seinem inneren Auge entfaltete. Sie würde sich weigern, überhaupt mit ihm zu reden, und ihn wegdrücken. Oder sie würde zwar drangehen, aber ihn dann ebenso erbarmungslos abfertigen, wie sie es in ihrer Wohnung getan hatte – und ihm *dann* sagen, dass er sie nie wieder anrufen sollte. Sinhas Optimismus in allen Ehren, aber vielleicht hatte sie ja sogar bereits an Finkbeiner vorbei ihre Versetzung beantragt und verschwand irgendwann demnächst im tiefsten Bayern. Vielleicht …

»Hallo, Malte.«

Ihm wurden vor Erleichterung buchstäblich die Knie weich.

»Hallo, Melanie«, sagte er leise. »Wie geht es dir?«

»Ganz gut, danke.« Es klang betont neutral. »Und dir? Ich hab gehört, du hast dich letztes Wochenende als Actionheld versucht. Ist alles noch dran?«

»Klar.« Er hätte am liebsten gelacht, so sehr freute er sich darüber, ihre Stimme zu hören. »Allerdings hab ich demnächst wahrscheinlich zwei oder drei kleidsame Narben auf der Wange … da sind ein paar Steinsplitter reingegangen. Na ja … angesichts der Alternative sollte ich wohl besser nicht meckern.«

»Sehe ich genauso. Du warst ganz schön waghalsig.« Sie schwieg einen Moment. »Wieso war eigentlich Sinha bei dem Einsatz dabei?«

»War er gar nicht«, sagte Jacobsen langsam. »Er war durch puren Zufall in dem alten Wehrgang unterwegs. Davor hat er den ganzen Abend lang im *Teneria* gesessen. Weil Vidya

Kapoor dort die letzten Stunden ihres Lebens verbracht hat. Und nachdem er mir und dem Undercover-Kollegen von der Drogenfahndung das Leben gerettet hatte, ist er zum Fluss hinuntergegangen, um dort eine Kerze für sie anzuzünden. Das war seine Art, von ihr Abschied zu nehmen.« Er zögerte. »Du weißt, dass er sie geliebt hat, oder?«

»Ja.«

»Hat er dir das gesagt? An diesem Abend … in deiner Wohnung?«

»Das musste er gar nicht.« Ihre Stimme war ruhig und traurig. »Ich hab's gesehen, überdeutlich.«

Natürlich hatte sie das. Weil Sinha keine Angst hatte, seine Gefühle zu zeigen … sogar einer Frau gegenüber, die er erst seit kurzer Zeit kannte. Er selbst kannte Melanie jetzt seit drei Jahren und hatte das, was Sinha anscheinend so leicht von der Hand ging, die ganze Zeit über nicht fertiggebracht. Nicht ein einziges Mal.

»Woher hast du denn das mit dem Abschied und der Kerze?«, fragte sie plötzlich.

»Von Sinha.« Jacobsen atmete durch. »Ich hab mich vorgestern mit ihm unterhalten, eine ganze Weile. Ich hab ihn falsch eingeschätzt und ihm Unrecht getan. Das weiß ich jetzt, Melanie. Und es tut mir sehr leid. Das hab ich ihm auch gesagt.«

»Wirklich?« Sie klang überrascht. »Wie hat er darauf reagiert?«

»Äußerst großzügig.« Er seufzte. »Was ihn angeht, bin ich sehr glimpflich davongekommen, denke ich.«

»Seh ich auch so.« Jetzt konnte er in ihrer Stimme ein leichtes Lächeln hören … das erste Mal, seit sie miteinander sprachen. »Er ist ein ziemlich ungewöhnlicher Mann.«

Das entsprach absolut der Wahrheit. Jacobsen horchte in sich hinein und stellte fest, dass er nicht länger Eifersucht auf Sinha empfand. Nur Sehnsucht nach Melanie – eine intensive, schmerzliche Sehnsucht, bei ihr zu sein und ihr Gesicht zu sehen.

»Können wir uns treffen?«, fragte er. »Ich weiß, du hast Urlaub, und ich hab auch nicht vergessen, *warum* … aber ich glaube, es ist nötig. Muss ja nicht hier im Präsidium sein. Ein Café, ein Restaurant, such's dir aus. Irgendeinen Ort, an dem du dich wohlfühlst. Neutraler Boden, sozusagen.«

Sie schwieg so lange, dass er plötzlich fürchtete, er hätte den Bogen überspannt.

»Das ist mir noch zu früh, Malte«, sagte sie endlich ruhig. »Ich brauche immer noch ein bisschen … Abstand.« Eine kurze Pause. »Das verstehst du hoffentlich.«

»Sicher«, antwortete er rasch. »Tut mir leid.«

Wieder eine Pause. Er stellte fest, dass er unwillkürlich den Atem anhielt. *Hoffentlich legte sie jetzt nicht auf.*

»Was macht der Fall?«, fragte sie. »Finkbeiner sagt, dieser Striesow verschanzt sich hinter seinen Anwälten. Gibt es sonst irgendwo eine aktuelle Spur?«

Er stieß die Luft aus. Für eine Sekunde war ihm schwindelig vor Erleichterung.

»Ich hab gestern bei den Eltern von Anna Dorina Farkas angerufen«, sagte er. »In Ungarn. Die Kollegen von Europol sind endlich mit der Adresse und der Telefonnummer herausgerückt.«

»Oh! Und was hast du erfahren?«

»Die Mutter spricht überhaupt kein Deutsch, der Vater nur ein paar Brocken. Es hat aber immerhin gereicht, um mir die Tochter ans Telefon zu holen. Sie war erschrocken und sehr aufgeregt. Ich muss ihr vorgekommen sein wie ein böser Geist aus der Vergangenheit. Sie hat mir erzählt, dass ihre Eltern überhaupt keine Ahnung haben von dem Drama damals.«

»*Was?*« Er hörte, dass sie nach Luft schnappte. »Die wissen gar nichts von der Vergewaltigung?«

»Nein. Sie hat es ihnen verschwiegen. Und nicht nur das … sie wissen auch nichts davon, dass sie bei der Vergewaltigung schwanger geworden ist. Sie hat mir erzählt, dass sie die Vorstellung nicht aushalten konnte, das Kind von diesem Kerl zu bekommen. Sie hat einen Nervenzusammenbruch gehabt und zweimal versucht, sich das Leben zu nehmen. Der Psychologe, den die Kollegen aus Friedrichshafen ihr nach dem Überfall vermittelt haben, hat ihr geholfen, eine Klinik zu finden. Und dort hat sie abgetrieben.«

»Sie tut mir furchtbar leid.«

»Mir auch«, sagte er leise. »Sie meint, ihre Eltern sind einfache Leute, und sehr … altmodisch. Für die beiden wäre schon die Vergewaltigung ihrer Tochter eine furchtbare Schande gewesen, und das mit dem Kind noch viel mehr. Sie hat gewartet, bis Meyer verurteilt war, sich noch eine Zeit lang mit Gelegenheitsjobs durchgeschlagen und ist dann nach Hause zurückgekehrt. Dort wird sie übrigens demnächst heiraten … und ihr zukünftiger Mann weiß Bescheid. Sie hat mir erzählt, dass sie wenigstens *ihn* nicht anlügen wollte. ›Er möchte mich trotzdem haben‹, hat sie gesagt. ›Obwohl ich beschmutzt bin.‹«

»Das ist sie *nicht*«, erwiderte Melanie zornig. »Warum glauben Frauen das bloß immer?«

»Weil es genügend Menschen in unserer Gesellschaft gibt, die es ebenfalls glauben«, versetzte Jacobsen. »Nicht bloß einfache Leute in Ungarn mit altmodischen Ansichten … auch solche, die es wirklich besser wissen müssten. Glücklicherweise hat Anna Dorina ein Alibi. Am Tag von Meyers Tod war sie mit ihrer Mutter in ihrer Heimatstadt unterwegs, um ein Brautkleid zu kaufen.«

»Klingt wenigstens einigermaßen nach einem Happy End«, sagte Melanie. »Auch wenn es ein ziemlich unvollkommenes Happy End ist, finde ich. Ich wünsche ihr jedenfalls viel Glück. Trotz allem.«

»Das habe ich auch getan«, antwortete Jacobsen. »Und nächste Woche fahre ich wahrscheinlich an den Bodensee, um noch einmal mit Emily Willmer zu reden. Ich würde gern einen Weg finden, zu bestätigen, dass sie wirklich zu Hause in Konstanz war, als Meyer starb. Obwohl das bestimmt schwierig wird.«

»Weil du ihr glaubst, dass sie es nicht getan hat?« Es war nicht wirklich eine Frage.

»Ja. Obwohl ich mich wohl besser nicht zu sehr auf meine Intuition verlassen sollte – deine hat in diesem Fall wesentlich besser funktioniert.«

»Das ist wahr«, sagte sie nüchtern. »Und jetzt muss ich Schluss machen, ich hab meiner Mutter versprochen, für sie einzukaufen. – Danke, dass du angerufen hast.«

»Ich danke *dir*«, antwortete er. »Fürs Zuhören … und dafür, dass du überhaupt noch mit mir sprichst.«

Einen Moment blieb es am anderen Ende der Leitung ganz still.

»Mach's gut, Malte«, sagte sie. »Meld dich, wenn du vom Bodensee zurück bist, ja?«

»Verlass dich drauf.«

Sie legte auf. Er saß an seinem Schreibtisch und ließ sich das Gespräch noch einmal durch den Kopf gehen, Wort für Wort. Vergeben hatte sie ihm ganz gewiss noch nicht – das hatte er auch weiß Gott nicht verdient –, aber da war ein Riss in der Mauer. Ein ganz kleiner nur, aber immerhin.

Es sollte doch mit dem Teufel zugehen, wenn nicht irgendwann alles wieder gut wird, hatte Surendra Sinha zu ihm gesagt. So viel Zuversicht brachte er zwar noch nicht auf, aber zum ersten Mal seit diesem verhängnisvollen Abend in Melanies Wohnung hatte er nicht mehr das Gefühl, in einen Abgrund zu schauen.

Vielleicht hatte er ja noch eine Chance.

Vielleicht.

***

Ein paar Tage später betrat Melanie vormittags um halb zwölf den *Kaisergarten* in der Nähe der Korber Höhe. An einem Tisch in der Ecke des großen Gastraumes wartete ihre Verabredung … der Computerspezialist, der ihr noch einen Gefallen schuldete. *Und obendrein der letzte Mann, mit dem sie längere Zeit zusammen gewesen war.*

Tobias Hofstätter hatte sie in den drei Jahren ihrer Beziehung oft in den *Kaisergarten* ausgeführt; er aß ausgesprochen gern chinesisch. Er arbeitete bei der Polizei Waiblingen in der Cybercrime-Inspektion, wo er dafür zuständig war, Hacker zu überführen oder Stalkern im Netz das Handwerk zu legen. Über Algorithmen und kausale Datenzusammenhänge konnte er endlose Vorträge halten. Außerdem war er mehr als ansehnlich, witzig und gebildet und ein ausgesprochen guter Liebhaber. Melanie hatte es sehr genossen, seine Freundin zu sein – bis zu dem Tag, an dem sie herausfand, dass sie leider nicht die Einzige war, der er seine Talente zuteilwerden ließ.

Tobias war ehrlich zerknirscht gewesen. Er hätte ihr ja gern die Treue gehalten, versicherte er, und er liebte sie wirklich … aber es gab einfach zu viele andere Frauen, die seinen spitzbübischen Charme genauso anziehend fanden, wie Melanie es getan hatte. Und trotz seiner Reue fand er es auf Dauer einfach zu schwierig, den zahlreichen »Angeboten« zu widerstehen. Melanie ihrerseits stellte fest, dass sie für die Art Beziehung, die ihm vorschwebte, eindeutig zu altmodisch war. Also trennten sie sich überwiegend friedlich und kamen bis zum heutigen Tag gut miteinander aus. *Ich weiß, ich bin unmöglich,* hatte er damals gesagt. *Du hast einen Kerl verdient, der für keine andere Augen hat als für dich. Und wenn ich jemals was für dich tun kann …*

Genau aus diesem Grund hatte sie ihm vor einigen Tagen mitgeteilt, was genau sie brauchte – die Liste sämtlicher Frauen, die innerhalb der letzten zehn Jahre entweder allein oder mit ihren Familien aus der Bodenseeregion weggezogen waren, und die Liste sämtlicher Anzeigen wegen sexueller Belästigung aus der Zeit, als Meyer in der Gegend noch aktiv gewesen war … auch schon vor der Vergewaltigungsserie, die ihn letztlich ins Gefängnis gebracht hatte.

Diese Fülle an Details zu beschaffen und in Relation zu bringen musste ein Haufen Arbeit gewesen sein, aber gestern hatte Tobias sie angerufen und ihr triumphierend mitgeteilt, dass er Ergebnisse für sie hatte. »So schnell?«, hatte sie überrascht nachgefragt. »Für dich schieb ich Extraschichten, meine Hübsche«, hatte er grinsend geantwortet. »Sogar nachts.« Sie hatte gelacht und den Kopf geschüttelt. Tobias war der Hauptgrund dafür, dass sie seither vorsichtshalber die Finger von allzu privaten Beziehungen am Arbeitsplatz ließ.

Jetzt ging sie durch den Gastraum, der köstlich nach den typischen Gewürzen, nach gebratener Ente und ein wenig nach Jasmintee roch, und setzte sich zu ihm. Sie hatte ihn eine ganze Weile nicht mehr gesehen – im Präsidium hatten sie normalerweise wenig miteinander zu tun –, aber er sah noch genauso aus wie vor dreieinhalb Jahren, als sie beschlossen hatten, ihre Beziehung zu beenden. Gepflegter Vollbart, die kastanienbraunen Haare (die er zum Entzücken seiner weiblichen Fans normalerweise schulterlang trug) zu einem Hipsterknoten zurückgenommen, die blauen Augen hinter der kreisrunden Metallrandbrille so fröhlich zwinkernd wie eh und je. Er sah allerdings ziemlich müde aus. Vielleicht hatte er ja tatsächlich Nachtschichten geschoben.

Sie orderten Frühlingsrollen und Huhn in Erdnusssoße mit Bambus, und Tobias holte einen Schnellhefter aus seinem schwarzen Aktenkoffer.

»Interessante Idee, die du da hattest«, meinte er und nahm einen genussvollen Schluck von seinem Radler. »Aber die Ausschlusskriterien waren eine wirklich harte Nuss. Zum Glück hab ich da ein paar coole Programme, die mir beim Filtern geholfen haben. Und zum Glück ist die Anzahl der Frauen, die in dein spezielles Raster passen, inzwischen einigermaßen übersichtlich. Was glaubst du, wie viele es sind?«

»Keine Ahnung.« Melanie nippte an ihrem Mineralwasser. »Sag du es mir.«

»Achtundvierzig.« Er grinste. »Achtundvierzig Mädels im richtigen Alter, die dem richtigen Typ entsprechen und bei der Polizei im richtigen Zeitraum Alarm geschlagen haben, weil irgendein Kerl nicht begriffen hat, dass ›Nein‹ tatsächlich ›Nein‹ bedeutet. Zehn Anzeigen in Österreich, vierzehn in der Schweiz und vierundzwanzig bei uns.«

»Und die Frauen wohnen alle nicht mehr in der Gegend?«

»So ist es. Zwei von ihnen leben jetzt in Schleswig-Holstein, eine in Hamburg, vier in Nordrhein-Westfalen. Drei sind nach Hessen gezogen, eine nach Mecklenburg-Vorpommern. Weitere zehn leben immer noch in Baden, bloß nicht mehr am

Bodensee. Der Rest ist in Württemberg gelandet ... ein paar davon im Raum Stuttgart, und eine sogar hier, glaube ich. Wenn du die befragen willst, musst du nicht einmal weit fahren.«

»*Wow.*« Melanie lächelte ihn an. »Du bist ein Genie, Tobias.«

»Nee, bloß fleißig.«

Die Kellnerin brachte die Frühlingsrollen, und Tobias stürzte sich auf seine, als wäre er halb verhungert. Melanie aß deutlich langsamer; die Gedanken wirbelten in ihrem Kopf. Das war ein besseres Ergebnis, als sie es vorher zu hoffen gewagt hatte. Theoretisch konnte die Mörderin – wenn es eine von diesen Frauen war – zwar auch in einem der anderen Bundesländer leben, die Tobias aufgezählt hatte, und nur vorübergehend hergekommen sein ... aber es war doch sehr viel wahrscheinlicher, dass sie hier in der Nähe zu finden war.

Am liebsten hätte sie nach der Frühlingsrolle auf den Rest des Menüs verzichtet, um nach Hause zu fahren und sofort herauszufinden, welche der Frauen sie in den nächsten Tagen als Erste aufsuchen würde ... aber sie konnte Tobias nach der hervorragenden Arbeit, die er für sie geleistet hatte, nicht einfach mit seinem Erdnusshuhn sitzen lassen.

Beim Hauptgericht versuchte er, sie auszuhorchen.

»Immer noch solo?«, erkundigte er sich. »Oder läuft da endlich mal was zwischen dir und deinem Nordlicht?«

Melanie zuckte zusammen.

»Nein«, sagte sie. »Wie kommst du darauf? Du, mein Guter, hast mir beigebracht, dass man von Liebesgeschichten am Arbeitsplatz besser die Finger lässt.« Sie warf ihm einen scharfen Blick zu. »Und was heißt hier ›endlich‹? Schließen die anderen Abteilungen Wetten ab, oder was?«

Er grinste schräg. »Du kennst doch die Gerüchteküche. Bei der Polizei gibt es genauso viele Klatschbasen wie anderswo auch.«

»Vielleicht sogar noch ein paar mehr«, gab Melanie finster zurück. »Und die stellen sich wahrscheinlich samt und sonders lieber was anderes vor, als dass zwei Kollegen einfach gut zusammenarbeiten.«

»Tut mir leid.« Er blickte ebenso verlegen drein wie damals, als sie hinter seine Seitensprünge gekommen war. »Ich wollte dich wirklich nicht ärgern.«

»Hast du aber.« Sie spießte energisch ein Stück Huhn auf. »Und wenn ich mir irgendwann mal wieder einen Mann suche – möglichst einen, auf den ich die Exklusivrechte habe –, dann bist du mit Sicherheit der Letzte, dem ich das auf die Nase binde. – Aber du hast mir trotzdem sehr geholfen, Tobias. Danke.«

»Gern geschehen.« Er lächelte strahlend. »Jederzeit wieder, meine Hübsche.«

Sie verzichteten auf einen Nachtisch und tranken dafür noch einen Kaffee. Er wollte Melanie einladen, aber sie bestand darauf, die Rechnung zu übernehmen. Vielleicht hatte er ihr bei der Aufklärung des Mordes an Pierre Meyer entscheidend weitergeholfen, und das war mindestens ein Mittagessen wert.

Sie verabschiedete sich, ging zu ihrem Wagen und setzte sich hinters Steuer. Sie hatte die Hand schon am Zündschlüssel … aber dann überlegte sie es sich anders. Sie wollte *sofort* einen Blick auf die Liste werfen, die Tobias für sie erstellt hatte. Es war erst kurz nach eins … falls eine der Frauen tatsächlich in der Nähe wohnte, konnte sie gleich vorbeifahren. Und mit etwas Glück traf sie sie dort sogar an.

Sie schlug den Hefter auf, fuhr mit dem Finger die Liste der Adressen entlang und lächelte triumphierend, als ihr Blick auf einen Straßennamen fiel, den sie kannte. *Wunderbar – das war keine zwanzig Minuten von hier.*

Sie legte den Hefter neben sich auf den Beifahrersitz und fuhr los.

Überraschende Erkenntnisse

Die Herbstluft war frisch und klar; die Sonne ließ das Laub in den Bäumen rot und golden aufleuchten. Surendra Sinha wanderte langsam an der Rems entlang. Ausgedehnte Spaziergänge durch das Untere Remstal, bei denen er sowohl abschalten als auch in Ruhe nachdenken konnte, waren für ihn, seit er vorübergehend wieder bei seinen Eltern wohnte, zu einer geradezu unverzichtbaren Gewohnheit geworden.

In den vergangenen Wochen war er fast täglich hier unterwegs gewesen. Probleme, die er dabei wälzen konnte, gab es schließlich derzeit genug in seinem Leben. Zum Glück war er inzwischen wenigstens eines davon wieder los; seit der Aussprache mit Malte Jacobsen atmete er buchstäblich leichter. Nicht nur, weil die Last des Verdachts, Pierre Meyer getötet zu haben, von seinen Schultern genommen war, sondern weil darüber hinaus Jacobsen endlich diesen dummen Kleinkrieg zwischen ihnen beendet hatte. *Den Göttern sei Dank dafür.* Er trug Jacobsen nichts nach ... schon gar nicht, seit ihm klar geworden war, dass dem Waiblinger Kollegen lediglich die Hormone – beziehungsweise die Gefühle – einen handfesten und leider auch folgenschweren Streich gespielt hatten.

Ein Schatten glitt über Sinhas Gesicht. Er hoffte inständig, dass der Streit zwischen Malte Jacobsen und Melanie Brendel inzwischen behoben war und Melanie ihrem Kollegen vergeben hatte. Mittlerweile waren ihm *beide* sehr sympathisch geworden, und die Vorstellung, einen womöglich dauerhaften Riss zwischen ihnen verursacht zu haben (wenn auch ohne jede Absicht), war ihm mehr als unangenehm.

Und natürlich hoffte er außerdem, dass der wahre Täter im Fall Pierre Meyer noch gefunden wurde ... damit er zumindest aus *dieser* Sache endgültig mit einer fleckenfreien Weste herauskam.

Er hatte den Haufler Weinberg erreicht und ließ sich auf einem der Mauerreste am Fuß des alten und fast völlig aufgegebenen Wengerts nieder. Einige Meter weiter waren Passanten stehen geblieben und studierten eine der Schautafeln, die von den Geschichten rund um diesen »Schauweinberg« berichteten und die Sinha bei seinen zahlreichen Spaziergängen oft mit großem Interesse gelesen hatte. Heute hatte er jedoch keinen Blick für diese Fleißarbeit des Neustädter Heimatvereins; seine Gedanken schweiften unablässig zwischen den unterschiedlichen derzeitigen Baustellen seines Lebens hin und her.

Waiblingen konnte er also wohl abhaken, sofern er nicht etwa doch noch als Mediator zwischen Jacobsen und Brendel gebraucht wurde; er drückte innerlich die Daumen, dass das nicht mehr notwendig war. Die Sache am Bodensee dagegen war alles andere als ausgestanden, und es konnte, wie Veit Armbruster ihn damals mit einem vielsagenden Augenrollen vorgewarnt hatte, auch noch sehr lange dauern, bis die internen Ermittlungen da zu einem Abschluss kamen. Dass er hier in seinem freiwilligen Exil zwei Polizisten das Leben gerettet hatte, war zwar gut und schön, würde das Prozedere in Friedrichshafen jedoch kaum beschleunigen, geschweige denn überhaupt irgendeinen positiven Einfluss darauf haben. Daran würde auch Stefan Finkbeiners Bericht nichts ändern; das waren, wieder einmal, zwei Paar Stiefel.

Sinha seufzte. *Wenn er wenigstens wüsste, wie Frank Hasemann sich in dieser Angelegenheit entschieden hatte!* Sein ehemaliger Vorgesetzter hielt sich diesbezüglich nach wie vor bedeckt und erwähnte auch bei ihren gelegentlichen Telefonaten mit keinem Wort, was er mit Sinhas nächtlichem Nina-Berner-Bekenntnis anzufangen gedachte – beziehungsweise ob er es bereits weitergeleitet hatte. Und Sinha wagte nicht, gezielt deswegen nachzufragen, um seinem alten Freund nicht das Gefühl zu geben, er wollte ihn bedrängen oder gar unter Druck setzen.

Immerhin war ihm trotz der laufenden Ermittlungen die beantragte Reise nach Indien genehmigt worden. Die Waiblinger Kripo hatte Vidyas Leiche endlich freigegeben, und Praveer

Sinha würde sie nun, in Absprache mit seinem Freund Sanjeev Kapoor, feierlich kremieren lassen, um danach mit der Urne im Gepäck nach Jalandhar zu fliegen. Die Alternative, sie per Spedition zu schicken, hatten Sinhas Eltern gar nicht erst in Erwägung gezogen; für sie war es Ehrensache, Vidya persönlich nach Hause in den Punjab zu bringen. Und nur ein ausdrückliches Reiseverbot durch die ermittelnde Behörde hätte Sinha daran gehindert, sich ihnen anzuschließen. Er wollte dabei sein, wenn Vidyas Asche, begleitet von allen dazugehörigen hinduistischen Riten, in einen Fluss gestreut wurde. Er wollte Abschied nehmen von der Frau, die er geliebt hatte.

Was er nach wie vor noch niemandem erzählt hatte. Außer – ausgerechnet! – Malte Jacobsen.

Sein Mund verzog sich zu einem schmalen, bitteren Lächeln. Wahrscheinlich würde er dieses Geheimnis mit ins Grab nehmen. Zumindest vor seinen Eltern würde er es auch weiterhin verbergen; vor allem für *maaji* war es mit Sicherheit besser, wenn sie nie erfuhr, wie nah sie an der Erfüllung ihres Traumes von der perfekten Schwiegertochter gewesen war. Er würde Jacobsen gelegentlich darum bitten müssen, die Geschichte von der Verlobung mit Vidya für sich zu behalten und sie, wenn überhaupt, höchstens Melanie Brendel zu erzählen, die die Wahrheit sowieso bereits erraten hatte.

Ein frischer, kühler Wind strich über sein Gesicht. Er warf einen Blick auf seine Uhr und stellte fest, dass er sich allmählich auf den Heimweg machen sollte. Er hatte *maaji* fest versprochen, unterwegs noch ein Rezept für sie bei ihrem Hausarzt abzuholen, und der hatte an diesem Tag keine Nachmittagssprechstunde. Also erhob er sich, atmete tief durch und ging zurück in Richtung Neustadt.

***

Er schaffte es gerade noch rechtzeitig in die Praxis von Dr. Aumüller, bevor die Belegschaft für den Rest des Tages die Pforten schloss. Die nette Sprechstundenhilfe Vera Nagel, die bereits in ihre Jacke geschlüpft war, ging extra für ihn noch einmal zu ihrem Schreibtisch, um ihm das Rezept für seine Mutter zu geben. Sinha bedankte sich und bot ihr an, das große, schwere Paket, das sie diesmal abtransportieren musste, zu übernehmen und nach unten zu tragen.

»Vorsicht!« Vera Nagel schmunzelte. »Sonst gewöhne ich mich noch dran, dass Sie mir den Packesel spielen. Beim vorigen Mal waren Sie ja auch schon so freundlich.«

»Mach ich gerne«, erwiderte er und bemühte sich, nicht allzu intensiv daran zu denken, dass das vorige Mal der Tag gewesen war, an dem er von Vidyas Ermordung erfahren hatte. Dass er damals überhaupt imstande gewesen war, seine Umgebung wahrzunehmen und auf sie zu reagieren, wunderte ihn heute noch.

»Na dann – vielen Dank!« Sie ging ihm voraus zum Ausgang, blieb dort jedoch stehen und drehte sich noch einmal zu ihm um. »Sagen Sie … darf ich Sie mal was fragen?«

»Natürlich.« Er stellte das Paket ab und sah sie abwartend an.

»Ja, also …« Vera Nagel räusperte sich. »Vor ein paar Wochen war ein Mann von der Kripo hier und hat sich nach Ihnen und Ihrer Mutter erkundigt. Warum, das wollte er mir nicht sagen. Wissen Sie, um was es da gegangen ist?«

»Das hat sich mittlerweile erledigt«, antwortete Sinha ruhig und dankte sämtlichen Göttern dafür, dass diese Antwort der Wahrheit entsprach. »Weder meine Mutter noch ich haben etwas ausgefressen, falls es das ist, was Sie beschäftigt. Wir haben lediglich in Zusammenhang mit einem Ermittlungsfall ein paar Angaben bei der Polizei gemacht, und vermutlich hat der Kollege sie bei Ihnen gegengecheckt. Reine Routine.«

»Dann bin ich ja beruhigt.« Vera Nagel lächelte verlegen. »Ich hätte mir auch ehrlich gesagt nicht vorstellen können, dass Sie mit dem Gesetz in Konflikt geraten. Noch dazu, wo Sie ja selber bei der Polizei sind!«

Wenn Sie wüssten, dachte Sinha mit einem Anflug von Sarkasmus. *Das geht. Erschreckend leicht sogar.*

Gleichzeitig gelang es ihm jedoch, ihr Lächeln zu erwidern.

»Das ist nett von Ihnen, Frau Nagel«, sagte er und hob das Paket hoch. »Also dann, wollen wir? Wieder zu Ihrem Wagen?«

»Ja. Keine Sorge, er steht mehr oder weniger direkt vor der Haustür. Wollen Sie das Medikament für Ihre Mutter gleich abholen? Ich kann Sie mitnehmen und bei der Apotheke absetzen.«

»Service gegen Service also.« Sinha schmunzelte. »Danke, sehr gerne.«

***

Eine knappe halbe Stunde später schloss Sinha die Haustür auf und ging direkt in die Küche. Der herzhafte Duft nach Kartoffeln, Blumenkohl und Kreuzkümmel, der ihm im Flur entgegenkam, verriet ihm, dass seine Mutter mit der Zubereitung eines Alu Gobhi beschäftigt war.

»Danke, *beta*«, sagte Zenobia Sinha, als er die Tablettenschachtel für sie auf den Küchentisch legte. »Bist du so lieb und bringst die Chaikanne dort drüben und zwei Gläser in den Pavillon hinaus? Dein *pitaahji* ist heute früher von der Arbeit gekommen und hat einen Kollegen mitgebracht.«

»Klar, mach ich.«

Sinha verließ mit Kanne und Gläsern die Küche durch eine Tür, die in den Gartenbereich hinter dem Haus führte. Hier, abgeschirmt von der Straße und im Schutz hoher Hecken, hatte Praveer Sinha einen kleinen, runden und nach allen Seiten offenen Pavillon errichten lassen, in den er sich zum Entspannen zurückzog, wann immer das Wetter es zuließ.

»Darf ich stören?« Sinha blieb am Eingang des Pavillons stehen und neigte grüßend den Kopf vor seinem Vater. »*Namaste, pitaahji.*«

»*Namaste.*« Praveer Sinha grüßte zurück und wandte sich an seinen Besucher, der neben ihm saß. »Das ist mein Sohn Surendra, Herr Nagel. Surendra – das ist Thomas Nagel, ein Kollege aus der Firma.«

Sinha unterzog den Besucher aus einem gewohnheitsmäßigen Reflex heraus einer schnellen Musterung. *Um die vierzig, mittelgroß, drahtig. Dunkelblond und glatt rasiert, Brille mit dünnem Goldrand. Graue Hose, hellblaues Hemd, leicht gelockerte Krawatte. Offenbar tatsächlich direkt aus dem Büro hierhergekommen.*

»Freut mich, Sie kennenzulernen«, sagte Sinha höflich und stellte die Gläser auf einem kleinen Tisch in der Mitte des Pavillons ab. »Darf ich Ihnen Chai einschenken?«

»Gern, danke«, antwortete Thomas Nagel. »Ich kann zwar nicht lange hierbleiben, aber zu einem Chai Ihrer Mutter sag ich nie Nein.«

»Ich such Ihnen die Unterlagen zusammen und zieh die Dateien auf einen USB-Stick.« Praveer Sinha erhob sich. »Nimm dir das andere Glas ruhig selbst, wenn du willst, Surendra; ich bring mir ein eigenes mit, wenn ich wiederkomme.«

Er verließ den Pavillon und ging ins Haus. Sinha, der die unausgesprochene Aufforderung seines Vaters, seinem Gast Gesellschaft zu leisten, bis er zurückkam, sehr gut verstanden hatte, schenkte die beiden Gläser voll, reichte eines davon seinem Gegenüber und setzte sich.

»Ich hoffe, ich halte Sie jetzt nicht in irgendeiner Form auf.« Thomas Nagel klang hörbar verlegen. »Aber Ihr Vater ist bestimmt bald zurück, das dauert nicht lange. Wissen Sie, wir arbeiten gemeinsam an einem neuen Projekt, und einiges davon erledigt er im Moment hier zu Hause an seinem Computer, damit wir die aktuelle Planungsphase abschließen können, bevor er demnächst nach Indien fährt. Morgen früh sollen wir beim Chef einen Zwischenbericht abliefern, deshalb brauche ich ein paar Dateien von ihm, damit ich unsere PowerPoint-Präsentation fertig machen kann.«

»Dann wünsche ich Ihnen viel Erfolg und gutes Gelingen!« Sinha trank einen Schluck und lächelte. »Und keine Sorge, Sie halten mich nicht auf. Die Einzige, die vielleicht schon ein bisschen sehnsüchtig auf mich wartet, ist Saleti. Meine Katze.«

Nagels Mund verzog sich zu einem schrägen Grinsen. »Ist doch besser als nichts. Auf mich wartet heutzutage lediglich eine leere Wohnung. Seit meiner Scheidung ist dort haustierfreie Zone; unseren alten Schäferhund musste ich damals fast zeitgleich einschläfern lassen, und das Terrarium mit den Geckos hat Vera mitgenommen. Aber das waren sowieso ihre Viecher, und ganz ehrlich: Denen wein ich auch keine Träne nach.«

Sinha horchte auf. »Vera? Entschuldigen Sie meine Neugier, aber kann es sein, dass Ihre geschiedene Frau als Sprechstundenhilfe hier in Neustadt arbeitet?«

»Bei Dr. Aumüller.« Nagel nickte. »Kennen Sie sie?«

»Ja.« Sinha lächelte. »Das ist ja ein Zufall! Erst vorhin habe ich noch mit ihr gesprochen, als ich ein Rezept für meine Mutter abgeholt habe.«

»Ich hab heute keinen Kontakt mehr zu ihr.« Nagels Miene verdüsterte sich leicht; er trank sein Chaiglas leer und stellte es ab. »Wie geht es ihr denn?«

»Ich denke, gut«, sagte Sinha. »Aber natürlich kann ich das nicht wirklich beurteilen; ich bin ihr lediglich ein paarmal flüchtig in der Praxis begegnet.« Er schenkte Nagel noch einmal nach. »Es macht mir übrigens jedes Mal richtig Spaß, mit ihr zu reden – sie hat so einen leichten badischen Akzent, der erinnert mich an zu Hause am Bodensee.«

»Kein Wunder.« Nagel griff nach seinem Chaiglas. »Sie stammt ja auch von dort.«

»Echt jetzt?« Sinha richtete sich interessiert auf. »Aus welcher Ecke denn, wenn ich fragen darf?«

»Geboren wurde sie in Überlingen«, antwortete Nagel. »Ich habe sie seinerzeit während einer Dienstreise in der Schweiz kennengelernt; sie arbeitete in dem Hotel, in dem ich untergebracht war. Wir waren uns sehr sympathisch, haben uns danach aber aus den Augen verloren. Ein Jahr später habe ich sie dann durch Zufall bei einem Ausflug an den Bodensee wiedergetroffen, in dem Pfahlmuseum, das kennen Sie sicher auch.«

Sinha nickte, während sein Gehirn plötzlich auf Hochtouren arbeitete. Eine Vera hatte es damals in den Reihen von Pierre Meyers Opfern nicht gegeben – jedenfalls unter denen, die den

Mut gehabt hatten, zur Polizei zu gehen. Und natürlich konnte er gerade auch auf dem völlig falschen Dampfer sein. *Aber die Gegend passte.*

»Es hat sofort wieder zwischen uns gefunkt, und diesmal heftig«, berichtete Nagel weiter. »Als ich sie eingeladen habe, mich in Waiblingen zu besuchen, war sie hellauf begeistert, und keine zwei Wochen später stand sie bei mir auf der Matte, mit Sack und Pack. Das Ende vom Lied war eine Blitzhochzeit ... unfassbar, wie naiv und blind vor Liebe ich damals war. Wäre ich die Sache nur halbwegs vernünftig und in Ruhe angegangen, dann hätte ich mir vielleicht einiges erspart. Einschließlich einer ziemlich nervenaufreibenden Scheidung.«

Einmal mehr segnete Sinha insgeheim die Tatsache, dass Menschen sich ihm gegenüber oft erstaunlich schnell öffneten und dann redeten wie ein Wasserfall. Er hatte keine Ahnung, warum er diese Wirkung auf sie ausübte; sie war ihm jedoch schon des Öfteren ausgesprochen nützlich gewesen ... nicht nur, aber natürlich gerade auch in seinem Beruf.

»Das tut mir sehr leid«, erwiderte er behutsam, in der Hoffnung, dass Thomas Nagel noch ein wenig weitererzählte. *War Vera Nagel womöglich ein unerwartetes Puzzleteil im Fall Pierre Meyer?*

Nagel nickte bedächtig. »Ich habe mich im Nachhinein oft gefragt, ob ich nicht etwas mehr für sie hätte tun können. Andererseits – wie denn, wenn sie nicht redet? Ich hab ziemlich bald bemerkt, dass irgendetwas sie belastete ... aber jedes Mal, wenn ich versucht habe, sie darauf anzusprechen, ist sie mir ausgewichen. Und Verwandte, die ich hätte befragen können, hat sie keine. Verstehen Sie mich richtig, unsere Ehe war nicht unglücklich ... sie hatte ihr Leben insgesamt im Griff, sie hat eine Ausbildung zur Sprechstundenhilfe mit Bravour absolviert, und wir haben gut zusammengelebt. Aber irgendetwas stand da immer zwischen uns.«

Oder irgendjemand, dachte Sinha und spürte, wie siedendheiße Wut auf Pierre Meyer in ihm hochstieg. Er ballte die Fäuste und zwang sich zur Ruhe.

»Unsere Ehe ist Jahr für Jahr ein bisschen mehr abgekühlt, und Vera ist mir immer fremder geworden«, fuhr Nagel fort. »Irgendwann hatte ich das Gefühl, dass sie mich bloß deswegen geheiratet hat, weil sie vom Bodensee wegwollte, und das so rasch wie möglich. Aber ich dachte, wenn ich mir nur genügend Mühe gebe, dann haben wir vielleicht noch eine Chance. Eines Abends kam ich von der Arbeit nach Hause; es war unser Jahrestag, ich wollte sie überraschen und hatte extra einen Blumenstrauß besorgt. Ich hörte sie im Schlafzimmer rumoren, schlich mich leise näher und wollte gerade von hinten die Arme um sie legen, da ist sie plötzlich herumgewirbelt – und glauben Sie mir, diesen Anblick vergesse ich nie: Sie war kreideweiß, die Augen weit aufgerissen wie ein Zombie in einem Horrorfilm … und in der Hand hielt sie einen Elektroschocker!«

»*Was?*«, platzte Sinha heraus.

»Unfassbar, nicht wahr?«, versetzte Nagel, der gar nicht zu merken schien, dass Sinha soeben fast das Herz stehen geblieben war. »Sie hat zwar versucht, mir zu erklären, dass sie das Ding nicht wegen mir hat, sondern ganz allgemein als Selbstschutz … aber von diesem Moment an habe ich es endgültig nicht mehr neben ihr ausgehalten. Ich hab mich so schnell wie möglich von ihr getrennt und die Scheidung eingereicht. Das Letzte, was ich von ihr weiß, ist, dass sie hier diesen Job bei Dr. Aumüller bekommen hat und dann auch nach Neustadt gezogen ist. Aber über den Weg gelaufen bin ich ihr seitdem nicht mehr.«

Er warf Sinha einen verlegenen Blick zu.

»Ich hoffe, dass Sie Vera nicht bei nächster Gelegenheit haarklein erzählen, dass ich hier so ungeniert über unsere gescheiterte Ehe ausgepackt habe. Aber ich dachte … da Sie sie vielleicht noch öfter treffen, und Sie sagen ja selbst, dass es Ihnen Spaß macht, sich mit ihr zu unterhalten … also ich dachte, Sie sollten in jedem Fall Bescheid wissen. Vor allem über den Elektroschocker.«

»Verstehe«, sagte Sinha langsam; sein Herz veranstaltete mittlerweile ein wahres Trommelfeuer in seinem Brustkorb. »Danke, Herr Nagel; ich werde es im Hinterkopf behalten.«

Er schickte gerade ein inständiges Gebet zum Himmel, dass sein Vater nicht mehr allzu lange auf sich warten ließ, als die Hintertür des Hauses sich öffnete und Praveer Sinha herauskam. *Dank, ihr Götter,* dachte Sinha erleichtert. *Das nenn ich zur Abwechslung mal prompten Service.*

Er erhob sich, als sein Vater den Pavillon betrat, und bat höflich, sich zurückziehen zu dürfen. Er verabschiedete sich von Thomas Nagel und wollte bereits gehen, als ihm noch etwas einfiel. Blitzschnell ging er im Geiste die Liste von Meyers Vergewaltigungsopfern durch … *da. Da war der Name, den er suchte.*

»Eine Frage noch, Herr Nagel«, sagte er und versuchte dabei, möglichst unbefangen zu klingen. »Ihre Ex-Frau ist nicht zufällig eine geborene Baumeister? Ich kenne jemanden in Unteruhldingen, an den sie mich jedes Mal erinnert, wenn ich sie sehe; und jetzt, da ich weiß, dass sie aus dieser Ecke stammt … wer weiß, vielleicht sind die beiden ja verwandt.«

»Nein.« Thomas Nagel schüttelte sehr bestimmt den Kopf. »Wie gesagt, Vera hat keine Angehörigen mehr. Außerdem ist ihr Geburtsname Mühlbauer.«

Volltreffer.

»Ah, dann ist es wohl doch nur eine zufällige Ähnlichkeit«, erwiderte Sinha und fabrizierte ein Lächeln. »Egal, macht nichts. Vielen Dank. Ade!«

Er zwang sich, langsam und ruhig zum Haus hinüberzugehen. Erst als die Tür hinter ihm ins Schloss gefallen war, stürzte er hastig und immer zwei Stufen auf einmal nehmend die Treppe zu seinem Zimmer hinauf.

***

Gleich darauf saß er vor seinem Laptop und öffnete den Ordner mit seinem Pierre-Meyer-Archiv. Schnell hatte er gefunden, wonach er suchte: die alte Datei mit seinen Notizen über Julia Mühlbauer … und da stand, unter den Namen ihrer Eltern, auch der ihrer älteren Schwester: *Vera Marie Mühlbauer.*

Er lehnte sich zurück und starrte den Bildschirm an. War er hier tatsächlich auf ein möglicherweise entscheidendes Puzzleteil gestoßen? Er konnte sich noch gut an seine Gespräche mit der Familie Mühlbauer erinnern … damals, nach Pierre Meyers Verbrechen, das nicht nur Julia, sondern am Ende auch die gesamte Familie ins Unglück gestürzt hatte. Die Schwester, die von allen nur *Marie* genannt worden war, hatte er nie kennengelernt; sie lebte in Basel, als Julia ihrem Peiniger in die Hände fiel. War sie, als sie schließlich nach Hause kam, an dem Leid ihrer Familie ebenfalls zerbrochen? Hatte sie deshalb die Gelegenheit beim Schopf gepackt und sich Hals über Kopf in die Ehe mit einem Mann in Waiblingen gestürzt, weit weg von ihrer Schwester in der Psychiatrie, von ihrem Vater, der an der Flasche hing, von ihrer Mutter, die, von der Situation überfordert, die Familie im Stich ließ? Hatte sie versucht, einen radikalen Schlussstrich zu ziehen, und deshalb ihren vertrauten Rufnamen ebenso in der Versenkung verschwinden lassen wie ihre Angehörigen, zu denen sie jeden Kontakt abbrach und deren Existenz sie ihrem Ehemann gegenüber konsequent verschwieg?

Ein helles Miauen riss ihn aus seinen Gedanken. Mit einem eleganten Sprung katapultierte sich Saleti auf den Tisch, setzte sich demonstrativ zwischen den Laptop und ihn, schaute ihn an und gab ein aufforderndes kleines Maunzen von sich.

»Ach, Saleti!«, seufzte Sinha leise, streichelte die Katze mit beiden Händen gleichzeitig und ließ die Stirn sanft auf ihr graues Köpfchen sinken. Die Mieze reckte sich und rieb Wange und Näschen schnurrend an seinem Kinn.

»Gleich, *pyaari*«, versprach Sinha mit einem schwachen Lächeln. »Ich muss nur schnell ein wichtiges Telefonat führen, dann bin ich ganz für dich da, in Ordnung? Nein, nicht über meine Tastatur laufen … komm, runter mit dir!« Er hob die Katze hoch und setzte sie auf dem Fußboden ab. Einen Moment lang blieb sie dort unschlüssig stehen, dann streckte sie sich ausgiebig und hüpfte auf das Fensterbrett, wo sie sich zwischen zwei Topfpflanzen niederließ und hinausschaute. Sinha ließ den beinahe idyllischen Anblick kurz auf sich wirken; dann nahm er sein Smartphone zur Hand und wählte die Büronummer bei der Waiblinger Kripo, die Melanie Brendel ihm in Friedrichshafen gegeben hatte.

»Jacobsen«, hörte er die Stimme seines Kollegen.

»Sinha hier«, antwortete er. »Hallo, Herr Jacobsen! Haben Sie mal eben zwei Minuten Zeit für mich?«

»Natürlich. Was gibt's?«

Sinha beschloss, sicherheitshalber als Erstes ein weißes Fähnchen zu schwenken.

»Kriegen Sie das jetzt bitte nicht gleich wieder in den falschen Hals, aber – ich hab Informationen für Sie. Zum Fall Pierre Meyer.«

»Ach ja?« Es klang nach sehr ironisch hochgezogenen Augenbrauen. »Wieder am Bodensee zugange, was?«

»Nein, diesmal schön brav zu Hause bei meinen Eltern, wie von Ihnen empfohlen«, konterte Sinha mit einem leichten Grinsen. »Und ich hab auch *nicht* privat ermittelt – an diese Infos bin ich durch puren Zufall gekommen. Nicht, dass Sie vom Glauben abfallen.«

»Ach woher denn«, entgegnete Jacobsen trocken. »Es gibt Situationen, da *muss* man einfach aktiv werden. Hat ein *sehr* kluger Mensch erst neulich zu mir gesagt. Und recht hat er. Also, was haben Sie für uns?«

Sinha lächelte. *Kein Zweifel – mittlerweile verstand man sich.*

Dann konzentrierte er sich wieder auf sein Anliegen.

»Ich habe Julia Mühlbauers Schwester gefunden«, verkündete er. »Sie heißt Vera Nagel, und sie lebt hier bei uns in Neustadt.«

»Moment«, unterbrach ihn Jacobsen. »Vera Nagel … die Sprechstundenhilfe bei Dr. Aumüller?«

Sinha stutzte kurz, aber dann begriff er. *Natürlich. Jacobsen hatte sich ja bei ihr erkundigt, ob Zenobia Sinha und ihr Sohn tatsächlich am Tag vor Meyers Tod in der Praxis gewesen waren.*

»Genau die. Ihr geschiedener Mann ist ein Arbeitskollege meines Vaters und hat mir vorhin ein wenig über seine gescheiterte Ehe mit ihr erzählt. Er meint, die sei unter anderem deshalb in die Brüche gegangen, weil Vera offenbar irgendeine Last aus der Vergangenheit mit sich herumgeschleppt hat, über die sie nicht reden wollte … und das hat sie einander entfremdet.«

»Das kann aber alle möglichen Gründe haben«, wandte Jacobsen ein. »Und wieso sind Sie so sicher, dass sie die Schwester von Julia Mühlbauer ist?«

»Weil Vera Nagel eine geborene Mühlbauer ist, in Überlingen zur Welt gekommen ist, ihren Mann in der Schweiz kennengelernt und danach in Unteruhldingen wiedergetroffen hat«, zählte Sinha auf. »Passt alles. Zumal Julias Schwester Marie mit vollem Namen *Vera Marie* heißt.«

»Das passt in der Tat!« Jacobsen wirkte mit einem Mal genauso elektrisiert, wie Sinha es vorhin während seiner Unterhaltung mit Thomas Nagel gewesen war. »Sehr gut gemacht, Kollege! Die Dame werden wir gründlich unter die Lupe nehmen.«

»Aber seien Sie vorsichtig!«, warnte Sinha mit Betonung. »Die Dame besitzt einen Elektroschocker.«

Für ein paar Sekunden blieb es am anderen Ende der Leitung totenstill.

»Sind Sie sicher?«, fragte Jacobsen schließlich.

»Wenn sie ihn nach ihrer Scheidung nicht entsorgt hat – ja.«

Erneut schwieg Jacobsen eine Weile.

»Warum sollte sie«, erwiderte er dann. »Vermutlich hat sie sich das Teil auch mit Blick auf das Schicksal ihrer Schwester zugelegt. Damit ihr nicht das Gleiche passiert wie Julia.«

»Oder weil ihr womöglich sogar das Gleiche schon mal passiert *ist*«, ergänzte Sinha.

»Sie meinen, Meyer hat auch sie vergewaltigt?«

»Nicht unbedingt Meyer. Zu der Zeit, als er reihenweise Frauen am Bodensee überfallen hat, war Vera Nagel noch zu Ausbildungszwecken in Basel. Aber ausschließen möchte ich weder diese Möglichkeit, noch dass sie vielleicht mal Ärger mit einem anderen Mann gehabt hat. Hotelgäste können auch nicht immer die Hände bei sich behalten. Dazu würde passen, dass sie das Gastgewerbe hinter sich gelassen hat und heute lieber als Sprechstundenhilfe arbeitet.«

»Ich werde sofort nachprüfen lassen, ob es irgendwelche entsprechenden Anzeigen von Vera Nagel gibt«, sagte Jacobsen. »Beziehungsweise von Vera Marie Mühlbauer. Am besten schicken wir auch noch eine gleichlautende Anfrage an die Schweizer Behörden, für alle Fälle. Und dann schauen wir mal, ob die Dame für die Tatnacht ein Alibi hat … oder ob sie womöglich im Dunstkreis des Hochwachtturms unterwegs war und dort mit Pierre Meyer zusammengestoßen ist.«

»Wobei sich die Frage stellt, woher sie in dem Fall gewusst haben kann, mit wem sie es zu tun hat«, gab Sinha zu bedenken. »Meines Wissens ist sie Meyer nie persönlich begegnet, und selbst wenn sie Zeitungsberichte von damals gelesen und dabei Bilder von ihm gesehen hat – er hat sich in den Jahren im Knast ziemlich verändert. Er hätte ihr am helllichten Tag in der Bahn gegenübersitzen können, und sie hätte ihn wohl kaum erkannt.«

»Guter Einwand«, versetzte Jacobsen. »Andererseits, wer sagt denn, dass ihre Attacke ein gezielter Racheakt für Julia war? Vielleicht hat Meyer sie ganz einfach angemacht oder sexuell bedrängt … woraufhin sie eben ihren Elektroschocker zum Einsatz gebracht hat. Ohne zu ahnen, *wen* sie damit schachmatt setzt.«

»Auch möglich«, stimmte Sinha zu. »Immer vorausgesetzt, sie war es tatsächlich. So oder so – ich hoffe, ich konnte Ihnen damit weiterhelfen.«

»Es ist auf jeden Fall ein Hinweis, dem wir nachgehen werden«, entgegnete Jacobsen. »Und sollte es der entscheidende sein, dann geb ich Ihnen einen aus.«

»Ich nehm Sie beim Wort.« Sinha lächelte. »Viel Glück, Herr Jacobsen!«

»Danke«, erwiderte Jacobsen. »Ade, Herr Sinha!«

Sinha hörte das Klicken eines Hörers, der aufgelegt wurde, und schob das Smartphone in seine Tasche. Sofort sprang Saleti, als hätte sie nur auf diesen Moment gewartet, vom Fensterbrett herunter und strich miauend um seine Beine. Unwillkürlich entspannte sich Sinha ein wenig; er hob die Katze hoch, drückte sie behutsam an sich und streichelte sie.

Er hatte es bewusst vermieden, Jacobsen nach dem Stand der *Baustelle Melanie Brendel* zu fragen. Jacobsens »*wir werden dem Hinweis nachgehen*« ließ ihn jedoch hoffen, dass der Kommissar damit sich selbst und seine Kollegin gemeint hatte. Und es war für Sinha in jedem Fall eine Erleichterung, zu wissen, dass das eingespielte Ermittler-Duo in Bezug auf Vera Nagels Elektroschocker nun vorgewarnt war.

Schließlich konnte man nie wissen.

Schlag und Stich

Nach dem so unerwarteten wie interessanten Anruf von Sinha durchstöberte Jacobsen umgehend die Unterlagen zum Fall Pierre Meyer in seinem Computer. In dem Ordner mit dem Namen *Mühlbauer* fand er nicht nur Melanies Notizen von ihrer Begegnung mit der jungen Pensionswirtin in Unteruhldingen, sondern auch die Aufzeichnung des Gesprächs, das sie mit ihr geführt hatte. Er aktivierte die Datei und hörte sich die Aufnahme noch einmal an – diesmal nicht nur wesentlich konzentrierter als an jenem Samstag nach seinem heftigen Verbalangriff auf Sinha, sondern auch mit den Informationen über Julias Schwester im Hinterkopf, die er soeben erhalten hatte.

»Zerstört hat er uns«, klang die leise zitternde Stimme von Julia Mühlbauer aus dem Lautsprecher. *»Erst mich, und dann uns alle. Der widerliche Dreckskerl, der. Ich bin froh, dass er tot ist.«*

Aufmerksam lauschte Jacobsen ihrer Erzählung, wie sie nach ihrer Vergewaltigung durch Meyer in der Psychiatrie gelandet war. Er glaubte sich zu erinnern, dass die Rede danach auch noch auf ihre Schwester gekommen war … ja, da war die Stelle.

»Ich bin wieder nach Hause gekommen. Ein paar Monate davor war auch die Marie aus der Schweiz heimgekehrt. Meine Mutter hatte sie so gut wie möglich aus der ganzen Sache herausgehalten – ›damit sie nicht auch noch darunter leiden muss‹, hat sie immer gesagt. Und als Marie mitgekriegt hat, was in der Zwischenzeit aus unserer Familie geworden war, da hat sie sich aus dem Staub gemacht. Sie ist weggezogen und hat geheiratet … glaube ich. Wir haben schon lange keinen Kontakt mehr.«

Das entsprach ziemlich genau dem, was Sinha von diesem Thomas Nagel über dessen geschiedene Frau erfahren hatte. Während Jacobsen versuchte, sich das Gesicht der Sprechstundenhilfe Vera Nagel in Erinnerung zu rufen, fuhr neben ihm Julia Mühlbauers Stimme mit dem bitteren Resümee ihrer Tragödie fort.

»Sie denkt, dass ich *daran schuld bin, was mit unserer Familie passiert ist. Genau wie Mama.«*

Jacobsen horchte auf. Schnell fuhr er mit der Maus über den Bildschirm und klickte, um den letzten Satz noch einmal zu wiederholen. *Nein. Er hatte sich nicht verhört.*

Er stoppte die Aufnahme, lehnte sich zurück und begann zu grübeln. Sinha hatte sicherlich recht, wenn er sagte, dass Vera Nagel diesem Pierre Meyer mit größter Wahrscheinlichkeit nie persönlich begegnet und es deshalb eher undenkbar war, dass sie ihn erkannt und gezielt getötet hatte, um ihre Schwester zu rächen. Was ja auch nicht sein musste. Jacobsen konnte sich sehr gut vorstellen, dass die beiden sich rein zufällig mitten in der Nacht bei dem Brunnen am Hochwachtturm begegnet waren und die Frau »lediglich« einen sexuellen Angriff Meyers abgewehrt hatte – mit dem Elektroschocker, den sie vermutlich stets bei sich trug.

Aber es gab noch eine dritte Möglichkeit … von der Sinha nichts wissen konnte und die Jacobsen eigentlich sofort hätte einfallen müssen, wenn er nicht den Kopf zu sehr mit anderen Dingen vollgehabt hätte.

Susanne Mühlbauer.

Hastig suchte er nach Melanies Protokoll über ihre Dienstfahrt nach Stuttgart, wo sie erst Léon David vernommen hatte und dann durch einen Zufall der Mutter von Vera Marie und Julia Mühlbauer begegnet war, die im gleichen Haus wohnte, nur eine Etage tiefer. Bei dem Gespräch mit ihr hatte Melanie ihr Aufnahmegerät zwar in der Tasche gelassen, aber ihre Gedächtnisnotizen waren so sorgfältig, wie er es von ihr gewohnt war:

S.M. ist laut eigener Aussage Meyer am Freitag vor dem Mord an Vidya Kapoor im Flur ihres Hauses in Stuttgart begegnet. Sie hat nicht mit ihm gesprochen, war sich auch erst nicht ganz sicher, ob er es wirklich war. Auf die Frage, ob sie ihren Töchtern von der Begegnung erzählt hat, antwortete S.M., sie habe so gut wie keinen Kontakt mehr zu ihnen. (Ausführungen über die Skandalpresse und den Alkohol-Absturz ihres Mannes, vgl. Gespräch mit

Julia M.) Sie hat damals die Flucht ergriffen, weil sie es nicht mehr ausgehalten hat, und zunächst in Stuttgart bei einer alten Freundin gewohnt. Auf die Frage zu ihrer anderen Tochter Marie sagte S.M., die sei während dieser Zeit in der Schweiz geblieben, und sie habe versucht, die ganze Sache vor Marie herunterzuspielen, damit die nicht darunter leidet. Marie schreibt ihr heutzutage zweimal im Jahr (Geburtstag/Weihnachten), aber ohne Adresse; S.M. weiß nicht, wo sie wohnt. Am Tag vor der Tötung Meyers hat S.M. in einer Kleiderkammer der Caritas gearbeitet (Olgastraße; Dienst nach Rückfrage dort bestätigt von Marianne Hayek).

Stirnrunzelnd betrachtete Jacobsen die Zeilen auf seinem Bildschirm. Susanne Mühlbauer hatte Melanie gegenüber also behauptet, kaum noch Kontakt zu ihren Töchtern zu haben, und namentlich von Marie – also mutmaßlich Vera Nagel – habe sie keine Adresse. Er ging nicht davon aus, dass Melanie sich verhört oder etwas falsch notiert hatte … aber was, wenn Frau Mühlbauer in diesem Punkt gelogen hatte? Was, wenn sie sehr wohl mit ihrer älteren Tochter in Kontakt geblieben war, wenn sie genau wusste, wo diese heute lebte – und wenn ihr bei der zufälligen Begegnung mit Meyer mit Schrecken klar geworden war, dass aufgrund der räumlichen Nähe nun auch Vera Gefahr lief, dem Mann in die Hände zu fallen, der ihre Familie schon einmal ins Unglück gestürzt hatte?

Und was, wenn sie ihre Tochter daraufhin gewarnt hatte? Ihr eine panische SMS oder Mail geschickt, vielleicht sogar zusammen mit einem heimlich geschossenen Foto von Meyer, so dass Vera genau wusste, wie der Peiniger ihrer Schwester heute aussah?

Je länger Jacobsen sich dieses Szenarium ausmalte, desto mehr war er davon überzeugt, dass er auf der richtigen Spur war. Diese Vera Nagel musste er vernehmen, und am besten sofort.

Reflexartig griff er zum Telefon und rief Melanie an. Egal, wie viel im Moment noch immer zwischen ihnen stand – jetzt brauchte er sie. Eine solche Befragung durfte er nicht allein durchführen … schon gar nicht mit dem Wissen, dass sein Gegenüber mindestens mit einem Elektroschocker bewaffnet war. *Wenn sie nicht sogar noch mehr Utensilien oder gar Waffen besaß, mit denen sie im Ernstfall eine Gefahr für Leib und Leben darstellte.*

Aber Melanie ging nicht ran. Jacobsen fluchte leise vor sich hin. Er wollte nicht warten, bis er seine Kollegin endlich wieder zu fassen bekam, er *konnte* es nicht. Er hätte nicht sagen können, woher dieses Gefühl kam und warum es ihm so eindringlich zur Eile riet ... aber irgendetwas trieb ihn an, die Angelegenheit Vera Nagel ohne Verzögerung zu erledigen. *Jetzt.*

Er warf einen Blick auf die Uhr. Die Arztpraxis war wahrscheinlich schon geschlossen, aber er würde die Privatwohnung der Sprechstundenhilfe sicher finden. Noch einmal versuchte er, Melanie zu erreichen. Wieder vergeblich.

Kurz entschlossen fuhr Jacobsen seinen Computer herunter, und während er eilig das Büro verließ, tippte er bereits die Suchanfrage nach Vera Nagels Adresse in sein Handy.

***

Vera Nagel wohnte in Neustadt in der Traubenstraße, einen knappen Kilometer von der Praxis des Arztes entfernt, bei dem sie arbeitete. Das Namensschild zeigte an, dass sie im zweiten Stock lebte. Kein Wunder – wenn Sinhas Vermutungen stimmten, dann kam eine Wohnung im Erdgeschoss für sie nicht in Frage. *Zu viel Angst vor unerwünschten Blicken oder Einbrechern.*

Jacobsen klingelte. Es dauerte fast eine Minute, bevor eine Stimme aus der Sprechanlage drang. »Ja, bitte?«

»Jacobsen hier, Kripo Waiblingen«, sagte er. »Wir kennen uns aus der Praxis – erinnern Sie sich an mich? Der Trampel, für den Sie vor ein paar Wochen einen Krankenwagen rufen mussten, weil er die Treppe hinuntergefallen war. Ich habe ein paar Fragen an Sie. Darf ich hereinkommen?«

Die Sprechanlage knisterte leise. Dann: »Das ist aber heute ganz schlecht. Ich hab mich gerade hingelegt – ich muss gestern irgendwas Falsches gegessen haben. Da helfen nur Kamillentee und eine Wärmflasche.«

»Tut mir sehr leid«, sagte er. »Es wäre aber ziemlich dringend, fürchte ich.«

»Und wenn Sie morgen Nachmittag wiederkommen würden?«, schlug sie vor. »Da hab ich frei, und dann geht es mir bestimmt besser.«

Er zögerte unschlüssig. Noch hatte er keinerlei Beweise gegen sie, abgesehen davon, dass sie wahrscheinlich einen Elektroschocker besaß. Er glaubte zwar nicht wirklich, dass Fluchtgefahr bestand – schließlich hatte sie keine Ahnung davon, dass sie plötzlich verdächtigt wurde –, aber er konnte Finkbeiner Bescheid geben, ihm die Sachlage darlegen und ihn bitten, die Wohnung vorsichtshalber von ein paar Kollegen observieren zu lassen, damit Vera Nagel sich nicht ungesehen aus dem Staub machen konnte, falls er sich irrte.

»In Ordnung«, antwortete er endlich. »Passt es Ihnen um zwei?«

»Zwei Uhr ist prima.« Sie klang erleichtert. »Dann bis morgen, Herr Jacobsen.«

»Bis morgen.«

Jacobsen machte sich langsam auf den Rückweg zu seinem Wagen. Das Gefühl, dass die Sache drängte, war nicht geschwunden – ganz im Gegenteil. Aber trotz aller Verdachtsmomente konnte er die Frau nicht zwingen, ihn hereinzulassen, und sie hatte sich ja durchaus kooperativ gezeigt. Außerdem – falls Finkbeiner eine Observation für übertrieben hielt, konnte er sich immer noch selbst irgendwo in der Nähe postieren und das Haus im Auge behalten. *Nur zur Vorsicht.*

Sein Auto stand etwa zehn Meter die Straße hinunter. Er schloss die Fahrertür auf, setzte sich hinter das Steuer und richtete den Rückspiegel, der sich gelockert hatte und ein wenig schief hing. *Heute Abend musste er ihn wirklich mal festschrauben.* Und dann sah er, wie sich die Tür des Hauses öffnete, in das er gerade erst nicht eingelassen worden war. Und die Person, die herauskam, war Vera Nagel.

Sie blieb einen Moment stehen und schaute sich um. Instinktiv ließ er sich im Sitz nach unten rutschen – nur so weit, dass er sie noch beobachten konnte, ohne dass sie ihn bemerkte. Sie trug Jeans und einen grauen Aranpullover und hatte eine Handtasche bei sich. Und ihr Gesicht war zwar blass, aber wie jemand mit einer schweren Magenverstimmung kam sie ihm eigentlich nicht vor. Außerdem – wenn es ihr wirklich so schlecht ging, wieso war sie dann jetzt unterwegs?

Sie stieg in einen maisgelben Renault Twingo und fuhr los. Jacobsen folgte ihr in sicherem Abstand. *Wollte sie sich jetzt etwa doch aus dem Staub machen?* Aber sie hatte kein Gepäck dabei – das wirkte nicht wie eine Flucht.

An der Straßenecke bog sie nach links ab. Es ging an einer modernen Kirche mit Schieferdach vorbei, dann bog sie ein zweites Mal ab, und sie waren auf der Hauptstraße. An die Strecke erinnerte er sich … Es sah fast so aus, als wollte sie an ihren Arbeitsplatz. Und tatsächlich – sie verließ die Hauptstraße nach kurzer Fahrt wieder, und da war die weiße Jugendstilvilla, in der sich die Praxis befand. Vera Nagel stellte den Twingo ab und stieg aus. Er sah zu, wie sie die Stufen zum Eingang hinaufeilte, einen Schlüsselbund aus ihrer Handtasche holte und die Tür aufschloss. Dann war sie im Haus verschwunden.

Jacobsen überlegte fieberhaft. *Was nun?* Es war immerhin möglich, dass sie sich einfach nur ein Medikament gegen Übelkeit aus dem Vorrat des Arztes besorgen wollte. Also entschied er, abzuwarten. Er hielt den Wagen so weit wie möglich außer Sichtweite und behielt den Eingang der Villa im Auge.

Es dauerte keine fünf Minuten, bis Vera Nagel wieder auftauchte. Erneut sah sie sich nach allen Seiten um, bevor sie zu ihrem Wagen zurückging und losfuhr. Wieder hielt er sich in angemessenem Abstand, und als er sicher war, dass sie nach Hause fuhr, bog er kurz davor nach rechts ab. *Pirolweg* sagte das Straßenschild, und da war eine Parklücke, schön außer Sichtweite.

Er stieg aus, hastete in Richtung Straßenecke … und blieb ruckartig stehen. Vor seinem Wagen parkte ein uraltes Mercedesmodell. Und direkt davor ein roter Golf, den er kannte. *Melanies Auto.*

Es konnte eigentlich nur *einen* Grund geben, warum sie hier war. Sie musste eigene Ermittlungen angestellt und dabei irgendwie die Querverbindung von Vera Nagel zu Julia Mühlbauer entdeckt haben. Dass sie in dieser Gegend sonst irgendetwas zu tun hatte, glaubte er keine Sekunde. Er legte rasch die Hand auf die Motorhaube. *Kalt – das hieß, der Golf stand schon eine Weile an dieser Stelle.*

Aber Vera Nagel hatte mit keinem Wort erwähnt, dass Melanie bei ihr gewesen war. Das konnte nach Lage der Dinge nur eines bedeuten: Sie wollte nicht, dass er davon wusste. Und Melanie war möglicherweise noch in ihrer Wohnung.

Jacobsen dachte an den Elektroschocker und spürte, wie ihm jäh der kalte Schweiß ausbrach. Er musste sich Zugang verschaffen. Er musste herausfinden, ob er recht hatte ... während er gleichzeitig hoffte, dass es nicht so war. Aber der Instinkt, der ihn bei diesem Fall so bestürzend oft im Stich gelassen hatte, sagte ihm überdeutlich, dass seine Vermutung stimmte. Und dass Melanie in Gefahr war. *In Lebensgefahr.*

Er hastete in Windeseile zurück zu seinem Wagen und dann wieder zu der Abbiegung. Als er vorsichtig um die Ecke spähte, tat er es gerade rechtzeitig, um zu sehen, wie Vera Nagel ihre Haustür öffnete und hineinging. Er wartete ein paar Sekunden, um sicher zu sein, dass die Tür hinter ihr wieder ins Schloss gefallen war, dann rannte er ebenfalls auf das Haus zu und zog gleichzeitig sein Handy aus der Jackentasche. Gottlob ging sein Chef sofort an den Apparat.

»Herr Finkbeiner? Jacobsen hier. Ich brauche Verstärkung – dringend. *Sofort.*«

Noch während er eine Salve schneller Sätze zur Erklärung abfeuerte, sah er eine junge Frau, die sich mit einem Kinderwagen dem Haus näherte. *Lass sie dort wohnen,* dachte er, ohne recht zu wissen, an wen genau er sich mit dieser Bitte wandte. *Lass sie hineingehen.*

Der Kinderwagen blieb stehen, und unter dem Verdeck begann ein Baby zu brüllen. Jacobsen wartete wie auf glühenden Kohlen, während die Mutter umständlich ihren voluminösen

Schlüsselbund aus einer übervollen Stofftasche herauskramte und Finkbeiner gleichzeitig eindringlich auf ihn einredete. Dann steckte der Schlüssel endlich im Schloss, und die Tür sprang auf. *Danke.*

» … und Sie bleiben draußen, bis die Kollegen da sind, Jacobsen. Haben Sie mich verstanden?«

»Selbstverständlich, Chef.«

Der Kinderwagen rumpelte über die einzelne Stufe vor der Tür, das Baby brüllte immer noch. Jacobsen blieb auf der Schwelle stehen, bis die junge Frau den Wagen den Flur entlanggeschoben hatte, vor der Tür im Erdgeschoss anhielt und sich ausgiebig damit beschäftigte, den richtigen Schlüssel für ihre Wohnung zu finden. *Sie hatte offensichtlich überhaupt nicht registriert, dass er da war.*

Im nächsten Moment huschte er auf leisen Sohlen die Treppe hinauf.

***

Die Tür zu Vera Nagels Wohnung war verschlossen. Klingeln durfte er nicht. Wenn das zutraf, was er befürchtete, würde er Vera Nagel damit höchstens vorwarnen und sie womöglich zu einer Kurzschlusshandlung treiben. Also nahm er den Schlagschlüssel, den er eben aus seinem Handschuhfach geholt hatte, und machte sich daran, so lautlos und behutsam wie möglich das Schloss aufzubrechen.

Es dauerte keine zehn Sekunden, bis er sein Ziel erreicht hatte. Sein persönlicher Rekord – aber er hatte nicht die Muße, sich darüber zu freuen. Jacobsen öffnete die Tür einen kleinen Spalt und lauschte. In der Wohnung war alles still.

Er trat ein und schob die Tür hinter sich so weit zu, dass sie angelehnt blieb. Der Flur war mit beigem Teppichboden belegt, die Wände pastellfarben gestrichen und mit gerahmten Landschaftsaufnahmen dekoriert. Während er sich verstohlen in Vera Nagels Refugium vortastete, wartete er angespannt auf irgendeinen Laut, der ihm signalisierte, wo sich die Bewohnerin befand. Neben einer kleinen Garderobe stand die Handtasche, die sie eben bei sich gehabt hatte, als sie in die Praxis gegangen war. Er warf einen raschen Blick hinein, entdeckte eine rechteckige Pappschachtel und griff danach. Sie war leer. PENTOBARBITAL stand in Großbuchstaben darauf gedruckt, neben der Zeichnung einer chemischen Formel.

Er wusste, was das war. Tierärzte verwendeten das Zeug, um ihre alten und unheilbar kranken Patienten einzuschläfern. Und wenige Gramm davon reichten aus, um einen Menschen umzubringen.

Wo war diese Frau, verdammt noch mal? Und wo war Melanie?

Dann hörte er das Geräusch, auf das er gehofft hatte … ein ersticktes Stöhnen, so leise, dass es ihm fast entgangen wäre. Es kam vom Ende des Flures, wo eine Tür in irgendein Zimmer führte. Er hatte keine Zeit mehr, sich einen komplizierten Plan auszudenken. Er eilte auf die Tür zu, drückte die Klinke herunter und stieß sie weit auf.

Es war das Schlafzimmer. Mitten im Raum thronte ein breites Bett mit cremefarben lackiertem Metallgestell. Und auf diesem Bett lag Melanie, Hände und Füße mit Klebeband umwickelt, den Mund mit einem Halstuch geknebelt. Ihre Augen waren weit aufgerissen, das Gesicht kreideweiß. Als sie ihn bemerkte, gab sie einen hohen, verzweifelten Laut von sich.

»Stehen bleiben, Herr Jacobsen!«

Die Stimme von Vera Nagel war leise. Sie kniete neben Melanie auf der Matratze, eine Einwegspritze in der Hand. Die Spitze der Nadel zeigte genau auf Melanies Halsschlagader.

»Noch *einen* Schritt weiter, und Ihre Kollegin ist erledigt. Das ist Pentobarbital.«

»Ich weiß.« Jacobsen spürte den eigenen Herzschlag wie einen quälend schweren Puls bis in die Fingerspitzen. »Sie haben es gerade aus der Praxis geholt, nicht wahr? Ich hab Sie gesehen.«

Vera Nagel lachte. Es klang furchterregend kalt.

»Dann sind Sie mir also nachgeschlichen. Sie haben mir aufgelauert. Typisch. Alle Männer tun das. *Jeder.* Die Welt wäre ein besserer Ort, wenn Männer endlich begreifen würden, dass sie uns Frauen in Frieden lassen sollten.«

Keine Panik. Er durfte jetzt keinen Fehler machen, oder Melanie würde dafür mit ihrem Leben bezahlen.

»Haben Sie sich deshalb Ihren Elektroschocker beschafft?«, hörte er sich selbst fragen. »Wegen solchen Männern wie Pierre Meyer?«

Sie sah ihn an. Ihr hübsches Madonnengesicht war ausdruckslos, und ihre Hand mit der Spritze blieb vollkommen ruhig. Er wagte nicht, sich zu bewegen.

»Nicht nur«, erwiderte sie. »Kerle wie der sind bloß die Spitze des Eisbergs. Die anderen tun genau das Gleiche wie er, bloß nicht ganz so direkt und brutal – jedenfalls, solange jemand hinschaut. Wenn sie sicher sind, dass es keiner merkt, sind sie kein Stück besser.«

Er musste auf Zeit spielen. Bis die herbeigerufene Verstärkung kam, musste er diese Frau lange genug daran hindern, zuzustechen und den Kolben der Spritze herunterzudrücken. Irgendwie und mit allen Mitteln.

»Hat Meyer Sie überfallen, in dieser Nacht in Waiblingen?«, fragte er. »Oder waren es diesmal Sie, die *ihm* aufgelauert hat, Vera?«

»Dieses dumme Schwein.« Sie sprach eigentümlich sanft. »Ich wusste, dass er in Waiblingen war – von meiner Mutter. Sie hat mich angerufen und mir ein Bild gemailt. Hat sie heimlich von ihm gemacht, vor ihrem Haus.«

Wieder lachte sie.

»Unglaublich, oder? Da flüchtet sie extra aus ihrem alten Leben, lässt uns hinter sich, als wären wir unnützer Trödel … und dann rennt der Mann, mit dem das alles angefangen hat, urplötzlich direkt vor ihrer Nase herum!«

Susanne Mühlbauer hatte also tatsächlich gelogen.

»Aber es gab nicht nur das Foto«, fuhr Vera Nagel fort. »Mama hat außerdem gehört, wie er dem Kerl, bei dem er untergekrochen war, gesagt hat, dass er nach Waiblingen will. Also bin ich auf die Suche nach ihm gegangen. Ich hab es sozusagen dem Schicksal überlassen, ob ich die Rechnung mit ihm begleichen darf.«

»Und dann ist er Ihnen in die Arme gelaufen?«

»Am zweiten Abend, mitten in der Altstadt.« Sie lächelte, wie bei einer schönen Erinnerung. »Er hat sich im *Mata Hari* den Bauch vollgeschlagen, mit Chili con Carne und Bier. Früher bin ich mit meinem Mann oft da hingegangen. Ich hab ihn dort gefunden … es *sollte* einfach so sein. Als er gegangen ist, hab ich ihn verfolgt, bis zur Stadtmauer. Ich wusste, dass er wieder nach einer Frau sucht, die er fertigmachen kann. Weil er süchtig war nach dem Kick. Weil er sich aufgegeilt hat daran. Und ich war nicht so wehrlos wie seine anderen Opfer.«

Sie hob den Kopf und starrte Jacobsen in die Augen.

»Es war ein Kinderspiel. Er war vollkommen überrascht. Und er ist sofort umgefallen.«

Draußen vor dem Haus schlug eine Autotür zu. Jacobsen sah, wie ihr Blick kurz zur Seite zuckte, und nutzte die vielleicht einzige Chance, die sie ihm geben würde. Er machte einen blitzschnellen Satz vorwärts, und dann trat er gezielt und mit voller Kraft zu und traf Vera Nagels Handgelenk.

Die Spritze flog in hohem Bogen durch die Luft und blieb zitternd im Teppich stecken. Vera Nagel stieß einen schrillen, frustrierten Schrei aus. Sie versuchte, die Spritze zu erreichen, und landete bäuchlings neben dem Bett auf dem Boden. Im nächsten Moment beugte Jacobsen sich über sie und drückte die Mündung seiner Dienstwaffe gegen ihren Hinterkopf.

»Liegen bleiben, Vera«, sagte er. »Wissen Sie was? Sie haben recht, es gibt Männer, die sind Schweine. Und wenn Sie uns einfach erzählt hätten, dass Meyer Sie überfallen hat und Sie sich mit Ihrem Schocker bloß zur Wehr gesetzt haben, ich hätte Ihnen bestimmt geglaubt. Der Mann war wirklich ein Scheusal.«

Er warf einen kurzen Blick zu Melanie hinüber. Sie hielt die Augen geschlossen, und ihre Brust hob und senkte sich heftig. Dann wandte er sich wieder der Frau auf dem Boden zu und seufzte.

»Aber ich fürchte, das haben Sie sich versaut. Jetzt kommen Sie nicht mehr davon. Nicht nach diesem Mordanschlag auf meine Kollegin.«

Im Wohnungsflur waren plötzlich Schritte zu hören – und nur wenige Sekunden später stürmten zwei Streifenbeamte mit gezückten Waffen in das Zimmer, gefolgt von Kriminalhauptkommissar Stefan Finkbeiner. Der betrachtete die Szenerie und schüttelte den Kopf.

»Hab ich mir doch gedacht«, sagte er. »Von wegen *Selbstverständlich, Chef.*« Die Ironie schwand abrupt aus seinen Augen, als er Melanie sah. »Ist Frau Brendel verletzt?«

Während die beiden Polizisten Vera Nagel Handschellen anlegten und sie hinausführten, setzte Jacobsen sich hastig auf das Bett und knotete den Knebel los. Melanie öffnete die Augen und sah ihn an.

»Ich dachte schon, du kommst gar nicht mehr«, murmelte sie. »Verdammt, bin ich froh, dich zu sehen, Malte.«

»Geht mir genauso«, erwiderte er sanft und strich ihr über den Kopf. Jetzt, da die Spannung urplötzlich nachließ, war ihm schwach vor Erleichterung. Er hätte sie am liebsten in die Arme genommen, aber angesichts der Tatsache, dass sie alles andere als allein waren, ließ er es bleiben. »Wie fühlst du dich? Alles noch dran?«

Melanie grinste schwach.

»Klar doch«, meinte sie. »Hab mich nie besser gefühlt.«

Sie verzog das Gesicht.

»Und jetzt, glaube ich, muss ich mich übergeben.«

»Als ich gemerkt hab, was sie vorhatte, war es schon zu spät«, sagte Melanie.

Sie saß fünf Tage nach Vera Nagels Festnahme mit Jacobsen in Finkbeiners Büro. Direkt nach dem Drama hatte man sie in die Zentralklinik gebracht, wo die Ärzte sie gründlich untersucht, ein EKG gemacht und ihr bescheinigt hatten, dass die Attacke mit dem Elektroschocker keine Schäden verursacht hatte. Sie hatte sofort wieder ins Präsidium kommen wollen, aber Finkbeiner hatte darauf bestanden, dass sie noch bis zum Wochenende zu Hause blieb, damit sie sich erholen konnte. Heute war sie wieder da, und inzwischen waren die meisten Wissenslücken geschlossen und die meisten Fäden verknüpft. Jetzt blieben nur noch ein paar lose Enden übrig.

»Ich bin zu ihr gefahren, weil sie die einzige Frau auf der Liste war, die nach ihrem Wegzug vom Bodensee jetzt hier in Waiblingen wohnte«, erklärte Melanie. »Ich dachte, ich könnte genauso gut bei ihr anfangen. Sie war zuerst sehr freundlich … erzählte mir, sie habe in der Schweiz in einem Hotel gelernt und dann ein paar Jahre für eine Hotelkette in Meersburg gearbeitet. Aber das habe ihr nicht mehr gefallen, und als sie zu ihrem Mann nach Waiblingen gezogen sei, habe sie sich beruflich umorientiert. Da hätte bei mir eigentlich schon der Groschen fallen müssen.«

»Nicht unbedingt«, meinte Jacobsen. »Ich wäre nicht so ohne Weiteres darauf gekommen, dass Vera Marie Mühlbauer und Vera Nagel ein und dieselbe Person sind.«

»Ja, aber du hast auch nicht mit Julia Mühlbauer gesprochen«, widersprach Melanie. »Ich schon. Ich hatte eigentlich alle Fakten. Aber ich hab es nicht geschafft, rechtzeitig die richtigen Schlüsse zu ziehen.«

Finkbeiner betrachtete sie neugierig.

»Wann *haben* Sie die richtigen Schlüsse gezogen? Vor oder nach dem Angriff mit dem Elektroschocker?«

»Davor.« Sie schnalzte leise und ärgerlich mit der Zunge. »Wir haben in ihrem Wohnzimmer gesessen, und sie ist in die Küche gegangen, um mir einen Kaffee zu machen. Ich hab mich ein bisschen umgesehen … und da hab ich in einer Ecke hinter der Tür an der Wand ein Foto entdeckt. Die Eltern Mühlbauer in besseren Zeiten am Bodensee, und vor ihnen ihre Töchter – damals noch Kinder und niedlich mit Dirndln herausgeputzt. Im Büro von Veras Schwester hängt genau dasselbe. Ich hab es sofort erkannt. Sie kam zurück, und ich hab sie darauf angesprochen. Sie hat es ohne Weiteres zugegeben und gesagt, sie müsse noch einmal in die Küche, die Milch holen. Dann kam sie wieder, und als sie mir etwas eingegossen hat, da hielt sie plötzlich den Schocker in der Hand. In der nächsten Sekunde war ich weg.«

Sie warf Jacobsen einen leicht ironischen Blick zu.

»Als ich wieder zu mir kam, hat sie schon die Spritze in der Hand gehalten. Ich hab sofort begriffen, was sie vorhat – mich beseitigen, bevor ich sie des Mordes an Meyer überführen konnte. Und im nächsten Moment bist du ins Zimmer geplatzt.«

»Gerade noch rechtzeitig«, sagte Finkbeiner. »Weswegen Sie tatsächlich vollkommen richtig gehandelt haben – wenn auch schon wieder einmal reichlich eigenmächtig.« Er musterte Melanie tadelnd. »Und Sie auch, Kollegin … Ermittlungen auf eigene Faust sind unprofessionell. Vor allem dann, wenn man sich die dazu notwendigen Daten hintenherum in einer anderen Abteilung beschafft, die mit dem eigentlichen Fall gar nichts zu tun hat. Ich wäre Ihnen dankbar, wenn Sie zukünftig den korrekten Dienstweg einhalten würden.«

Melanie grinste. »Selbstverständlich, Chef.«

Finkbeiner seufzte und verdrehte die Augen gen Himmel.

»Was mich beschäftigt: Vera Nagel ist nie von Meyer überfallen worden«, meinte Melanie. »Aber sie hat sich trotzdem verhalten wie ein schwer traumatisiertes Opfer. Lag das wirklich nur an ihrer desaströsen Familiengeschichte?«

»Nein.« Jacobsen schüttelte den Kopf. »In dem Hotel in Basel hat sie ein paar sehr unschöne Erfahrungen mit übergriffigen Hotelgästen gemacht. Der Kollege Sinha hat so was schon vermutet, und er lag vollkommen richtig damit. Sie hat damals Anzeige erstattet; das haben die Schweizer Behörden uns mitgeteilt. Danach hat sie sich einen Job in Meersburg gesucht, weil sie in der Nähe ihrer Schwester und ihres Vaters bleiben wollte. Aber sie ist sozusagen aus dem Regen in die Traufe geraten, denn der Sohn des dortigen Direktors konnte seine Hände ebenfalls nicht von ihr lassen. Und der Herr Papa hat leider lieber seinem Filius geglaubt als der Hausdame, die er gerade erst eingestellt hatte. Zu der Zeit steckte ihr Vater tief im Alkoholsumpf, ihre Schwester war in einer psychiatrischen Klinik, und ihre Mutter hatte sich vor der Familienmisere nach Stuttgart geflüchtet. Vera fühlte sich komplett alleingelassen und ist ebenfalls geflüchtet … in die Ehe mit Thomas Nagel.«

»Die natürlich nicht gehalten hat«, sagte Melanie leise. Sie klang betrübt.

»Natürlich nicht.« Jacobsen nahm einen Schluck aus seiner Espressotasse. »Sie hätte Therapie gebraucht, vielleicht sogar einen Klinikaufenthalt, genau wie Julia. Stattdessen hat sie alles in sich hineingefressen und einen verzweifelten Hass auf die ganze Welt entwickelt.«

»Aber Kontakt zu Susanne Mühlbauer hat sie trotzdem aufgenommen«, warf Finkbeiner ein. »Kann ich nicht ganz nachvollziehen. Nach dem, was Sie mir erzählt haben, Kollegin Brendel, war die nicht gerade eine Spitzenkandidatin auf den Pokal für die Mutter des Jahres.«

»Mama bleibt Mama«, erwiderte Melanie nüchtern. »Sie war für Vera alles, was von ihrer Familie noch übrig war. Deswegen hat sie sie auch aufgespürt, sie angerufen und sich mehrmals mit ihr getroffen. Es wundert mich gar nicht, dass Susanne Mühlbauer es vorgezogen hat, mir dieses wichtige kleine Detail zu verschweigen. Sie musste nach dem Tod von Meyer ja nur zwei und zwei zusammenzählen. Ohne sie hätte Vera nie erfahren, dass der Kerl nach Waiblingen kommt.«

Finkbeiner nickte knapp. »Jetzt hätte ich gern eine ausführliche Zusammenfassung des gesamten Falles. Vielleicht können

Sie damit ja wieder in den Dienst einsteigen, Frau Brendel, Ihr Urlaub ist übermorgen sowieso zu Ende … oder wollen Sie noch einmal verlängern?«

Jacobsen betrachtete sie nervös aus den Augenwinkeln. *Er war unendlich froh, dass sie zurückgekommen war. Es fehlte ihm gerade noch, dass sie gleich wieder verschwand.*

»Keine Sorge, Chef.« Melanie lächelte. »Ich muss zwar morgen noch zu meinem Vater in die Klinik und hab meiner Mutter versprochen, sie anschließend auf ein paar Ämtergänge zu begleiten, aber sonst bin ich ab sofort wieder auf dem Posten. Und an meinem Bericht haben Sie bestimmt mehr Freude, als wenn Kollege Jacobsen sich daran versucht.«

»Das«, sagte Stefan Finkbeiner mit Gefühl, »ist gewisslich wahr. Dann machen Sie sich mal ans Werk. Schönen Tag noch!«

***

Wenige Minuten später saßen Jacobsen und Melanie wieder in ihrem eigenen Büro. Melanie fuhr pflichtbewusst ihren Computer hoch und legte sich ihre und Jacobsens zahlreiche Fallnotizen zurecht, um sie in den Bericht einzuarbeiten. Draußen glitt ein kalter, grauer Nachmittag langsam in den Abend hinein, und Regentropfen zeichneten dichte, silberne Spuren auf die Fensterscheibe.

Jacobsen saß ihr gegenüber, für den Moment vollauf zufrieden damit, ihr zuzuschauen. Er fühlte sich so entspannt wie schon lange nicht mehr und begriff erst jetzt, wie sehr dieser Fall ihn belastet hatte. Er dachte an Anna Dorina Farkas und ihre ahnungslosen Eltern, an Julia und Vera, deren Eltern sich entweder an den Alkohol geklammert oder gleich ganz aus ihrem Leben gestohlen hatten. *Lauter überforderte Mütter und Väter, lauter verzweifelte Töchter.* Und er dachte an Meyer, der zum Auslöser allzu vieler persönlicher Katastrophen geworden war.

Am Vortag hatte er Emily Willmer in Konstanz angerufen. Sie hatte sich seine knappe Erzählung kommentarlos angehört.

Ich weiß, dass Sie davon überzeugt waren, dass ich es nicht getan habe, hatte sie zu ihm gesagt, bevor er sich von ihr verabschiedete. *Ich bin immer noch sehr froh, dass Meyer tot ist. Aber ich danke Ihnen, dass Sie mir geglaubt haben. Ich danke Ihnen sehr.*

Jetzt wanderten seine Gedanken zu Surendra Sinha. Noch jemand, für dessen persönliche Katastrophe Pierre Meyer unmittelbar verantwortlich war. Er konnte sich noch sehr genau daran erinnern, was Sinha im Apothekergarten zu ihm gesagt hatte. *Sie lieben Melanie Brendel, und Sie waren eifersüchtig.* Auch damit hatte er recht gehabt, wie mit fast allem anderen. Während er, Jacobsen, bei diesem Fall so weit in die Irre geraten war, dass er den Weg zurück fast nicht mehr gefunden hatte.

»Sinha hat sich gemeldet«, sagte er. »Vorhin. Eigentlich wollte er dich anrufen, aber dein Handy war wohl aus. Er würde gern heute oder morgen Abend bei dir vorbeischauen, in deiner Wohnung. Er möchte dir etwas vorbeibringen.«

Sie wandte den Blick vom Bildschirm ab. »Aha? Was denn – noch ein paar DVDs?«

»Weiß ich nicht. Aber wenn es dir nichts ausmacht, wäre ich gern dabei. Er meint, er ist demnächst nicht mehr im Lande, und dann könnte ich mich bei der Gelegenheit von ihm verabschieden.«

Sie schwieg.

»Soll ich lieber *nicht* kommen? Wäre kein Problem, wirklich.«

Das war natürlich eine Lüge, aber er sagte es trotzdem. Das Letzte, was er wollte, war, sie irgendwie unter Druck zu setzen. Und er hatte keine Ahnung, ob sie ihn nach seinem letzten Auftritt überhaupt jemals wieder in ihren vier Wänden haben wollte.

»Ich kann auch stattdessen noch ein Bier mit ihm trinken gehen. Das hab ich ihm nämlich versprochen, falls sein Hinweis mit Vera Nagel uns bei dem Fall weiterhilft. Und das hat er ja weiß Gott getan.«

»Zum Glück.« Sie warf ihm ein rasches Lächeln zu. »Du kannst ruhig kommen. Ich hab nichts dagegen.«

Er betrachtete ihr vertrautes Gesicht, dachte an das, was Sinha ihm außerdem gesagt hatte … und an das, was er selbst seit einem Jahr unausgesprochen ließ. Wahrscheinlich war es besser, wenn es erst einmal dabei blieb … aber andererseits: Er kannte sich selbst nur allzu gut. Wenn er jetzt nicht den Mund aufmachte, würde er es vielleicht *niemals* tun. Weil der richtige Augenblick niemals kam.

Sie hatte ein Recht auf die Wahrheit – weil die wenigstens teilweise eine Erklärung für sein Verhalten lieferte, für seine sture Abneigung gegen Sinha und für seinen so furchtbar ausgeuferten, zutiefst ungerechten Zorn ihr gegenüber. Er musste es riskieren, ehrlich zu sein. Selbst dann, wenn Sinha in diesem einen Punkt unrecht hatte und seine Hoffnungen sich zerschlugen.

Sie hatte es verdient.

»Sinha war bei unserer Aussprache im Apothekergarten ziemlich gnädig mit mir«, sagte er. »Aber er hat mir auch die Leviten gelesen, gewissermaßen. Er hat mir auf den Kopf zugesagt, dass ich mich ihm und dir gegenüber deshalb so unmöglich benommen habe, weil ich eifersüchtig war.«

Melanie sah ihn an. Ihre Augen waren ruhig und aufmerksam.

»Und? Hatte er recht damit?«

»Ja.« Er atmete tief. »Leider. Ich war *sehr* eifersüchtig – darauf, dass du sofort so einen guten Draht zu ihm gehabt hast. Darauf, dass er dir auf Anhieb sympathisch gewesen ist. Das stimmt doch, oder?«

»Das stimmt.«

»Ich dachte, ich verliere dich.« Er wandte den Blick ab, starrte auf seine Hände hinunter. »An diesen Mann, der all das ist, was ich *nicht* bin. Charmant, freundlich, anziehend. Und genau aus diesem Grund hab ich alle Fakten ausgeblendet, die für ihn gesprochen haben. Deswegen hab ich mir wochenlang gewünscht, dass er der Täter ist. Damit ich ihn irgendwann überführen kann. Damit er wieder aus meinem Blickfeld verschwindet. Und aus deinem.«

»*Malte.*« Sie war blass geworden. »Das ist ziemlich furchtbar, was du da sagst.«

»Meinst du, das weiß ich nicht?« Er schluckte. »Ich hab mich selbst kaum wiedererkannt. Aber ich hatte solche Angst, dass du aus meinem Leben verschwindest ... das hatte nichts mit Vernunft zu tun. Es tut mir entsetzlich leid.«

»Das sollte es auch.« Melanie sprach sehr leise. »Du hast mir nicht vertraut. Und an dem Abend in meiner Wohnung hast du mich lächerlich gemacht, mich und – was fast noch schlimmer war – meine Arbeit. Es hat sich angefühlt, als wäre ich nicht nur als Frau minderwertig, sondern auch als deine Kollegin. Und das hat mich verletzt. Sehr sogar.«

»Ich weiß.« Er sah sie an. »Ich weiß, das hätte ich nicht tun dürfen.«

»Nein, hättest du nicht.« Sie presste die Lippen zusammen. »Getan hast du es trotzdem. Und damit bringst du mich in ein ziemliches Dilemma, Malte.«

Er hatte Angst, nachzufragen ... aber jetzt musste er den Rest des Weges wohl auch noch hinter sich bringen, egal, wie er endete.

»Was für ein Dilemma?«

Sie stand auf, trat ans Fenster und lehnte sich mit dem Rücken gegen das Fensterbrett.

»Soll ich ehrlich sein? Ich weiß nicht, wie es weitergehen soll. Natürlich kann ich versuchen, so zu tun, als wäre das alles nicht passiert. Wir sind bisher immer ein gutes Team gewesen, wir können es vielleicht wieder sein. Aber ich bin nicht sicher, ob ich vergessen kann, was da passiert ist ... nicht einmal, ob ich das *darf.* Ich will nämlich in Zukunft nicht jedes Mal, wenn mir ein Mann gefällt, der mit einem unserer Fälle zu tun hat, Angst haben müssen, dass du deine gesamte Professionalität in den Wind schießt. Dass du wieder in dieses Verhaltensmuster zurückfällst und noch mehr Porzellan zerschlägst ... bis irgendwann alles zu Bruch gegangen ist.«

Sie kam zurück, den Blick unverwandt auf sein Gesicht gerichtet.

»Ich mag dich, Malte«, sagte sie. »Sehr, sehr gern. Es ist mir egal, dass du nicht alle naselang über deine Gefühle sprichst. Es stört mich nicht, dass du nie versucht hast, aus unserer beruflichen Beziehung mehr zu machen … ganz im Gegenteil, es hat mir gefallen. Außerordentlich. Du hast keine Ahnung, wie befreiend es ist, wenn man von einem Kollegen nicht als Weibchen gesehen wird, das bei der Polizei eigentlich nichts zu suchen hat, sondern als gleichberechtigtes Gegenüber. Als Kollegin, auf die man sich verlassen kann. Deswegen hab ich mich auch auf *dich* verlassen, immer. Bis zu diesem Fall.«

»Dann«, erwiderte er langsam, »hat es wohl wenig Zweck, dich zu fragen, ob wir noch eine Chance haben … nicht nur auf eine gute Zusammenarbeit, die auch in Zukunft funktioniert. Ich will dich nicht anlügen und nicht weiter Versteck spielen – das hätte ich niemals tun sollen. Ich wünsche mir *mehr* … schon lange.«

»Ich weiß.« Sie seufzte fast unhörbar. »Das Problem ist nur – ich weiß nicht, ob *ich* mir das noch wünsche. Nicht nach all dem, was zwischen uns in letzter Zeit vorgefallen ist.«

Er hob ruckartig den Kopf. »Das heißt, du *hast* es dir gewünscht?«

»Aber natürlich!« Melanie legte die Hände flach auf ihren Schreibtisch. »Mir ist schleierhaft, wieso du glaubst, an dir gäbe es nichts, das eine Frau anzieht. Klar – du bist verschlossen, und du traust dem Großteil der Menschheit nicht über den Weg … was für einen Kriminalbeamten übrigens eine echt nützliche Eigenschaft ist, finde ich. Du bist schroff und manchmal ganz schön zynisch. Aber mir gegenüber hast du eigentlich immer alles richtig gemacht. Ich hab mich bei dir wohlgefühlt und sehr sicher. Wenn ich dich gebraucht habe, bist du immer dagewesen … was die jüngsten Ereignisse wohl hinlänglich bewiesen haben. Wenn das nicht so wäre, gäbe es mich jetzt nämlich nicht mehr.«

Er schauderte unwillkürlich zusammen. »Bloß gut, dass ich wenigstens *dabei* keinen Bock geschossen habe. Ich hatte in meinem ganzen Leben noch nie so große Angst wie in dem

Moment, als ich begriffen hab, dass Vera Nagel höchstwahrscheinlich die Absicht hat, dich umzubringen.«

»Keine Sorge, ich bin ja noch da.« In ihren Augen funkelte ein Lächeln. »Weißt du noch – genau das hast du vor einem Jahr im Krankenhaus zu mir gesagt, nachdem dieser Psychopath versucht hat, dich in dem ausgebrannten Keller umzubringen, und es fast geschafft hätte. Weil ich zu spät mitbekommen hab, dass du Verstärkung brauchst. *Du* bist letzte Woche pünktlich gewesen, im Gegensatz zu mir.«

»Stimmt.« Jacobsen schnaubte in sich hinein. »Wenigstens etwas.«

»Stell dein Licht nicht unter den Scheffel«, sagte sie ernst. »Es ist keine Kleinigkeit, wenn man jemandem sein Leben verdankt.«

Sie blickte auf ihre Armbanduhr.

»Und jetzt pack ich das ganze Zeug hier zusammen und mach den Bericht zu Hause fertig. Ich ruf Sinha an und frag ihn, ob ihm morgen Abend um sieben recht ist. Wir sehen uns dann bei mir, okay?«

»Okay.« Er sah zu, wie sie die Unterlagen in ihrem Aktenkoffer verstaute, ihren Computer ausschaltete und in ihre Lederjacke schlüpfte. Dann war sie verschwunden, und er blieb allein zurück.

Melanie Brendel liebt Sie. Das sieht ein Blinder mit dem Krückstock. Es sah ganz so aus, als hätte Surendra Sinha auch damit recht gehabt.

Allerdings war sich Jacobsen in diesem Augenblick alles andere als sicher, ob ihm diese Tatsache noch irgendetwas nützte.

Sprung ins kalte Wasser

Es wurde Abend, bis Melanie Brendel am nächsten Tag ihre Mutter wieder zu Hause abgeliefert und sich von ihrem Vater verabschiedet hatte. Heute regnete es nicht mehr, die Luft war eisig und klar und fühlte sich auf ihrer Gesichtshaut an wie ein Vorbote des Winters.

In ihrer Wohnung räumte sie ein bisschen auf (obwohl kaum etwas herumlag), beschloss, sich *nicht* extra umzuziehen, und kochte dann kurz entschlossen einen Chai. Der konnte sich zwar bestimmt nicht mit dem von Zenobia Sinha messen, die wahrscheinlich ihre eigene Gewürzmischung zusammenstellte und höchstpersönlich mörserte, aber Melanie mochte ihn trotzdem und fand das intensive Aroma von Zimt, Nelken und Kardamom so beruhigend wie tröstlich.

Der Bericht war ebenso abgeschlossen wie der Fall … und trotzdem wurde sie das Gefühl nicht los, dass etwas *fehlte*. Nicht die Beweise, nicht die Täterin; das war alles vorhanden und reihte sich sauber und geordnet vor ihrem inneren Auge auf.

Sie wusste, dass sie eine Entscheidung treffen musste. Noch immer war sie überrascht darüber, dass Malte seine Karten so offen auf den Tisch gelegt hatte und wie ehrlich und schonungslos sich selbst gegenüber er dabei gewesen war. Das musste ihn sehr viel Mut gekostet haben.

Wie viel Mut hatte sie?

An diesem Punkt ging die Türklingel, und Melanie war erleichtert darüber. Sie eilte durch den Flur und öffnete.

»*Namaste*, Frau Brendel!«

In der Tür stand Surendra Sinha, in der schönen, anthrazitgrauen Kurta, die sie bereits kannte, und mit grüßend gefalteten Händen.

»*Namaste*«, entgegnete sie lächelnd. »Kommen Sie doch herein, Herr Sinha!«

Er zögerte.

»Ähm … nicht bevor ich Ihnen gebeichtet habe, dass ich nicht allein bin.«

Er trat einen Schritt zur Seite, und Melanie entdeckte die Tiertransportbox, die neben ihm auf dem Hausflurboden stand.

»Ist da etwa Saleti drin?«, fragte sie überrascht und erfreut. »Immer herein mit ihr!«

Er folgte ihr mit der Box ins Wohnzimmer. Dort hob er die kleine graue Mieze behutsam heraus, setzte sie sich auf den Arm und streichelte sie beruhigend.

»Es ist so …«, begann er vorsichtig. »Übermorgen fliegen meine Eltern und ich für zwei Wochen nach Indien – um Vidyas Asche nach Hause zu bringen. Ich hatte eigentlich mit unserer Nachbarin vereinbart, dass sie Saleti in der Zeit in Pflege nimmt; sie ist eine große Katzenfreundin und hat selbst einen Kater. Und genau der hat uns jetzt einen Strich durch die Rechnung gemacht. Als ich Saleti gestern früh zur Probe zu Frau Mauser rübergebracht habe, da hat ihr Rico sich derart aggressiv gegenüber meiner Kleinen verhalten, dass ich sie buchstäblich in Sicherheit bringen musste. Offenbar empfindet er sich als alleiniger Herr im Haus und verteidigt sein Revier mit allen Mitteln. Die arme Frau Mauser war völlig zerknirscht … und ich stand da mit meinem kleinen, verstörten Pelzbündel im Arm und dachte, na super, und was jetzt?«

Er lächelte Melanie verlegen zu.

»Und dann sind Sie mir eingefallen … und dass Sie damals bei unserer ersten Begegnung schon so begeistert von Saleti waren. Ich dachte, vielleicht … könnten Sie sich um sie kümmern, bis ich wieder da bin? Natürlich komme ich für alles auf; ich habe massenweise Futterdosen draußen im Auto, dazu das Katzenklo, den Kratzbaum und ihre Lieblingsspielsachen … und wenn sie hier irgendwas kaputt macht, dann ersetze ich Ihnen das selbstverständlich. Sie wissen ja, vor dem kleinen Monster ist nichts sicher.«

Melanie grinste. »Keine Sorge, ich hab keine Plüschtiere hier, deren Verlust ich nicht verkraften würde. Und solange sie ihre Krallen an Ihrem Kratzbaum schärft und nicht an meinem Sofa …«

»Das kann ich Ihnen leider nicht garantieren«, schmunzelte Sinha. »Aber wie gesagt, ich komme für jeden Schaden auf. Also, was meinen Sie – darf ich die Kleine für zwei Wochen bei Ihnen lassen?«

»Hält sie es denn aus, wenn sie tagsüber allein ist?«, wollte Melanie wissen. »Ich bin nämlich wieder im Dienst.«

»Aber sicher. Tagsüber schläft sie sowieso immer mal wieder ein paar Stündchen. Wenn sie nicht gerade auf ihr Spielzeug oder auf ihren Futternapf losgeht, macht sie es sich irgendwo bequem und ist mit sich und der Welt zufrieden.«

Er betrachtete Melanie prüfend.

»Und Sie arbeiten schon wieder? Ich habe gehört, was Ihnen passiert ist … und ganz ehrlich, mir ist nachträglich noch der Schreck in die Glieder gefahren, als Jacobsen mir am Telefon von Vera Nagels Aktion erzählt hat. Ist wirklich alles in Ordnung mit Ihnen?«

»Klar.« Sie gluckste leise. »Hat er Ihnen auch erzählt, dass ich ihm, nachdem er als mein strahlender Ritter aufgetaucht ist, zum Dank auf die Hose gekotzt habe?«

»Nein, das hat er gnädigerweise verschwiegen.« Sinha lachte. »Aber ich stelle fest: Sie und Saleti passen perfekt zusammen. Wie Sie sich sicher erinnern, hat sie mich seinerzeit dafür, dass ich sie aus dem Brunnen rausgefischt habe, auch erst mal vollgepinkelt.«

Er setzte Saleti auf dem Fußboden ab; die Katze schaute sich verwirrt um und verschwand dann fluchtartig unter Melanies Sofa. Sinha sah ihr liebevoll hinterher und seufzte leise.

»Ich hoffe, sie weckt bei Ihnen nicht allzu viele unangenehme Erinnerungen. An mich, und an den ganzen Ärger, den ich verursacht habe.«

Sie musterte ihn überrascht.

»Wieso sollte ich unangenehme Erinnerungen an Sie haben?«

Seine Augenbrauen stiegen bis zum Haaransatz. »Ich sage nur: *grenzdebile Rowdys auf dem Schulhof.*«

»Das war eine Ausnahmesituation«, sagte Melanie ruhig. »Und die haben Sie nicht ausgelöst, Sie haben nur darauf reagiert. Das habe ich sehr gut verstanden – ich hab bloß verhindern müssen, dass sie noch weiter eskaliert.«

»Wofür ich Ihnen sehr dankbar bin«, erwiderte Sinha ernst. »Aber auch wenn ich den Ärger nicht persönlich ausgelöst habe – ich war der Grund für Jacobsens Zorn und alles, was deswegen passiert ist. Und ich gebe zu, es tut mir sehr weh, dass meinetwegen eines der sympathischsten Paare, denen ich je begegnet bin, in eine solche Krise geraten ist.«

Melanie runzelte die Stirn. »Wir sind kein Paar, Herr Sinha.«

»Nicht offiziell, ich weiß«, entgegnete Sinha mit einem leisen Lächeln. »Aber wenn Sie beide nicht eigentlich mehr sind als nur ein gut aufeinander eingespieltes Ermittler-Duo, dann geb ich meinen Beruf auf und werd Kartenabreißer im Kino. Und ich hab keine Angst davor, das zu versprechen. Weil ich weiß, dass ich mich nicht irre.«

»Wie schön, dass Sie sich so sicher sind.« Melanie sah ihn an. »Ich wünschte, das könnte ich auch sagen. Aber seit diesem Abend ist *nichts* mehr sicher von dem, worauf ich mich drei Jahre lang felsenfest verlassen habe. Ich muss Ihnen wohl kaum erklären, warum.«

Sein Gesicht war voller Mitgefühl.

»Nein, das müssen Sie nicht«, sagte er. »Aber wer seinem Herzen folgt, riskiert immer, auch mal Fehler zu machen. Genau das ist Jacobsen passiert. Und ich weiß, wie leid es ihm tut. Ich habe seine Augen gesehen, als er mir erzählt hat, wie sehr er sich für sein Verhalten Ihnen gegenüber schämt. Das war nicht einfach so dahingesagt – das hat er wirklich ernst gemeint. Ich bin überzeugt, dass er einen solchen Fehler nicht noch einmal begeht. Und wenn doch, dann erinnern Sie ihn an mich und rücken ihm den Kopf zurecht.«

Er zwinkerte ihr zu und lächelte.

»Geben Sie ihm noch eine Chance. Und damit auch sich selbst.«

Sie wusste nicht, was sie antworten sollte. Aber die Entscheidung wurde ihr glücklicherweise abgenommen, denn genau in diesem Moment klingelte es zum zweiten Mal. Sie wandte sich ab und ging öffnen.

»Hallo«, sagte Jacobsen. Er lächelte nicht und sah bemerkenswert unsicher aus. »Diesmal hab ich keinen Wein mitgebracht. Das hat mir beim letzten Mal nicht sehr geholfen, fürchte ich.«

Sie verspürte mehr als nur einen Hauch von Erbarmen.

»Macht nichts ... das hier ist keine Einladung zum Abendessen, für die du ein Gastgeschenk brauchst.« Sie trat zurück und machte ihm den Weg frei. »Komm rein.«

Er ging ihr voraus ins Wohnzimmer, wo Sinha es gerade geschafft hatte, Saleti unter dem Sofa wieder hervorzulocken. Als die kleine graue Katze den Neuankömmling entdeckte, steuerte sie interessiert auf ihn zu und sah mit neugierigen goldenen Augen zu ihm hoch. Dann gab sie ein zufriedenes *»Miau!«* von sich, strich um ihn herum und rieb den Kopf an seinem Hosenbein.

»Na sieh mal an!« Sinha lachte Jacobsen vergnügt entgegen. »Sieht so aus, als hätten Sie eine Eroberung gemacht, Kollege!«

Jacobsen betrachtete die Katze und grinste schwach. »Wie schön, dass das wenigstens bei Vierbeinern funktioniert. Komm mal her, du.«

Er bückte sich, hob Saleti auf und betrachtete sie. »Niedliches Ding, wirklich.« Dann warf er Sinha einen humorvollen Blick zu. »Nehmen Sie die Kleine eigentlich immer mit, wenn Sie Besuche machen?«

»Saleti bleibt für zwei Wochen bei mir«, erklärte Melanie rasch. »Herr Sinha fliegt mit seinen Eltern nach Indien, und die freundliche Nachbarin, die sie eigentlich hüten wollte, hat einen Kater, der keine Rivalen neben sich duldet.«

Jacobsen fuhr leicht zusammen, und Melanie ging plötzlich auf, was sie da gerade gesagt hatte. Sinha jedoch blieb völlig gelassen.

»Genau, und hier laufen zum Glück keine solchen Kater herum.« Er sah Jacobsen lächelnd an. »Deshalb war ich sicher, dass Saleti sich hier wohlfühlt – und wie mir scheint, hatte ich recht.«

»Vielen Dank.« Jacobsen streichelte die kleine Katze, die prompt versuchte, an seinem dunkelgrünen Wollpullover hochzuklettern. »Anfängerglück wahrscheinlich. Ich hatte noch nie ein Haustier.«

Melanie blickte in die Runde. »Möchte irgendjemand einen Chai?«

»Gerne«, antwortete Sinha und sah zu Jacobsen. »Sie auch?«

»Ich auch.« Jacobsen ließ sich auf dem Sessel nieder, und Saleti rollte sich prompt gemütlich auf seinem Schoß zusammen. Melanie sah, wie sein Gesicht sich entspannte, während er sanft den Kopf der Katze kraulte. Als sie hinausging, um den Chai zu holen, stellte sie fest, dass sie sich ebenfalls entspannte.

Sie kam mit einer Thermoskanne, drei Keramikbechern und einer Zuckerdose auf einem Tablett zurück. Saleti war inzwischen von Jacobsens Schoß heruntergesprungen und hatte begonnen, in dem Wohnzimmer auf Entdeckungsreise zu gehen – woraufhin Jacobsen kurz entschlossen Sinha dabei half, seine Katzen-Ausrüstung aus dem Auto in die Wohnung zu tragen. Als sie damit fertig waren und sich wieder hingesetzt hatten, servierte Melanie den Chai und sah zu, wie Sinha einen ersten Schluck nahm. »So gut wie der von Ihrer Mutter ist er bestimmt nicht, aber er schmeckt hoffentlich trotzdem.«

»Jeder macht seinen Chai anders«, versetzte Sinha. »Er ist nie zweimal genau gleich. Und Ihrer ist sehr gut, Melanie … Verzeihung, *Frau Brendel.*« Er sah Jacobsen verlegen an; eine feine Röte überzog plötzlich sein Gesicht.

»Kein Problem, *Surendra*«, sagte Melanie ruhig. »Und Sie fliegen also übermorgen nach Indien?«

»Ja«, antwortete Sinha. »Soll ich Ihnen etwas mitbringen?«

Melanie musste lachen. »Alles, nur keinen Sari«, sagte sie. »Der endet bei mir doch bloß wieder als Gardine. Aber wenn Sie sich wirklich die Mühe machen wollen – ein paar Gewürze wären schön. Ein gutes Chilipulver, und etwas von dem Chaat Masala, das bei Ihren Eltern auf dem Tisch stand.«

»Das krieg ich hin«, versprach Sinha. »Und Sie, Herr Jacobsen? Haben Sie auch einen speziellen Wunsch?«

Jacobsen musterte ihn verblüfft. »Ich hatte keine Ahnung, dass ich auch einen Wunsch äußern darf. Außerdem reicht mein Wissen über indische Gewürze gerade mal bis zum Curry aus dem Supermarkt.« Er warf Melanie einen vorsichtigen Blick zu. »Und ich fürchte, indisches Kino ist auch nicht so mein Fall.«

»Muss ja nicht sein.« Sinha schmunzelte. »Ich werd schon was Schönes für Sie finden. Und wenn's nur ein paar Dosen Kingfisher-Bier sind ... die wir dann natürlich einträchtig miteinander leeren. Da hab ich dann selber gleich auch noch was davon.«

Er zwinkerte Jacobsen zu, trank seinen Chai aus und erhob sich.

»Ich werd mich dann jetzt verabschieden«, sagte er und sah sich nach seiner Katze um, die gerade neugierig Melanies Buddha auf dem hölzernen Podest beäugte. »Mach's gut, Saleti, und benimm dich!«

»Auf Wiedersehen.« Jacobsen stand auf. »Und das meine ich ernst. Es würde mich wirklich freuen, wenn Sie nach Ihrer Rückkehr was von sich hören lassen. Guten Flug – Surendra.« Er streckte Sinha eine Hand hin, und diesmal war sein Lächeln offen und freimütig. »Übrigens – ich bin Malte.«

Überrascht und fast ungläubig starrte Sinha auf die Hand hinunter. Als er den Kopf wieder hob, strahlte er über das ganze Gesicht.

»Danke, Malte!« Er drückte Jacobsen herzlich die Hand. »Ich meld mich ganz bestimmt ... und die Kingfisher-Dosen bring ich jetzt auf jeden Fall mit. Damit wir das Bruderschafttrinken nachholen können, wenn ich wieder da bin.«

Er wandte sich an Melanie.

»Auf Wiedersehen, Melanie«, sagte er. »Noch einmal vielen Dank – und alles Gute!«

»Alles Gute.« Sie trat rasch auf ihn zu und küsste ihn ganz leicht auf die Wange. Er lächelte, nahm ihre Hand und zog sie kurz an seine Lippen.

»*Namaste.* Mögen die Götter euch segnen.«

In der Wohnzimmertür wandte er sich noch einmal um, hob die gefalteten Hände und neigte den Kopf erst vor ihr und dann vor Jacobsen. Gleich darauf war er verschwunden; ein leises Türklicken im Flur verriet, dass er gegangen war.

Melanie stellte die leeren Tassen auf dem Tablett zusammen. Jacobsen, der offenbar begriff, dass sie keine Hilfe wollte, setzte sich wieder auf den Sessel und schaute Saleti zu, die noch immer um das Podest herumstrich, auf dem der meditierende Buddha thronte. Als Melanie wieder aus der Küche zurückkam, sprang sie gerade mit einem Satz auf eines der beiden Fensterbretter, die voller Topfpflanzen standen, und steckte die Nase in eine offene Hibiskusblüte. Melanie pflückte das Kätzchen rasch herunter.

»Nicht doch, Kleines«, sagte sie. »Ich hab keine Ahnung, ob die giftig sind. Und bis ich es weiß, hältst du besser ein bisschen Abstand.«

Sie drehte sich zu Jacobsen um und stellte fest, dass er sie unverwandt ansah.

»Was meinst du?«, fragte er leise. »Soll ich auch besser ein bisschen Abstand halten? Bis du weißt, ob *ich* giftig bin oder nicht?«

»Ich … weiß nicht.« Sie musterte ihn unschlüssig. »Würdest du das denn?«

»Das tu ich doch schon«, erwiderte er schlicht. »Und ich werde es auch weiterhin tun. Wie lange das dauert – und ob sich jemals irgendetwas daran ändert – das überlasse ich ganz und gar dir. – Ich denke, ich sollte jetzt auch gehen.«

Sie spürte den weichen Katzenkopf unter ihrem Kinn und drückte Saleti an sich. Genau wie vorhin bei Surendra wusste sie nicht, was sie antworten sollte. Sie sah, wie er aufstand und in Richtung Flur ging.

»Malte, warte.«

Er blieb stehen.

»Dein Samtrot ist noch da«, hörte sie sich selbst sagen. Sie ließ die Katze auf den Fußboden hinunter. »Und ich hab vorhin auf dem Heimweg genug eingekauft, dass es für uns beide reicht. Was … was hältst du davon, wenn ich uns was koche?«

»Das musst du nicht machen. Nicht, wenn du nicht wirklich willst.«

Seine Augen waren ernst. Sie konnte die Sehnsucht darin sehen – das hatte sie früher schon, obwohl er nie ein Wort gesagt hatte. Sie hatte es schon so lange gewusst … und genauso geschwiegen wie er. Weil es ohne diesen nächsten Schritt einfacher gewesen war, und viel weniger gefährlich. Weil sie das Risiko gescheut hatte, dass es schiefging und sie anschließend mit leeren Händen dastand.

Geben Sie ihm noch eine Chance. Und damit auch sich selbst. Sinhas Stimme, ein leises Flüstern in ihrem Hinterkopf. Und plötzlich die Stimme ihres Vaters, ein Echo aus anderen, besseren Zeiten. Da hatte sie auf dem Dreimeterbrett gestanden und plötzlich Angst bekommen vor der eigenen Courage. *Manchmal musch oifach Mut han, Mädle. Hopf scho nei … schwimma kannsch doch, gell?*

»Ich will aber wirklich gern für dich kochen«, sagte sie. »Und mit dir ein Glas Wein trinken will ich auch.«

Sie ging langsam auf ihn zu. Als sie eine Hand hob, seine Wange berührte und sachte über die weichen Bartstoppeln strich, regte er sich nicht, aber sie merkte, dass er den Atem anhielt.

Melanie überwand die letzte kleine Distanz zwischen ihnen und lehnte die Stirn an seine Brust. Er duftete nach dem frischen, herben Aftershave, das sie so gut kannte, und ein ganz klein wenig nach Tabak … und dann spürte sie, wie sich seine Arme langsam um sie legten und sie festhielten.

»Klar kann ich schwimmen«, flüsterte sie lächelnd und schloss die Augen.

Glossar

... abusé une jeune femme – eine junge Frau missbraucht (Französisch)

Alu Gobhi – indisches Gemüsecurry mit Kartoffeln und Blumenkohl

Avec plaisir – Mit Vergnügen (Französisch)

Bawandar – Hindi-Film (2000) mit Nandita Das, der auf wahren Ereignissen beruht: Nach einer Gruppenvergewaltigung beginnt für eine junge Frau ein Spießrutenlaufen durch die juristischen Instanzen.

Beaucoup de travail – Viel Arbeit (Französisch)

Beta – Sohn (Hindi)

Calva – Schädel, Hirnschale (Latein)

Chapati – dünnes Fladenbrot aus Vollkornmehl

Choli – kurze, eng anliegende Bluse, die unter einem Sari getragen wird

Chutney – süß und/oder scharf zu einer Art Kompott gekochtes Gemüse und Obst; wird zu Fleisch- und Gemüsegerichten gegessen

Complètement raide, vous comprenez? – Vollkommen pleite, Sie verstehen? (Französisch)

Compris? – Verstanden? (Französisch)

Curry – Bezeichnung für indische Gerichte auf der Basis einer sämigen, gut gewürzten Soße mit Fleisch-, Gemüse- oder Fischstücken; außerdem wird der Begriff auch als Name für eine Gewürzpulvermischung verwendet.

Danyavaad – Danke (Hindi)

... d'avoir un pote qui est capable de cogner opportunément – einen Kumpel zu haben, der gegebenenfalls zuschlagen kann (Französisch)

Femme de chambre – Dienstmädchen (Französisch)

Ganesha – elefantenköpfiger Gott im Hinduismus; gilt als Glücksbringer und hilft unter anderem bei der Beseitigung von Hindernissen und bei jeglichem Neubeginn

Garam Masala – indische Gewürzmischung aus mehreren, teilweise kurz angerösteten und danach fein gemahlenen Gewürzen

Ghee – geklärte Butter, eine Art indisches Butterschmalz

Grand Dieu! – Großer Gott! (Französisch)

Halloji – indische Grußformel, bei der an das *Hallo* die Höflichkeitssilbe *-ji* (siehe dort) angehängt wird

Hände falten – Geste, die in Indien nicht nur beim Beten verwendet wird, sondern auch als Gruß, als Dank oder bei besonders eindringlichen Bitten

Hay Baghwan! – Oh (mein) Gott! (Hindi)

Heures supplémentaires – Überstunden (Französisch)

-ji – Silbe, die in Indien als Zeichen der Verehrung und des Respekts z. B. an den Namen der angeredeten Person angehängt wird

JVA – Justizvollzugsanstalt

Kameez – langes Oberteil für Frauen, oft bestickt und verziert, mit und ohne Ärmel; wird meist über einem *Salwar* (lange Hose) getragen

Kaminey – Dreckskerl (Hindi)

Karahi – hoher, runder Kochtopf in Wokform

KDD – Kriminaldauerdienst

Kingfisher – meistgekaufte Biermarke Indiens

Krishna – Verkörperung des obersten Hindugottes Vishnu als blauhäutiger Prinz, der stets mit einer Flöte dargestellt wird

Kurta – kragenloses, weit geschnittenes und traditionell knielanges Hemd, in weiten Teilen Südasiens verbreitet

Laddus – süße Kugeln aus u. a. Kichererbsenmehl, Ghee, Zucker, Pistazien und Mandeln

Lassi – indisches Joghurtgetränk; einfach nur mit Salz und Kreuzkümmel gewürzt oder in anderen Geschmacksvarianten wie Mango oder Minze

Lehenga – langer Unterrock, der unter einem Sari getragen wird

Maaji – respektvolle Anrede für die Mutter (*maa*; Hindi)

Maharani – große, erhabene Herrscherin (Hindi); hinduistischer Titel einer allein regierenden Fürstin bzw. der Ehefrau eines Maharajas in Indien

Mais non! – Aber nein! (Französisch)

Merde! – Scheiße! (Französisch)

Moi? – Ich? (Französisch)

Namaste – Grußformel in Hindi mit der Bedeutung: *Ich verbeuge mich vor dir*

Pakoras – in würzigen Kichererbsenmehl-Teig getauchte und frittierte Gemüse-, Fleisch- oder Fischstücke

Pappardams – hauchdünne, knusprige Linsenwaffeln

Parineeta – Hindi-Film (2005) mit Vidya Balan, Saif Ali Khan und Sanjay Dutt: eine nostalgische Geschichte über zwei Familien in Kalkutta, deren Freundschaft an Geldgier und Schulden zerbricht, was nicht nur die Liebe zwischen zwei jungen Menschen zu zerstören droht.

Pas du tout – Überhaupt nicht (Französisch)

Pitaah – Hindi-Film (2002) mit Sanjay Dutt, Nandita Das, Om Puri und Jackie Shroff: Die beiden Söhne eines einflussreichen Mannes vergewaltigen ein armes Mädchen und kommen straffrei davon, weil ihr Vater u.a. den ermittelnden Polizisten besticht – woraufhin der Vater des kleinen Mädchens zur Selbstjustiz greift.

Pitaahji – respektvolle Anrede für den Vater (*pitaah*; Hindi)

Piyu Bole – Filmsong aus dem Hindi-Film *Parineeta*; die Textzeile *Piyu bole piya bole; kya yeh bole jaanu na* bedeutet: *Mein Geliebter sagt etwas; was er sagt, weiß ich nicht.*

Prison – Gefängnis (Französisch)

Pyaari – Liebes, Schatz (Hindi)

Radha – wird als zwar platonische, aber häufig sehr erotisierte Seelenfreundin von Gott *Krishna* angesehen; gilt auch als Sinnbild für die leidenschaftliche Hingabe im Glauben

Sac – Beutel (Französisch)

Sahab – respektvolle Anrede für einen Mann (Hindi); wird dem Nachnamen beigefügt

Sahiba – respektvolle Anrede für eine Frau (Hindi); wird dem Nachnamen beigefügt

Sainte vierge – Heilige Jungfrau (Französisch)

Salaud – Bastard (Französisch)

Sari – traditionelles langes Kleidungsstück der Inderinnen: Eine mehrere Meter lange Stoffbahn wird kunstvoll um den Körper gewickelt, an dem die Frau eine kurze, eng anliegende Bluse *(Choli)* und einen farblich passenden langen Unterrock *(Lehenga)* trägt.

Satyamev Jayate – die Wahrheit siegt immer; Wahrheit allein triumphiert (Hindi); Mantra aus der alten indischen Schrift *Mundaka Upanishad*; 1950 zu Indiens Nationalmotto erhoben

Svaagat – Willkommen (Hindi)

Tant pis; assez de monnaie pour ma petite vie – Macht nichts; Geld genug für mein kleines Leben (Französisch)

Trop flapi – Viel zu müde (Französisch)

Tschai – traditionelles Pfadfindergetränk am Lagerfeuer, besteht meist aus Fruchtsäften, Tee und verschiedenen Gewürzen

Vengeur – Rächer (Französisch; *le vengeur* = der Rächer)

Zut alors – Mist; verflixt und zugenäht (Französisch)

Danksagung

Eigentlich sind wir zwei absolut eigenständige Autorinnen mit jeweils eigenen Büchern. Aber darüber hinaus erzählen wir seit mittlerweile über sechs Jahren auch gemeinsam Geschichten. Begonnen hat unsere Zusammenarbeit als Autoren-Duo mit der Romanserie *Kashmir-Saga*. Für den Silberburg-Verlag schrieben wir die schwäbisch-schwedische Familiengeschichte »Kuckuckssohn« (2019) – und danach haben wir eine Idee umgesetzt, die uns schon seit Längerem im Kopf herumgespukt hat, nämlich unsere Kriminalkommissare aufeinander loszulassen: das Ermittler-Duo Malte Jacobsen und Melanie Brendel von der Kripo Waiblingen (bekannt aus den Krimis »Nachtruhe« und »Römermaske« von Simone Dorra) und Surendra Sinha von der K1 Friedrichshafen (bekannt aus den Krimis »Gnadensee« und »Adlerschanze« von Ingrid Zellner). Herausgekommen ist unser erster gemeinsamer Krimi: »Mordshass«.

Wir bedanken uns an dieser Stelle beim Silberburg-Verlag – allen voran bei Bettina Kimpel, die sich mit großer Begeisterung auf dieses Experiment eingelassen und uns damit zusätzlich angespornt hat. Außerdem gilt unser Dank dem ehemaligen Kriminalhauptkommissar B. Rieger für seine detailliert erteilten Auskünfte; unserer Freundin Alrun Eger, die ihre vielfältigen Erfahrungen im Auffinden und Adoptieren mutterloser Kätzchen mit uns geteilt hat; dem Bestattungsinstitut Hanrieder in Dachau für die Auskünfte bezüglich Totenüberführungen ins Ausland; unserem Lektor Michael Raffel und unserem Testleser Kai Dorra, die beide das Manuskript mit kritischen Augen geprüft und uns mit ihrem Feedback geholfen haben; und nicht zuletzt dem freundlichen Herrn von der Kfz-Zulassungsstelle Friedrichshafen, der unser für Surendra Sinha erfundenes Autokennzeichen kurzerhand für zehn Jahre gesperrt hat, damit sich nicht womöglich demnächst jemand sein Nummernschild mit einem fiktiven Kriminalkommissar teilen muss.

Nach dem »Mordshass« werden Jacobsen/Brendel und Sinha erst mal wieder getrennte Wege gehen. Eine eventuelle Wiederbegegnung in naher oder ferner Zukunft wollen wir jedoch nicht ausschließen … ganz im Gegenteil.

Welzheim/Dachau, Juli 2019
Simone Dorra & Ingrid Zellner

Weitere Bücher …

In Ihrer Buchhandlung

Simone Dorra

Römermaske

Baden-Württemberg-Krimi

Als Kommissar Malte Jacobsen das römische Ostkastell in Welzheim besichtigt, stolpert er geradewegs in seinen nächsten Mordfall: Im Kastellbrunnen wurde eine Leiche vergraben. Jacobsen und seine Kollegin bekommen es mit zwei Römervereinen zu tun, die sich nicht grün sind, und mit einem Sensationsfund, einer römischen Helmmaske. Es stellt sich heraus, dass der Tote der Experte war, der die Echtheit des Fundes bestätigt hatte …

312 Seiten.
ISBN 978-3-8425-2087-5

SILBERBURG

... der beiden Autorinnen

In Ihrer Buchhandlung

Ingrid Zellner

Adlerschanze

Baden-Württemberg-Krimi

Die Adlerschanze in Hinterzarten im Schwarzwald ist nicht nur Mittelpunkt des Skisprung-Sommer-Grand-Prix, sie wird auch zum Zentrum des Geschehens, als im nahe gelegenen Adlerweiher die Leiche eines jungen Mädchens gefunden wird. Surendra Sinha, ein indischstämmiger Kommissar vom Bodensee, ist zufällig einer der Ersten am Tatort. Auch wenn er gerade nur zu Besuch im Schwarzwald ist, schlittert er ungewollt in die Ermittlungen der Freiburger Kripo hinein. Mit seiner Hilfe kommen wichtige Hinweise ans Licht. Die Spuren führen zunächst in den Kreis der Nachwuchs-Skispringer. Eine Beobachtung der Skilegende Georg Thoma bringt schließlich den entscheidenden Stein ins Rollen.

256 Seiten.
ISBN 978-3-8425-2088-2

SILBERBURG